Einaudi Tascabili. Letteratura
908

D0519506

Dello stesso autore nel catalogo Einaudi

Due di due
Macno
Treno di panna
Uccelli da gabbia e da voliera
Yucatan

Andrea De Carlo
Tecniche di seduzione

Nuova edizione

Einaudi

© 2001 Giulio Einaudi editore s.p.a., Torino

Edizione su licenza di Arnoldo Mondadori Editore S. p. A., Milano

www.einaudi.it

www.andreadecarlo.net

ISBN 88-06-15924-0

Introduzione

Il titolo di questo libro mi si è fissato nella testa quando ero forse a un terzo della prima stesura. Succede ogni tanto, e quando succede non c'è piú verso di trovarne un altro. Il titolo che hai in mente diventa una delle chiavi per entrare in quello che stai scrivendo, quanto il carattere dei protagonisti e i loro nomi, o lo spirito dei luoghi di cui parli. Piú tardi mi è capitato a volte di pensare che forse era sbagliato: troppo freddo o distaccato, o fuorviante. Ma è un po' come quando una persona pensa di avere il naso o il disegno della fronte o il colore degli occhi sbagliati. È cosí, e basta, anche se a chi non ne sa niente può dare l'idea di essere un manuale che insegna in pochi capitoli come portarsi a letto donne o uomini. Un paio di lettrici giovani per esempio mi hanno raccontato di reazioni indignate delle loro madri o padri o fidanzati che le avevano viste con il libro in mano. Un paio di librai mi hanno detto di alcuni lettori che si erano imbarazzati a chiederlo, e avevano parlato in modo generico del mio «ultimo romanzo».

In realtà questo libro non ha a che fare con la seduzione sessuale o sentimentale, ma con un altro genere di conquista. Ed è il contrario di un manuale: è la storia di uno che non sa molto della vita e cade in una trappola da cui esce cambiato in modo irreversibile nella sua visione del mondo e delle persone, incluso se stesso. Da una posizione simile è molto difficile mettersi a dare istruzioni agli altri; quello che si può fare è raccontare cosa è successo, e come. Ricostruire i meccanismi della trappola, pezzo per pezzo, e il modo in cui ci si è caduti.

Quando *Tecniche di seduzione* è uscito, molti mi hanno chiesto se era una storia vera, nel senso di successa a me. La seconda domanda era: chi è Polidori? Alcuni avevano suggerimenti pronti, nomi di scrittori famosi con cui avrei potuto avere a che fare. È una delle reazioni che provoca un romanzo scritto in prima persona e intessuto di luoghi e situazioni e personaggi presi dal vero: c'è sempre il dubbio che si possa trattare di un diario in pubblico, dove tutti i fatti raccontati corrispondono a dati reali.

Ma questo è davvero un romanzo, nel senso che la sua storia è immaginaria. Anche Polidori è un personaggio immaginario. Il suo nome l'ho preso da quello del medico personale di Byron, che aveva pubblicato a suo nome la storia di Dracula che Byron, Shelley, Mary Shelley e altri amici avevano inventato in alcune sere nebbiose sul lago di Lugano. Mi colpiva l'idea che una storia di vampiri fosse stata a sua volta vampirizzata da qualcuno per ricavarne gloria e fama, anche se in modo effimero.

Certo, questa storia e gli elementi che la compongono potrebbero anche essere veri. Anche Polidori potrebbe essere vero. Credo che non ci sia niente di troppo improbabile o inverosimile in quello che racconto. In effetti, cose di questo tipo o anche peggiori devono essere successe molte volte, nel nostro paese e in altri. È probabile che i responsabili siano in giro, e che noi vediamo le loro facce soddisfatte sulle rubriche dei giornali e nei salotti della televisione.

Quello che mi interessava era raccontare di un aspirante scrittore che ancora non ha idea di cosa voglia dire trasformare la propria passione in un mestiere, e di uno scrittore ultraconsacrato che ha molto mestiere ma più nessuna traccia di passione. Mi interessava mettere a confronto due punti di vista opposti in un possibile unico percorso: lo slancio e il distacco, l'ingenuità e il cinismo, l'invenzione libera e la conoscenza degli strumenti. Volevo riflettere sull'uso reciproco che due persone cosí distanti possono fare una dell'altra; e sul modo che hanno di riconoscere una parte di sé nell'altro malgrado la distanza che li divide.

Poi volevo raccontare un pezzo dell'Italia che mi fa orrore, e quello che avevo imparato sul cosiddetto mondo dell'arte e della cultura. Volevo descrivere la commistione oscena tra ambizioni materiali e finte ispirazioni, indignazioni ostentate e complicità nascoste, proclami di dissociazione e condivisioni di privilegi. Volevo parlare di conflitti di interessi, scambi di favori e di ruoli, legami viscidi e insistenti, gelosie, rancori, servilismi, finte generosità, doppi e tripli fini. L'esercizio del potere che porta sempre a risultati orribili, l'attrazione divertita per il brutto che presto diventa bruttezza acquisita. I compromessi che intaccano per sempre l'onestà senza cui nessun lavoro artistico può avere forza o senso.

Quando questo libro è uscito è anche successo che alcuni giornalisti si indignassero, perché si erano riconosciuti nella mia descrizione di un settimanale a larga diffusione nel primo capitolo. Ma credo che fosse un quadro abbastanza obbiettivo, e che valga ancora oggi, con davvero poche modifiche. I trucchi e i vezzi e le consuetudini di cui parlo sono ancora lí: gli assemblaggi e le montature, le panoramiche pilotate, i finti approfondimenti che restano in superficie, le donne nude messe in copertina con i pretesti piú risibili. Il chiacchiericcio, gli scandali fasulli per coprire gli scandali veri, le voci di portineria moltiplicate per riempire le orecchie, la corsa all'abbassamento della soglia di attenzione per coprire l'assenza di idee. Le inchieste fatte di giri di telefonate per risparmiare tempo, le fotografie d'agenzia riciclate per evitare fatica, i nomi citati per restituire favori o rancori. È solo una piccola parte della storia, ma è da lí che parte il protagonista.

Avevo voglia di parlare di tutte queste cose nel modo piú diretto possibile. Avevo anche voglia di parlare dello scrivere come urgenza di comunicazione, e dello scrivere come gioco freddo: delle domande troppo aperte e delle risposte troppo meditate, di quello che si può perdere o guadagnare in questo lavoro.

Alla fine è venuto fuori un libro dentro un libro, anche se non me l'ero immaginato quando avevo cominciato. È uno dei miei preferiti, tra quelli che ho scritto.

ANDREA DE CARLO

Urbino, aprile 2001.

Tecniche di seduzione

Ogni riferimento a fatti e persone reali è puramente casuale.

Parte prima
Tecniche di avvicinamento

Uno

Nel novembre del Novanta lavoravo nella redazione di «Prospettiva», con un contratto da praticante perché non avevo ancora dato l'esame di giornalista. Gli uffici erano al secondo piano di un enorme palazzo di vetro e cemento, adagiato in un'isola di prati stagnanti alla periferia est di Milano, tra quartieri satellite e capannoni industriali e depositi di camion e svincoli e superstrade piene di traffico da e per la città. La disposizione interna era a pianta aperta, cosí che tutti erano sotto gli occhi di tutti in ogni momento della giornata: teste e busti e braccia in movimento tra barricate di armadietti metallici e paraventi di compensato. L'aria era condizionata, filtrata e riciclata a circuito chiuso; le finestre sigillate. Sul pavimento c'era una moquette sintetica che si caricava di elettricità con ogni sfregamento di piedi, e produceva piccole scosse al minimo contatto di mani. La luce era al neon, bianca e implacabile: nei rari momenti di silenzio, durante la pausa per il pranzo o la sera quando quasi tutti se n'erano andati, si sentiva lo sfrigolio di migliaia di tubi di gas sul soffitto basso, appena mascherati da una grigliatura metallica. Per il resto del tempo c'era un rumore di fondo da alveare elettronico, fatto di ticchettio di tastiere e ronzio di monitor e trilli smorzati di telefoni, voci sovrapposte e incrociate, semimormorate in commenti personali, bisbigliate in scambi di informazioni, scandite in improvvise richieste perentorie.

A metà mattina il caporedattore Tevigati è passato

vicino alla mia scrivania, e nel suo solito modo sfuggente mi ha detto «Roberto Bata, potresti venire un attimo da me?»

Stavo lavorando a un collage di interviste telefoniche sul declino dei seni grossi; gli ho risposto «Tra cinque minuti». Solo pochi mesi prima mi aveva fatto mettere insieme un servizio del tutto simile dove si sosteneva che le forme opulente dominavano ovunque, con un giro del tutto simile di opinioni di «personaggi della cultura e dello spettacolo» interpellati a conferma, una selezione del tutto simile di famose donne nostrane e americane citate a esempio. A stare lí dentro il mondo intero sembrava fatto di cicli incredibilmente ravvicinati, dove ragioni e comportamenti e immaginazioni e opere e valori e istinti si inabissavano e riemergevano per poi riinabissarsi senza ragione apparente. Quasi ogni settimana c'erano nuovi tenui sintomi da mettere in risalto e generalizzare fino a farli sembrare una tendenza destinata a travolgere tutto; i nostri archivi erano pieni di fotografie e nomi e numeri di telefono in grado di confermare la piú debole delle deduzioni. Tre quarti del mio tempo lo passavo a cercare di mettermi in contatto con sociologi e attori e politici e vallette televisive e stilisti e proprietarie di salotti e politici di primo o secondo piano, per avere un'opinione volante sull'Aids o sui giovani manager o sulle minigonne o sul sesso in automobile o sulla fame nel Terzo Mondo. Era un lavoro a formula, cosí standardizzato e automatico che un computer avrebbe potuto farlo altrettanto bene, senza bisogno di programmi complicati.

Non erano passati neanche tre minuti che una redattrice di nome Germietti è venuta a picchiettare le nocche sulla mia scrivania e fare cenno verso la postazione di Tevigati, dire «Guarda che ti vuole subito».

Cosí ho lasciato il mio monitor e sono andato a zig zag tra le barricate di armadietti e i pannelli e le scrivanie. A un osservatore esterno forse la redazione poteva anche sembrare un gruppo febbrile di amici che insieme facevano un giornale, ma al di là del fatto che eravamo quasi tutti abbastanza giovani e ci davamo del tu e ci vestivamo nello stesso modo c'era una gerarchia definita quanto in posti molto piú formali, con codici di comportamento e ordini di beccata, diritti e gratificazioni che crescevano di grado in grado.

Per esempio, la scrivania del caporedattore Tevigati era di fianco alla parete vetrata, illuminata di luce naturale e protetta alle spalle da una paretina mobile con attaccate fotografie e cartoline e biglietti personali. Non era molto, ma noi redattori semplici non avevamo neanche quello, a ripararci nello spazio invaso.

Tevigati mi ha guardato dal basso in alto, ha fatto cenno di sedermi. Parlava al telefono e prendeva appunti su un blocchetto e controllava lo schermo del monitor e guardava fuori dalla vetrata, inclinato all'indietro sulla poltroncina dallo schienale elastico. Era difficile che lí dentro qualcuno potesse seguire un solo pensiero senza venire interrotto e deviato per doppi o tripli o quadrupli binari da seguire simultaneamente. Per questo l'attitudine a non concentrarsi su niente in modo univoco era cosí ben vista in redazione, al punto da venire ostentata come una vera virtú man mano che si saliva nella scala del potere.

Cercavo di non fissare Tevigati con troppa insistenza; guardavo gli aerei che decollavano dall'aeroporto poco lontano e salivano oltre le file di pioppi nel cielo biancastro. Pensavo che non era certo questo il lavoro che mi ero immaginato quando avevo cominciato a scrivere, ma d'altra parte non c'erano molti punti di contatto tra le mie immaginazioni e la realtà. Almeno ricevevo uno stipendio regolare e potevo pagare l'affitto di casa, invece di dover chiedere soldi ai miei come quando sognavo di fare il giornalista investigativo o lo scrittore di romanzi, senza che nessuno venisse a impormi i verbi e contingentarmi gli aggettivi.

Tevigati ha messo giú la cornetta, ha teso le labbra in una specie di sorriso assorto. Gli ho detto «Eccomi qua»; ma il suo sguardo non era ancora a fuoco su di me. Ogni messaggio lí dentro doveva aspettare e concentrarsi bene, guizzare attraverso i varchi che si aprivano ogni tanto in modo da arrivare né prima né dopo il momento utile.

Sono stato zitto, l'ho osservato mentre si mordicchiava un pollice, batteva rapido sui tasti del telefono per farsi dare un numero da una segretaria. Per natura la sua attenzione scartava e scattava ogni pochi secondi, e questo doveva averlo aiutato molto a conquistare il suo posto, e conservarlo attraverso tutti i cambiamenti di proprietari e direttori degli ultimi anni. Senza staccare il ricevitore dall'orecchio ha tirato fuori da un cassetto un cartoncino d'invito, l'ha fatto scivolare verso di me con le dita dalle unghie rovinate.

Mi sono allungato a leggere: sotto l'intestazione di uno dei piú grossi teatri di Milano e il simbolo del comune c'era scritto *L'attivatore di sogni - Dramma concertante in due atti,* e piú in basso *da un testo di Marco Polidori*. Ho guardato Tevigati, perché il teatro era territorio esclusivo di Angelo Zarfi, un critico grasso dalla voce acuta che compilava recensioni in forma di messaggi in codice per un piccolo giro di affiliati. Le zone di competenza a «Prospettiva» erano ben divise da paratie stagne: la mia era a cavallo tra la cultura e il costume, in realtà molto piú costume che cultura, senza nessuna possibilità di venirne fuori in tempi ragionevoli. Tevigati ha detto «Zarfi fa un pezzo sullo spettacolo, tu devi intervistarmi questa qui». Ha sottolineato con la penna Maria Blini, nell'elenco del cast stampato sull'invito, a caratteri piccoli sotto i nomi di Remo Dulcignoni il regista e Alda Celbatti la scenografa e Silvio Dramelli il compositore e Riccardo Sirgo il protagonista.

Intanto continuava la sua ricerca al telefono: ha detto «No no, quello di Parigi. Parigi, cazzo». Era sempre compiaciuto di parlare volgare, in particolare con le redattrici donne, ma il suo tono serviva anche a tenermi in prospettiva gerarchica, dimostrare che non avevo il minimo peso di fronte a lui.

«Che lunghezza?», gli ho chiesto, solo per anticiparlo di qualche secondo. Spesso facevo uno sforzo per convincermi che lavorare lì dentro mi serviva come fonte di ispirazione; altre volte invece ero sicuro che avrebbe distrutto per sempre la mia capacità di scrivere in modo libero.

Tevigati ha detto «Trenta righe», come se non stesse parlando proprio a me. Si mordicchiava il pollice, sbuffava nella cornetta, non mi guardava.

Gli ho chiesto «Per quando?»

Lui ha indicato spazientito il cartoncino che avevo davanti, dov'era stampata la data di quel giorno. Ha detto «Domattina. Esce in questo numero. Mettici un po' di colore, cerca di farla venire un po' fuori come personaggio».

Gli ho detto «Non so se ce la faccio, questa sera. Avevo degli impegni». Lui si è messo a gridare al telefono «Certo quello dell'ufficio, porca puttana! È un'ora che sono qui!»

L'ultima cosa che avrei voluto fare quella sera era andare a vedere drammi concertanti e intervistare attricette d'assalto, scrivere trenta righe di scemenze come se fossero una corrispondenza di guerra. Avevo promesso a mia moglie Caterina di portarla a mangiare fuori; era giovedí e non ne potevo piú di cercare frasi semplici e corte e a effetto per vellicare la curiosità fluttuante dei lettori di «Prospettiva».

Ma Tevigati era troppo nervoso per parlargli: ha sbattuto giú la cornetta e mi ha cacciato in mano l'invito, ha detto «La vita è fatta anche di piccoli sforzi extra, caro Roberto Bata». Mi faceva rabbia il suo modo di chiamarmi per nome e cognome: il tono goliardico o da servizio militare che ci metteva ogni volta.

Poi la spia del suo telefono si è messa a lampeggiare, gli aghi della sua stampante da tavolo hanno cominciato a grattare sul foglio, una redattrice è arrivata con una cartellina in mano; Tevigati mi ha fatto un mezzo cenno di congedo e la sua attenzione se n'è andata del tutto.

Due

Appena a casa ho detto a Caterina che non potevamo uscire a cena perché dovevo andare a teatro e fare l'intervista all'attricetta. Mi è sembrata solo leggermente delusa, annoiata e intristita dall'inverno, e invece due minuti dopo l'ho vista appoggiata alla finestra del soggiorno con gli occhi pieni di lacrime. Le ho chiesto cosa aveva, l'ho presa per una spalla; lei si è liberata di scatto, ha detto «Va' al diavolo, lasciami in pace». Ho cercato di spiegarle che non era colpa mia e non ci potevo fare niente, ma lei si è messa a gridare che era stufa di passare le sere in casa a morire di noia, stufa che io non riuscissi a farmi valere una volta con Tevigati.

Cosí la frustrazione che avevo dentro mi ha fatto rifluire i sensi di colpa in rabbia, e le ho gridato nel suo stesso tono che non lavoravo certo a «Prospettiva» per divertirmi, me ne sarei già andato da un pezzo se fossi stato solo e senza bisogno di mantenere una vita stabile e aiutarla a fare la giovane oculista di rincalzo nel suo studio polispecialistico. Le nostre voci e le parole che sceglievamo si sono deteriorate fino a diventare una specie di scontro di cani; ho preso il cappotto e sbattuto la porta d'ingresso, sono corso giú dalle scale travolto dalla rabbia e dalla stanchezza e dalla fame e dal dispiacere. E una volta in strada la macchina non partiva, avevo dimenticato le luci accese e la batteria era morta.

Ho dovuto andare a piedi fino alla fermata degli autobus e aspettare quasi venti minuti nella nebbia gelida e velenosa; quando sono arrivato in centro mancava ancora un'ora all'inizio dello spettacolo. Guardavo i bar e le paninoteche illuminate, ma non avevo nessuna voglia di entrare a mangiare da solo; ho girato cinquanta volte intorno agli stessi isolati per far passare il tempo. Poi di colpo erano le nove meno cinque e ho accelerato il passo, ho quasi corso per l'ultimo tratto.

L'atrio del teatro era caldo come una sauna, pieno di gente vestita con cura ossessiva occupata in manovre intorno al botteghino e in consegne di cappotti e pellicce al guardaroba, in conversazioni punteggiate di continui sorrisi e occhiate laterali e gesti di saluto e sguardi all'orologio. Era una folla da prima, molto piú eccitata del pubblico medio borghese e leggermente sordo che di solito frequenta quel genere di teatro a Milano: c'erano i pubblicitari e gli architetti e i giovani manager e i figli di famiglia, le lunghe modelle americane e le manageresse e le psicologhe e le fidanzate che fumavano sigarette come pazze, le signore mature dai capelli tinteggiati di mogano e acero, le signore piú anziane dalle teste inturchinite e impannocchiate, tenute in piedi da corsetti e fasce elastiche e scarpe a pianta quadra, tacchi spessi e duri come zoccoli di zebra.

Gli invitati piú prestigiosi stavano arrivando solo all'ultimo momento, finti distratti nell'attenzione generale: il sindaco con moglie e figlia coperte di vestiti di sartoria e bracciali d'oro, il nuovo sovrintendente della Scala, un paio di attrici e attori televisivi, uno stilista, una ballerina, una cantante dalla faccia cosí rifatta che non provava neanche piú a cambiare espressione. Alcuni di loro li avevo dovuti intervistare al telefono per «Prospettiva» sugli argomenti piú diversi; mi colpiva vedermeli passare di fianco come materializzazioni di atteggiamenti vocali, nessuno di loro con la minima idea di avermi mai parlato con tanta finta accessibilità.

Poi le luci si sono spente e accese e spente, la folla ha cominciato a premere verso gli ingressi alla sala; mi sono lasciato trasportare dal flusso.

Lo spettacolo era una produzione costosa, un miliardo e mezzo di soldi pubblici devoluti a realizzare le fantasie frigide del regista Dulcignoni, e della sua scenografa Celbatti. Il protagonista era Riccardo Sirgo con il suo riporto di capelli tinti e il suo doppio mento, traboccante di tutti i vezzi e gli stereotipi del teatro istituzional-sperimentale italiano, compiaciuto in maniera quasi intollerabile della sua voce di rana gigante. Cinque attori piú giovani, muscolosi e rapati come bruti, gli si muovevano intorno tra scale e scivoli e schermi di proiezione, salivano e scendevano da grossi cubi montati su binari. Dulcignoni e Sirgo dovevano avere lavorato insieme con grande impegno a rendere innaturale la cadenza di ogni frase e togliere senso a ogni parola, farla uscire gorgogliata e rantolata e farfugliata in parallelo ai friniti e gli zoppicamenti dell'orchestra che saliva e scendeva dietro la scena su una piattaforma mobile.

C'erano anche due attrici, vestite con tunichette di cotone grigio studiate apposta per scoprirle a ogni movimento e offrire almeno un motivo di interesse al pubblico. Una delle due era brutta, con capelli corvini da comparsa d'opera e ossa grosse da maratoneta, ma l'altra aveva una figura svelta e ben formata, e una bella faccia dal naso spiritoso, capelli biondo grano tagliati a caschetto; aveva un modo sensuale di muoversi, una voce leggermente roca e poco impostata rispetto agli altri attori. Anche se il suo ruolo era marginale e quasi solo decorativo, relegato a poche battute e a movimenti di danza astratta, sembrava l'unico guizzo di vita in un panorama di cadaveri animati. Mi attirava la sua naturalezza fuori luogo, il fatto che non avesse quasi niente della professionalità manierata cosí insopportabile nei suoi colleghi; mi attirava la sua fronte tonda, la sua andatura fluida ma anche timida, le sue gambe dai polpacci pieni e dalle caviglie sottili. Guardavo solo lei, e ogni volta che usciva di scena mi sentivo abbandonato alla noia e alla desolazione; continuavo a sperare che delle due fosse lei la Maria Blini che dovevo intervistare.

Nell'intervallo sono andato nell'atrio saturo di fumo e conversazioni. Ogni volta che qualcuno si spostava c'erano piccole onde di sguardi e movimenti riflessi, avvicinamenti studiati per sembrare casuali. Ogni volta che qualcuno salutava provocava reazioni a catena, battute e strette di mano, scoppi di risa e gesti a vuoto, nomi pronunciati come parole magiche. Mi aggiravo lí in mezzo senza nemmeno voglia di provare ad assumere un atteggiamento, stanco e stufo e accaldato nelle mie scarpe dalla suola grossa, nella mia giacca di tweed che già mi era pesata addosso per tutta la giornata. Ho fatto un cenno a una mia ex compagna di liceo; lei è passata oltre senza neanche riconoscermi. Ho salutato Angelo Zarfi, il critico di «Prospettiva»; mi ha fatto un sorrisetto appena percepibile e ha subito girato via la testa in cerca di chissà quali altri contatti.

Il secondo tempo dello spettacolo è stato ancora peggio del primo: ancora piú sterile e persecutorio, senza misura e senza ritmo, senza il minimo appiglio a cui attaccarsi a parte l'attrice biondina. Le parole attraversavano la scena come mezzi corazzati a una parata militare, incomprensibili ma minacciose, si intersecavano secondo geometrie odiose; se non avessi avuto da guardare quella che speravo fosse Maria Blini sarei scappato in strada ad aspettare la fine. Invece mi concentravo su di lei ed escludevo tutto il resto, anche quando era lontana o seminascosta dalla scenografia monumentale. Seguivo i suoi movimenti con attenzione: come saltava e slanciava le braccia e si appoggiava agli altri attori e si lasciava scoprire le gambe dalla tunichetta inconsistente, sempre con un fondo leggero di incertezza o di imbarazzo che a volte la faceva rallentare o accelerare sul ritmo della coreografia d'insieme. Queste imprecisioni non la rendevano goffa, ma le davano risalto sul tessuto tetro dello spettacolo: concentravano la mia attenzione sul suo modo di stare bilanciata sulle caviglie, o di scuotere i capelli corti quando si girava, una bella ragazza generosa addestrata a un esercizio di cui non metteva in discussione il significato.

Quando lo spettacolo è finito ho aspettato in piedi tra gli applausi di liberazione e di dovere mescolati ai

pochi applausi di entusiasmo e insistiti allo stesso modo, sostenuti da grida e chiamate per il regista e la scenografa e il compositore e il protagonista. L'attrice
bionda correva fuori scena con i suoi colleghi e tornava di corsa, sorrideva, faceva l'inchino per mano agli
altri. La guardavo respirare affannata dopo due ore di
movimento continuo, partecipe dell'entusiasmo generale per Dulcignoni e la Celbatti e Sirgo e Dramelli che
ruotavano al centro del palco come quattro regine.

Alla fine la gente ha cominciato a defluire dalla sala; ho seguito verso l'ingresso ai camerini una piccola
processione di spettatori ansiosi di vedere da vicino i
responsabili dell'impresa e farsi vedere. Nel corridoio
stretto sono stato scavalcato da uomini e donne che si
protendevano in abbracci e baci e complimenti senza
proporzione a Dulcignoni e a Sirgo e alla Celbatti e a
Dramelli. Il sindaco continuava a dire «Straordinario»
nella sua voce priva di colore; lo stesso aggettivo veniva ripetuto dagli altri visitatori di pregio con timbri ed
enfasi diverse, provocando mezzi inchini e sorrisi com-
piaciuti dalle quattro regine della serata. La figlia del
sindaco cercava di fare la spiritosa con Sirgo: muoveva i fianchi e agitava le mani, i suoi bracciali d'oro le
scivolavano su e giú per le braccia secche. Sirgo scopriva i denti finti, recitava divertimento e attenzione
come avrebbe potuto fare in scena, ma stava attento a
non farsi chiudere in un angolo, fuori portata da tutte
le altre fonti di gratificazioni.

Gli attori giovani erano piú avanti, nel corridoio o
affacciati sulla porta dei loro camerini, pallidi e fradici di sudore, assediati da complimentatori e compli-
mentatrici appena meno prestigiosi di quelli che cir-
condavano i protagonisti. Ho chiesto a uno di loro chi
era Maria Blini; lui senza guardarmi ha indicato la ragazza bionda, stretta da un gruppetto di tre o quattro
imbecilli traboccanti di aggettivi. Li ascoltava e sorrideva, timida e lusingata, elettrizzata dal clima della prima. Aveva una vera grazia naturale anche vista da vicino; le lampade al neon del corridoio non le avevano

tolto come ai suoi colleghi la luminosità tridimensionale di quando era sulla scena.

Appena il semicerchio che la assediava si è allentato per un attimo sono sgusciato avanti, le ho detto «Sono Roberto Bata di "Prospettiva" dovrei farle un'intervista, se ha cinque minuti». Avevo caldo e mi sentivo troppi fiati e sguardi addosso; non ero abituato a dire questa frase faccia a faccia con qualcuno, per tutte le volte che l'avevo ripetuta al telefono.

Lei ha detto «Ah, sí»; ma sembrava sorpresa e incerta, si è guardata intorno in cerca di appigli. In realtà da vicino era ancora piú carina di come sembrava sul palco, ancora piú rara. Il trucco intorno agli occhi le era colato sulle guance, ma il suo sguardo color nocciola era ben nitido, e cosí il taglio corto e larghetto del naso, gli zigomi alti, le labbra rosate e piene, i capelli biondi dai riflessi caldi. Respirava ancora fondo per lo sforzo e le corse finali, nuda sotto il cotone umido, combattuta tra l'attenzione da dedicare a me e quella per gli altri che aspettavano intorno.

La guardavo da pochi centimetri, sospeso in una vibrazione quasi impercettibile delle sue labbra; mi ha chiesto «Non potrebbe aspettare qualche minuto?»

Le ho detto «Certo, certo» fin troppo in fretta, sono arretrato fino alla parete; gli altri mi hanno scavalcato subito, ansiosi di esibirsi in nuove frasi preparate.

Sono rimasto in un angolo forse un quarto d'ora, a guardare il traffico dei complimentatori, ascoltare le loro battute con sempre meno curiosità. Erano le undici passate ed ero stanco e morto di fame, dispiaciuto per la litigata con Caterina, confuso dalle sensazioni che avevo provato mentre parlavo a Maria Blini. Pensavo alle domande che avrei potuto farle senza essere troppo scontato o invadente; alle trenta righe che avrei dovuto consegnare il mattino dopo; cercavo una frase d'attacco e non mi veniva in mente.

A un certo punto anche i complimentatori piú insistenti se ne sono andati, insieme a Dulcignoni e alla Celbatti e a Dramelli; gli attori giovani hanno cominciato a scambiarsi battute rapide sullo spettacolo, rimproveri e giustificazioni tecniche, finti pugni. Ho cercato di riavvicinarmi a Maria Blini, ma Sirgo è arrivato prima di me e l'ha abbracciata, sudato e senza forma com'era, l'ha sbaciucchiata sui capelli dicendo «La deliziosa, la deliziosa!» nella sua voce di batrace impostato. Anche i maschi giovani della compagnia si sono prodotti in galanterie con lei e con l'altra ragazza prima di infilarsi sotto le docce, anche se era chiaro che non avevano molto interesse per le donne. C'era un clima cameratesco tra loro, una confidenza fisica che mi faceva sentire ancora piú stanco e tagliato fuori.

Poi Maria Blini si è accorta di me; ha detto «Mi scusi tanto. Se può aspettarmi ancora cinque minuti, faccio una doccia e mi vesto». Doveva essere sfinita a questo punto, ma non si vedeva, sembrava ancora piena di voglia di muoversi e di apparire.

Cosí mi sono seduto su una panca di ferro nel corridoio, mezzo preoccupato per l'ora, mezzo contento che la situazione si prolungasse. Una aiutocostumista è arrivata a raccogliere gli abiti di scena buttati per terra dagli attori; sul palco dietro di noi i macchinisti trafficavano per rimettere a posto i congegni di scena. Ascoltavo i colpi di martello e il cigolio di carrucole, lo scrosciare d'acqua nelle docce; un attore che fischiava, un altro che si faceva un gargarismo.

Finalmente Maria Blini è arrivata, con i capelli ancora umidi, vestita di una giacchetta nera e pantaloni neri di velluto. Le ho chiesto dove potevamo andare per l'intervista; lei ha detto «In qualunque posto, basta che ci sia da mangiare». Ha sorriso, con una mano sullo stomaco.

Le ho detto «Certo»; anche se avevo pensato di farle le mie domande lí in teatro e tornarmene a casa, e non sapevo affatto dove portarla a quell'ora. Ma ero affamato anch'io, e l'idea di mangiare fuori con una ragazza cosí bella mi faceva battere in modo irregolare il cuore.

Lei ha preso nel camerino un cappottino corto di lana nera, ha salutato gli altri attori che stavano finendo di vestirsi o pettinarsi e mi ha fatto strada verso l'uscita di servizio. Ero colpito da come la sua gentilezza formale si mescolava a un modo di fare molto piú istintivo, la sua timidezza a una confidenza fisica di persona che lavora con il proprio corpo e ne è divertita. La guardavo camminare, ed ero incantato da come si muoveva; da come si è girata un paio di volte a sorridermi.

Ma appena fuori sul marciapiede c'era un gruppetto di persone infreddolite ad aspettarla. Un tipo dai capelli lisciati all'indietro ha detto «Finalmente!», è venuto a prenderla per le braccia; e dietro di lui c'era una ragazza alta che si guardava intorno come una giraffa, e una coppia tutta rigida che avevo visto prima nei camerini, e un tipo con la testa rapata vestito di pelle nera. Insieme hanno fatto nuovi complimenti a Maria come a una bambina uscita da scuola; parlavano e la guardavano e si voltavano verso due grosse macchine ferme in costa al marciapiede, impazienti di andare, senza neanche vedermi.

Maria mi ha dato un'occhiata incerta; ha fatto un gesto per gli altri, ha detto «Lui è Roberto, di "Prospettiva"».

Loro hanno detto «Salve» con pochissimo entusiasmo; solo il tipo dai capelli lisciati mi ha stretto la mano, ha detto «Luciano Merzi», ma non sembrava certo cordiale.

Poi alle mie spalle è uscito Sirgo con sciarpa e cappello e bavero rialzato come una parodia di attore, seguito dall'altra attrice piú brutta. Senza quasi guardare nessuno ha detto «Dov'è la macchina, che mi prendo una polmonite?»

L'uomo della coppia rigida gli ha aperto subito la portiera di una delle due macchine; io e Maria e la ragazza giraffa e il tipo rapato siamo saliti su quella di Luciano Merzi.

Abbiamo girato per il centro della città affogata nella nebbia, Maria seduta davanti come un ostaggio di riguardo, io dietro tra la ragazza giraffa che non diceva

una parola e il tipo rapato che continuava a fare considerazioni sulla straordinarietà della scenografia. Merzi
guidava con estrema lentezza; girava le mani guantate
sul volante, spiegava a Maria quanto la sua presenza era
stata fondamentale nell'equilibrio dello spettacolo. Lei
si scherniva, diceva «Se ho sbagliato metà degli attac-
chi». Ma era chiaro che i complimenti le facevano piacere: glielo si sentiva nella voce.

Luciano Merzi non conosceva bene la strada, o forse voleva tenerci in macchina piú che poteva; quando
finalmente si è fermato dopo una serie di giri in tondo
eravamo a forse trecento metri dal teatro, ci avremmo
messo pochi minuti a piedi. Siamo scesi davanti a un
edificio ottocentesco dalla facciata gialla, Merzi ha indicato in alto una fila di finestre illuminate. Eravamo
nel cuore del cuore di Milano, all'interno del piccolo perimetro dove i grandi stilisti e gioiellieri hanno i loro
atelier e le case costano piú che in qualunque altra parte d'Italia. Gli unici rumori di traffico arrivavano da
lontano, i marciapiedi erano immacolati e deserti. Non
avevo nessuna voglia di andare a un ricevimento in una
casa come quella a quel punto della sera; ma Merzi ci
ha sospinti dentro, era tardi per dirgli qualcosa.

L'ascensore dava in una specie di grande bomboniera-guardaroba tutta stucchi e legni pregiati e vellu-
ti e vetri, fin troppo illuminata e riscaldata, collegata
a una sala piena di gente. La padrona di casa era piccola e bionda, senza rughe e senza età apparente; teneva Sirgo per tutte e due le mani nel corridoio, appena ha visto Maria se l'è tirato dietro per agguantare anche lei. A sentire la sua voce mi è venuto in mente che
si chiamava Paola Zobetto di Susta, le avevo telefonato una volta per un giro d'opinioni sul ritorno delle pellicce. Ha preso sottobraccio Maria e Sirgo, uno per lato come una bassa regina esuberante, li ha trascinati
verso la sala.

Io e Merzi e il tipo rapato e la ragazza giraffa li abbiamo seguiti, tra gli ex spettatori di pregio concentrati intorno al sindaco e a sua moglie e a sua figlia e a Dul-

cignoni e alla Celbatti e a Dramelli. Bevevano champagne, pescavano manciate di noccioline e salatini da
ciotole disposte su ogni superficie utile, parlavano e parlavano. Ho preso un bicchiere anch'io, a disagio peggio che a teatro, con i miei vestiti da giorno e le mie intenzioni di lavoro in mezzo agli abiti da sera e alle facce frivole che già avevo avuto modo di osservare troppo
a lungo.

Poi la padrona di casa ha richiamato l'attenzione verso una lunga tavola dietro cui alcuni camerieri erano
pronti a scodellare cibo, e gli ospiti si sono mossi senza
smettere i loro discorsi e atteggiamenti. Ma avevano tutti una fame furiosa, e presto c'è stata una calca quasi violenta lungo il tavolo: sgomitamenti e spinte per riuscire
a farsi riempire un piatto e andare ad appoggiarsi a un
mobile o a una parete, sedersi su sedie o poltrone o di-
vani con sguardi che si spostavano dalle facce al cibo alle facce senza tregua.

Mi rendevo conto che non c'era la minima possibilità di fare la mia intervista in quelle condizioni; già mi
immaginavo la faccia di Tevigati. Poi ho rivisto Maria
Blini con il suo piatto vicino a una finestra, attanagliata
da un lato da un regista pubblicitario e dall'altro da Luciano Merzi, e sono andato da lei, le ho chiesto se non
poteva dedicarmi solo cinque minuti in un angolo piú
tranquillo della casa.

Lei ha detto subito «Certo, scusa tanto»; si è rivolta a Luciano Merzi, in atteggiamento di chi non può
risolvere da sola una situazione di questo genere.

Merzi a malincuore è andato a parlare alla padrona
di casa; da lontano ho visto che lei gli chiedeva per quale giornale lavoravo, l'ho vista fare di sí con la testa
quando lui le ha detto «Prospettiva». È venuta da noi
e ci ha guidati fino a una saletta chiusa da una porta a
due battenti. Mi ha detto «Non ce la sequestri per
un'ora», con un sorriso freddo che le increspava agli
angoli la pelle tirata della faccia.

Cosí io e Maria Blini siamo rimasti soli, seduti ai due
estremi di un divanetto molto imbottito. Lei ha posa-

to su un tavolino intarsiato il suo piatto di maccheroncini in besciamella; io ho tirato fuori di tasca il mio piccolo registratore a pile e l'ho posato di fianco al suo piatto. Le ho fatto la prima domanda scontata che mi veniva in mente senza pensare, ho detto «Come ha iniziato a fare l'attrice?»

E non era certo la situazione ideale per un'intervista, stanchi e frastornati e affamati com'eravamo tutti e due, con le voci e i rumori della festa che arrivavano attraverso la porta, eppure lei è riuscita a rispondere senza gli atteggiamenti o le ruffianerie a cui di solito ricorrono anche gli intervistati che appaiono piú spontanei. Parlava come avrebbe potuto fare con un amico di cui si fidava, non si riparava dietro cautele diplomatiche o entusiasmi recitati. Quando le ho chiesto cosa pensava dello spettacolo mi ha risposto che era stata un'esperienza interessante ma lontana dai suoi gusti, il modo di dirigere e il carattere di Dulcignoni spesso l'avevano esasperata.

Le guardavo le labbra mentre parlava, le guardavo le mani e i polsi, gli avambracci bianchi e lisci come si intravedevano dalla giacchetta. Facevo di sí con la testa, ma senza raccogliere una per una le sue parole; ero sorpreso dal suo modo di fare, dalla confidenza ingenua e quasi arrischiata con cui rivelava i suoi pensieri.

Guardavo il suo piatto di maccheroncini sul tavolino, anche, perché stavo morendo di fame: ho pensato due o tre volte di chiederle se potevo prenderne una forchettata, ma non osavo. Facevo fatica a concentrarmi sulle mie domande, facevo uno sforzo incredibile per sembrare piú serio e sobrio e puntuale di come ero.

Le ho chiesto quali programmi aveva dopo L'attivatore di sogni; lei ha detto che non sapeva ancora, tranne forse a primavera una parte in un film ambientato in Sicilia. Senza allontanarmi dai miei stereotipi di intervistatore le ho chiesto se le interessava di piú il cinema o il teatro; lei ha detto «Non lo so. Il cinema è piú eccitante come idea, è cosí amplificato e smagliante e ricco e simultaneo. Ma se non sei proprio una star resti lí ore di seguito ad aspettare che sistemino le luci e i carrelli e tutto il resto, e quando finalmente ti fanno recitare dura pochi minuti, e hai solo un'idea vaga dell'insieme. Devi aspettare di vedere il film per capire esattamente cosa facevi». D'improvviso sembrava distratta e a disagio, faceva quasi fatica a parlare. Ha indicato il piatto che aveva davanti, mi ha chiesto «Ti secca se mangio? Sto per svenire dalla fame, credo».

Le ho detto «Mangia, mangia»; lei si è buttata con vera voracità sui suoi maccheroncini in besciamella. Ero colpito dall'energia vitale dei suoi gesti, adesso che non si tratteneva piú: da come la sua fame sembrava infinitamente piú allegra e interessante di tutte le manfrine e i finti esercizi di intelligenza che avevano affollato la serata. Mi ha chiesto se ne volevo anch'io, ma per qualche stupida ragione le ho detto di no; ho continuato a guardarla, con lo stomaco e il cuore che mi facevano male ogni volta che una nuova forchettata di maccheroncini spariva tra le sue belle labbra.

Avrei dovuto farle qualche domanda standard sulla sua vita non professionale, chiederle se viveva da sola o con qualcuno e che hobby aveva, ma già cosí mi sentivo in un ruolo abbastanza stupido. Le ho chiesto se le piaceva Milano; lei ha detto «No», senza neanche aggiungere che in compenso le piacevano i milanesi come si fa in questi casi. Le ho chiesto cosa leggeva; lei ha detto «Di tutto», l'ultimo libro che aveva letto prima delle prove era *Un eroe del nostro tempo* di Lermontov. Non cercava affatto di apparire colta o intelligente: rispondeva d'impulso, a tratti si confondeva, rideva, allungava la forchetta verso il suo piatto, mi guardava.

Cosí mi è venuto l'impulso di raccontarle che lavoravo a «Prospettiva» per sopravvivere ma in realtà avrei voluto fare lo scrittore. Le ho detto che stavo scrivendo un romanzo ambientato nella mia redazione, l'avevo quasi finito. Era un argomento di cui non parlavo mai con nessuno, a parte Caterina, ma avevo voglia di non apparire ai suoi occhi solo come un raccoglitore di pettegolezzi; cercavo disperatamente di proporle un'immagine di me piú interessante.

Lei ha detto «Davvero?», con una luce curiosa negli occhi come avevo sperato.

Ma nello stesso momento la porta a due battenti si è aperta, la padrona di casa si è affacciata a dirmi «Ha finito di sequestrarci questa poverina? Non l'ha neanche lasciata mangiare». Non era difficile leggere il fastidio vero sotto la sua finta indignazione; ho detto «Finito, finito», mi sono alzato in piedi.

Me ne sono pentito quasi subito, ma tardi, perché le porte erano già spalancate e la stanza invasa di gente e voci e fumo, Maria Blini già risucchiata a due metri da me tra richieste e offerte di attenzione, nuovi sorrisi, gesti ridondanti.

Mi sono chinato a raccogliere il mio registratore, e ho notato una vibrazione quasi impercettibile tra la gente che avevo intorno; un attimo dopo ho visto che era entrato Marco Polidori.

Era meno alto di come sembrava nelle fotografie o alla televisione, ma solido di figura, elegante in un abito nero tagliato morbido rispetto a quelli imbottiti e sagomati degli altri invitati. I suoi famosi capelli grigi corti alle tempie e sulla nuca gli ricadevano a ciuffo sulla fronte, i suoi famosi occhi scuri sembravano penetranti come nelle quarte di copertina dei suoi libri. Assecondava con agio le pressioni della padrona di casa che gli stava attaccata al fianco, scambiava saluti e battute con gli ospiti verso cui veniva pilotato. Da come sorrideva e da come teneva le mani in tasca era chiaro che non doveva divertirsi; ma sapeva di avere l'attenzione su di sé, la sosteneva con una disinvoltura ben collaudata. Rispetto a Riccardo Sirgo sembrava un attore di scuola molto piú moderna, misurato e preciso, attento alle sfumature invece che ai gesti a effetto.

Lo guardavo mentre si muoveva tra gli sguardi lunghi delle invitate donne, e pensavo che forse era questa sua capacità di cogliere gli equilibri giusti a permettergli di essere a cinquantatré anni lo scrittore italiano piú conosciuto nel nostro paese e nel mondo, i suoi romanzi venduti a centinaia di migliaia di copie e tradotti all'estero e trasformati in film, i suoi titoli riciclati da semiologi e pubblicitari e politici. Marco Polidori era in una categoria a parte rispetto ai personaggi che sentivo al telefono per «Prospettiva»: una volta che avevo suggerito di chiedere il suo parere su qualcosa Tevigati mi aveva detto «Quello non si abbassa a parlare coi giornali». Non era vero, ma certo stava attento a tenersi fuori dalla mischia bassa, non sovraesporsi o svendersi in accostamenti al di sotto della sua fama. Rilasciava interviste di rado, e solo se avevano un rilievo adeguato; andava alla televisione solo in programmi dignitosi, e quando era sicuro di essere l'ospite d'onore. In questo modo era riuscito a diffondere la sua immagine e tenerla viva senza inflazionarla, farsi conoscere da tutti senza contaminare una reputazione che pochi suoi colleghi avevano.

La padrona di casa l'ha condotto di invitato in invitato fino a Maria Blini, li ha presentati. Lui le ha stretto la mano con un gesto elegante; ha detto «Complimenti. Pare che tutti siano incredibilmente entusiasti». Aveva una leggerissima cadenza triestina in un accento neutro; parlava con il minimo indispensabile di voce.

Maria gli ha risposto «Pare di sí», in un tono diverso da quello che aveva usato con me fino a un attimo prima. Vedevo i suoi lineamenti morbidi tesi in un'espressione piú guardinga e adulta, le sue belle labbra contratte in un mezzo sorriso intimidito. E ha fatto un gesto verso di me, ha detto «Lui è Roberto Banta, di "Prospettiva"»

«Bata», ho precisato io, allungando la mano. Polidori me l'ha stretta e mi ha guardato solo per un istante, ma ho provato una sensazione difficile da definire. Non aveva niente a che fare con l'idea di incontrare un personaggio famoso; veniva da una luce di opinioni molto focalizzate nel suo sguardo, un riflesso scuro e ironico di giudizi netti. Non conoscevo quasi i suoi libri, a parte un paio di capitoli di *Sassi di fiume* studiati al liceo, e metà de *L'amplesso mimetico* leggiucchia-

to sopra la spalla di Caterina durante una vacanza in
Spagna. Non lo avrei citato tra i miei scrittori preferiti se me l'avessero chiesto; eppure trovarmelo di fronte mi ha emozionato come non mi era capitato spesso.

Polidori è tornato quasi subito a guardare Maria Blini. Lei di nuovo mi ha indicato: ha detto «Non fa solo il giornalista. Scrive romanzi anche lui».

Me l'aspettavo talmente poco che sono diventato
rosso dall'imbarazzo, mi sono guardato intorno tra le
facce distratte e irritate degli altri invitati senza sapere come uscirne.

Polidori aveva un'aria spazientita a doversi ancora
soffermare su di me: a bruciapelo mi ha chiesto «E anche lei è entusiasta dello spettacolo?»

Era tutta una situazione strana, tra Maria Blini e la
stanchezza e il disagio e gli invitati, il tono della sua
domanda come se volesse mettermi alla prova. Gli ho
detto «Non tanto. Anzi, per niente».

Subito dopo ho sentito un silenzio innaturale tutto
intorno; la padrona di casa mi guardava come se le avessi sputato sul parquet ben stagionato.

Anche Polidori mi guardava, ma adesso i suoi occhi
erano piú attenti, animati non capivo se di offesa o di
curiosità. Mi ha chiesto «Come mai?»

E per qualche ragione mi è sembrato di essere precipitato in un momento decisivo della mia vita, senza
il tempo di rifletterci né il minimo distacco per affrontarlo in modo adeguato. L'estraneità ostile degli
invitati e della padrona di casa mi è cresciuta intorno
fino a creare un vero risucchio che trascinava fuori i
miei stati d'animo, non me li ha lasciati articolare come avrei voluto. Ho detto «Perché è una specie di esercizio stilizzato di cadaveri, a parte Maria qui che era
l'unica traccia di vita. Il suo testo è solo un altro alibi,
tanto non si capisce una parola. È un'operazione fredda e sterile e pesante, e da morire di noia».

Ero incattivito, senza piú filtri; avrei potuto prendere a calci la padrona di casa e tutti gli ospiti che mi
capitavano a tiro, e Tevigati che mi aveva mandato, e

Luciano Merzi che adesso stava attaccato al braccio di Maria Blini e le bisbigliava qualcosa nell'orecchio. Aspettavo solo che Polidori mi rispondesse con qualche battutina gelida per aggredirlo: per gridargli quanto detestavo i suoi libri e la sua figura pubblica, il ricatto culturale che anche lui innescava ogni volta che scriveva qualcosa.

Invece Polidori mi ha detto «Ma la noia è una delle armi dell'avanguardia istituzionalizzata, no? Le coperture multiple, i bunker di riferimenti e citazioni per gratificare i critici e far leva sui complessi d'inferiorità e i desideri di espiazione degli spettatori?» Ha sorriso, ed ero stupefatto dal suo tono, dal suo punto di vista in apparenza cosí vicino al mio.

La padrona di casa ha prodotto una specie di piccola risata di gola, e altri invitati l'hanno imitata, con occhiate all'indietro nella sala verso Sirgo e Dulcignoni ancora intenti a ricevere complimenti e considerazioni di seconda e terza mano. Poi la pressione su Polidori è ripresa: gli sguardi e i cenni per attirarlo o sospingerlo verso altri punti della casa.

Ma lui sembrava ancora interessato a me; mi ha chiesto «Che genere di romanzi scrivi?»

«Non credo di avere un genere», gli ho risposto io. «E ne sto scrivendo solo uno, per adesso». Il fatto che mi desse del tu aveva scombinato ancora il mio equilibrio, mi ha spinto a espormi molto piú di come avrei voluto. Ho detto «Finora avevo scritto solo dei racconti brevi, ma volevo provare con una vera storia lunga. E abbastanza autobiografica credo, con "Prospettiva" di mezzo e Milano e tutto il resto». Mi sono pentito subito di queste frasi: dell'immagine finta obiettiva e giudiziosa che davano, come se cercassi di fare il piccolo critico di me stesso.

Polidori non ha cambiato sguardo, anche se la padrona di casa e gli altri invitati gli premevano addosso con piú insistenza, mi fissavano con irritazione crescente. Mi ha chiesto «E non hai mai pubblicato niente?»

Gli ho detto «No», cercando di non abbassare gli

occhi, sembrare incurante. Lo facevo in parte per lui, in parte per Maria Blini, anche se Merzi si adoperava cosí bene a distrarla da me.

«Neanche mai mandato qualcosa a un editore?», ha chiesto Polidori. La sua curiosità sembrava autentica, ma cominciavo a chiedermi se non aveva una natura puramente sociologica, o peggio nasceva dal desiderio di sfuggire a conversazioni piú noiose.

«No», gli ho risposto di nuovo. «Ho pensato un paio di volte di farlo per i racconti, ma poi mi è passata la voglia. E il romanzo non è ancora finito, non sono neanche sicuro di riuscirci. Non è che mi importi molto di essere pubblicato, in ogni caso». Questo non era vero, o almeno non in questi termini; e mi sono reso conto di quanto suonava come un'affermazione patetica.

Polidori era sempre piú incalzato dagli altri invitati; una ragazza in un abituccio tutto grinzette si è protesa a dirgli qualcosa da pochi centimetri, la padrona di casa lo tirava per un braccio. Lui mi ha detto «Non avresti voglia di farmi leggere qualcosa?»

Sono solo riuscito a balbettare «Non lo so. Certo. Se hai tempo, voglio dire». Cercavo di sostenere un atteggiamento alla pari, ma in queste condizioni era ben difficile: soltanto provarci mi costava una fatica tremenda.

Polidori ha detto «Io resto a Milano un paio di giorni. Se hai delle fotocopie puoi lasciarmele in albergo». Mi ha dato il nome dell'albergo e mi ha stretto la mano; era chiaro che il tempo che poteva dedicarmi in quelle condizioni era esaurito.

Avrei voluto spiegargli che in realtà preferivo arrivare prima in fondo al mio romanzo ed esserne convinto, ma lui si è girato tra le signore e le ragazze ansiose e Dulcignoni che gli arrivava incontro; decine di invitati ci hanno divisi. E Merzi ha trascinato via Maria Blini, dritta tra le braccia di un grassone fumatore di sigaro che l'ha abbracciata e baciata con una familiarità rivoltante.

Sono andato verso l'uscita, mezzo girato a guardarla mentre rispondeva a queste effusioni con la sua eleganza da animale raro, e ho provato un lampo acuto di gelosia, riassorbito nella stanchezza e nella confusione, nel caldo della bomboniera-guardaroba.

In strada l'autista e gli uomini di scorta del sindaco erano seduti nelle macchine blu, con il motore acceso per riscaldarsi dal gelo umido della notte; mi hanno seguito con lo sguardo mentre andavo via rapido lungo il marciapiede, sperando di trovare ancora un autobus.

Quando sono arrivato a casa erano le tre passate: tutte le luci erano spente, in camera da letto Caterina dormiva fondo. Avevo la testa piena di frasi e immagini della serata, la fame mi illanguidiva dallo stomaco al cervello. Sono andato in cucina a frugare nel frigorifero, ho tirato fuori una cotoletta e del cavolfiore freddo e me li sono divorati in due minuti; poi ho preso un pezzo di parmigiano e l'ho fatto fuori scaglia a scaglia, ho grattato l'interno della crosta con i denti. Pensavo al piatto di maccheroncini in besciamella di Maria Blini, al suo modo vitale e famelico di mangiarseli; alla sua curiosa eleganza da selvaggia incivilita.

Non ci vedevo piú dalla stanchezza, eppure mi sembrava di non avere ancora sonno. Sono andato a sedermi nel soggiorno, ho collegato la cuffia al piccolo registratore per riascoltare l'intervista a Maria Blini. Il timbro della sua voce era appena impoverito dal nastro sottile, ma i colori che trasparivano erano gli stessi che avevo in testa. Ascoltavo le piccole oscillazioni di volume provocate dai suoi movimenti, i suoni della sua forchetta sul piatto: me la rivedevo davanti, come se insieme alle parole il registratore avesse raccolto anche ogni piccolo gesto e sguardo.

Mi sono tolto i vestiti, mi sono infilato a letto. Caterina dormiva sulla pancia, con le braccia strette intorno al cuscino, un ginocchio alzato come se stesse arrampicandosi su una parete orizzontale. Ho spento la luce, le sono rimasto immobile di fianco; poi ho avventurato una mano a carezzarle la schiena e il sedere, attento a non svegliarla. Le sono scivolato piú vicino; ho scorso le dita dal basso verso l'alto tra le sue cosce tiepide, sotto la maglietta di cotone che usava come camicia da notte. Cercavo di esercitare la minima pressione possibile con i polpastrelli, concentrato sulle superfici che percorrevano; ma lei si è girata su un fianco. in tono lamentoso ha detto «Sto dormendo, Roberto».

Cosí mi sono lasciato ricadere sulla schiena, a respirare con le mani dietro la testa. Ero troppo irrequieto per dormire; un attimo dopo l'ho scossa per una spalla, le ho detto «Lo spettacolo era insopportabile. La regia e la musica e gli attori erano da spararsi. Dopo ho dovuto andare a una festa. Ho conosciuto anche Marco Polidori».

Caterina nel sonno ha mormorato «Quel maniaco sessuale»; si è girata dall'altra parte.

Tre

Lunedí mattina l'aria di Milano era cosí fredda e velenosa che ho provato quasi sollievo a infilarmi nel palazzo della redazione con il suo microclima artificiale, impermeabile a qualunque cambiamento di tempo e di stagione. Le mie colleghe e i miei colleghi avevano la solita aria intontita da inizio settimana; il rumore di fondo del grande alveare elettronico non aveva ancora raggiunto la sua frequenza piena. Ho acceso il monitor sul mio tavolo per sembrare occupato e ho preso il nuovo numero di «Prospettiva» da un tavolo vicino, mi sono messo a sfogliarlo. Di solito non rileggevo mai i miei pezzi pubblicati, ma avevo voglia di rivedere l'intervista a Maria Blini: rivedere lei, piú che altro.

Ho cercato tra le pubblicità di orologi da dieci milioni e di whisky single malt invecchiati vent'anni e di penne stilografiche al platino e carbonio; tra i sondaggi pseudosociologici corredati da foto di modelle nude, i pezzi internazionali copiati in fretta da «Newsweek» o dall'«Economist» o da «Scientific American», le inchieste traboccanti di mezze informazioni sui servizi segreti deviati e sulle stragi mai chiarite e sulle truffe di stato e di partito, le analisi costruite intorno alle battute dei politici e alle loro dichiarazioni ritrattate e ai loro avvertimenti cifrati.

Alla fine l'ho trovata: appoggiata sorridente a un muretto di pietra, con addosso solo una camicia da uomo sbottonata all'altezza del seno e troppo corta per coprirle le gambe. Era una foto d'estate; i suoi capelli biondi erano piú lunghi e schiariti ancora dal sole, la sua pelle piú dorata di quando l'avevo osservata da vicino tre sere prima. La mia intervista già corta era tagliata di un buon terzo per farla rientrare in un riquadro nel pezzo di Angelo Zarfi: le mie osservazioni su di lei ridotte a pochi aggettivi-etichetta, il tono irregolare delle sue risposte standardizzato a forza. Ero abituato a questo genere di censura tecnica o stilistica, ma l'idea che Maria potesse considerarmene responsabile mi riempiva di rabbia e di mortificazione. Guardavo la sua foto di cinque centimetri e mezzo per otto sotto il titolo idiota *Ed è subito Maria,* e avrei voluto avere un altro ruolo nella vita.

Tevigati si è affacciato da sopra il mio monitor, mi ha detto «Contempli i tuoi capolavori?»

Ho cercato uno sguardo che potesse servirgli da risposta e far trasparire almeno una piccola parte del desiderio che avevo di prenderlo per il collo.

Lui ha detto «Se devi sbarellare cosí appena ti mando a fare due domande a una bella figa, hai chiuso con le interviste di persona, Roberto Bata. Te ne stai fisso al telefono. Lo sai cosa costa qui dentro mezz'ora sbattuta via sotto chiusura per togliere le sbrodolate liriche del cazzo che ci avevi messo?»

Sono stato zitto per non dargli soddisfazione, lo guardavo mentre mi girava intorno con un sorrisetto goliardico che avrebbe dovuto attenuare in parte l'effetto delle sue parole.

Ha detto «Se te lo sei dimenticato non siamo una rivista letteraria, Roberto Bata. Siamo un settimanale di informazione». Scandiva tutto come se avesse un megafono a pile incorporato, per farsi sentire da piú redattori che poteva e riaffermare in pubblico alcuni principi di base; neanche in questo caso riusciva a concentrarsi su un solo interlocutore.

Qualche collega sorrideva nel suo stesso modo, qualcuno guardava altrove; le regole della redazione erano chiare e accettate da tutti, la solidarietà era riservata alle rivendicazioni contrattuali.

Poi Tevigati si è messo a spiegarmi un servizio che

gli era venuto in mente sul ritorno del matrimonio. Mi
ha dettato una lista base di personaggi a cui chiedere
un parere telefonico; ha detto «Fatti anche aggiornare
bene sulle loro situazioni personali, naturalmente».

Gli ho detto «Va bene»; ho fatto di sí con la testa
due volte o tre volte visto che continuava a fissarmi
senza muoversi. Ho aperto la rubrica con tutti i numeri
di telefono, pieno di risentimento com'ero.

Ogni volta che facevo uno di questi giri di opinioni
dovevo rassegnarmi a una piccola schermaglia, dove gli
intervistati sostenevano di essere troppo impegnati in
quel momento o di non avere niente di specifico da dire, di non volere parlare della propria vita privata. Ma
bastava citare i nomi dei loro colleghi già contattati, e
fargli capire che il loro ultimo disco o libro o film o programma televisivo sarebbe stato citato, per sentirli venire fuori senza piú riserve, pronti a rivelare i risvolti
piú intimi delle loro giornate, pieni d'ansia di mostrarsi
brillanti e spregiudicati e affascinanti.

Il filosofo Branzi mi ha spiegato come la vita nelle
grandi città ormai incoraggia gli individui a vivere da
soli, tanto che lui e sua moglie si consideravano una
specie in estinzione; la presentatrice televisiva Suriani
ha confermato che si sarebbe sposata alla fine del mese a Frascati, con una cerimonia assolutamente semplice come quella dei suoi genitori. Registravo le loro
risposte senza quasi ascoltarle, ma potevo vedermeli:
concentrati sul suono della loro voce, eccitati all'idea
di essere considerati indicatori di una nuova tendenza
o trasgressori di una vecchia.

All'una avevo già raccolto tra Roma e Milano un
buon numero di dichiarazioni argute e stuzzicanti e so-
brie e sorprendenti e piene di buon senso, da ridurre
poi a una o due frasi di seguito al nome degli intervistati in neretto. Dopo due anni che lavoravo a «Prospettiva» lo stile impersonale e pimpante che Tevigati
si sforzava tanto di coltivare era diventato una seconda natura; non è che mi capitassero spesso uscite di re-
gistro come per l'intervista a Maria Blini. A volte mi

chiedevo cosa avrebbe pensato un lettore tipo a sapere quanto risentimento c'era dietro ogni breve frase
scorrevole, dietro ogni aggettivo facile che gli scorreva sotto gli occhi.

Nell'intervallo sono sceso come sempre a mangiare
alla mensa interna, tra le redattrici e i redattori della
mia e delle molte altre riviste dello stesso gruppo, intenti a guardare i loro vassoietti e fare battute a circuito chiuso e parlare di competenze professionali e diritti sindacali e rivendicazioni personali. Giravo la forchetta nel mio piatto di penne al prosciutto e pensavo
a Tevigati nel ristorantino separato per dirigenti, ai
miei rapporti tiepidi e ripetitivi con Caterina, alla mia
vecchia Volkswagen che la mattina era partita solo a
spinta, alle labbra di Maria Blini giovedí sera, allo
sguardo di Marco Polidori; alle fotocopie del mio tentativo non finito di romanzo che avevo lasciato venerdí
pomeriggio al suo albergo, chiuse in una grossa busta
di carta gialla. La redattrice alla mia destra si chiamava Pesco; mi spiegava che l'aria condizionata le provocava una sinusite cronica, e un avvocato suo amico era
sicuro di poterle far vincere una causa per danni contro il gruppo editoriale.

Quando sono tornato su ho ripreso il giro di telefonate. Le due erano il momento migliore per trovare
qualcuno a casa, e i postumi del pranzo tendevano a fa-
vorire le dichiarazioni migliori, o almeno quelle piú va-
niloquenti e narcisiste e impudiche e adatte ai nostri
pezzi. Componevo i numeri e ascoltavo le segreterie telefoniche, alcune con frasi spiritose o musichette prima
del bip, lasciavo il mio messaggio e aspettavo che i personaggi della cultura e dello spettacolo mi richiamasse-
ro cinque minuti piú tardi. Intorpidito com'ero dovevo
simulare sorpresa e contentezza appena li sentivo, tirare fuori le mie domande di routine come se le avessi studiate apposta per loro. Mi sentivo abietto, pieno di fastidio fisico per i toni di voce che mi arrivavano all'orecchio, nausea per le imbecillità sentenziose che dovevo
registrare.

Poi il telefono ha suonato, e ho detto «Pronto?» nel mio modo falso e professionale, e dall'altra parte invece di uno dei personaggi da intervistare c'era la voce di una segretaria. Ha detto «Resti in linea un attimino che il dottor Polidori le vuole parlare».

Ho spento il registratore, mi sono guardato intorno per vedere se qualche redattrice cretina mi stava facendo uno scherzo da un'altra scrivania; ma tutti sembravano presi dal lavoro, ipnotizzati davanti ai loro monitor azzurrini. E subito mi è arrivata la voce di Polidori: ha detto «Come va, Roberto?», cortese ma un po' impaziente, come se fossi stato io a chiamarlo.

Gli ho risposto «Bene, grazie». Continuavo a controllare le altre scrivanie, anche se non avevo piú dubbi che fosse lui davvero.

Lui ha detto «Senti, a che ora finisci di lavorare lí?» C'erano altre voci dietro la sua, qualcuno che parlava in inglese concitato.

Gli ho risposto «Alle cinque e mezza», cauto e teso come un cane vicino a una tagliola.

Polidori si è interrotto per parlare con qualcuno, poi mi ha detto «Ti va di bere qualcosa insieme alle sette?» Non era una vera domanda: mi ha dato appena il tempo di chiedergli dove e ha messo giú.

Alle cinque e mezza sono uscito nel grande parcheggio davanti al palazzo di «Prospettiva», ho trovato due redattori di un'altra rivista che mi hanno dato una spinta alla macchina. Per fortuna è partita quasi subito, e a scatti e sputacchiamenti mi sono infilato nel traffico che rifluiva verso la città alla fine della giornata. Avevo tempo; ero contento di non poter arrivare in centro troppo alla svelta. Mi chiedevo se Marco Polidori aveva già letto tutto il pacco di fotocopie che gli avevo lasciato, o aveva appena scorso due o tre pagine. In ogni caso dubitavo molto che potesse aver trovato qualche genere di affinità tra il mio modo di scrivere e il suo. Non c'era bisogno di avere letto tutti i suoi libri per sapere quan-

to intelligenti e colti e complessi erano i disegni letterari a cui si dedicava. Mi bastava il tono delle recensioni
che accompagnavano ogni sua sortita: l'unanimità com-
punta, gli aggettivi che ricorrevano, le formule inter-
pretative messe a disposizione dei lettori per le loro conversazioni migliori. Marco Polidori era una specie di isti-
tuzione nazionale piú che uno scrittore, per quanto
apparentemente antistituzionale fosse il suo spirito; era
uno dei pochi nomi esportabili con orgoglio dal nostro
paese. Forse ai tempi di *Sassi di fiume* aveva anche scritto in modo nuovo rispetto ai suoi contemporanei, e lo
aveva fatto con intensità e divertimento, aveva rotto delle regole. Ma quello era un libro degli anni Sessanta,
quando ancora i critici non erano cosí automaticamente
entusiasti di qualunque cosa lui scrivesse, e lui non trovava troppo ingenuo o rozzo abbandonarsi a una storia
e a dei personaggi senza filtri distanziatori e struttura-
zioni geometriche altamente elaborate.

Per questo ero sempre piú teso, man mano che la fila
di macchine di cui facevo parte si avvicinava al centro.
Non mi piaceva l'idea di sottoporre a un monumento vi-
vente di cinquant'anni l'unica parte di me non ancora
triturata dai meccanismi della vita, rimettermi al suo giudizio come uno studente. Il tentativo di romanzo che gli
avevo lasciato da leggere era troppo intessuto di fatti e
pensieri miei, scritto con rabbia e con accanimento la sera e nei giorni di vacanza per compensare quello che mi
mancava e vendicarmi della realtà. Non l'avevo mai pensato come un esercizio letterario o un saggio di cultura
o di abilità tecnica; avevo trasferito sulla carta le mie
sensazioni cosí come mi passavano per la testa e per lo
stomaco, senza rifletterci sopra né rileggere né rispettare nessuna delle regole di Tevigati. E c'eravamo io e Caterina dentro; non era una storia da mettere davanti a
occhi clinici.

Ho impiegato un'ora buona di piccoli avanzamenti
e soste e vetri appannati e finestrini alzati e abbassati
per arrivare in centro; una volta in centro altri venti
minuti per trovare parcheggio. Alla fine ho lasciato la

macchina di traverso su un marciapiede, con il muso in fuori per poterla spingere piú facilmente al ritorno, e già non avevo piú tempo.

L'albergo di Polidori era in una vietta a fondo di bottiglia subito dietro piazza del Duomo. Ogni volta che mi era capitato di passarci c'era una grossa macchina di lusso parcheggiata davanti all'ingresso, una Rolls Royce o una Mercedes a passo lungo che forse veniva messa a disposizione dei clienti di pregio o solo lasciata in mostra per tenere alta l'immagine del posto. La cattedrale era a pochi passi, oltre l'angolo del porticato dove due africani vendevano magliette Lacoste false in margine al fiume di persone in scorrimento continuo.

Sono entrato dalla porta rotante sotto gli occhi del portiere gallonato che scalpicciava per scaldarsi i piedi; mi sono guardato intorno nella hall, tra ricchi turisti stranieri e manager italiani di medio-alto livello. Erano le sette in punto, ma Polidori non si vedeva. Ho chiesto alla reception se sapevano dove fosse, o se aveva lasciato messaggi per me. Il concierge era lo stesso a cui venerdí avevo consegnato la busta con le fotocopie: mi ha guardato con una faccia sprezzante, ha detto «No, signore».

Cosí sono andato avanti e indietro tra il bancone e le porte a vetri per qualche minuto, poi mi sono seduto su una poltrona dai braccioli troppo alti. Avevo caldo, anche quando mi sono tolto il giaccone di piumino e me lo sono messo sulle ginocchia: sentivo la schiena sudaticcia, i piedi sudaticci nelle calze di lana. Ero pentito di essermi ficcato in una situazione del genere, non avevo nessuna voglia di sentire il parere di Polidori. Speravo solo che non arrivasse: guardavo verso l'ingresso e guardavo l'orologio, con sollievo crescente man mano che i minuti passavano.

Alle sette e mezza ho pensato che avevo fatto il mio dovere e potevo considerarmi libero; mi sono alzato e mi sono rimesso il giaccone, e nello stesso momento ho visto Polidori entrare dalle porte a vetri.

Era vestito nel suo stile morbido ed elegante, senza

cappotto malgrado il freddo che faceva fuori; insieme a lui c'erano una bella signora bionda con gli occhiali e un tipo basso dai capelli nero pece. Hanno attraversato la hall verso il bancone della reception senza guardare nessuno, tutti e tre consapevoli delle occhiate che convergevano su Polidori. Lui ha chiesto qualcosa al concierge; il concierge gli ha dato dei foglietti e un paio di buste, poi ha allungato un dito a indicarmi. Ero in trappola ormai; sono andato verso di lui, piú lento che potevo.

Polidori mi ha stretto la mano, ha detto «Allora?», senza sorridere molto. La signora bionda e il tipo basso mi guardavano con un misto di fastidio e di allarme, come se si aspettassero di vedermi tirare fuori una pistola.

«Allora», ho detto io, ancora piú a disagio di come mi ero immaginato. Cercavo di apparire disinvolto, ma intanto ero lí a fargli la posta nella hall dell'albergo come un cacciatore di autografi, soffocato nel mio giaccone da Polo Nord.

Lui si è girato a spiegare al concierge l'ora precisa a cui voleva un taxi, mi ha lasciato di nuovo sotto gli sguardi dei suoi accompagnatori. Solo dopo ci ha presentati, ha detto «Roberto Bata, Liana Ricci, Alfredo Semar», senza spiegare chi era o cosa faceva nessuno di noi. Sembrava distratto da altri pensieri, affaticato all'idea di non essere solo; avrei voluto girarmi di scatto e scappare fuori. Alla fine ha detto «Beviamo qualcosa?»

Li ho seguiti verso gli ascensori come un prigioniero, mi sono tolto di nuovo il giaccone lungo il percorso. Tanto per dire qualcosa ho chiesto a Polidori «Vieni sempre qui, quando sei a Milano?»

Lui mi ha guardato; ha detto «No, perché?», come se ci fossero implicazioni negative nella mia domanda. Mentre entravamo nell'ascensore ha aggiunto «L'unica cosa buona qui è la posizione». La donna bionda ha sorriso, riparata nel suo bel cappotto. In realtà era un albergo meno elegante di come ci si poteva aspettare: c'era uno spirito di opulenza bolsa e ottonata, senza nessun colore particolare.

Ero quasi paralizzato dall'imbarazzo, e l'idea di avere a che fare con tre persone peggiorava ancora le cose;
mi chiedevo se avrei dovuto sostenere un giudizio col-
lettivo, una specie di commissione d'esame. Ma quando l'ascensore si è fermato al quarto piano Polidori ha
porto una chiave alla donna bionda, ha detto a lei e al
tipo basso «Vi dispiace andare da me intanto? Vi rag-
giungo tra poco». Loro due hanno detto «Certo», sono
scivolati fuori con appena un cenno della testa per me.

Io e lui siamo saliti all'ultimo piano, in una sala tutta vetrature nervate che davano sul Duomo. Era uno
spettacolo strano: le guglie biancastre illuminate nella
foschia come stalagmiti, o come i denti di un'enorme
balena fossile. I tavoli apparecchiati con cura erano tutti vuoti, tranne uno in un angolo occupato da una coppia di giapponesi, lui molto piú vecchio di lei.

Polidori ha scelto un tavolo all'estremo opposto della sala; ci siamo seduti e un attimo dopo è arrivato un
cameriere con due menu in mano. Non capivo piú se
adesso ero invitato a cena o cosa; se avrei dovuto avvertire Caterina. Polidori ha detto al cameriere «Beviamo solo qualcosa».

Il cameriere era anziano e col naso stretto, rigido di
zelo nella sua divisa; ha detto «Il servizio bar finisce
alle diciannove, a quest'ora siamo solo ristorante».

Polidori senza cambiare sguardo né tono ha detto
«Va bene, ma noi beviamo solo qualcosa». Sorrideva
appena, appoggiato su un gomito; la sua figura aveva
un'aura di potenzialità latenti, come un giaguaro fermo può avere un'aura di improvvisi balzi.

E il cameriere senza piú discutere ha fatto un mezzo inchino, ha chiesto cosa volevamo bere. Potevo immaginarmi come avrebbe reagito con chiunque altro:
la spocchia sdegnosa e vendicativa riparata dietro una
barriera invalicabile di regole e orari. Ma Polidori era
famoso anche tra chi non leggeva i suoi libri, la sua fama cosí impregnata nel suo modo di fare da mettere in
soggezione anche chi non lo riconosceva.

Mi ha chiesto «Cosa prendi?» e nell'imbarazzo ho

detto «Una vodka», anche se sono sempre stato prati-
camente astemio. Mi sembrava che la situazione pre-
tendesse qualche genere di prova di maturità o di viri-
lità: seguivo delle impressioni dilatate come in un con-
tenitore sottovuoto, senza riflettere. Lui invece ha
ordinato per sé una spremuta d'arancia, e avrei voluto
dirgli che andava bene anche per me ma era tardi; il cameriere è scivolato via, senza nemmeno guardare la coppia di giapponesi che gli faceva cenni da vari minuti.

Siamo rimasti in silenzio, seduti a guardare il fantasma della cattedrale di marmo attraverso i vetri. Polidori sembrava di cattivo umore e pieno di pensieri, io
avrei voluto essere altrove. Quando il cameriere è arrivato con i bicchieri ho preso una gollata di vodka come
se fosse acqua; ho sentito l'alcol che mi bruciava lo stomaco e subito mi saliva dritto alla testa. Nel giro di pochi secondi mi è sembrato completamente assurdo stare seduto nel silenzio della sala vetrata, con quelle guglie agghiaccianti davanti e Marco Polidori zitto alla mia
sinistra. Mi sono chiesto com'ero arrivato a una situazione del genere; come ne potevo uscire.

Poi lui senza nessun preambolo ha detto «Quella tua
storia è bellissima. È piena di invenzione, e di divertimento, e di tristezza, e di verità. Non so da quanto non
leggevo qualcosa di cosí vivo. Di cosí crudo, non mace-
rato fino a una poltiglia dagli acidi della consapevolezza e della presunzione». Ha sorriso, e per un attimo mi
è sembrato che avesse gli occhi lucidi di lacrime, prima
di voltarsi e prendere un sorso di spremuta.

Sono rimasto allibito, perché avevo provato a immaginarmi una gamma intera di sue possibili reazioni,
dall'imbarazzo all'indifferenza all'incoraggiamento, ma
questo calore cosí emotivo e aperto non mi era passato neanche lontanamente per la testa. Non riuscivo a
trovare nessuna frase o espressione facciale di risposta;
non riuscivo a muovermi sulla sedia.

Polidori sembrava ancora commosso; ha detto «Tu
non hai idea di quanto sia finto e pretenzioso e privo di
vita quello che si legge di solito, Roberto. Non hai idea

di quanti calcoli freddi e deboli e ambiziosi e cupi e carichi di noia vengano riversati in scrittura ogni giorno. Leggere una storia come la tua è una specie di miracolo, come trovare un diamante tra la spazzatura».

Di nuovo non sapevo cosa rispondergli; il cuore mi batteva veloce, avevo la testa piena di sensazioni difficili da fermare. Ho bevuto altra vodka gelata, e mi ha confuso ancora i pensieri; era un bicchiere enorme.

Polidori ha detto «Quello che mi colpisce è la qualità pura e grezza della tua scrittura, come se non avessi letto nessun libro in vita tua, oppure li avessi letti tutti e seguissi l'insegnamento Zen di dimenticare quello che sai».

Mi guardava con aria interrogativa, ma non mi sembrava che si aspettasse una spiegazione da me. Oscillavo tra sentimenti contrastanti, confusi e raddensati ancora piú dall'alcol: mi imbarazzava l'idea che mi considerasse un naif inconsapevole, e d'altra parte non avevo seguito nessun insegnamento Zen mentre scrivevo, mi ero solo lasciato portare dalla rabbia e dalla frustrazione cosí come venivano fuori dalla mia vita. Gli ho detto «Non so bene. Sono due anni che ci lavoro, ma è ancora pieno di cose che non mi convincono, e non riesco a trovare un finale». Mi sentivo quasi nella posizione di dovermi giustificare, come uno che ha rotto una finestra con il suo pallone senza volerlo.

Polidori mi ha chiesto «E intanto lavori per "Prospettiva"? Scrivi articoli e fai interviste tutto il giorno, e quando torni a casa riesci a ritrovare lo spirito della tua storia?» Anche lui sembrava sconcertato; capivo che mi girava intorno, cercava un angolo di lettura.

«Dipende» ho detto io. «Certe volte sono talmente stufo e depresso che non riesco piú a scrivere niente di mio, ma di solito mi viene una voglia tremenda di farlo proprio per reazione. Forse tutta questa storia l'ho scritta per reazione, in realtà. Per sopravvivere. È una specie di vendetta, credo». Avevo la sensazione di non controllare piú le parole: mi sembrava che le vocali si dilatassero fuori misura, lasciassero aloni sonori nel vuoto della sala vetrata. Sorridevo in modo stupido, anche, facevo gesti inutili.

Polidori adesso mi guardava con un interesse piú focalizzato, ma era ancora vicino e caloroso, attento come un amico. Mi ha chiesto «E prima di lavorare a "Prospettiva" cosa facevi?»

«Il supplente di italiano in una scuola media», ho detto io, «e collaboravo a una radio privata. Prima ancora ero all'università, poi ho fatto il servizio militare, poi ho lavorato in un allevamento di cani a Digione, mentre mia moglie faceva il suo corso di specializzazione. Scrivo da quando ho diciott'anni, ma è sempre stata una specie di attività collaterale». Mi rendevo conto di dargli un'immagine non del tutto accurata della mia vita, piú leggera e facile e scorrevole di com'era mai stata; ma cercavo di confermare il quadro che lui doveva essersi fatto di me. Era una specie di riflesso automatico, scavalcava i miei pensieri.

Polidori è stato zitto, sembrava assorto nelle guglie del Duomo; io ascoltavo l'acciottolio sommesso dei due giapponesi all'altra estremità della sala, il tintinnio di vetri e i soffi di vapore che venivano dalle cucine. Poi si è girato, mi ha detto «Io penso che tu sia uno scrittore, Roberto. Penso che dovresti cercare di finire questa storia, e pubblicarla».

Lo guardavo da pochi centimetri, alterato com'ero dall'alcol e dalla situazione, e mi sembrava di percepire in modo distinto il campo magnetico di offerte e richieste che irradiava dalle sue parole e dai suoi gesti, dai suoi occhi intensi e impazienti. Mi sono reso conto di come mi stavo mettendo a disposizione in quel momento: di come la mia diffidenza e il mio desiderio di autonomia si stavano riducendo a un diaframma sempre piú sottile.

Gli ho detto «Ma non so se ho davvero voglia di pubblicarla. È una storia troppo diretta. C'è dentro "Prospettiva", e i miei colleghi, e mia moglie. Ci sono troppi particolari della mia vita e della vita delle persone che conosco». Ero spaventato: mi sentivo spinto verso l'orlo di un abisso, anche se era un abisso che avevo sognato molte volte.

«E allora?» ha chiesto Polidori. «Di cosa credi che siano fatti i grandi libri? Di altri libri?» C'era un fondo strano nella sua voce, parte divertito e parte irritato; il suo sguardo sondava le mie espressioni.

Gli ho detto «Poi continuo a scrivere e non riesco a trovare una fine. Mi sembra che potrei andare avanti per altre duecento pagine».

Polidori ha detto «È perché sei ancora troppo vicino all'origine della tua storia. Ci vivi dentro, ancora. Quello che dovresti fare è tirarti fuori, andartene da "Prospettiva" e forse anche da Milano. Dovresti mettere una distanza fisica tra te e quello che racconti, e prenderti piú tempo dei ritagli che hai avuto finora. E non scrivere nient'altro finché non hai finito».

«Sí, ma come faccio?», gli ho chiesto io. «Non posso mica lasciare il mio lavoro per una cosa che non mi può neanche dare da vivere. E dove vado?» Le mie parole erano alonate da fare paura, adesso: mi sembrava di parlare come un pesce, produrre bolle che salivano fino a dissolversi contro le vetrature della sala.

Polidori ha sorriso; mi ha detto «Chi l'ha deciso che non ti può dare da vivere? E quanti figli hai da mantenere? Quante donne e quante case hai?»

«Solo una moglie», gli ho detto. «E un appartamento di cinquanta metri quadri». Ho sorriso anch'io, ma lui aveva già smesso.

Mi ha detto «Cavolo, Roberto, io alla tua età facevo la fame un giorno sí e uno no. Pesavo sessanta chili tanto ero magro, quindici meno di adesso. Suonavo il piano nelle balere di Buenos Aires finché avevo le dita massacrate e correvo dietro a tutte le donne che mi passavano davanti, scrivevo quando avrei dovuto dormire e dormivo quando avrei dovuto mangiare. Che razza di mondo è diventato, dove uno che ha la fortuna immeritata di sapere scrivere in modo cosí netto preferisce fare il ragazzo di redazione e riportare pettegolezzi di seconda mano piuttosto che rischiare a vivere

da artista? Per forza che poi quando alla fine riuscite
a pubblicare qualcosa sono tutti piccoli esercizi d'ac-
cademia, scritti per dimostrare che avete letto i libri
giusti e che siete giudiziosi e sensibili, pieni di prudenza
e di buoni sentimenti».

«Non è vero», gli ho detto, anche se sapevo che almeno in parte lo era. Ho detto «Non è per prudenza»;
ma non riuscivo a trovare parole adeguate alla luce furiosa che gli brillava nello sguardo, alla passione ironi-
ca e violenta della sua voce.

«E allora?», ha chiesto lui «Allora perché preferisci
tenere in frigorifero il tuo talento invece di buttarti con
tutta l'energia che hai in quello che sai fare? Perché siete cosí orrendamente realistici e ragionevoli? Per rassi-
curare i vostri genitori, avere la mutua quando sarete
vecchi?»

Sono rimasto in bilico tra due o tre possibili battute
per disimpegnarmi e salvare la faccia, e invece nel giro
di pochi secondi ha cominciato a salirmi dentro un desiderio di sfida che non avevo mai provato prima: mi saliva nel sangue denso quanto l'alcol che avevo bevuto, tra-
volgeva tutti i miei pensieri lungo il percorso. Volevo stu-
pirlo, dimostrargli che non mi aveva affatto capito, che
aveva torto a parlarmi al plurale come se fossi il rappresentante di un'intera generazione di vigliacchetti. Avrei
potuto fare qualunque gesto dimostrativo: mettere la mano su una fiamma, se ce ne fosse stata una, o spezzare il
bicchiere vuoto di vodka sul bordo del tavolo.

Invece gli ho detto «Hai ragione. Domattina mi li-
cenzio. Basta». Lo guardavo fisso, con le mani nelle tasche della giacca; dondolavo leggermente la testa, per
la vertigine di aver compiuto un passo irrimediabile.

Lui mi guardava con un sorriso sottile, non capiva
se dicevo sul serio o no. Ma era stupito: bloccato a metà
atteggiamento dalle mie parole. Ha detto «Non credo
che tu possa decidere cosí. Non devi farti influenzare
da nessuno, Roberto. Sei tu che ci devi arrivare».

«Ci sono arrivato», ho detto io. «Non mi faccio influenzare da nessuno. Sono due anni che ci penso. Ho

chiuso con "Prospettiva". Davvero. D'ora in poi mi de-
dico solo al mio libro finché non l'ho finito». Cercavo
di assumere un tono ironico e vissuto come il suo; avrei
anche ordinato un altro bicchiere di vodka, ma non riuscivo a vedere il cameriere da nessuna parte.

Polidori sembrava quasi preoccupato adesso; ha detto «Senti, pensaci con calma. Io ho deciso da anni di
non accettare responsabilità sulla vita di nessuno.
L'unica cosa che ti dico è che la tua storia è molto bella, e se riesci a finirla ti aiuterò a pubblicarla. Per il resto cerca di seguire il tuo istinto».

Avrei voluto dirgli che l'avevo appena seguito, ma lui
ha guardato l'orologio, ha detto «Porca miseria, devo
andare. C'è questo cavolo di poeta portoghese Alberto
Semar che è anche il mio traduttore, devo spupazzar-
melo a cena». Il cameriere è arrivato come un'ombra,
Polidori gli ha dato un biglietto da cinquantamila lire e
si è alzato.

L'ho seguito verso l'ascensore come se camminassi
sull'acqua, i pensieri mi ondeggiavano dentro allo stesso modo. Polidori ha detto «Io torno a Roma domani.
Ti lascio il mio numero, fatti vivo». Lo ha scritto su un
cartoncino che aveva in tasca, con una calligrafia netta
anche se scriveva in piedi appoggiato allo specchio
dell'ascensore. La porta si è aperta quasi subito al suo
piano; lui mi ha dato il cartoncino e mi ha stretto forte
la mano, ha detto «Ci vediamo, Roberto».

Poi è sceso, ma aveva ancora l'aria di volermi dire
qualcosa; ho bloccato con una mano la porta scorrevole,
come se si trattasse di tenere aperte le possibilità della
mia vita. Ha detto «Non ti voglio promettere niente, ma
se per caso decidi davvero di andartene da "Prospettiva" e di cambiare aria per finire il tuo libro e hai paura
di morire di fame forse ci sarebbe una possibilità a Roma. È una rivista a cui collaboro, esce ogni tre mesi. Ti
porterebbe via molto meno tempo di "Prospettiva", e
almeno avresti uno stipendio».

Gli ho detto «Eh», con la mano sulla porta scorrevole; cercavo di mantenere un'espressione coerente.

Polidori ha detto «Va be', sai dove chiamarmi». Mi ha fatto un cenno; mentre la porta si chiudeva l'ho visto andare via per il corridoio.

Sono uscito in strada con il giaccone ancora sottobraccio, me lo sono infilato sotto i portici. Ho camminato alla cieca per almeno dieci minuti, prima di ricordarmi dove avevo lasciato la macchina e tornare indietro a prenderla.

Quattro

Il giorno dopo sono andato al palazzo di «Prospettiva» in uno stato di grande agitazione. Non avevo idea di come funzionasse un autolicenziamento: se avrei dovuto parlarne con Tevigati o con il direttore, se c'era una dichiarazione scritta da consegnare o un preavviso minimo da dare; se si poteva farlo in modo del tutto neutro o era inevitabile litigare. Polidori mi aveva consigliato di seguire il mio istinto, ma in questo caso ne avevo almeno due, e non avrebbero potuto essere piú in contrasto: uno mi spingeva a fare la prima scelta netta della mia vita, l'altro a stare adagiato nella mia insoddisfazione cosí familiare e rassicurante. In piú non era il periodo migliore dell'anno per fare scelte nette, con il freddo e le feste in avvicinamento; quando ne avevo accennato a Caterina a colazione lei aveva detto «Ma cosa dici?»

Tra questi dubbi mi sono seduto alla mia scrivania, ho ripreso in modo meccanico a trascrivere i frammenti utilizzabili delle telefonate sul ritorno del matrimonio. Sapevo quasi senza pensarci come avrei potuto giustapporli, legati uno all'altro con la gamma di sinonimi ed equivalenti del verbo dire prescritta da Tevigati, cosí che se l'attrice «raccontava» il sociologo doveva «soggiungere» e il poeta «sbottare» e la cantante «confidare», il politico «obiettare» o «ribattere» o «affermare» o «riferire» o «rivelare» o «dichiarare» o «sostenere», finché l'intera scorta era esaurita e si poteva ricominciare da capo. Seguivo questa procedura con la sicurezza che mi veniva da due anni di lavoro lí dentro, e anche se mi sentivo ridicolo come sempre, ogni gesto mi allontanava un poco dai discorsi con Polidori il giorno prima. Pensavo che lui stesso alla fine mi aveva detto di pensarci bene; che non avevo nessun impegno morale con nessuno a essere impulsivo.

Poi alle tre di pomeriggio Tevigati mi è arrivato alle spalle e si è sporto a leggermi sul monitor. Quasi subito mi ha chiesto «La Tarchio Ponazzi l'hai sentita?»

Gli ho risposto di no; lui ha detto «E chiamala, cazzo, cosa aspetti? Facciamo un pezzo sul matrimonio e non sentiamo la Tarchio Ponazzi che ci ha scritto su un libro intero?» Ancora non era contento: ha fatto un passo indietro e ha attivato la sua voce da megafono a uso degli altri redattori, ha gridato «Sveglia, Bata, cazzo! Non siamo ancora in vacanza sulle nevi immacolate, porca puttana!»

Cosí mi è sembrato che le cose si fossero decise da sole, come avevo sempre sperato nel mio modo fatalista e un po' vile. Mi è sembrato che Polidori fosse lí a guardarmi, con il suo sorriso da istigatore ironico. Mi sono alzato e ho preso dalla scrivania la mia penna e il mio blocchetto di appunti personali, ho detto a Tevigati «Chiamala tu la Tarchio Ponazzi, e salutala tanto da parte mia, quella vacca».

Lui era cosí sicuro dei suoi rapporti con il mondo, mi ha guardato con una vera faccia sconcertata, sorda di sorpresa. Sono andato dritto verso l'uscita, sotto gli sguardi delle mie colleghe e colleghi attaccati ai loro monitor.

Tevigati mi è venuto dietro mezzo stravolto, ha gridato «Aspetta un attimo, Roberto Bata, fammi capire una cosa».

A pensarci dopo mi sarebbe piaciuto aver trovato una frase ben tagliata per cogliere il momento, ma come sempre me ne sono venute in mente solo piú tardi. Invece gli ho detto «Cazzo cazzo cazzo porca puttana, Tevigati»: come se lo vedessi da un'enorme distanza ormai.

Piú tardi ho lasciato la macchina sulla circonvalla-
zione e sono andato in giro per la città, tra librerie e negozi di dischi e strade. Mi sentivo incredibilmente leggero, come se mi fosse evaporato un peso enorme dalle
spalle, ma non era solo una sensazione piacevole: mi sentivo anche esposto nel vuoto, instabile e privo di direzione. Mi guardavo intorno senza vedere molto; non
riuscivo ancora a rendermi conto di avere davanti tutto il tempo che volevo, e nessuna prospettiva concreta
di sostentamento. Mi sentivo a tratti un eroe e a tratti
un cretino; mi chiedevo come avrebbe reagito Caterina, cosa avrebbe detto Polidori. Ho perso il senso del
tempo, anche: sono arrivato a casa che erano già le otto e mezza.

Caterina era in soggiorno, seduta sul divano con un
libro sulle ginocchia. Ha detto «Avevo fatto un riso ai
piselli, ma ormai è diventato un pastone schifoso».
Aveva una vera nevrosi milanese per gli orari dei pa-
sti, che le faceva sembrare terribile anche un ritardo di
dieci minuti; e non capitava spesso che facesse da mangiare. Non le riusciva naturale, quando ci si impegnava era tesa come per un'operazione di guerra: per questo di solito preparavo io, o andavamo fuori; non eravamo una coppia di grandi gourmet.

Ma non avevo nessuna voglia di mettermi a litigare
sul cibo in un momento come quello; le ho detto «E
pazienza. Ci sono cose piú importanti del riso ai piselli nella vita».

Lei invece di arrabbiarsi come avrebbe fatto in condizioni normali si è resa conto che c'era qualche genere di svolta drammatica nella nostra vita; mi ha detto
«Si può sapere cosa ti è successo?»

Avrei voluto aspettare a dirglielo: magari cominciare a mangiare e parlare d'altro, arrivarci per gradi in
modo da avere io stesso un quadro piú sedimentato della situazione. Invece lei era lí che mi fissava, con tutti
i suoi sensi in allarme come se mi avesse sorpreso al ritorno da un appuntamento galante, e ho finito per dirle «È successo che mi sono licenziato da "Prospettiva"

e ho deciso di lavorare al mio romanzo finché riesco a pubblicarlo, smetterla con questo cavolo di vita mezza convinta e mezza tiepida e mezza morta».

Lei ha posato il suo libro su un mobiletto, ci ha messo qualche secondo a dirmi «Stai scherzando, o cosa? Io pensavo che stamattina scherzassi».

C'era una nota di sgomento nella sua voce, e mi ha comunicato una vera paura da prospettive sconosciute, piú intensa di quando camminavo da solo per il centro. Per non lasciarmi travolgere sono andato a stringerla intorno alle spalle, le ho detto «Cerchiamo di avere un minimo di senso dell'umorismo, per piacere».

Le ho descritto la faccia di Tevigati quando me n'ero andato, le facce dei miei colleghi; ma lei non era affatto divertita. Ha detto «Sei scemo, Roberto. Fai le cose senza pensarci. Ti lasci influenzare da uno come Polidori che si diverte a fare il duro in un momento di noia. Tanto sai cosa gli costa, ce lo paga lui l'affitto?»

Cosí le ho detto «Per favore non facciamoci risucchiare in questo cavolo di gioco di ruoli, Caterina. Non metterti a fare la saggia, tanto non lo sei mai stata per fortuna. Polidori non c'entra niente, io a "Prospettiva" stavo diventando pazzo. Mi viene la nausea solo a vedere un telefono, Caterina. Mi viene la nausea solo a sentire i nomi, guardare le fotografie. E sono stufo di essere giudizioso e realistico, sono stufo di tenere in frigorifero le mie capacità e rimandare a chissà quale futuro quello che voglio fare davvero».

Parafrasavo le parole di Polidori; andavo a sbalzi dalla convinzione ai dubbi alla convinzione come in un otto volante di stati d'animo, pieno di paura quando arrivavo in basso e quasi esaltato quando tornavo su. La paura mi faceva parlare a voce alta, l'esaltazione mi tagliava le pause; mi rendevo conto di sembrare molto piú determinato di com'ero in realtà. Ho detto «Non possiamo restare in questo limbo per sempre, Caterina. Ho scritto un romanzo e non è brutto, a Polidori piace e non credo che gli capiti spesso. Aveva le lacrime agli occhi quando ne parlava, Caterina. Ma devo trovare un minimo di distanza dalla mia storia se voglio finirlo. Se non rischio niente non ne uscirò mai, andrò avanti altri vent'anni a farmi dare compitini idioti da Tevigati e riempirmi di rabbia e frustrazione e lamentarmi e lamentarmi a ogni minima occasione che capita».

Caterina era appoggiata a una parete del nostro brutto piccolo soggiorno, mi guardava come se non mi riconoscesse del tutto. Ma sapeva quanto poco contento ero del mio lavoro, ed era stata lei a incoraggiarmi a scrivere da quando ci conoscevamo; e non era certo entusiasta della nostra vita, si era immaginata di meglio almeno quanto me. Alla fine ha detto «Roberto, sei tu che devi decidere, se sei cosí convinto».

E non ero cosí convinto, ma a questo punto davvero non potevo piú tornare indietro. Siamo andati in cucina, ci siamo seduti a mangiare il riso con i piselli, ridotto ormai a una pappa verde pallido.

Cinque

Ho telefonato a Polidori a Roma per dirgli che mi ero licenziato, ma al suo numero rispondeva una voce registrata di donna che diceva «Lasciate un messaggio, sarete richiamati». Ho lasciato il mio nome e il mio numero di telefono; ho detto «Volevo solo dirti che mi sono licenziato, alla fine». Lui non ha richiamato, né quel giorno né il giorno dopo né il giorno dopo ancora. Mi sono rifatto vivo io due volte, ho lasciato due messaggi nel tono piú spiritoso e meno insistente che mi veniva. Polidori ha continuato a non farsi sentire.

Ho provato a lavorare al mio libro, ma avevo la testa troppo occupata da altri pensieri, non riuscivo a concentrarmi piú di qualche minuto di seguito. La segretaria di redazione di «Prospettiva» mi ha telefonato per dirmi che il mio autolicenziamento era altamente irregolare perché non avevo dato i due mesi obbligatori di preavviso, il gruppo editoriale avrebbe potuto farmi causa se avesse voluto. Per fortuna non voleva, ma naturalmente mi avrebbe trattenuto due mesi di stipendio dalla liquidazione. Le ho detto «Non c'è problema». Tra me e Caterina avevamo un milione e trecentomila lire in banca, era chiaro che non sarebbero durate molto oltre la fine di dicembre. I miei genitori erano piú preoccupati di come volevano far capire; mio padre mi ha detto «L'importante è che tu segua quella che ti sembra la tua strada». Gli ho risposto «La mia strada è scrivere romanzi»; anche se non ero affatto sicuro che fosse una strada praticabile, e non avevo la minima idea di dove portasse.

Il fatto è che non mi sembrava di avere intorno o dentro di me il materiale per alimentare l'esistenza da artista di cui parlava Polidori. Non ero in Sudamerica e non sapevo suonare il pianoforte né mi passavano davanti molte donne suggestive, non avevo nessuna vera esperienza di avventura o di improvvisazione. Non c'era niente di pittoresco nell'appartamento o nella zona dove abitavo; i miei rapporti con Caterina erano basati sull'affetto e la fiducia e la stima reciproca molto piú che sulla passione. Avevo scritto il mio romanzo spinto da correnti sotterranee, e la loro intensità dipendeva forse proprio dal fatto che non avevano nessuno sfogo nella mia vita visibile. Ero talmente abituato ad avere degli obblighi da detestare, e limiti continui e pressioni e condizionamenti; adesso che non c'erano piú mi sembrava di non sapere come usare il tempo.

Caterina tornava a casa, faceva una faccia desolata quando le raccontavo che non ero riuscito a combinare niente con il romanzo. All'inizio si sforzava di incoraggiarmi, ma presto si è esasperata delle mie continue richieste di pareri e rassicurazioni e pronostici. Mi ha detto «Roberto, non conosco Polidori e non ero lí quando vi siete visti, ma non credo che uno come lui abbia solo te in testa come unico pensiero. È probabile che si sia dimenticato del tuo libro e di tutta la storia».

E mi ha precipitato nel panico puro: le ho detto che se non conosceva Polidori non aveva nessun elemento per parlare; che non mi piaceva sentirle tirare fuori luoghi comuni e pregiudizi in quel modo. Piú tardi le ho chiesto scusa; lei si rendeva conto della mia situazione, ha detto «Va be'».

Poi il quindici dicembre siamo rientrati tardi dal cinema, e da fuori sul pianerottolo abbiamo sentito il telefono che trillava. Ho aperto la porta come un pazzo, sono corso al buio verso la camera da letto, ho fatto un tuffo per sollevare la cornetta. Dall'altra parte c'era Polidori: mi ha chiesto «Come va, Roberto, dormivi?»

«No che non dormivo», gli ho detto io, cercando di non sembrare troppo contento di sentirlo, mantenere un margine di autonomia. Caterina ha acceso la luce, si è immobilizzata a guardarmi.

Polidori ha detto «Allora? Cos'hai deciso della tua vita? Ho parlato con il direttore della rivista e ti vuole incontrare, credo che possano farti un contratto di collaborazione». La sua voce era carica di energia contagiosa; a sentirla nessuno avrebbe capito che era l'una e mezza di notte.

«Ma quando?», gli ho chiesto. «Quando dovrei venire?» Mi innervosiva Caterina ferma sulla porta; le ho fatto cenno di non stare lí. In piú adesso che stava succedendo quello che avevo sperato mi veniva fuori una strana resistenza, fatta di pigrizia e di attaccamento alle cose che conoscevo bene.

Polidori ha detto «Subito. Appena puoi. Domani». Sembrava già irrequieto, forse per via della mia reazione non prontissima; ha detto «Cosí parliamo del tuo libro. L'ho riletto, e mi sembra ancora molto bello, mi sono segnato qualche osservazione che forse ti può servire».

Ho cercato di convogliare energia e urgenza anche nella mia voce: gli ho detto «Certo. Bene. Parto domani di sicuro». Parlavo piú forte che potevo, e per fortuna questo entusiasmo vocale mi si è rovesciato nei pensieri, ha sommerso le mie esitazioni.

Polidori mi ha dato il numero di telefono e l'indirizzo della rivista, ha detto che mi faceva prenotare un albergo. Ha detto «A domani, Roberto», come un vero vecchio amico.

Quando ho messo giú, Caterina era ancora sulla porta, mi guardava perplessa. Sono saltato in piedi e ho cercato di sollevarla ma mi scivolava; l'ho riempita di baci sul collo e sulle orecchie, le ho detto «Smettila di farti problemi, Caterina. Questa fase della nostra vita è chiusa. Domani vado a Roma e appena posso torno a prenderti e faremo delle cose incredibili insieme. Non ci sono piú limiti alle nostre ambizioni, non ci sono piú limiti a niente, Caterina».

Lei era sconcertata da questa mia euforia quasi violenta: diceva «Piantala», cercava di spingermi indietro. Ma alla fine sono riuscito a farla ridere; l'ho trascinata in cucina e ho fatto una spremuta d'arancia per tutti e due. Siamo rimasti alzati fino a tardi, a parlare e camminare avanti e indietro, travolti tutti e due da immagini incontrollabili.

Sei

Il mio rapido è partito con mezz'ora di ritardo; mi sembrava di non essere mai stato tanto emozionato per un viaggio in vita mia. Guardavo fuori dal finestrino mentre attraversavamo a strattoni la città impregnata di smog, e il sangue mi scorreva nello stesso modo del treno, accelerato da impulsi di eccitazione e frenato da raddensamenti di perplessità. Pensavo a Caterina che mi aiutava a preparare la valigia il mattino presto: al suo modo di piegarmi le camicie come aveva fatto altre volte ma con una strana cura quasi simbolica adesso. Me la immaginavo con il suo camice bianco nel suo centro polispedalistico, da qualche parte tra le migliaia di brutti edifici grigi che passavano al di là del finestrino, e mi sembrava di provare una vera tristezza da emigrante, intessuta di ricordi di sensazioni e sensazioni anticipate, sensazioni larghe e lente come dolori non ben localizzati.

All'altezza di Bologna la tristezza era già piú tenue, addolcita dal senso di liberazione all'idea di aver chiuso per sempre con «Prospettiva» e avere un orizzonte non esplorato davanti. Per la prima volta provavo un vero piacere a ricordarmi lo sguardo di Tevigati quando me n'ero andato: lo sconcerto che percorreva come una crepa la porcellana delle sue certezze.

All'altezza di Firenze mi sembrava di essere entrato in una terra di nessuno, dove arrivava solo un'eco debole di quello che avevo fatto fino a quel momento, e riverberi tenui di quello che avrei potuto fare. Mi sentivo protetto dal movimento puro, dall'atmosfera chiusa e calda e ben delimitata del compartimento, dalla presenza neutra degli altri passeggeri. Avevo l'ultimo libro di Polidori sulle ginocchia, *Preliminari amorosi* in edizione tascabile comprato a un'edicola della stazione prima di partire, ed ero ammirato dell'intelligenza con cui era scritto, ma non riuscivo a concentrarmi abbastanza per andare oltre le prime tre pagine. Avrei voluto restare in quello stato intermedio il piú a lungo possibile, assorto nella vibrazione del vagone sui binari; rimandare all'infinito l'arrivo.

Il treno ha fatto di tutto per assecondarmi, si è fermato in stazioni non previste e in aperta campagna e nel mezzo di gallerie; ma alle cinque ha cominciato a costeggiare le luci sempre piú fitte di una grande periferia, e poco dopo è entrato nella stazione di Roma, si è fermato. Ho guardato attraverso il finestrino opaco, mentre i miei compagni di viaggio se ne andavano insieme all'atmosfera protetta del viaggio, e il cuore ha ripreso a battermi ancora piú veloce che a Milano.

Ho camminato sotto le pensiline, tra gli sbuffi di aria compressa e l'odore di vecchio minestrone e le prime grida con accenti romani; tra gli sguardi indifferenti e grevi dei facchini e dei tecnici di scalo che venivano contro la corrente di viaggiatori appena scesi. Sono passato oltre le persone in attesa in testa ai binari, sgomento come un orfano all'idea che non ci fosse qualcuno ad aspettare anche me; ho passato i cancelletti, attraversato la folla brulicante nella grande sala delle biglietterie, sono uscito all'aperto.

Fuori c'era un piazzale enorme e buio, con ombre scure di autobus fermi ai capolinea. I lampioni dovevano essere tutti rotti in un raggio di quattrocento metri, le uniche luci venivano da edifici lontani e dal traffico che rumoreggiava intorno. L'aria era quasi tiepida, dieci o quindici gradi piú che a Milano, con una densità e un odore e una trasparenza del tutto diversi. Il contrasto con il clima che avevo lasciato alla partenza sembrava accrescere ancora la lunghezza del mio viaggio, rendeva quasi drammatiche le sue conseguenze: mi sembrava di aver attraversato un continente intero o un mare tra due continenti, essere arrivato a una sponda opposta.

Ho tirato fuori di tasca l'agendina con i numeri di Polidori e della rivista e sono andato in cerca di un telefono, nel traffico di spacciatori di droga e borseggiatori e viaggiatori in arrivo e in partenza e poliziotti in borghese e venditori africani di cianfrusaglie e filippini a branchi. Ma i telefoni erano tutti occupati o guasti, cosí ho deciso di andare direttamente alla redazione della rivista visto che era l'unico indirizzo che avevo; mi sono aggiunto a una fila lunghissima di gente in attesa di un taxi. Mi chiedevo cosa avrei potuto fare se non avessi trovato nessuno alla redazione, né Polidori al telefono. Roma non la conoscevo affatto, e non conoscevo nessuno che ci abitasse; non avevo la minima idea di quale albergo mi avessero prenotato; nel mio portafogli c'erano trecentoventiduemila lire contate. Guardavo i viaggiatori romani in fila davanti a me, e provavo invidia per la loro familiarità con il posto, i loro collegamenti molteplici con percorsi e persone nella città.

I taxi arrivavano uno ogni qualche minuto, come se nessuno sapesse che lí c'era una stazione e una coda di gente davanti alla stazione. Autisti abusivi con facce da galera costeggiavano come predatori, allettavano i viaggiatori piú ingenui o esasperati; ogni volta che un mezzo legittimo arrivava nascevano dispute furiose, grida e minacce e scavalcamenti, colpi di mano all'ultimo metro.

Dopo mezz'ora buona sono riuscito a prenderne uno anch'io, strapparlo a una grassona impellicciata che cercava di passarmi avanti a tutti i costi. Ero quasi sicuro di arrivare alla redazione troppo tardi per trovarci qualcuno: ho chiesto al guidatore di andare piú veloce che poteva. Lui mi ha guardato nel retrovisore, ha detto «Ma dove vuole andar veloce, questo? Ma chi ti manda, chi ti cerca?» Non capivo se era una vera espressione ostile o una forma di cordialità; guardavo fuori, guardavo l'orologio ogni pochi secondi.

Il traffico era quasi fermo, in un frastuono di motori imballati e colpi di clacson e urla dai finestrini aperti, sgommamenti e grattate di marmitte appena si apriva uno spazio di qualche metro. Il taxista cercava di destreggiarsi a colpi di acceleratore al minimo varco, sterzate violente e rientri in corsia e frenate quasi senza margine; malediceva nel modo piú truculento gli altri guidatori, con imprecazioni estese fino ai parenti morti. A un certo punto eravamo del tutto bloccati in una strada in discesa che portava a una grande piazza, e mi ha detto «Senti, va' a piedi, che ti conviene», ha indicato la direzione.

Cosí l'ho pagato e ho costeggiato a piedi la piazza invasa di automobili, sono entrato in una zona vietata al traffico dove il rumore meccanico si è esaurito presto. Gli edifici erano del Sette e Ottocento, con ai piedi vetrine di vestiti e di scarpe e di gioielli, lambiti da un passaggio continuo di persone. Ero sorpreso dalle andature e dai gesti e dagli sguardi che incrociavo: dalla mancanza di fretta, dai cappotti portati aperti come se non fossero affatto indispensabili. Sembrava che la città godesse di una specie di immunità climatica, e il Natale arrivasse come un puro pretesto per sistemare nastri argentati e d'oro nelle vetrine, aggiungere un altro elemento di attrazione al luogo. Turisti giapponesi e americani e tedeschi bordeggiavano mescolati ai romani per le strette vie selciate, si guardavano intorno nell'aria morbida illuminata di luci calde. Ero l'unico a camminare veloce, affannato dalla paura di trovare chiusa la redazione, e mi sembrava di fare uno sforzo doppio per sottrarmi alla lentezza contagiosa che avevo tutto intorno.

La redazione era in un'altra piccola via elegante; il portone era tondo, e chiuso. Ho tenuto schiacciato per dieci secondi buoni il tasto del citofono con la scritta *Bell'Italia Srl*, e intanto mi guardavo intorno pensando a cosa fare. Sapevo che non sarebbe stato facile trovare Polidori al telefono; mi immaginavo a camminare per le strade nel cuore della notte, con la cinghia della valigia che mi segava la spalla.

Invece una voce irritata e sospettosa nel citofono ha chiesto «Chi è?»

Ho scandito «Ro-ber-to Ba-ta, amico di Mar-co Po-li-do-ri».

La voce ha esitato un attimo; ha detto «Secondo piano».

Dentro era un vecchio palazzotto di lusso, con una scala di marmo bianco coperta da un tappeto rossastro a fermoni di ottone. Al secondo piano ho aspettato un paio di minuti, prima che una ragazza bruna arrivasse ad aprire. Le ho detto «Avevo paura che non ci fosse piú nessuno», con un sorriso in cerca di conforto.

Lei ha detto «Infatti non c'è piú nessuno»; aveva un accento di palato, nessuna cordialità nella voce. Si è ritratta di poco all'interno, in modo da farmi verificare da solo la situazione. Non sembrava affatto contenta del mio arrivo: si lisciava con una mano la gonna, aggiustava le spalle imbottite della giacchetta. Ha detto «Sono le sette meno un quarto, quasi». Mi guardavo intorno, ho detto «Lo so». Su una parete era appeso un manifesto con una vista del Colosseo sovrastata dalla scritta «360°»; cercavo di capire se era quello il nome della rivista a cui forse avrei collaborato.

Poi dal corridoio è arrivato un ragazzone dai capelli a piccole onde crespe; lui e la ragazza si sono scambiati un'occhiata obliqua, lenta come i movimenti e gli sguardi che avevo visto in strada. Poi lei gli ha porto una busta e alcune cartelline colorate; mi ha detto «La lascia giú lui al residence».

L'ho seguito in strada, dove c'era una grossa Alfa Romeo. Siamo saliti e lui è partito di scatto, ha fatto ruggire il motore feroce nella via piena di gente a piedi. Guidava come un pazzo, senza la minima considerazione per i passanti che si dovevano scansare all'ultimo momento e facevano gesti furiosi, gridavano parole che non riuscivo a sentire.

Ho cercato di parlargli per distrarlo e farlo rallentare, ma rispondeva alle mie domande senza smettere per un attimo di premere sull'acceleratore. Mi ha detto che si chiamava Renato e faceva l'autista e la guardia giurata; non sapeva niente della rivista, conosceva Polidori

solo di nome. Siamo usciti dalle vie strette della zona pe-
donale e abbiamo attraversato a velocità ancora piú folle una piazza, abbiamo imboccato un viale pieno di traffico che costeggiava un fiume. Renato l'autista mi ha
chiesto «L'avevi già visto il Tevere?», in tono leggermente derisorio. Gli ho detto «Certo che l'ho visto»,
con tutta la fermezza che potevo trovare. Lui ha aperto
il finestrino e ha appoggiato un lampeggiatore sul tetto
e inserito una sirena, si è messo a tagliare il traffico come un rompighiaccio dissennato.

Abbiamo seguito il Tevere per qualche chilometro,
poi abbiamo preso uno svincolo e attraversato un lun-
ghissimo ponte bianco. Mi tenevo aggrappato alla maniglia di sostegno, puntavo i piedi a ogni sterzata violenta. Dopo il ponte siamo andati su per le curve di una
strada in pendenza, finché Renato ha inchiodato davanti a un brutto grosso edificio moderno con la scritta «Residence-Hotel. Grande Vue». Ho detto «Grazie
tante»; sono entrato nella hall con lo stomaco rivoltato
e la testa che mi faceva male.

L'impiegato dietro il bancone mi ha studiato con occhi vischiosi prima di confermare che c'era una preno-
tazione a mio nome; attraverso le porte a vetri ho visto
Renato che manovrava selvaggiamente nel piazzale.

Al sesto piano non mi avevano prenotato una camera, ma un piccolo appartamento, composto da una stanza da letto e un bagno e un soggiorno con cucina nascosta da un'armadiatura. C'erano pentole e bicchieri e
posate nella cucina nascosta, e il fatto che non mancas-
se niente a una permanenza anche lunga accentuava la
provvisorietà anonima e triste dell'insieme, il finto stile americano. Ho scostato le tende sintetiche pieghet-
tate: anche con il buio si capiva che non c'era nessuna
gran vista al di là di un cortile di cemento.

Ho provato a telefonare a Polidori, ma rispondeva la
solita segreteria che diceva «Lasciate un messaggio». Ho
lasciato un messaggio: «Sono a Roma, tutto bene, fatti
vivo», con una disinvoltura completamente simulata.

Poi sono andato avanti e indietro tra le mie due stan-

ze, e mi sentivo lontano da qualunque riferimento familiare, sospeso in un intreccio di circostanze casuali.
Nell'aria c'erano tracce sovrapposte di detergente per moquette e fumo di passati residenti e polvere mal rimossa,
e mi si mescolavano nella testa ai brutti sguardi ambigui
di Renato l'autista e della segretaria e del portiere. Ho ripreso il telefono e fatto il numero di casa a Milano; avevo bisogno di sentire Caterina, trovare solidarietà.

Caterina ha risposto nel suo solito tono telefonico,
rigidetto come se ci fosse sempre qualcun altro ad ascoltare. Le ho raccontato l'arrivo e la corsa in macchina in
termini leggermente esagerati; il piccolo appartamento
peggio di com'era. Lei ha detto «Va be', tanto mica ci
devi passare la vita». E per fortuna non c'erano tracce
leggibili di nostalgia nella sua voce: non sembrava nemmeno particolarmente curiosa. In più stava mangiuc-
chiando qualcosa, erano quasi le otto e dovevo averla
sorpresa a tavola. Questo ha avuto l'effetto di cancellare buona parte del mio senso di abbandono; mi sono
affrettato a salutarla.

Ho fatto una doccia di venti minuti, fermando l'acqua ogni tanto per paura di non sentire il telefono, poi
mi sono rivestito con abiti più leggeri. Ero divertito
all'idea di essere a Roma: avevo fame, e voglia di mettermi in circolazione, vedere la città.

Nell'atrio ho spiegato al portiere che uscivo a fare
un giro, se qualcuno mi cercava sarei tornato per le dieci. Lui ha chiesto E come lo fa il giro? A piedi?», con
un sogghigno da vecchia volpe di portineria che sa qualcosa di più dei suoi clienti ma non lo rivela gratis. Gli
ho detto «Sí, a piedi»; sono uscito.

Fuori l'aria aveva un odore quasi di campagna, non
c'erano suoni né movimenti né altri segni di vita citta-
dina. Ho camminato di buon passo per una strada in
pendenza, e non riuscivo a vedere una sola insegna illuminata. Mi ci sono voluti dieci minuti per capire che
ero in un quartiere residenziale arrampicato fuori dalla
città vera, fatto di edifici ex moderni con portoni di vetro e giardini condominiali, cancellate dietro cui ab-

baiavano cani. La città vera doveva essere ai piedi della collina e al di là del ponte che Renato l'autista mi aveva fatto attraversare a velocità folle: sentivo il suo rumore di fondo mentre andavo a tentoni in discesa, ma era chiaro che non c'era verso di arrivarci a piedi.

Cosí sono tornato al residence, mezzo morto di fame a questo punto. Il portiere ha ripetuto il suo sogghigno appena mi ha rivisto, poi mi ha porto un modulo per messaggi. Ha detto «Per lei, dottore», con un'incuranza che rendeva caricaturale il titolo.

Sul modulo era scritto *Dott. Polidori, richiama lui in serata*. Il portiere spiava le mie reazioni, anche se faceva finta di guardare un piccolo televisore appoggiato sul bancone. Gli ho chiesto se si poteva mangiare lí dentro; lui ha detto «Come no», mi ha indicato il percorso per il ristorante al piano di sotto.

Cosí ho mangiato un piatto di pasta molto unta e una pallida sogliola alla mugnaia, al centro di una sala enorme dov'erano seduti solo un manager di medio-basso livello curvo sul suo piatto e due coppie di americani anziani che cenavano a cappuccino. Le loro risa gracidate riverberavano nello spazio vuoto, tra decine di tavoli e centinaia di sedie assiepati forse in previsione di qualche gigantesco pranzo turistico o aziendale.

Poi sono tornato in camera. Ho ritelefonato a Polidori; c'era sempre la segreteria. Non ho lasciato messaggi, ho acceso la televisione con il volume al minimo e mi sono sdraiato sul divano a guardarla. C'era un programma comico dove un uomo che assomigliava molto al ministro del bilancio rispondeva alle domande a doppiosenso di un comico da avanspettacolo e di una pupazzona seminuda: ammiccava e faceva battute, a un certo punto ha accennato alcune mosse di tarantella, sotto i riflettori che gli facevano luccicare la testa pelata. Solo dopo qualche minuto mi sono reso conto che era il vero ministro e non un attore travestito, e ho provato un senso lento e tiepido di incredulità, raddensato dalla stanchezza per il viaggio e per il nuovo scenario, dal sonno che mi saliva tra i pensieri.

Sette

Ha suonato il telefono e sono saltato su: c'era luce attraverso le tende della finestra e la televisione era accesa e mi ero addormentato vestito sul divano; avevo il braccio sinistro completamente anchilosato e un dolore acuto al fianco. Sono incespicato mentre cercavo di prendere la cornetta, ho detto «Sí?»

Marco Polidori mi ha detto «Allora, Roberto? Come va? Cosa pensi di Roma?» Parlava con la sua solita energia di quando non era distratto, anche alle sette di mattina.

Ho cercato di riacquistare lucidità; gli ho detto «Bene, grazie. Non ho ancora visto molto». Cercavo di far tornare la circolazione nel braccio, e di raggiungere il telecomando per spegnere la televisione: mi allungavo al limite del filo.

Polidori ha detto «Senti, io adesso esco a correre e poi devo fare un paio di cose, ma se vuoi ti passo a prendere tra un paio d'ore, cosí andiamo insieme alla redazione».

Gli ho detto «Certo. Grazie. Volentieri». Sono riuscito a spegnere la televisione, ma nello sforzo mi è venuto un crampo alla gamba sinistra, sono finito per terra di nuovo.

Polidori ha detto «Alle nove, allora»; ha messo giú.

Sono andato a tirare le tende, ancora stupito all'idea di essere davvero a Roma, con Marco Polidori che mi telefonava per svegliarmi di primo mattino.

Alle nove in punto ero pronto nell'atrio del residence, sotto gli occhi incuranti del portiere di giorno. Ho aspettato dieci minuti davanti alle porte a vetri, altri dieci fuori sul marciapiede nel sole pallido, altri dieci di nuovo dentro sempre piú nervoso. Alle nove e mezza ho visto una grossa macchina verde che si fermava di fianco al marciapiede, c'era Polidori al volante.

È sceso a stringermi la mano, ha detto «Roberto!»; mi ha abbracciato con due braccia forti, un torso forte da lottatore sotto la stoffa della giacca. Poi ha guardato con un mezzo sorriso il brutto edificio del residence alle mie spalle; ha detto «Andiamo?» Non ha accennato minimamente al fatto di essere arrivato con mezz'ora di ritardo, sembrava allegro.

Siamo scesi lenti per la strada in pendenza, nella macchina silenziosa che odorava di pelle ben conciata. Era un modello che non avevo mai visto, senza insegne di fabbrica o scritte né dentro né fuori; avrei voluto chiedergli cos'era, ma mi seccava mostrare interesse per un argomento cosí frivolo.

Lui ha indicato fuori con un gesto vago, ha detto «È una specie di isola, o di accampamento bastionato. All'inizio mi piaceva l'idea di stare appena fuori dalla città, ma adesso mi mette anche tristezza».

Gli ho chiesto «Stai qui fuori anche tu?», di nuovo cercando di adeguarmi al suo tono di voce.

Lui ha detto «Un po' dentro e un po' fuori». Aveva un modo strano di rispondere alle domande, anche adesso che l'atmosfera tra noi sembrava cosí facile e amichevole: come se si sentisse messo alle strette, costretto a dare spiegazioni, trovare una via d'uscita prima che poteva.

Abbiamo raggiunto la pianura e iniziato a percorrere una strada di grande traffico che portava al lungo ponte bianco, e sembrava un altro percorso rispetto alla sera prima con Renato l'autista. Il motore frusciava quasi inavvertibile; Polidori guidava senza occuparsi molto della rotta da seguire. Ha detto «È che vorrei sapere anch'io dove sto, riuscire a trovare un posto da considerare casa mia. Sono anni che ci provo, Roberto.

Se avessi una personalità per ognuna delle case che ho credo che sarei un caso abbastanza irrecuperabile».

Mi affascinava sentirlo parlare: la sua voce era piena di ombre di una vita non ordinaria e non prudente, delle scelte libere e anche rischiose di un artista che fa i conti solo con se stesso. Dava l'idea di poter smettere e cambiare argomento da un momento all'altro, e non perché correva avanti e indietro sulla superficie come Tevigati, ma perché c'era fin troppo dentro. Sapeva che l'attenzione di chi lo ascoltava si sarebbe insinuata a colmare gli spazi vuoti, e ci giocava: giocava sulle pause tra una frase e l'altra, sull'attesa di parole che aveva già deciso di non pronunciare. Forse le domande non gli piacevano perché interferivano con questo gioco, lo costringevano a venire allo scoperto in modo troppo facile da prevedere.

Ha detto «Non credevo che te ne saresti davvero andato da "Prospettiva", quando ne abbiamo parlato a Milano. Ma avevo letto la tua storia, dovevo immaginarmelo».

Ho riso perché lui rideva; guardavo i suoi capelli grigi dai riflessi metallici, la sua figura asciutta e solida, il naso dritto leggermente crudele. Fuori scorrevano le statue di marmo del lungo ponte bianco; facevamo dolcemente la barba ai movimenti convulsi delle altre macchine.

Polidori ha detto «Quando ho saputo che te n'eri andato mi sono venuti degli scrupoli, ho pensato che non avrei dovuto spingerti».

«Me ne sarei andato comunque», gli ho detto io. «Aspettavo solo un pretesto o un avvio di qualche genere».

Lui mi ha chiesto come avevano reagito alla rivista, cosa aveva detto mia moglie. Cercavo di rispondergli con la stessa naturalezza che avrei avuto con un amico, eppure la voce mi usciva piú sorvegliata del normale, sceglievo le mie parole con cura. Il fatto è che dietro ogni sua frase e ogni suo sguardo mi sembrava di sentire lo spessore complicato dei suoi libri che non

avevo letto: storie e rapporti e modi di essere e stati
d'animo filtrati dalla vita alla sua scrittura. Mi sembrava che anche l'osservazione o il gesto piú stupido
prodotti in sua presenza potessero venire catturati per
sempre dalla sua attenzione, e l'idea mi riempiva di cautela, ritardava ognuna delle mie risposte.

Poi ha detto «Ho parlato con Oscar Sasso del tuo
romanzo un paio di sere fa, a casa della donna piú insopportabile di Roma. Era terribilmente curioso. Voleva a tutti costi leggere qualcosa, ma gli ho spiegato
che dovevo prima chiedertelo».

Mi ha suscitato sentimenti misti, perché ero lusingato all'idea di un critico come Oscar Sasso incuriosito dalla mia storia, e allo stesso tempo mi spaventava che Polidori ne parlasse in giro quando era ancora in una forma cosí poco conclusa. Gli ho detto «Preferirei finirlo,
prima. Voglio dire, se riesco a finirlo».

Lui ha sorriso senza guardarmi, ha detto «Ma certo».
La guida lo impegnava pochissimo, ma giustificava una
conversazione non frontale che doveva riuscirgli naturale. Ha detto «Gliel'ho già spiegato io, stai tranquillo.
Gli ho detto che non hai nessuna smania di pubblicare,
anche in questo sei un animale letterario raro. Il che l'ha
incuriosito ancora di piú, naturalmente. Aveva le orecchie drizzate in quel suo modo nevrotico». Ha fatto un
gesto per rappresentare le orecchie di Sasso; ha detto
«Forse anche perché non mi capita spesso di parlare con
tanto entusiasmo di qualcosa che ho letto».

«Ma cosa gli hai detto della mia storia?», ho chiesto io, preoccupato all'idea che la sua descrizione fosse molto piú interessante di quello che avevo scritto.

Polidori di nuovo si è irrigidito leggermente alla mia
domanda: come se dovesse passare attraverso un altro
varco obbligato. Ha detto «Ho cercato di descrivergli
lo stile, il punto di vista del racconto. Il tuo modo di
parlare di Milano e dei rapporti nella redazione, dei
rapporti tra il ragazzo e la ragazza».

Gli ero grato che dicesse «il ragazzo e la ragazza»,
invece di identificarmi in modo brutale con il mio pro-

tagonista e dire «te e tua moglie». Sapeva benissimo quanto era autobiografica la mia storia, eppure ne parlava con la discrezione di chi conosce i meccanismi della scrittura dal di dentro; non c'era traccia di curiosità morbosa nella sua voce. Ne parlava da collega a collega, senza assumere atteggiamenti da maestro ad allievo, e questo mi colpiva piú di qualunque gesto di generosità, mi suscitava un vero calore di amicizia per lui.

Ha detto «Fai bene a prendere i tuoi tempi, anche se non è vero quello che dicono i critici, i libri non vanno scritti con calma. La calma produce solo noia, e lambiccature mentali senza fine. Le mie cose migliori le ho scritte quando avevo l'angoscia di una scadenza davanti e un contratto già firmato e debiti da pagare. Ma se vai a vedere, tre quarti dei grandi libri sono stati scritti cosí. Questa storia della calma è stata inventata da una piccola confraternita di guardoni impotenti, che vorrebbero che nessuno riuscisse a scopare piú di loro, o comunque fuori dal loro controllo».

Ho sorriso e fatto di sí con la testa, anche se non ero del tutto sicuro di chi parlasse. Aveva questa violenza polemica dentro: veniva fuori in modo inaspettato, gli scaldava la voce e lo sguardo.

Lui ha detto «Fanno queste equazioni, no? Tra il tempo che uno impiega a scrivere e il valore di quello che scrive, tra la scarsità di una produzione e la sua importanza, come se si trattasse di tartufi bianchi. Fanno equazioni tra noia e profondità, tra fatica di leggere e complessità, tra assenza di vita e integrità. Ci sono dei veri imbecilli privi di linfa che riescono a costruirsi un credito letterario solo perché pubblicano un libro ogni dieci anni. Ma Dostoevskij ha scritto *Il Giocatore* in venti giorni, e Stendhal *La Certosa di Parma* in sei mesi, e tutta la letteratura che mi ha comunicato qualcosa è piena di impazienza di dire quello che c'è da dire. Il resto è cibo per ratti di biblioteca».

Cercavo di ricordarmi a che distanza uno dall'altro aveva scritto i suoi libri: mi sembrava che *Approcci amorosi* fosse uscito nell'88, dopo tre o quattro anni che non pubblicava niente, ma non ero sicuro. In realtà quasi tutto quello che sapevo di lui l'avevo assorbito dai giornali e dalla televisione e dai discorsi degli altri, dalla sua immagine diffusa che viaggiava indipendente dai suoi libri. Pensavo che la mia era un'ignoranza vergognosa, a questo punto; che avrei dovuto leggere tutto quello che aveva scritto.

Lui ha detto «Hanno questi riflessi condizionati, per cui un libro che vende è inevitabilmente volgare, e un libro con pochi lettori invece è prezioso e nobile. Finiscono per coltivare una letteratura di dilettanti noiosi e avari, che però hanno il vantaggio di assomigliargli. Espongono le loro equazioni come se fossero leggi fisiche dimostrate in laboratorio, e molta gente ci crede, o almeno si fa influenzare. Poi vai a vederli da vicino, e scopri solo impotenza e gelosia viscerale. Scopri che uno scrive poesie, e l'altro commedie teatrali, e l'altro romanzi, e quando un editore glieli pubblica per tenerseli buoni sa già che non troverà un lettore a pagarlo a peso d'oro. In compenso si scrivono recensioni entusiastiche tra di loro, e magari si dànno qualche premio, e vanno avanti a fare equazioni da illustrare sulle pagine dei giornali».

«E sono tutti cosí?», gli ho chiesto. Mi stupiva la rabbia nella sua voce, perché non era certo uno scrittore snobbato dalla critica, né i suoi libri erano considerati volgari anche se vendevano.

«Quasi tutti», ha detto lui. «Ne conosco due che non sono cosí, e guarda caso sono gli unici che hanno una vita per conto loro».

Costeggiavamo lenti il Tevere; i rumori del traffico filtravano smorzati nell'abitacolo, come se arrivassero da una grande distanza. A pensarci mi ricordavo di aver letto un paio di pezzi polemici sul suo ultimo romanzo, ma erano di critici minori, che basavano la loro piccola reputazione sul fatto di scrivere stroncature indiscriminate.

Polidori ha detto «Una buona rappresentante della categoria è la tua ex collega Lucia Craveri».

Mi sono premuto un pollice sul naso per imitare la faccia rincagnata di Lucia Craveri; lui si è messo a ridere. Non era proprio una ex collega, perché collaborava da esterna a «Prospettiva» con la sua rubrica; l'avevo vista solo ogni tanto in redazione.

«La affascinante», ha detto Polidori. «Leggi le sue recensioni, e ti sembrano pervase da questa specie di moralità superiore, fatta di riferimenti alti, disprezzo per le regole del gioco e per le meschinità della macchina editoriale e per la stupidità pecorile dei lettori. Poi la vedi, e ti viene il dubbio che abbia deciso di fare la critica come forma di autoterapia, o come rivalsa per tutto quello che la natura le ha negato. Ma la cosa terribile è che scrive anche lei. Scrive piccoli racconti atroci che nessuno legge, intrisi della infinita tristezza sterile e avvelenata della sua vita. Allora non c'è molto da stupirsi, non ti pare?»

«No», gli ho detto io, pensando allo stile zelante e intimidatorio dei pezzi della Craveri, alle sue continue citazioni latine, al suo modo di ripararsi dietro nomi consacrati dalla Storia per sostenere la minima tesi. Ero felice di sentire parlare Polidori in questo tono; felice della forza muscolare con cui sosteneva il suo punto di vista. L'idea che uno scrittore nella sua posizione avesse ancora delle opinioni cosí libere e rabbiose mi comunicava un senso di sollievo quasi inebriante: mi divertivo ad ascoltarlo, mi divertivo della complicità che si era stabilita tra noi.

Ha detto «Vedrai quando il tuo libro uscirà, caro Roberto. Hai una tale quantità di colpe, dal punto di vista della critica. Intanto non sei ancora morto, ed è già abbastanza grave. Ma non sei neanche vecchio, né particolarmente povero o brutto, né vieni dal Terzo Mondo, e nemmeno da una delle estreme provincie d'Italia. Non hai handicap fisici evidenti, né una fede evidente. E questi sono solo i tuoi punti deboli puramente personali. Poi c'è il tuo libro».

Gli ho detto «Madonna, allora faccio meglio a non provarci neanche». Ho riso insieme a lui, e non mi sembrava vero averlo cosí vicino e cosí amico; l'avrei ac- compagnato in guerra contro chiunque, se solo me l'avesse chiesto.

Alla fine abbiamo lasciato il Tevere e siamo entrati nel centro, oltre un blocco dei vigili che hanno dato un'oc- chiata al contrassegno sul parabrezza e ci hanno lasciati passare. Polidori ha detto «Non dovrebbero dare per- messi a nessuno. Cosí tutti sarebbero costretti ad anda- re a piedi o in bicicletta, tranne i paralitici e le persone vecchissime che potrebbero viaggiare su qualche autobus elettrico».

E anche se guidava con molta naturalezza la sua mac- china senza marca, e la sua macchina rispondeva cosí morbida e pronta ai suoi comandi, non sembrava che parlasse in modo ipocrita. Gli ho chiesto «Che mac- china è?», indicando il volante.

Lui ha detto «Ma niente, è assolutamente di serie. Ho solo fatto togliere tutti i marchi e le altre scemen- ze». Non mi ha detto che macchina era, ma aveva l'aria di poterne fare davvero a meno: di poter scendere in qualsiasi momento e lasciarla lí senza che la sua vita ne fosse minimamente influenzata.

Ha fermato in una piazzetta-parcheggio e siamo sce- si, l'ho seguito lungo il marciapiede. Camminava con un passo elastico e pieno di energia, da straniero piú che da uno semplicemente abituato ad attività fisiche; dovevo trottare per stargli dietro. Ma non andava drit- to senza vedere niente come fanno di solito le persone famose: guardava gli edifici intorno, le vetrine, la gen- te che entrava e usciva dai negozi. Mi ha chiesto «Non la conosci per niente, Roma?»

«Per niente», gli ho detto io.

Lui ha detto «È una città strana. Fin dalle prime vol- te mi ha provocato solo desolazione pura o benessere indiscriminato, senza nessuno stato intermedio».

Alcuni passanti lo riconoscevano; lo guardavano fis- so, giravano la testa. Lui non faceva finta di non accor- gersene: rispondeva agli sguardi, registrava i gesti. Mi ha detto a mezza voce «Tre quarti di loro non hanno letto una riga di quello che scrivo, mi hanno solo visto alla televisione». Non sembrava particolarmente infastidito all'idea, sorrideva. Gli camminavo di fianco, peggio vestito e non altrettanto sicuro dei miei movimenti; cercavo almeno di tenere il passo.

In cinque minuti siamo arrivati al vecchio palazzetto lussuoso della redazione dov'ero stato la sera prima. Un portiere ha fatto un mezzo inchino a Polidori, ma i suoi occhi erano del tutto indifferenti mentre ci guardava andare su per le scale, due gradini alla volta.

La segretaria ci ha aperto, poco piú comunicativa e cordiale della sera prima; si aggiustava i capelli con una mano. Polidori le ha detto «Il dottor Bata è il nuovo redattore della rivista». Lei mi ha salutato come se non mi avesse mai visto prima, senza scomporsi. Ed ero sorpreso a sentir parlare della mia assunzione come di una cosa decisa, quando fino a quel momento avevo pensato che ci fosse ancora un margine di incertezza.

Un tipo grassoccio e calvo sulla cinquantina è apparso dal corridoio, ha gridato «Marco!» con entusiasmo quasi recitato. È venuto ad abbracciare Polidori e fare complimenti sul suo aspetto, con un mezzo passo indietro per guardarlo meglio.

Per avere piú o meno la stessa età non avrebbero potuto essere in condizioni piú diverse, o suscitare impressioni piú distanti. Il tipo grassoccio aveva un piccolo riporto di crini inconsistenti sulla testa pelata, guance gonfie e un naso fragile da rana, un orologio Cartier al polso e due anelli dorati alle dita; a vederlo avrebbe potuto essere un sottosegretario di qualche ministero o un gangster di medio cabotaggio. Ma Polidori non sembrava a disagio con lui: lo guardava abbastanza divertito. Ricambiava almeno in parte le sue cordialità.

Ci ha presentati: ha detto «Lo scrittore Roberto Bata, Stefano Geroni, il direttore di "360°"».

Geroni mi ha stretto la mano con una mano piccola rispetto al corpo e quasi priva di forza; ha detto «Avevamo bisogno di un altro del nord, per bilanciare tutti 'sti romani». L'ha detto in un accento romano gracidato, con occhi sporgenti che si muovevano a destra e a sinistra; non stava ben dritto nel suo vestito troppo abbondante. Non sapevo come interpretare la sua frase, gli ho fatto un mezzo sorriso debole per risposta.

Polidori gli ha detto «Non fai vedere a Roberto la redazione?»

Geroni ha detto «Eh, un momento», ma quasi subito ha fatto strada giú per il corridoio, senza smettere di girarsi verso Polidori, dirgli «Lo sai che è un mese sano che non ci vediamo?»

C'erano quattro o cinque grandi stanze luminose con tecnigrafi e computer, e due soli redattori che stavano guardando delle diapositive su un visore. Geroni me li ha presentati: un veneto biondiccio che si chiamava Giulio Bedreghin e una ragazza romana bruna abbastanza vistosa di nome Enrica Dalatri. Sono usciti nel corridoio a darmi la mano e salutare Polidori. Lui gli ha detto «State diventando una vera redazione, poco alla volta». Loro hanno risposto «Eh già», con un misto di soggezione e familiarità da allievi dell'ultimo anno.

Polidori non sembrava molto interessato a fare conversazione con loro; ha chiesto a Geroni «E qual è la stanza di Roberto?»

Geroni ha aperto una porta con un gesto largo, mi ha detto «È questa, se va bene alla signoria vostra». C'era un leggero fondo ostile sotto il suo tono ammiccante: una diffidenza piú fisica che ragionata, simile a quella che io avevo per lui.

Ma la mia stanza era una specie di sogno per chiunque avesse lavorato a «Prospettiva» o in un'altra redazione a pianta aperta. Aveva due vere finestre non sigillate, e un soffitto alto a cassettoni, una scrivania con computer e telefono, tutto ben distanziato nello spazio privato, chiudibile da una porta di legno massiccio se lo si voleva.

Geroni si è accorto di quanto ero colpito: gli ho visto un altro genere di sorrisetto sulle labbra pallide. Polidori gli ha detto «Tu vai pure se hai da fare, Stefano. Ti raggiungiamo tra un attimo». L'ha quasi spinto fuori, anche se Geroni non aveva mostrato nessuna intenzione di uscire; gli ha chiuso la porta alle spalle. Poi mi ha indicato la poltroncina dietro la scrivania, ha detto «Non la provi?»

Cosí mi sono seduto, ho puntato i piedi e sono andato all'indietro sulle rotelle fino a toccare il muro. Siamo stati zitti qualche secondo: Polidori guardava fuori da una finestra e io annusavo l'odore di colla per legno e studiavo lo spazio intorno. Tutto era perfettamente nuovo, mobili e apparecchi e lampade, ma sembrava messo insieme in base a un'idea astratta piú che a esigenze precise di lavoro, come se dovesse servire per delle foto, o per un piccolo set televisivo.

Polidori deve essersi reso conto di quello che pensavo, perché ha detto «Sono queste imprese di stato, totalmente in perdita fin dall'origine».

«Perché, chi è che paga la rivista?», ho chiesto io, cercando di non sembrare troppo perplesso.

Polidori ha detto «Il ministero del turismo e dello spettacolo. Mi hanno proposto l'anno scorso di occuparmene, e all'inizio naturalmente gli ho detto che non ne volevo sapere. Ma tutto quello che gli serviva era il mio nome, da usare a scopi interni piú che esterni. Tanto è vero che hanno accettato di non metterlo in piazza, devo solo firmare un paio di cartelle a numero. In compenso mi dànno un sacco di soldi per pochissimo lavoro, e almeno recupero una piccola parte di quello che mi rubano in tasse ogni anno».

Ha riso, e di nuovo ero sconcertato da come parlava diretto, senza paraventi né falsi toni. Gli ho chiesto «E io cosa dovrò fare, esattamente?» L'idea di lavorare per il ministero del turismo e dello spettacolo mi preoccupava anche: guardavo i mobili intorno come se fossero merce ricettata.

Lui ha detto «Tu devi lavorare al tuo libro, è per questo che sei venuto a Roma. Vedrai che non c'è molto da fare per la rivista. È una piccola macchina mangiasoldi pubblici che va avanti per conto suo, e Geroni è un ladrone, però è bravissimo a tenerla insieme.

L'importante è che tu abbia un posto dove scrivere e uno stipendio, senza farti portare via tempo da cose che non ti interessano».

Gli ho detto «Grazie», ancora colpito dalla sua generosità, e preoccupato dalla situazione.

Lui ha detto «Non mi ringraziare, per piacere. Non lo sto mica facendo per gentilezza. Non ho mai fatto niente per gentilezza in vita mia, guarda. È il tuo libro che si apre la strada da solo, vuole arrivare a farsi leggere».

Riusciva a non farlo sembrare solo un modo di dire: come se aiutarmi fosse davvero un gesto del tutto naturale, senza meriti particolari. Continuava a stupirmi che uno come lui riuscisse a essere cosí modesto; pensavo a tutti i medi e piccoli personaggi pieni di arie con cui avevo dovuto parlare per «Prospettiva», ogni loro gesto e parola soppesati come se dovessero incidere in modo fondamentale sulla vita degli altri.

Poi ha guardato l'orologio, ha detto «Io devo scappare. Ti telefono, cosí magari ci vediamo stasera e parliamo con un po' di calma. Cerca di prendere possesso di questo posto, nel frattempo. E non preoccuparti di Geroni, gli ho già parlato io».

Mi sono alzato e ci siamo stretti la mano al centro della stanza. Gli ho detto di nuovo «Grazie»; lui mi ha dato un finto pugno nello stomaco.

Poi se n'è andato rapido per il corridoio con quella sua andatura elastica, ho sentito che salutava Geroni e gli altri senza quasi fermarsi.

Cosí sono rimasto solo nella mia stanza; ho fatto un giro ancora incredulo, ho guardato fuori dalla finestra. Mi sono seduto di nuovo alla scrivania, e cercavo di immaginarmi la faccia che avrebbe fatto Caterina a vedermi lí dentro, come un giovane burocrate appena insediato; cercavo di immaginarmi la faccia di Tevigati. Ho pensato che avevo bisogno di qualche giorno solo per abituarmi all'apparente immobilità della redazione, adattarmi all'idea di finire il mio romanzo a spese dello stato italiano.

Geroni era in una stanza con Bedreghin; fumavano e ridacchiavano piano, seduti su due poltroncine. Quando mi sono affacciato si sono girati con lentezza a guardarmi. Geroni ha detto «Eh, scusami un minuto ancora», senza sforzarsi molto di sembrare sollecito.

Sono andato ad affacciarmi alla stanza di Enrica Dalatri. Stava parlando al telefono, ma lo stesso mi ha fatto cenno di entrare, è andata avanti nella sua conversazione come se non ci fossi neanche. Faceva lunghe pause tra una frase e l'altra, inspirava fino in fondo ai polmoni dalla sigaretta che teneva con gran studio; accavallava e scavallava le gambe. Sulla parete dietro di lei erano attaccate le copertine dei primi due numeri di «360°», insieme a foglietti scritti a mano e titoli ritagliati da giornali e fotografie di attori americani.

Sembrava molto presa dalla sua telefonata, ma i movimenti che faceva dovevano essere almeno in parte a mio beneficio. Inclinava la testa all'indietro, inarcava la schiena; parlava in modo criptico di persone che erano state viste al ristorante con altre persone, persone che si permettevano di fare allusioni e ricatti, persone che non sapevano quello che volevano ma pretendevano di dire la loro su tutto. La stavo a sentire, e mi colpiva l'ampiezza dei suoi risentimenti, la mancanza di pudore con cui li manifestava di fronte a un estraneo.

Poi ha posato la cornetta, mi ha guardato appoggiata su un gomito, ha soffiato fuori l'ultima boccata di fumo. I capelli color mogano le scendevano a grosse ciocche sulla camicetta ben gonfia, le labbra piuttosto sottili erano dipinte di rossetto forte; mi studiava tra ciglia socchiuse, ed erano ciglia allungate con cura. Ha chiesto «Come ci sei arrivato, a Polidori?»

«Non ci sono arrivato», le ho detto io, spinto indietro dal suo tono. «Ci siamo conosciuti a Milano e mi ha proposto di venire». Non ero a mio agio, e lei continuava a fissarmi senza cambiare espressione. Ho detto «È che scrivo anch'io. Cerco di scrivere. Un romanzo».

Lei ha cambiato posa con una posa altrettanto studiata; ha detto «Insomma, hai svoltato».

«Non lo so», le ho risposto. Non sapevo come reagire: se tenerla a distanza o provare a essere amichevole. Tra le foto alle sue spalle ho visto che ce n'erano due di Polidori, ritagliate come le altre da qualche rivista: lui con due bambini su una spiaggia e lui da solo su una vecchia motocicletta.

La Dalatri ha avuto un mezzo sorriso quando si è accorta che le guardavo, ma non ho capito che genere di sorriso. Poi il suo telefono si è messo a suonare; le ho fatto un cenno di disimpegno, sono uscito.

Geroni mi ha lasciato aspettare altri dieci minuti buoni, alla fine è venuto fuori e mi ha detto di seguirlo. Si muoveva lento lungo il corridoio, canticchiava a mezza voce strusciando una mano lungo il muro. La lentezza dei suoi movimenti sembrava studiata per affermare la sua autorità sul luogo, farmi dimenticare il modo in cui Polidori lo aveva estromesso dalla mia stanza. La sua era arredata con mobili piú ambiziosi e massicci delle altre; c'erano diversi telefoni e fermacarte e stilografiche pregiate sulla grande scrivania di noce, un paio di lampade a stelo di designer famosi negli angoli.

Lui è scivolato dietro la scrivania e mi ha fatto cenno di sedermi, con un leggero affanno anche se avevamo percorso solo pochi metri. Ha detto «Marco mi ha raccontato meraviglie di come scrivi»: come se avesse una grande fiducia in Polidori ma non lo considerasse del tutto attendibile. Ha preso una sigaretta da un portasigarette d'oro, se l'è accesa.

Gli ho sorriso in forma di risposta, guardavo intorno. Su una parete c'erano diverse targhe d'oro incorniciate, ma riuscivo solo a leggerci il suo nome, non che origine avessero.

Geroni ha detto «Oggi che siamo nell'era del fax e dei computer, per una rivista trimestrale come questa due redattori bastano e avanzano. Ma se Marco ti ha proposto è segno che puoi dare un contributo qualificante». Quest'ultima parte l'ha pronunciata con un brillio negli occhi sporgenti che sembrava rovesciare il significato di ogni parola.

Gli ho detto «Spero di sí». Visto alla luce della finestra aveva una pelle sottile, che lasciava vedere in trasparenza ogni piccola venuzza capillare.

Lui ha premuto un tasto dell'interfono, ha detto
«Scusa Vito, vieni un attimo». Era nervoso: dilatava
le narici cartilaginose, respirava con apparente difficoltà, non cercava di fare conversazione.

Un uomo piccolo con baffi e capelli gonfi da parrucchiere si è affacciato nella stanza; Geroni mi ha detto a mezza voce «Vito Zancanaro, l'amministratore».
Zancanaro mi ha fatto un cenno con la testa, senza darmi la mano.

Geroni gli ha detto «Stavamo cercando di definire
la faccenda economica». Zancanaro ha fatto di sí con
la testa. Era piú teso e aguzzo di un parrucchiere a vederlo da vicino; aveva uno sguardo duro. Geroni si è
messo a tossire, sembrava che soffocasse nel fumo della sua sigaretta; poi a bruciapelo mi ha detto «Ti posso dare due milioni al mese. Senza contributi, però
metà in nero».

Era piú o meno quello che prendevo a «Prospettiva»,
a parte la stranezza della metà in nero; gli ho detto subito «Va bene». Mi sembrava già abbastanza curioso essere assunto cosí, senza colloqui preliminari né presen-
tazioni di credenziali, senza sapere niente della rivista.

Geroni mi ha spiegato che dovevo dare tutti i miei
dati a Zancanaro e a Nadia la segretaria. Sembrava sollevato, ma solo in parte; continuava a scrutarmi a improvvisi colpi d'occhio, come un onnivoro ben scaltri-
to dalla vita.

Gli ho chiesto su cosa avrei dovuto cominciare a lavorare. Lui mi ha guardato come se trovasse strana la
domanda; ha detto «In questo momento non so ancora. Il prossimo numero è già chiuso. Intanto fai mente
locale». Subito dopo mi ha dato la mano, ha preso un
cappotto di cammello dall'attaccapanni ed è uscito.

Ho dettato i miei dati fiscali e anagrafici a Zancanaro e a Nadia la segretaria. Poi sono andato dalla Dalatri e da Bedreghin, ma erano al telefono tutti e due,

non mi hanno guardato. Cosí mi sono fatto dare da Nadia i primi due numeri di «360°», sono andato a leggerli nella mia stanza.

Era una di quelle riviste che si trovano nelle tasche dei sedili d'aereo, o vengono spedite a certe categorie professionali in abbonamento gratuito: stampata su carta patinata spessa e illustrata da grandi fotografie a colori, con un doppio testo italiano e inglese. Gli articoli andavano da una descrizione delle meraviglie di Roma a un'intervista al ministro del turismo e dello spettacolo a una visita guidata all'atelier di un famoso stilista milanese, a una dissertazione semifilosofica sulla nazionale italiana di calcio. Le pubblicità erano tutte di aziende di stato: la compagnia dei telefoni e quella del gas e le linee aeree e le ferrovie e un paio di banche e alberghi, abbastanza numerose da ripagare formalmente la rivista.

Su ognuno dei due numeri c'era un racconto breve di Polidori, quattro pagine tra italiano e traduzione inglese, comprese due belle fotografie, una in sella a un cavallo su uno sfondo di colline verdi e l'altra in una posa da Thai chi. In fondo c'era anche una nota biografica, piú aggiornata e completa della scheda negli archivi di «Prospettiva» che avevo guardato subito dopo averlo conosciuto: ho cercato di fissarmi in mente titoli e date, in modo da avere almeno una base minima di informazioni su di lui.

Il primo racconto era la descrizione di una notte passata all'aperto in un bosco sperduto dell'Appennino; il secondo parlava di un viaggio su un veliero a Capo Nord. Erano pagine di impressioni piú che veri racconti, tracciate con una libertà formale da diario privato o da quaderno di appunti. Non dovevano essergli costate molta fatica rispetto alle costruzioni complesse dei suoi romanzi, eppure la scrittura era musicale e articolata con una facilità perfetta, ogni frase dipingeva immagini e sensazioni difficili da catturare. Li ho letti piano tutti e due, soffermandomi e tornando indietro come faccio quando leggo qualcosa con vera attenzione, ed ero ammirato all'idea che Polidori li avesse scritti per pure ragioni economiche e per un veicolo cosí poco nobile, e gli fossero riusciti cosí bene lo stesso.

Quando ho guardato l'orologio era già l'una, dalle altre stanze non venivano piú neanche i pochi suoni di prima. Nell'ingresso Nadia la segretaria era già tutta pronta e incappottata, con il trucco rifatto e la borsetta sulla scrivania; ha detto «Sono tutti a mangiare». Pensavo che almeno lei venisse con me, ma ha detto «Vai vai, non ti preoccupare», come se avesse ancora chissà quale genere di impegni.

Sono sceso, e fuori c'era il sole, l'aria tiepida faceva venire voglia di andare in giro per ore senza un obiettivo preciso. Davanti e dentro ai bar la gente uscita dagli uffici mangiava e beveva e fumava e chiacchierava, senza traccia della fretta angosciosa che a Milano spinge i branchi di impiegati a trangugiare qualcosa in pochi minuti e riprecipitarsi ai posti di lavoro con il boccone ancora sullo stomaco.

Qui sembrava che tutti avessero piú tempo, o una concezione diversa dei collegamenti tra un luogo e l'altro, tra un momento e l'altro della giornata. E mostravano una padronanza della loro città che non avevo mai osservato nei milanesi: una sicurezza di sguardi e di movimenti che si estendeva dal selciato ai palazzi al cielo.

In piazza di Spagna ho comprato delle caldarroste da una bancarella, sono salito in cima alla scalinata e mi sono seduto a mangiarle al sole tra decine di turisti stranieri, stupito quanto loro dalla scenografia dell'insieme. In basso c'erano palme alte e sottili, carrozzelle con cavalli sotto le palme, altri turisti intorno a una fontana di marmo bianco a forma di conchiglia; gli edifici salivano ai lati della scalinata verso il verde di un giardino alle mie spalle, come una formazione organica antica ma ancora viva. Non c'erano automobili, a parte qualche taxi e una macchina della polizia; per il resto si vedevano solo persone a piedi, e sembrava che la loro unica attività consistesse nello scorrere assorte lungo gli edifici e le vetrine. Pensavo all'aria cattiva di Milano, alla sua divisione violenta tra dentro e fuori, piacevole e spiacevole, lavoro e svago. Pensavo che se non avessi incontrato Polidori sarei stato seduto a un tavolo nella mensa del palazzo di «Prospettiva», perfettamente isolato dall'aria e dalla luce naturale e dalle sensazioni del mondo.

Eppure c'era anche uno spirito non del tutto sereno nell'aria, una specie di cupezza antica e leggermente sinistra che emanava dalle vecchie costruzioni e dai loro materiali. Mi è sembrato di sentirla piú forte mentre tornavo verso la redazione per le vie strette già in ombra, e si mescolava ai dubbi che avevo sul mio nuovo lavoro, alle incertezze sul romanzo che dovevo finire. Non erano sensazioni definite: mi passavano dentro e si dissolvevano prima che io riuscissi a spiegarmele o a separarle una dall'altra. Mi era anche rimasta fame, ma ormai era tardi per fermarmi da qualche parte, cosí ho comprato un etto di cedro candito da un venditore ambulante e me lo sono mangiato mentre camminavo, chiudendomi la giacca con dita appiccicaticce adesso che cominciava a fare quasi freddo.

La redazione era ancora vuota, a parte Nadia nell'ingresso che si stava ripassando il rossetto sulle labbra. Le ho chiesto quando tornavano di solito gli altri; lei ha detto «Mah, dipende», con uno sguardo di chi non si vuole assumere responsabilità.

Sono andato nella mia stanza e ho cercato di pensare al mio libro, ma avevo lasciato il manoscritto e la mia macchinetta da scrivere al residence, e non mi ricordavo esattamente fin dove ero arrivato. In piú il vuoto della redazione mi sgomentava: la mancanza di suoni e di attività, l'aspetto mai toccato dei mobili. Quando lavoravo a «Prospettiva» mi ero abituato a prendere qualche appunto furtivo per il mio libro nei brevi momenti liberi, registrare frasi mentali da mettere giú quando arrivavo a casa la sera; era un'idea strana avere tutto il tempo che volevo durante le ore di lavoro, senza dovermi nascondere da nessuno. Guardavo lo schermo vuoto del computer e non sapevo da dove cominciare, la testa mi si riempiva di pensieri di tutt'altro genere.

Il computer riuscivo a usarlo solo per i lavori obbligati, non riuscivo a inventarci niente. Mi chiedevo cosa stava facendo Polidori in quel momento; cosa stava facendo Caterina a Milano; se dovevo proporle di raggiungermi a Roma, mettermi a cercare una casa in affitto; se il mio trasferimento era permanente o solo per qualche mese; dove abitava Maria Blini, e con chi; se avevo delle vere possibilità di veder pubblicato il mio libro e diventare uno scrittore; dov'erano andati la Dalatri e gli altri. Era da quando avevo finito il liceo che non mi capitava di essere cosí poco occupato durante un giorno di lavoro, senza istruzioni dettagliate su cosa fare, senza traccia di orari e procedure da seguire.

Ho impostato una rubrica telefonica e un archivio sul computer, tanto per fare qualcosa; ho guardato di nuovo i primi due numeri di «360°». A rileggerla con piú attenzione la prosa degli articoli era insopportabile, pretenziosa e pseudocolta, vigliacca negli omaggi che porgeva a politici e personaggi legati al partito del ministro del turismo e dello spettacolo. Faceva impressione trovarci in mezzo i due racconti di Polidori, e trovarli ancora cosí ben scritti e intelligenti, senza nessun punto di contatto con il tessuto che li circondava. Mi chiedevo in mano di quali lettori doveva capitare «360°»; se davvero potevo lavorarci senza lasciarmene contaminare come era riuscito a fare lui.

Poi i vetri delle finestre erano diventati neri, erano le quattro e mezza e gli altri non erano ancora tornati; sono andato di nuovo nell'ingresso da Nadia la segretaria.

Le ho chiesto se era normale che non ci fosse nessuno; lei di nuovo ha detto «Dipende». Non era una brutta ragazza, anche se i suoi occhi erano molto piccoli, e scuri da non poter distinguere le pupille.

Le ho chiesto «Dipende da cosa?» Lei ha alzato appena le spalle, ha ripetuto «Dipende».

Le ho chiesto se lavorava lí da molto; lei ha detto «Sei mesi». Le ho chiesto se il residence me lo pagava la rivista; lei ha detto «Fino a Natale». Ogni scambio di frasi restava secco e senza sviluppi, non incoraggiava minimamente una frase successiva. A un certo punto mi è venuto in mente che forse c'era anche un margine di ambiguità nella situazione, soli com'eravamo nell'ufficio vuoto, io in cerca di informazioni e lei pienotta di forme con il suo sguardo respingi-insistenze. Ero stanco e confuso e non avevo piú niente da fare; l'ho salutata, sono uscito.

Verso le nove mi ha telefonato Caterina. Ero su una poltrona nel piccolo soggiorno del residence, troppo sfinito perfino per togliermi le scarpe; speravo che fosse Polidori e invece ho sentito la sua voce familiare, impoverita dalla distanza.

Era preoccupata e anche offesa perché non mi ero ancora fatto vivo; ha detto «Grazie per avermi chiamata». Le ho spiegato che non volevo mettermi a fare telefonate private dalla redazione, ma che in ogni caso non c'era moltissimo da dire, a parte che ero stato assunto.

Lei ha detto «E dici poco?» Mi ha chiesto particolari: com'erano gli altri redattori e qual era il mio lavoro esattamente e che tipo di rivista era.

Le ho risposto «Non ho ancora capito bene, aspetto a vedere». Mi rendevo conto di non essere del tutto sincero, come per tenermi un margine al di qua dei suoi giudizi.

Caterina se n'è resa conto; ha detto «Che cavolo di tono hai? Se vuoi non ti chiedo piú niente».

Le ho detto che ero solo stanco, non avevo nessun segreto da nascondere. Non eravamo nemmeno abituati a fare grandi conversazioni al telefono, tanto meno a lunga distanza. Per sette anni eravamo rimasti cosí a portata di mano uno dell'altro, con cosí poche novità da comunicarci; mi faceva paura pensare a tutti i chilometri che si erano aperti tra noi. Le ho raccontato qualcosa dell'aspetto di Geroni e dell'arredamento della mia stanza e dello strano clima natalizio per le strade; l'ho salutata solo quando la sua voce mi è sembrata piú serena.

Poi ha cominciato a venirmi fame, ma non avevo voglia di mangiare da solo nell'enorme sala vuota come la sera prima, né di tornare in città alla ricerca di un posto

piú piacevole. Cosí ho deciso di saltare la cena e andarmene subito a letto, in modo almeno da essere riposato
e lucido il giorno dopo.

Però una volta a letto non mi veniva sonno, ero troppo irrequieto e la fame certo non mi aiutava. Mi sono
alzato e ho acceso la televisione, ho cambiato canale
canale canale senza trovare niente su cui fermarmi. Le
perplessità di Caterina mi avevano toccato, anche se
non volevo ammetterlo; continuavo a pensare al clima
di «360°» e al mio ruolo lí dentro, a come finire il mio
romanzo adesso che avevo un impegno morale con Polidori. Continuavo a sperare che lui si facesse vivo;
avrei voluto chiedergli qualche consiglio, farmi spiegare meglio i meccanismi della rivista.

Non ero abituato a essere riconoscente di qualcosa
a qualcuno; mi sembrava assurdo poter lavorare al mio
libro a spese dello stato senza preoccuparmi di altro.

Ho guardato parte di una vecchia commedia di tradi-
menti ambientata a Roma, parte di una finta inchiesta
condotta da un giornalista esageratamente grasso e fa-
zioso, parte di un programma dedicato alla ricerca di
persone scomparse; dappertutto mi sembrava di trovare riferimenti obliqui alla mia situazione, ma non sapevo interpretarli né metterli insieme.

Otto

Mi sono svegliato presto per la fame; mi sono fatto la barba e vestito in pochi minuti. Ho guardato il cartello sulla porta con il prezzo al giorno dell'appartamentino, e ho visto che non avrei mai potuto permettermelo dopo che la rivista avesse finito di pagarlo. Tutte le preoccupazioni della sera prima mi sono tornate indietro; camminavo in circoli nel piccolo soggiorno e cercavo di capire cosa avrei dovuto fare.

Ma avevo bisogno di mangiare, sono sceso nella sala ristorante. Non badavo piú molto al mare di sedie vuote che avevo attorno: mi sono divorato tutto quello che c'era sul tavolo, ho trangugiato tutto il caffè e il latte a lunga conservazione che mi hanno portato. Man mano che assimilavo nutrimento ho cominciato a pensare che erano anni che aspettavo un cambiamento, non potevo sgomentarmi davanti alla prima situazione non familiare. Non potevo pretendere che Polidori facesse piú di quanto aveva già fatto; dovevo approfittare dell'occasione, lavorare al mio romanzo con tutta l'energia che avevo. Quando ho finito l'ultimo sorso di caffè ero pieno di ottimismo, non vedevo l'ora di uscire.

Il portiere nella hall mi ha guardato con i soliti occhi incuranti e indagatori, ha chiesto «Tutto bene?»

Gli ho detto «Benissimo»; sono uscito quasi di corsa, incoraggiato dalla luce che c'era fuori, con la mia macchinetta da scrivere nella sua custodia e il mio romanzo non finito in una cartella di pelle che mi aveva regalato Caterina. Ho seguito la strada a curve che scendeva dalla collina verso il rumore e la vita di Roma; guardavo le palazzine di lusso in parte decadute l'asfalto crepato e rigonfio dove passavano le radici degli alberi. Mi chiedevo a chi era venuto in mente di mandarmi là sopra: se era stata un'iniziativa di Nadia la segretaria o lo aveva suggerito Polidori, in base a quali considerazioni. A piedi riuscivo a rendermi conto meglio delle distanze, annusavo gli odori di pino e di pipí di gatto, l'odore di traffico che veniva dal basso.

In dieci minuti sono arrivato al piano dove la collina residenziale degenerava in una estrema periferia di grande passaggio, scossa e martellata dal rumore di motori, invasa da edifici addossati uno all'altro senza nessuna regola. I taxi che arrivavano erano tutti occupati, cosí sono andato avanti in direzione del ponte, mi fermavo a fare gesti ogni pochi passi. Presto sono stato lontano dai semafori, su un marciapiede stretto lambito dal traffico feroce che si sfogava prima degli ingorghi dall'altra parte del fiume. Continuavo a fare segni a tutti i taxi che vedevo, ma nemmeno i pochi liberi provavano a fermarsi: alcuni autisti facevano sorrisi di derisione o gestacci; alcuni battevano sul clacson con rabbia.

Poi mi sono ritrovato sul ponte, senza piú marciapiede né niente, ed era molto piú lungo di come mi era sembrato dalla macchina, un enorme ponte monumentale guarnito di statue fasciste di marmo bianco, che collegava la città alle sue guarnigioni estreme con uno spezzone di autostrada. Camminavo piú veloce che potevo, senza piú girarmi per non vedere le macchine e i camion che mi si avventavano alle spalle, eppure mi sembrava di essere sempre allo stesso punto, lasciato indietro dall'onda continua di rumore e movimento. Pensavo al mattino prima con Polidori: al fruscio del motore della sua macchina, la facilità leggera con cui lui guidava.

Ci ho messo un quarto d'ora buono a raggiungere l'altra parte del ponte e trovare un taxi, e un'altra mezz'ora in taxi da lí al centro, pieno d'ansia com'ero all'idea di essere in ritardo il mio primo giorno di lavoro.

Quando sono arrivato Nadia la segretaria era seduta alla sua scrivania, masticava chewing-gum e batteva a macchina con due dita. Le ho chiesto se gli altri erano già lí da molto; lei ha detto «C'è solo il signor Zancanaro, se hai bisogno». L'ho visto che mi spiava attraverso la porta socchiusa del suo ufficio; gli ho fatto un cenno di saluto, lui non ha risposto.

Cosí sono andato nella mia stanza e ho tirato fuori la mia macchina da scrivere e il mio manoscritto. Ho preso la mia storia nel punto dove l'avevo lasciata, ho messo un foglio nuovo nel rullo, ho battuto nell'angolo destro il numero della pagina. Poi ho cercato di ritrovare lo spirito delle duecento pagine già scritte, ma non era facile, adesso che non avevo piú sott'occhio il materiale umano che mi aveva ispirato, né dentro di me il rancore che mi aveva spinto avanti per due anni, né fuori dalla finestra il clima e gli odori che mi ero sforzato di tradurre in parole. I mobili della mia stanza non c'entravano niente con i mobili del mio romanzo, la luce era diversissima; l'atmosfera della città che filtrava dalle finestre premeva sulle mie sensazioni con troppa violenza per lasciare spazio ad altro. Mi chiedevo se Polidori aveva avuto ragione a consigliarmi di stabilire una distanza tra me e la mia storia, o invece la distanza mi stava trascinando in tutt'altra direzione.

Continuavo ad aspettarmi che arrivasse qualcuno a interrompermi, o il telefono suonasse, ma l'ufficio è rimasto immerso nel silenzio, a parte il ticchettio molto distanziato di Nadia. Di nuovo mi sono lasciato paralizzare dal senso di vuoto tutto intorno, dall'idea di avere tempo quasi illimitato a disposizione.

A un certo punto ho lasciato perdere, sono andato a curiosare nella stanza della Dalatri. Ho guardato ancora le foto degli attori e di Polidori alle pareti, annusato le tracce di profumo, dato un'occhiata ai fogli sulla scrivania. Stavo leggendo un piano di lavoro non chiaro, e Bedreghin si è affacciato sulla porta senza che l'avessi sentito arrivare, ha detto «Cosa fai, spii?»

Per reagire in qualche modo gli ho chiesto «Dove cavolo eravate tutti? È da ieri pomeriggio che aspetto di vedere qualcuno».

Lui si è fatto leggermente spiazzare dal mio tono: ha detto «C'era il corteo del papa stamattina, mezza Roma è bloccata». È venuto ad appoggiarsi alla scrivania, ciondolava sulle grosse gambe.

Gli ho chiesto qualche informazione su «360°»: chi faceva cosa nella redazione, quale poteva essere il mio ruolo.

Bedreghin sembrava guardingo; ha detto «Per ora siamo in stand-by, abbiamo appena chiuso un numero». Mi guardava, con un fondo di ironia non divertita che gli galleggiava negli occhi azzurri; ha detto «Perché tu che ruolo avevi in mente?»

«Non lo so», gli ho detto io. «Sono appena arrivato».

Nello stesso momento è arrivata la Dalatri, ha detto «Ohi» mezza seccata quando ci ha visti nella sua stanza. Aveva in mano il sacchettone di un negozio di scarpe, scarpe nuove ai piedi fibbiate d'oro. Si è tolta il cappotto e si è data aria ai capelli, si è seduta dietro la scrivania in una delle sue pose molto studiate.

Bedreghin le ha detto «Bata qui mi chiedeva informazioni sul lavoro. Vuole sapere cosa deve fare»: ancora con un sorriso falso sulle labbra.

La Dalatri ha sorriso in modo simile, mi passava addosso lo sguardo come si può fare con un cavallo al mercato. Ha detto «Se hai qualcosa di tuo ti conviene fare quello. Con la rivista non si muove niente fino a metà gennaio almeno». Ha dato un'occhiata a Bedreghin; c'era un traffico di messaggi silenziosi in andata e ritorno, e non riuscivo a decifrarli.

Sono tornato nella mia stanza, a pensare a una possibile frase da attaccare all'ultima frase che avevo scritto. Ogni minuto che passava mi sembrava uno spreco insopportabile, ma questa sensazione invece di aiutarmi mandava i miei pensieri fuori dalle finestre, per le strade e lungo le facciate dei vecchi palazzi, a zig zag dietro le migliaia di persone diverse che dovevano muoversi attraverso Roma in quel momento. Avevo lasciato la porta socchiusa: cercavo di distinguere i discorsi della Dalatri e di Bedreghin al telefono, e mi faceva impressione pensare a come avevo desiderato un riparo dalle voci degli altri quando lavoravo a «Prospettiva».

All'una Bedreghin si è affacciato a chiedermi se volevo andare a mangiare con loro; gli ho detto subito di sí, siamo scesi tutti e tre. In strada ho cercato di adeguarmi al loro modo di camminare: le mani dietro la schiena, i piedi quasi strusciati con lentezza, il mento in alto, gli occhi verso le vetrine e verso gli altri passanti senza troppa curiosità.

Il ristorante era piuttosto pretenzioso, con reti e quadri marinari alle pareti, pieno di fumo e di mangiatori usciti probabilmente da qualche sede di ministero o di partito poco lontano. I camerieri hanno salutato la Dalatri e Bedreghin come vecchi clienti, hanno liberato subito un tavolo anche se c'era altra gente in attesa all'ingresso.

Abbiamo mangiato spaghetti ai frutti di mare e branzino alla griglia, Bedreghin ha bevuto Vermentino bianco. Ogni tanto mi indicava il piatto, diceva «Eh?» Diceva «Qual è il tuo ruolo, Bata?»; scopriva i denti larghi. Per il resto parlava della vacanza in montagna che intendeva fare dopo aver passato il Natale dai suoi a Treviso; elencava i nomi dei posti. La Dalatri non lo ascoltava quasi, sembrava tutta concentrata nello scartare a piccoli colpi di forchetta le patate al forno che si erano mescolate alla polpa del branzino.

Avrei voluto farmi raccontare dei loro rapporti con Polidori, i loro rapporti con la rivista e con Geroni e con il ministero del turismo e dello spettacolo; ma non riuscivo a trovare l'occasione per introdurre l'argomento, la loro perfetta indifferenza verso l'esterno mi intimidiva. Guardavo i funzionari di ministero o di partito agli altri tavoli, nell'acciottolio e il fumo e le esclamazioni e le risate, e mi sentivo bloccato al mio posto, congelato nelle mie curiosità. Bedreghin andava avanti a bocca piena con le sue descrizioni di piste da sci e di piatti regionali; ogni tanto gli facevo di sí con la testa.

Poi la Dalatri ha visto un tipo grasso che si alzava da un tavolo piú lontano, ed è scattata in piedi a fargli gesti, ha detto «Livio!», tutta infiammata di attenzione.

Il tipo grasso ha avuto un'espressione contrariata per un istante, ma subito dopo è venuto ad abbracciarla, chiederle «Come va?» Era Livio Longo, l'ex giovane comico che da dieci anni ogni Natale usciva con un film per famiglie e andava in testa alle classifiche degli incassi. C'era un uomo rossastro insieme a lui e sembrava impaziente, ma Longo si sforzava di essere cordiale con la Dalatri, le sorrideva a guance tirate.

La Dalatri gli si schiacciava contro come se fossero molto intimi; ha detto «Il film è bellissimo, ho continuato a ripensarci. L'altra sera alla fine della proiezione non so se hai visto, ma avevo i lucciconi». Non ha neanche pensato a presentare me e Bedreghin, faceva come se non ci fossimo.

Livio Longo ha detto «Sei tenera». Era nervoso; diverse persone agli altri tavoli ridacchiavano come se lo stessero guardando al cinema. Ha detto «Marco sta bene? Cerca di mettere una parola buona, Enrichetta».

La Dalatri gli ha detto «Lascia fare a me»; gli stava addosso e lanciava occhiate intorno per raccogliere l'attenzione riflessa degli avventori.

Poi Longo ha fatto con gli occhi un cenno vile e rassegnato alla stessa maniera che nei suoi film, si è disimpegnato con due baci ed è quasi corso verso l'uscita insieme al suo accompagnatore.

La Dalatri è tornata a sedersi, con le guance arrossate dall'improvvisa circolazione di sangue, le pupille dilatate dall'interesse che stava dissolvendosi piano. Si è accesa una sigaretta e subito ha detto «Il film è una pizza incredibile, zuccheroso che non ti dico, e moscio perdipiú. Ha ragione Polidori, a non volerne sapere di lui».

Le ho chiesto «In che senso?», stupito a sentirla parlare cosí male di uno che aveva salutato con tanto slancio.

Lei mi ha guardato tra le ciglia prima di rispondere; ha detto «Per il film da *Preliminari*, no? Solo che Longo è appoggiato fino al collo, si fa mandare avanti a ogni costo. Non gliene frega niente di mendicare, sa che deve trovare il modo di darsi una riciclata».

«Appoggiato da chi?», le ho chiesto.

La Dalatri mi ha guardato di nuovo, ma inalava e soffiava fuori fumo senza rispondere; Bedreghin ha detto «Ma ci sei o ci fai, Bata? Da dove cazzo vieni?»

Mi sono reso conto di non avere ancora sentito né lui né la Dalatri fare una vera domanda da quando li conoscevo. Tra loro c'erano solo scambi incuranti di informazioni: dati aggiornati che venivano lasciati cadere sopra altri dati, senza mai provocare stupore né curiosità né altri contraccolpi visibili.

Quando è arrivato il conto ho cercato di prendere la ricevuta per vedere qual era la mia parte, ma Bedreghin me l'ha strappata di mano, ha detto «Paga la rivista». Ha contato una mazzetta di buoni-pasto, piú una mancia in contanti; siamo usciti tra i saluti dei camerieri.

Fuori abbiamo fatto un giro piú lungo che all'andata per le vie piene di gente. Bedreghin si muoveva sulle sue grosse gambe come se pattinasse al rallentatore, la Dalatri frenava ancora per guardare d'infilata le vetrine; io li seguivo. Riuscivo già a orientarmi senza grande difficoltà, e l'idea di essere piú familiare almeno con questa parte della città mi faceva piacere.

Quando siamo stati alla redazione sono andato nella mia stanza con la stessa mancanza di fretta di Bedreghin e della Dalatri verso le loro, ho lasciato di nuovo la porta aperta. Non ero abituato a mangiare tanto a mezzogiorno, i miei pensieri erano pieni di torpore. Continuavano a tornarmi in mente gli sguardi di Livio Longo e quelli degli altri avventori: i sorrisi e le cordialità di facciata, i colpi di gomito e gli ammiccamenti, la diffidenza di fondo.

Per quello che sentivo dalla mia stanza mi sembrava che Bedreghin e la Dalatri non fossero affatto disoccupati, nel loro ritmo lento: in realtà non restavano mai piú di qualche minuto a chiacchierare nel corridoio, il resto del tempo erano nelle loro stanze a battere sulle tastiere dei computer; spesso li sentivo dire al telefono «Scusa ma ho da fare».

Un paio di volte che erano nel corridoio sono uscito a fare qualche altro tentativo di conversazione. Finché restavamo su argomenti generici erano abbastanza cordiali, anche se di una cordialità facile e priva di spessore da compagni di scuola; il loro atteggiamento cambiava quando cercavo di sapere qualcosa sui loro rapporti con Polidori o sul retroterra della rivista. Allora mi guardavano come se non capissero bene da che parte stavo, le loro frasi diventavano sfuggenti e ambigue. Il codice di comportamento era del tutto diverso da quello che regolava i rapporti a «Prospettiva»: qui ogni richiesta diretta provocava reazioni negative, interrompeva la comunicazione invece di accelerarla.

Poi Zancanaro è venuto ad affacciarsi nella mia stanza, a dirmi «Se vuole il suo stipendio, può degnarsi di venirlo a prendere».

L'ho seguito nella sua stanza, e mi ha fatto firmare un paio di carte, mi ha allungato una busta. Ha detto «Buon Natale», con il suo sguardo di sospetto senza tregua.

Mi sentivo una specie di ladro a prenderla; e ancora piú a disagio mi sono sentito quando l'ho aperta nella mia stanza e ho visto il milione in contanti. Pensavo che non avevo fatto nessun lavoro per essere pagato; pensavo a quanti altri soldi pubblici dovevano passare di mano nello stesso modo in quel momento.

Ho cercato di rimettermi a lavorare al mio libro per sentirmi meno in colpa, ma questi pensieri mi avevano distratto ancora; non ci riuscivo. Continuavo ad aspettarmi una telefonata da Polidori, ma non si è fatto vivo; la Dalatri mi ha detto «Chi lo sa dov'è, dopo dieci minuti che sta in un posto deve andare da qualche altra parte». Quando parlava di lui mi sembrava di sentire una sottile corrente calda nella sua reticenza: ammirazione e desiderio di protezione che si riflettevano in una specie di gelosia dello sguardo.

Verso le cinque Bedreghin è venuto ad avvertirmi che lui e la Dalatri se ne andavano a casa. Gli ho detto che io invece volevo finire quello che stavo facendo, ma dal suo sguardo ho capito che era un atteggiamento patetico, cosí sono uscito insieme a loro. Zancanaro l'amministratore si è affacciato a dire in tono di canzonatura fredda «Buon weekend, lavoratori». Nadia la segretaria ha appena mormorato «Sera».

In strada Bedreghin aveva una moto; si è infilato il casco e ha chiuso fibbie e cerniere, solo a quel punto mi ha detto «Se hai bisogno di un alloggio dopo Natale potrei affittarti una stanza a casa mia, finché non viene a Roma la mia fidanzata».

Non l'ha presentato come un vero e proprio gesto d'amicizia, ma mi ha colpito lo stesso che gli fosse venuto in mente; ho pensato che forse li avevo giudicati male, mi ero lasciato fermare alla superficie dai miei pregiudizi di milanese. Gli ho detto che mi andava benissimo; lui ha messo in moto ed è partito.

Ho fatto un pezzo di strada con Enrica Dalatri, verso la sua macchina. Faceva piú freddo della sera prima, nelle vie piene di luci e di gente eccitata; lei ha detto «Grazie al cielo è finita la settimana». La guardavo di profilo, con i suoi capelli a ciocche laccate e il suo trucco da annunciatrice televisiva e la sua sciarpa firmata a motivi equestri, e malgrado tutto questo pensavo a che conforto sarebbe stato se mi avesse chiesto di cenare con lei, o almeno si fosse offerta di accompagnarmi. Lei non deve aver percepito molto dei miei pensieri: appena siamo arrivati alla sua macchina mi ha detto «Ci vediamo», è salita senza piú guardarmi.

Cosí sono rimasto completamente solo nella città quasi sconosciuta, ed era venerdí sera e mancavano nove giorni a Natale, non avevo nessuna voglia di tornare a chiudermi nel mio appartamento di residence lontano da ogni segno di vita. Sono andato senza direzione per le vie del centro; guardavo la gente che scorreva lungo le vetrine illuminate, assorbivo i suoni e gli sguardi poco familiari. Nell'aria c'era una vibrazione di consumi collettivi e festeggiamenti imminenti, cene e pranzi e scambi di regali da cui ero completamente tagliato fuori. Guardavo i gruppi e le coppie e anche i singoli che passavano a loro agio tra il buio e le luminarie, e provavo un senso di invidia indiscriminata per ogni piccolo gesto d'affetto, ogni minima manifestazione di confidenza.

Mi sono ritrovato nella piazza del Pantheon per puro caso e ci ho girato intorno, ho tagliato per le stradette oblique. Vagavo metà concentrato su quello che vedevo e metà su me stesso: studiavo i passanti e le mie sensazioni come attraverso una lente che ingrandiva i dettagli fino a fargli perdere significato.

Poi sono arrivato a un angolo da dove potevo scegliere tra tre direzioni diverse, con le gambe già stanche e un desiderio di dolce e di caldo nello stomaco, e ho visto Maria Blini ferma davanti a un negozio di antiquario.

Non l'ho riconosciuta subito: ho notato questa ragazza elegante e flessuosa, i capelli biondi a caschetto illuminati dalle luci del negozio, le belle gambe scoperte da un cappotto troppo corto. Il mio sguardo si è fatto attrarre dal suo modo di stare in piedi: come una ballerina distratta, con un piede leggermente in fuori e una mano su un fianco, assorta a guardare qualcosa nella vetrina. Solo quando le sono stato a pochi passi mi sono reso conto che era lei, e questo ha cancellato in un istante tutti i pensieri che mi avevano occupato fino a quel momento.

Ma non sapevo bene come comportarmi, perché non volevo piombarle addosso come un importuno, e non mi veniva in mente nessun modo piú leggero di accostarla. Ho esitato qualche secondo, poi le sono arrivato di fianco troppo rapido, ho detto «Maria?», nel tono piú sgraziato che mi potesse venire.

Lei si è girata di scatto, con un'espressione spaventata che mi ha fatto indietreggiare mezzo passo. E dal suo sguardo ho capito che non mi riconosceva. Le ho detto «Sono Roberto Bata. "Prospettiva". A Milano. Una ventina di giorni fa». Mi rendevo conto di sembrare un cretino; mi vergognavo del mio stesso tono.

Lei ci ha messo un paio di secondi a ricordarsi di me, ma poi per fortuna ha sorriso nel modo che mi ricordavo, ha detto «Ah, sí, certo».

Sono stato indeciso se abbracciarla, e anche lei mi è sembrata indecisa, ma nessuno dei due lo ha fatto; ci siamo dati la mano. Questo contatto mi ha paralizzato invece di facilitare le cose, perché nella strana luce della strada lei era ancora piú bella di quando le avevo fatto l'intervista, ancora piú che nella foto su «Prospettiva». Mi sembrava di vedermi dal suo punto di vista: un giornalista frustrato e aspirante scrittore che pretende di farsi riconoscere per la strada e poi non sa neanche affrontare la situazione con scioltezza.

Le ho chiesto «Cosa stavi guardando?» Lei ha indicato nella vetrina alcune vecchie anatre-richiamo di legno colorato, tra i mobili scuri e le specchiere dorate.

Ho fatto finta di guardarle, ho detto «Belle». Non ero mai stato bravo a rivolgermi a una ragazza che non conoscevo bene, ma adesso provavo un senso di frustrazione quasi disperante, avrei voluto avere un suggeritore nascosto da qualche parte.

Lei mi ha guardato con aria interrogativa, ha sorriso appena. Nello spazio aperto non era facile comunicare con lei come mi ricordavo a Milano durante l'intervista: sembrava sulla difensiva, incerta delle mie intenzioni.

Continuavamo a stare fermi davanti all'antiquario nel passaggio di romani ricchi carichi di pacchi e pacchetti infiocchettati. A qualche metro da noi due ragazzi stranieri suonavano malamente un flauto e una chitarra, c'erano tintinnii di monete lasciate cadere. Maria si è girata a guardare nella loro direzione, e mi sono reso conto che il nostro incontro avrebbe potuto benissimo concludersi in quel momento.

Cosí le ho chiesto «Vai anche tu di là?», con il gesto piú vago che mi veniva, sperando solo che non fosse diretta dalla parte opposta. Lei ha detto «Sí», ha fatto di sí con la testa.

Camminava con un passo leggero e lungo, sembrava che volasse rispetto ai lenti trascinamenti di piedi a cui mi ero abituato con la Dalatri e Bedreghin. Mi ha chiesto «Cosa ci fai a Roma?»

Le ho detto «Mi sono licenziato da "Prospettiva" e sono venuto qui per finire il mio romanzo».

Lei mi ha guardato con un'aria sorpresa, ha detto «Davvero?» La bellezza dei suoi lineamenti non era affatto rigida: aveva un modo buffo di arricciare il naso corto, inclinare di lato la testa, guardarmi con una curiosità appena diffidente

Le ho raccontato tutta la storia del secondo incontro con Polidori a Milano e della mia decisione; le ho descritto il residence sulla collina dove mi avevano messo, l'atmosfera assurda della redazione di «360°», lo strano modo in cui Polidori scompariva nel nulla dopo essere stato cosí generoso e amichevole. Ero contento di avere tanto da raccontarle; pensavo che anche solo quindici giorni prima i miei unici argomenti sarebbero stati telefonate a personaggi che non avevo mai visto di persona, informazioni giornalistiche di seconda mano, giudizi sul mondo incattiviti dalla distanza da cui lo osservavo. Almeno questo era un vantaggio della mia nuova situazione, e non mi sembrava poco in quel momento.

Maria mi ascoltava senza rallentare il passo, ogni tanto sorrideva, mi guardava con i suoi occhi castani. Cercavo di non smettere per un istante di alimentare la sua attenzione: bruciavo episodi e personaggi e situazioni senza risparmio, cambiavo tono appena mi sembrava che non mi seguisse piú. Le ho raccontato un paio delle mie conversazioni con Nadia la segretaria, solo per vedere la piega che prendevano le sue labbra cosí ben disegnate quando sorrideva; ho imitato l'accento veneto di Bedreghin; ho descritto le pose e i gesti autoriflessi della Dalatri, la carnagione porcina di Geroni, lo sguardo da guerra del suo amministratore Zancanaro. Cercavo anche di presentarle un'immagine attraente di me: modificavo leggermente i fatti per apparire deciso dov'ero stato incerto, coerente dov'ero stato sprovveduto. C'era poca luce e ci muovevamo; mi riusciva piú facile.

Non mi era mai capitato di camminare con una ra-

gazza cosí carina: i romani ricchi del centro e i com-
pratori di regali venuti da fuori indugiavano con gli occhi su di lei mentre passavamo, alcuni si giravano in modo quasi ostentato. Maria aveva uno sguardo dritto per
evitare queste occhiate: mi ascoltava e sorrideva o mi
chiedeva qualcosa, e tutto il tempo doveva fare finta di
non accorgersi dell'attenzione appiccicosa che la ac-
compagnava. Ci doveva essere abituata da sempre, e
non mi sembrava che le dispiacesse, ma non riuscivo a
non farci caso; le camminavo a fianco in parte geloso e
in parte eccitato, cercavo di rintuzzare gli sguardi piú
invadenti. Poi mi sono lasciato prendere solo dal ritmo
delle nostre andature: dal piacere elettrico dei nostri
scambi di parole, dei contatti intermittenti tra le nostre
braccia e le nostre gambe.

Continuavo a parlare per paura che il momento si
esaurisse, ma non volevo neanche sembrarle troppo preso da me stesso, né avevo una scorta illimitata di cose
da raccontare. Le ho chiesto cosa faceva in quel periodo; lei ha detto che stava leggendo un copione teatrale
e uno per una serie televisiva, il film in Sicilia a primavera non era ancora sicuro. Mi ha accennato alla storia
della serie televisiva, dove avrebbe dovuto recitare la
parte di una redattrice in una rivista di moda. Ha detto «Vuol dire lavorare qualche mese di seguito, però magari dopo una settimana capita qualcosa di molto meglio, o soltanto mi stufo».

Aveva un modo nervoso di parlare del suo lavoro:
giudizi istintivi e dubbi e curiosità e noia che affiora-
vano a piccole onde nelle sue espressioni. Ha detto «Lo
so che non dovrei lamentarmi e sono già fortunata ad
avere qualche proposta, ma certe volte leggo i copioni
e sono cosí stupidi e finti che glieli tirerei dietro».

Mi affascinavano queste sue coloriture spavalde e
infantili e mi affascinava che mi parlasse con tanta confidenza quando c'eravamo visti solo una volta. La sua
voce mi arrivava in forma di una vibrazione tiepida,
che dall'udito contagiava tutti gli altri miei sensi e me
li rimescolava dentro. Le davo ragione qualunque cosa

dicesse, ero consapevole di ogni suo piccolo cambiamento di espressione; provavo a offrirle qualche consiglio dal punto di vista puramente esterno che avevo
acquisito a «Prospettiva». Lei in questo non mi ascoltava quasi: scavalcava con impazienza la mia voce, diceva «Non lo so» prima che io avessi finito. Le camminavo a fianco da solo pochi minuti, e mi rendevo
conto che era molto piú mutevole e complicata di come mi era sembrata a Milano, e questo aumentava ancora l'attenzione che provavo per lei.

Lei andava con il suo passo lungo, ci ho messo almeno un quarto d'ora a capire che non stava seguendo un
percorso preciso. Voltava a impulso per le strade strette, attraversava e cambiava direzione senza curarsi del
fatto che giravamo intorno al punto dove c'eravamo incontrati. Aveva voglia di parlare, senza quasi guardarmi negli occhi né fermarsi.

Guardavo i bar pieni di luce mentre passavamo oltre, e pensavo a quanto sarebbe stato piacevole entrare e sederci uno di fronte all'altro a un tavolino, ma
avevo anche paura che l'equilibrio che si era creato tra
noi potesse rompersi di colpo. Mi lasciavo portare dalla situazione, precaria e poco definita com'era, senza
azzardarmi a modificarla: continuavo a temere che fi-
nisse da un momento all'altro, e provavo sollievo a vedere che invece continuava ancora; quando è finita sono stato preso completamente alla sprovvista.

Stavamo andando per una stradina poco illuminata,
assorti nelle nostre parole e nei nostri movimenti, e da
un momento all'altro ci siamo trovati affacciati su una
via larga dove passavano autobus e taxi e automobili
blu a grande velocità. Il rumore e il movimento meccanico hanno tagliato con violenza improvvisa l'atmosfera che ci aveva tenuti vicini fino a quel momento.
Maria ne è stata sorpresa quanto me, si è fermata e ha
cambiato espressione; avrei voluto riportarla indietro,
ma non mi sembrava di poterlo fare, eravamo paraliz-
zati tutti e due. La fissavo da vicino, senza trovare parole; lei ha detto «Devo andare».

Quasi controvoglia ha alzato un braccio, si è sporta sull'orlo del marciapiede. Un taxi si è fermato dopo pochi secondi, l'autista si è girato per sollecitarla a salire in fretta. Ci siamo stretti la mano, con la stessa indecisione se abbracciarci o no di quando ci eravamo incontrati poco prima davanti all'antiquario. Non ho fatto in tempo a chiederle se potevamo rivederci, o almeno chiederle il suo numero di telefono. Eravamo sospesi in un'onda di sensazioni mozzate a metà, con il taxista impaziente e le macchine dietro che suonavano; non riuscivo piú a parlare.

L'ho guardata salire sul taxi, il taxi allontanarsi e sparire in due secondi; quando sono rimasto solo nel rumore del traffico mi è venuta in mente una frase che avrei potuto dirle.

Nove

Sabato mattina l'unica cosa che avrei voluto al mondo era rivedere Maria Blini; tutto il resto era scivolato fuori dalla mia attenzione e dai miei sentimenti. Non mi importava piú niente del clima alla redazione di «360°», né di non riuscire a riprendere lo spirito del mio romanzo, né che Polidori fosse sparito; pensavo solo a come ristabilire un contatto con lei, non lasciare che il tempo e lo spazio lo rendessero sempre meno probabile.

Ho provato a chiedere il suo numero di telefono alla Sip, ma non c'era nessuna Maria Blini negli elenchi; ho cercato di ricordarmi se lei mi aveva detto dove abitava, ma non me l'aveva detto. Non sapevo nemmeno vagamente in quale parte di Roma, perché dopo i nostri giri in tondo aveva preso un taxi nella direzione opposta a quella che mi aveva indicato all'inizio. Me la immaginavo nella grande città attraversata da migliaia di attività e movimenti del tutto estranei, e l'idea di non riuscire a raggiungerla mi comunicava una vera disperazione. Camminavo avanti e indietro nel piccolo soggiorno squallido, con lei negli occhi e nelle orecchie e sotto i vestiti come quando camminavamo insieme per le vie del centro.

Ha suonato il telefono, e per un attimo ho sperato che fosse lei, visto che sapeva dove stavo. Invece era Caterina; credo che sia riuscita a sentire la delusione nella mia voce, la sua voce si è raffreddata subito per reazione. Mi ha chiesto a che ora pensavo di arrivare a

Milano lunedí, a che ora potevamo partire per casa dei
suoi genitori a Pontresina. Le ho risposto che non lo
sapevo ancora. Mi sembrava che mi avesse chiamato
piú che altro per tenermi sotto controllo, e questo mi
ha riempito di nuovi desideri di fuga; ho cercato di
chiudere la conversazione prima che potevo.

Poi ero cosí nervoso che non riuscivo piú a stare fermo: ho chiesto al portiere di chiamarmi un taxi e mi
sono fatto portare in piazza del Pantheon, da lí sono
andato in giro per le vie dove avevo camminato con
Maria la sera prima, nella speranza assurda di incontrarla di nuovo. Ho ricostruito il nostro giro fino alla
strada di traffico dove si era interrotto, poi sono tornato indietro fino al punto di partenza. Solo allora mi
sono reso conto di quanto poco probabile era stato il
nostro incontro: sortito tra quanti incroci a vuoto di
persone sconosciute cariche di regali di Natale.

Nella vetrina dell'antiquario erano ancora esposte le
anatre-richiamo. Le ho guardate per qualche minuto,
poi sono entrato a chiedere quanto costavano. La padrona era truccata e vestita e ingioiellata come una te-
nutaria di bordello, ha detto « Quelle sono molto vecchie», invece di dirmi il prezzo. Ho dovuto chieder-
glielo una seconda volta perché mi rispondesse: la piú
piccola costava metà dei miei soldi. Le ho detto che la
prendevo; lei me l'ha incartata quasi a malincuore, con
piccoli gesti stizziti per arricciare i fiocchetti.

Poi sono andato in giro a caso per la città con il mio
pacchetto in mano, e mi sembrava di avere almeno un
piccolo collegamento tangibile con Maria. Non l'ho
riincontrata nelle strade sempre piú brulicanti di guardatori e penetratori di vetrine.

Mi sono fermato in una libreria e ho comprato tutti i libri di Polidori, in edizione tascabile per non portarmi dietro troppo peso.

Dieci

Domenica sera ero nel piccolo soggiorno del residence, davanti alla televisione che trasmetteva il telegiornale. Il presidente della repubblica gridava e si sbracciava in mezzo a un nugolo di giornalisti, sosteneva che un'organizzazione paramilitare segreta di cui si era occupato lui stesso era perfettamente legittima. Il telefono si è messo a suonare, e di nuovo ho sperato senza ragione che fosse Maria Blini. Era Polidori; ha detto «Roberto».

Gli ho risposto «Marco». Non l'avevo mai chiamato cosí, ma non ero piú nello spirito di stare a misurare con grande cura il gioco delle nostre reazioni. Dallo schermo la voce del presidente della repubblica suonava ottusa come se stesse parlando con la testa in un sacco; le sue frasi sovraccariche di intenzioni erudite prendevano continue azzoppature grammaticali, i concetti gli si perdevano in labirinti secondari.

Polidori ha detto «Volevo chiederti se hai voglia di venire qui a cena. Almeno riusciamo a fare due chiacchiere, finalmente. Poi c'è una festa romana, magari ti può interessare».

Gli ho detto «Grazie». Alla televisione adesso c'era il segretario del partito socialista, davanti a decine di microfoni protesi da mani ansiose. Parlava nel suo solito modo allusivo apparentemente generico, con l'enfasi rallentata che io e Caterina odiavamo tanto. Spostava la testa pesante da un punto all'altro, senza guardare nessuno in modo diretto; scandiva doppie negazioni

che si autoelidevano, con sulle labbra appena l'accenno
di un sorriso minaccioso.

«Mi senti?», ha chiesto Polidori anche lui distratto
dalla televisione, con la voce elettronica dello speaker
che incalzava sotto la sua.

Gli ho detto «Sí, sí, certo. Grazie. A che ora?»

«Quando vuoi. Verso le nove», ha detto lui; mi ha
dato il suo indirizzo. Sono andato a cercare una penna
per scrivermelo, e quando sono tornato c'era Polidori
sullo schermo, seduto nelle prime file di una platea pun-
teggiata di facce famose. La telecamera ha indugiato su
di lui, seduto con eleganza non rilassata, la sua testa di
capelli argentati che spiccava tra le zucche pelate o ti-
gnose degli altri.

Ho alzato il volume, ma ormai c'era un altro servizio, non sono riuscito a capire a cosa erano collegate le
immagini di prima.

Alle nove ho chiesto al portiere di chiamarmi un
taxi. L'autista si è fatto dire l'indirizzo ed è partito,
ma tre isolati dopo era già fermo, si è girato a dirmi «Il
signore è servito». Gli ho chiesto se era sicuro; lui ha
detto «Sicuro, sicuro», come se parlasse a uno scemo.

Gli ho dato il doppio della mancia giusta; sono sceso a cercare sul citofono il tasto con il numero che mi
aveva detto Polidori. Ho scandito il mio nome; qualcuno da sopra mi ha aperto, ha detto «Ultimo piano».

Era un edificio forse degli anni Sessanta, piú alto di
quelli intorno, costruito come l'intero quartiere con
ambizioni non del tutto sostenute nel tempo: l'atrio
piastrellato aveva un tono ex moderno, la doratura
dell'ascensore era venuta via in qualche punto. Ma era
una casa ricca, silenziosa. Mentre salivo mi chiedevo
perché Polidori mi aveva fatto prenotare il residence
fuori dal mondo senza dirmi che era a due passi da lui,
perché si sforzava di essere cosí accessibile e poi spariva senza piú dire niente per giorni interi.

Al sesto piano una vecchia cameriera vestita di azzurro è venuta ad aprirmi, ha indicato in fondo a un corridoio, da dove veniva del jazz soffuso. Non sapevo se ero vestito in modo adeguato; se arrivavo all'ora giusta o troppo presto; mi muovevo cauto.

In fondo al corridoio c'era un grande soggiorno su due livelli, con un parquet di legno chiaro, mobili chiari nello spazio aperto. Una bella donna di forse trentacinque anni è arrivata a intercettarmi prima che riuscissi a vedere molto; mi ha porto la mano, ha detto «Io sono Christine Polidori», con un accento americano leggero.

Le ho detto «Roberto Bata. Piacere. Buonasera», imbarazzato dalla sua figura alta e slanciata vestita di cashmere grigio. Avrebbe potuto essere la moglie di un ministro in un paese piú civile del nostro, se non fosse stata la moglie di un grande scrittore: c'era una leggera rigidezza ufficiale nei suoi movimenti. I suoi occhi verdi erano molto luminosi, il suo collo lungo ed elegante; c'era solo qualche linea sottile di tensione sulla sua faccia anglosassone.

Mi ha chiesto cosa volevo bere; le ho detto una spremuta d'arancia, ma era l'unica bevanda che mancava sul tavolino alle sue spalle. Lei ha dovuto chiamare la vecchia cameriera e darle istruzioni; mi ha detto di sedermi su un grande divano. Ha abbassato la musica prima di venirsi a sedere anche lei, e questo ha reso l'atmosfera ancora meno facile.

Le ho detto «È una bella casa». In un angolo c'era un albero di Natale, tutto ornato di fili d'oro e palline di vetro e cartoncini colorati.

Christine Polidori ha detto «Peccato che le piante del terrazzo siano quasi spoglie, in questa stagione». Ha indicato una parete vetrata che dava sulle luci di un terrazzo.

Le ho detto «Ho preso un taxi per venire, ma sto in un residence a due passi da qui».

Lei mi ha fatto un piccolo sorriso ufficiale, ha detto «Sí?» Era nervosa, seduta sul bordo del divano, con le mani dalle dita sottili sopra le ginocchia. Ha detto

«Marco sarà qui da un momento all'altro, credo. Non è mai molto puntuale».

Le ho detto «Lo so», senza pensarci.

Lei si è alzata, ha detto «Mi scusa cinque minuti, che devo controllare i bambini?»

Le ho detto «Certo, certo, non si preoccupi», sollevato all'idea di non dover continuare una conversazione cosí difficile; quando è sparita verso qualche altra parte della casa mi sono alzato a dare un'occhiata intorno.

Ho fatto scorrere la porta a vetri e sono uscito a respirare l'aria notturna sul grande terrazzo illuminato. C'era una pergola di vite vergine, gelsomini addossati al muro, molte altre piante in cassette di terracotta lungo tutto il perimetro, alberelli di mandarino e di limone riparati con paglia. Mi sono affacciato a guardare le luci di Roma, sulle altre colline e sparse per la pianura ai due lati del fiume; cercavo di capire dov'era la redazione di «360°», dov'era che avevo incontrato Maria Blini.

Poi ho visto in uno dei due angoli interni del terrazzo una scaletta di ferro a chiocciola che portava a un secondo terrazzino piú in alto. Sono salito, ed era una specie di piccolo osservatorio, da cui sembrava di avere un panorama ancora piú esteso e nitido della città e del cielo. Una porta lo metteva in comunicazione con una piccola torre rialzata sul resto dell'appartamento. Era aperta, sono entrato.

Dentro c'era una stanza rischiarata dalle luci del terrazzo e dalle lampade di una scala interna, con una scrivania e una sedia, dei pesi da ginnastica in un angolo. L'aria aveva un sentore appena avvertibile di legno e di muschio, lo stesso che mi ricordavo sulla macchina di Polidori e la volta che avevamo parlato nel bar dell'albergo.

Mi faceva impressione vedere il suo studio, ed esserci arrivato in modo cosí furtivo: avrei voluto uscire subito, ma ero curioso. Sulla scrivania c'era una macchina da scrivere piú vecchia e malconcia della mia, una varietà di penne stilografiche e boccetti d'inchiostro di colori diversi, un dizionario dei sinonimi, un vocabolario, un pacco di fogli bianchi e parecchie cartelline colorate, tutto disposto in ordine meticoloso. Sugli scaffali di una libreria erano allineati i libri di Polidori, nelle edizioni originali e club e tascabili e straniere, il suo nome e i suoi titoli sui dorsi scritti nei caratteri piú strani. Mi immaginavo Polidori che lavorava lí dentro: la luce che doveva arrivargli durante il giorno, l'agio e il senso di controllo, la perfetta concentrazione sopra i rumori della sua famiglia e quelli lontani della città.

Mi sono azzardato a guardare le cartelline colorate, con il fiato sospeso all'idea di sentire dei passi su per le scale. Su ognuna era scritto a penna un riferimento difficile da capire: *Politico, Matrim., A Sbalzi, Inizi*. Ho provato ad aprirne una, ho guardato il primo foglio battuto a macchina, ed era cosí pieno di correzioni con inchiostri diversi e cancellature e note a margine e sottolineature e asterischi e linee e frecce di rimando da sembrare un'opera di grafica astratta. L'ho richiusa subito, senza cercare di leggere niente, spaventato all'idea di quanto infinitamente piú complesso del mio era il suo lavoro di scrittura. Mi chiedevo se sarei mai arrivato anch'io a quel punto; mi chiedevo come lui aveva potuto entusiasmarsi per il mio tentativo di romanzo scritto senza quasi rileggerlo.

E ho visto anche il mio tentativo di romanzo. Era in una cartellina tra le altre, con *Bata* scritto sopra nella calligrafia netta di Polidori. La stessa calligrafia continuava sui fogli fotocopiati, in brevi note sparse che dicevano *magnifico*, o *perfetto*, o *sviluppare*, o *piú definito*, o *inutile*, o *già detto*. C'erano punti esclamativi e doppie linee di inchiostro a lato di interi periodi, e punti interrogativi, croci. L'ho appena scorso alla poca luce, ma non ci voleva molto a capire che Polidori aveva letto ogni pagina con la piú grande attenzione. Ero sconcertato quasi come al nostro incontro di Milano: non riuscivo a credere che uno scrittore come lui trovasse il tempo per soffermarsi sul lavoro di un altro in modo tanto dettagliato; e che fosse cosí discreto, attento a non far pesare quello che stava facendo per me.

Poi mi è sembrato di sentire la sua voce dalla scala interna; ho richiuso la cartellina e sono saltato fuori dalla porta-finestra, sono sceso piú svelto che potevo dal terrazzino al terrazzo.

Ero appena arrivato giú che Polidori è uscito dal soggiorno, ha detto «Non ti sei buttato di sotto, Roberto?»

«Stavo guardando le luci», ho detto io, cercando di respirare normale.

Lui mi ha stretto la mano con la solita energia; ha detto «Mi dispiace che non siamo riusciti a vederci in questi giorni, ma sono stato a Vienna per una storia noiosa».

«Tanto ci vediamo adesso», gli ho detto io, pieno di amichevolezza rinnovata dalle sue note al mio romanzo.

Lui ha fatto un cenno verso il soggiorno, ha detto meglio che andiamo a mangiare, se no Christine si innervosisce».

In realtà era già nervosa, ancora piú di quando avevamo fatto conversazione sul divano. Mi ha detto «La sua spremuta d'arance è lí», indicando il bicchiere su un tavolino. Guardava Polidori, non gli diceva niente.

Ho bevuto la mia spremuta anche se non ne avevo piú voglia; li controllavo tutti e due mentre si passavano vicini come nemici.

Polidori ha chiesto: «I bambini?»

«Dovrebbero essere a letto da un'ora, aspettavano di salutarti», ha detto sua moglie in tono di rabbia appena controllata. E andata al margine del soggiorno a chiamare «Maggie?»

Una ragazzotta inglese è arrivata quasi subito con tre bambini biondicci in vestaglia, un maschio e due femmine forse dai cinque ai nove anni. Polidori li ha baciati uno per uno, come un patriarca ancora giovane e distratto. Ha preso in braccio il piú piccolo e mi ha indicato, gli ha detto «Quello è Roberto. Scrive storie anche lui, come me».

Ma Christine Polidori sembrava sulle spine; è andata a togliergli dalle braccia suo figlio, ha detto «A letto, è tardissimo».

La bambinaia inglese ha cercato di far dire «Buonanotte» ai bambini in un piccolo coro ammaestrato, li ha
spinti fuori. Polidori li ha guardati andare via; ha spento il giradischi, zittito il jazz già basso. Sua moglie ci ha
fatti sedere a tavola, davanti a una tovaglia di un bianco paralizzante; la cameriera è venuta a portare il cibo.

Non mi sono goduto molto la cena, preso com'ero
tra le occhiate fredde di Polidori e di sua moglie e le
loro frasi non dette, gli scambi di risentimenti dissi-
mulati sotto osservazioni neutre. Era molto probabile
che lui fosse stato fuori fino a quel momento con un'altra donna e lei lo sapesse, ma la mia presenza gli im-
pediva di litigare apertamente. Mi chiedevo se Polidori mi aveva invitato apposta come ammortizzatore, o
ero capitato per pura coincidenza in un momento cosí
sbagliato.

Lui in ogni caso cercava di farmi parlare il piú possibile: mi chiedeva le mie impressioni su Roma e sulla
redazione di «360°», descrizioni del mio lavoro a «Prospettiva» e della mia casa a Milano, di Caterina. Non
era facile, perché non sono mai stato un grande con-
versatore, e loro due si distraevano dopo qualche secondo da qualsiasi argomento, risucchiati dalle loro tensioni A tratti mi sentivo utile e a tratti di peso; non capivo se avrei dovuto inventare una scusa e andarmene
o invece moltiplicare i miei sforzi, ricambiare in piccola parte la generosità e l'amicizia di Polidori.

Il cibo non aiutava, poco condito e poco cotto com'era,
pesce e verdure selezionate in base a stretti criteri diete-
tici. Polidori ha detto «Niente sale, niente olio, niente di
niente, caro Roberto. Con una versione cosí punitiva di
cucina salutare ti viene il dubbio se non sia meglio morire un po' prima».

Sua moglie non era affatto divertita, ha detto «Non
è per te che mangiamo cosí, Marco?» Lui non le ha risposto, picchiettava le dita sulla tovaglia con un sorriso esasperato. C'era una bottiglia di vino bianco in tavola: ogni tanto la guardavo come una possibile via
d'uscita dalla situazione, ma nessuno l'ha aperta.

Poi per fortuna la cena è finita. Polidori ha guardato l'orologio e si è alzato, ha detto «Va be', se vogliamo possiamo anche muoverci».

Sua moglie ha detto «Mi lasci qualche minuto per
prepararmi, magari?», con una luce di rabbia fredda
negli occhi.

L'abbiamo aspettata nel soggiorno, quasi persi nel
grande spazio. Polidori sembrava imbarazzato per avermi coinvolto, ha detto «Mi dispiace, Roberto».

Gli ho detto «Non ti preoccupare», nel tono piú so-
lidale che mi veniva.

Lui camminava lungo la vetrata, mi ha chiesto «Il libro come va?»

«Faccio un po' di fatica a ritrovare lo spirito giusto»,
gli ho detto io.

Lui ha detto «Non sei il solo». Poi è venuto vicino
a me, con le mani nelle tasche della giacca; ha detto
«La cosa terribile di una famiglia, o di qualunque storia sedimentata, è questo dare per scontato di esserci.
Dare per scontato che uno torni a casa a mangiare, senza nessuna particolare sorpresa né contentezza quando
succede. Dare per scontati tutti i gesti che prima sembravano cosí rari e preziosi».

Lo guardavo, e pensavo a come in certi momenti era
capitato anche a me di sentirmi intrappolato dalle consuetudini della vita con Caterina, dalla stessa fiducia che
avevamo uno nell'altro. Gli ho detto «È terribile sí».

«Ma siamo noi che lo vogliamo», ha detto lui. «Siamo noi che cerchiamo di fermare le cose che ci piacciono, renderle piú permanenti e sicure possibile, sottrarle
ai pericoli del tempo e delle trasformazioni e dei cambiamenti d'umore. Ed è anche bella l'idea che due persone possano vivere insieme sicure e fiduciose, senza i
sospetti e i giochi di contrappeso e i ricatti e le lusinghe
fasulle di un rapporto instabile. Però è un'idea, e quello che succede in realtà è che ci costruiamo intorno una
prigione di certezze reciproche, e intanto le cose che volevamo salvare sono sgusciate fuori tra le sbarre».

Guardava fuori dalla vetrata, è stato zitto qualche

secondo. Poi mi ha chiesto in un tono diverso «Non è incredibile come quando ti innamori di una donna ti sembra che lei viva d'aria, senza peso e senza fatica, senza nemmeno bisogno di mangiare, alimentata solo dalle sue qualità sorprendenti?»

«Sí», gli ho detto io, con negli occhi Maria Blini mentre camminavamo insieme due sere prima.

Lui ha detto «Sei cosí pieno di entusiasmo per la sua mancanza di peso che dedichi tutte le tue energie a renderla una parte permanente della tua vita, e non ti rendi conto di come in questo modo trasformi il suo equilibrio, e aiuti il suo peso a venire fuori. Vengono fuori le sue malattie psicosomatiche e vengono fuori i suoi genitori, vengono fuori i suoi difetti fisici e i suoi difetti di carattere e le sue richieste. E in buona parte sono richieste legittime, ma questo non fa che appesantirla ancora, finché sei schiacciato a terra e hai solo voglia di scappartene via, a cercare da qualche parte una persona piú leggera».

Non sapevo cosa dirgli, perché non avevo una grande esperienza di donne leggere diventate pesanti, ma continuavo a vedermi davanti Maria Blini e pensavo che avrei dato qualunque cosa per conoscere le sue malattie psicosomatiche e conoscere i suoi genitori, farmi schiacciare a terra da lei. Pensavo che Polidori doveva vedere le donne in modo diverso dal mio, per la sua età e il suo ruolo e la generazione di cui faceva parte: doveva vederle molto piú in termini di contrapposizione di ruoli, un sesso contro l'altro, marito contro moglie. Con Caterina non mi ero mai sentito particolarmente sopraffatto dalle richieste. La nostra era sempre stata una storia alla pari, come tra due amici o due compagni di viaggio, senza molte trasformazioni a sorpresa. Gli ho detto «Non credi che dipenda da chi è la donna? E da chi è l'uomo?»

Lui mi ha guardato; ha detto «Ho paura che ci siano dei meccanismi abbastanza implacabili che si ripetono, Roberto».

Subito dopo è arrivata sua moglie tutta vestita e messa a punto per la festa, ancora piú bella ed elegante e ufficiale di prima; Polidori senza neanche sorridere le ha detto «Stavamo parlando di te».

La festa era in un palazzo antico vicino al Tevere; lungo il marciapiede erano parcheggiate quattro o cinque grandi macchine scure, gli autisti raccolti a fumare e chiacchierare a ridosso del muro. L'ingresso sembrava una grotta scura, umida di secoli. Mentre salivamo per lo scalone Polidori mi ha detto a mezza voce «Vedrai che bella mummia è la padrona di casa». Sua moglie ha detto «Shh», con uno sguardo piú allarmato che furioso.

Sulla porta tutti e due hanno cambiato espressione, anche se di poco: come se prendessero un respiro profondo prima di un tuffo, i loro sguardi sono diventati piú duri. Li ho seguiti attraverso l'anticamera e il guardaroba, in una grandissima sala affrescata piena di gente.

L'effetto generale era come se un enorme televisore fosse stato rovesciato e scosso sulla sala, spargendo intorno politici e presentatrici e attori e attrici e cantanti e filosofi e scrittori e vallette che parlavano e ridevano e gesticolavano tra decine e decine di invitati anonimi. Ma anche gli invitati anonimi avevano qualche genere di familiarità televisiva, tanto erano vestiti e atteggiati, e a loro agio con i personaggi famosi. Il loro non sembrava un semplice agio da spettatori, ma piuttosto una vera confidenza nata dal mangiare gli stessi cibi e respirare la stessa aria, passeggiare giorno dopo giorno per le stesse piazze.

Quando è entrato Polidori non ci sono state molte delle reazioni eccitate che avevo osservato a Milano la sera dopo lo spettacolo: gli sguardi convergevano su di lui con attenzione smorzata e vischiata dalla consuetudine, era difficile osservare l'ansia di contatto che aveva fatto brillare gli occhi e tremare la voce alle signore milanesi. Gli andavano incontro e lo abbracciavano e lo baciavano e gli rivolgevano frasi cariche di complimenti e attestazioni d'affetto, ma tutti questi gesti erano animati da un'espansività recitata e incurante, compiaciuta solo di se stessa.

E c'erano molti poli di interesse oltre a lui: bastava girare la testa per vederli, al centro di nugoli di conversatori e complimentatori. C'era il ministro degli esteri, circondato di signore di mezz'età e ragazzotte sgambate che cercavano di stargli addosso e toccarlo, ridevano alla sua minima battuta. C'era il presidente del senato, che ondeggiava come un dirigibile mentre prendeva con mani piccole cioccolatini da una vecchia signora; e il vicepresidente del consiglio seguito a un passo dal suo segretario-guardaspalle; e il segretario della Democrazia Cristiana con la sua faccia da pesce secco reticente. Poi c'era l'attrice Paola Murletti vestita come una povera sirena, e Cinzia Palma la conduttrice di «Giovani Lacrime» ambientato ogni settimana in un orfanotrofio diverso, e il presidente della televisione di stato che faceva il galletto con una ragazzona troppo alta, e Gimmi Melito il cantante napoletano di quarantacinque anni vestito come se ne avesse quindici, e l'architetto Remo Testa progettista di monumenti e soprammobili e scenografie e quartieri dormitorio e Livio Longo l'ex giovane comico che la Dalatri aveva salutato con tanto slancio al ristorante.

Le differenze tra i loro ruoli corrispondevano a differenze minime di comportamento; gli sguardi e i modi di fare erano piú o meno gli stessi. L'unico particolare che forse cambiava era la velocità dei movimenti: i politici facevano meno gesti, cambiavano espressione con meno frequenza, stavano fermi in un punto a tener corte; i personaggi famosi degli altri campi si spostavano piú vibratili, ansiosi di raccogliere l'umore della sala e rappresentarlo nei loro tratti. Non ci voleva molto a capire che erano i politici il vero centro dell'attenzione, e tutti gli altri ruotavano intorno a loro, in orbite limitate dal loro grado di sudditanza.

Sembravano una grande famiglia incestuosa a vederli tutti insieme, o un alveare organizzato in una varietà di ruoli interdipendenti, dove il nettare e il polline da bottinare erano il denaro pubblico e l'energia della gente che aveva occasione di vederli solo sui giornali o alla televisione. Mi faceva impressione guardare i ministri e i segretari di partito cosí da vicino, pensare che attraverso le loro mani occupate da bicchieri o da sigarette o da altre mani passavano ogni giorno decisioni che influivano sulla vita di milioni di italiani. Sembrava che fossero passati a questa da altre feste simili, con la stessa tracotanza stravaccata.

Avevo perso contatto con Polidori e sua moglie nella prima mischia appena entrati, cosí mi aggiravo raso alle pareti ad ascoltare frammenti di discorsi, registrare scambi di gesti e sguardi. Ho bevuto del vino, giusto per fare qualcosa, e la leggera ubriachezza che me ne è venuta rendeva ancora piú allucinante lo spettacolo che avevo intorno.

Dopo forse un'ora Polidori mi è arrivato alle spalle, ha detto «Non ti defilare Roberto». Sembrava leggermente alterato, piú che a disagio: e aveva un bicchiere di vino rosso in mano, tre ragazze che gli venivano dietro.

Lui me le ha presentate con un cenno vago, ha vuotato il suo bicchiere in tre sorsi, mi ha trascinato via per un braccio prima che potessi salutarne una. Doveva essere sensibile all'alcol quasi quanto me: il vino gli aveva fatto venire un'aria piú comunicativa e anche piú crudele del solito. Mi pilotava attraverso la folla con la sua mano da soldato di ventura, mi diceva sottovoce i nomi dei personaggi meno conosciuti, mi spiegava cosa facevano. Ha detto «È un po' di tempo che sto cercando di scrivere un romanzo politico. Senza inventare molto, usando i puri dati di fatto che sono a disposizione, e come protagonisti questi che vedi in giro. Senza finti nomi o allusioni. Ci sono abbastanza ingredienti da far sembrare sciacquatura di piatti qualunque thriller fantapolitico americano o inglese. Per ora raccolgo un piccolo archivio, come fanno loro. È una bella catena, ognuno ha in qualche cassaforte di notaio i dati per ricattare i suoi amici, se deve».

Di alcuni avevo letto sui giornali, a proposito di qualche scandalo poi soffocato o fatto dimenticare per estenuazione; di altri non avevo mai sentito parlare. Polidori per esempio mi ha indicato il presidente di un ente per gli aiuti ai paesi in via di sviluppo, ha detto «Con i soldi per salvare dalla fame gli etiopi è diventato uno degli uomini piú ricchi di Roma. E ha fatto dei magnifici regali al segretario del suo partito, naturalmente». M ha indicato un costruttore con una faccia aguzza da sciacallo e mi ha spiegato che era un socio d'affari del presidente del consiglio. Ha detto «È un autentico criminale, in un altro paese sarebbe di sicuro in galera. Anche il suo socio sarebbe in galera, con tutto quello che ha fatto in quarantacinque anni, e invece è considerato un uomo spiritoso. Scrive anche libri, e c'è gente che li compra».

Sembrava che provasse gusto a scioccarmi, in realtà: spiava le mie reazioni, diceva «Questa città è lo stomaco d'Italia, caro Roberto. È lo stomaco gonfio e avido che assorbe cibo e sangue da tutto il resto del corpo e non si sazia mai e produce solo scorie e rifiuti».

Mi indicava politici di diversi tipi, diceva «Non è difficile distinguere i democristiani dai socialisti, se appena ci fai l'occhio. Rubano e barano e saccheggiano con la stessa intensità, ma hanno delle fisionomie completamente diverse. Dei corpi diversi».

«Per esempio?», gli ho chiesto io, prendendo un altro bicchiere di vino da un vassoio di passaggio. Mi sembravano tutti sgradevoli allo stesso modo, quasi osceni nella protervia che traspariva da ogni loro gesto; non riuscivo a notare grandi differenze.

Polidori ha detto «Be', i democristiani sono lí da quarantacinque anni ininterrotti, da piú tempo di chiunque in qualunque parte del mondo ormai. Nemmeno in Romania un solo gruppo di potere ha resistito cosí a lungo. Nemmeno in Albania, o negli Emirati Arabi. Il potere fa parte della loro fisiologia come le ossa e il sistema nervoso. Hanno questo modo trattenuto ed esangue di ostentarlo, sono maestri del gioco sotto le righe e dell'allusione velata. Vengono attraverso i canali delle curie e delle associazioni cattoliche, gli resta addosso la polvere delle anticamere dei vescovi di provincia. Se li guardi bene hanno quasi sempre labbra secche, nasi disidratati da assuefazione cronica. Sono rigidi di movimenti, con le giunture saldate dall'artrosi, le spalle strette, le ginocchia che si piegano solo sui cuscini di raso degli inginocchiatoi».

«E i socialisti?», gli ho chiesto. Ne avevamo uno davanti, e quello lo conoscevo, rossastro di carnagione, appoggiato a una donna con il seno cosí compresso nella scollatura da sembrare sul punto di esplodere.

«I socialisti sono come lui», ha detto Polidori con un cenno del mento. «Sono arrivati piú tardi alla tavola imbandita del potere, vogliono rifarsi in fretta di quello che hanno perso». Ha pescato un altro bicchiere anche lui, ha bevuto un sorso lungo; vedevo gli occhi che gli brillavano. Ha detto «Hanno queste labbra tumide, queste mani grassocce e questi nasi carnosi, queste guance gonfie. Sono una nuova generazione, rispetto ai democristiani, con meno impacci e meno apparenze da fingere di rispettare. Sono stati loro a portare il sesso allo scoperto nella politica italiana, dopo vent'anni di masturbazioni all'ombra delle sagrestie. Sono piú giovani, e certo piú moderni e meno provinciali, ma hanno la stessa disonestà di fondo, e anche una tendenza allo squadrismo culturale. Hanno i loro piccoli Goebbels e i loro piccoli Speer, i loro cani d'attacco e le loro liste di proscrizione, e tutto il tempo giocano a presentarsi come disinvolti e agganciati al resto d'Europa.»

Gli ho detto «Ma allora sono meglio i democristiani, secondo te?» Passavamo tra gli ospiti vocianti e ridacchianti e gesticolanti, avevamo un enorme campionario umano tutto intorno.

«No che non sono meglio», ha detto lui. «I democristiani sono dei mostri. Sono l'anima nera dell'ipocrisia e della vigliaccheria italiana. Vivono di inganni e sotterfugi e trame e omissioni e bugie e dichiarazioni ritrattate, dell'ambiguità elevata a sistema politico. Hanno sulle spalle quarantacinque anni di collusioni con la mafia e colpi di stato preparati e tenuti in caldo, e stragi di innocenti e servizi depistati, e censure e pressioni e minacce e ricatti dietro la facciata, e furti e sprechi su una scala spaventosa. È semplice mediocrità culturale e umana, squallore grigio al riparo dalle correnti del mondo».

Il vino e il suo tono di voce e i suoi discorsi si combinavano a trasmettermi uno spirito disgustato e sovreccitato, mentre passavamo da una sala all'altra nel brulichio di chiacchieratori e guardatori e circondatori e strusciatori dalle facce di porco o di volpe o di sciacallo o di serpente o di pecora. Ero sorpreso, perché non avevo mai saputo di sue posizioni politiche definite, a parte qualche dichiarazione generica sullo strapotere dei partiti nel nostro paese; non mi risultava che ne avesse mai parlato nei suoi libri. In piú tutti lo salutavano appena ci avvicinavamo, subito dopo che lui me ne aveva parlato come di mostri. C'era una consuetudine tra loro, nei sorrisi e nelle strette di mano, e rendeva ancora piú irreale l'atmosfera.

Ad alcuni mi presentava: diceva «Lo scrittore Bata», come se mi considerasse sul suo stesso piano di valore letterario. Ogni volta ne ero lusingato, malgrado il disgusto che provavo per loro. Loro dicevano «Salve», mi stringevano la mano, sorridevano con una debole cordialità che si ritraeva facilmente come si era affacciata.

Polidori si soffermava quanto bastava a farmi cogliere i caratteri di qualcuno, poi mi trascinava verso altri punti dell'appartamento principesco. Mi indicava anche particolari dell'arredamento, quadri alle pareti, la vista dalle finestre sul loggiato del pianterreno. Diceva «La mummia padrona di casa è imparentata col Vaticano. Secoli di accumuli di beni al riparo dei ricatti cupi del cattolicesimo».

Ha bevuto altro vino, e ne ha fatto bere anche a me mentre ci muovevamo tra registi televisivi e mogli di sottosegretari dipinte come bambole di cartapesta, e mi sembrava di attraversare una specie di castello delle streghe in un luna-park perverso, dove non c'era un solo sguardo o un solo gesto che non sembrassero ignobili.

Il presidente della televisione di stato parlava di un cavallo che gli si era azzoppato, Cinzia Palma intratteneva alcuni ragazzoni con l'imitazione di un aiuto-operatore che l'aveva supplicata di non fumare piú, l'architetto Testa faceva dell'ironia sulla tentata insurrezione in un quartiere di Milano dove era stato piazzato un suo monumento. Sguardi e parole si incrociavano nel rumore, impregnate dello stesso spirito cinico e indifferente; nessuno si stupiva davvero di niente, né si incuriosiva o divertiva davvero di niente. Polidori sembrava l'unica persona critica tra le decine e decine di pupazzi pieni di ammiccamenti e arroganza verso il mondo, ed era un vero conforto stargli vicino, vedere tutto alla luce concentrata dei suoi giudizi.

Mi ha indicato il critico Bianconi e la sua donna; mentre ci avvicinavamo mi ha detto «Hai mai letto le sue poesie? Trippa per gatti tubercolotici, eppure crede di vivere in una torre di pura letteratura, condensata come zucchero glassato, da dove cala cestini di cristallo con i suoi giudizi su quello che fanno gli altri».

Subito dopo li ha salutati con la stessa cordialità apparente che c'era in tutti gli scambi nella festa, mi ha presentato ancora una volta come «Lo scrittore Roberto Bata».

«E cosa scrive?», mi ha chiesto Bianconi, pallido e percorso da un tremito nervoso di stima di sé. La sua donna mi fissava con dei brutti occhi morti, umida e molle come un pesce non commestibile.

Polidori gli ha detto «Vedrai. Sarà un po' di aria nuova tra le vecchie carcasse».

Bianconi ha detto «Ben venga, siamo qui ad aspettare», con un sorriso troppo sottile sulle labbra inesistenti.

Polidori mi ha trascinato subito via, ha detto «Vedrai che gli farai rabbia, Roberto».

Lo divertiva l'idea di avermi come complice, e il suo divertimento mi contagiava. Ero pieno di ammirazione per il suo modo di essere, per come poteva dire quello che voleva a chi voleva, con la forza del suo prestigio e della sua intelligenza; per come le donne e le ragazze lo guardavano. Avevo la sensazione di conoscerlo meglio, dopo aver visto dove lavorava e dove mangiava e aver conosciuto sua moglie e i suoi figli; mi sembrava di capire già qualcosa di piú dei suoi meccanismi interiori. Pensavo alle sue note attente al mio romanzo, alla sua totale mancanza di cautela diplomatica nel parlare di me a Bianconi, ed ero quasi esaltato da queste manifestazioni di amicizia, dal disinteresse con cui mi metteva a disposizione le sue risorse.

Sua moglie invece sembrava molto piú parte dell'atmosfera della festa: ogni tanto la vedevo intenta a parlare con qualcuno, e dai suoi gesti e sguardi si capiva quanto cercava di adeguarsi allo spirito generale. Polidori a un certo punto me l'ha indicata, ha detto «La cosa terribile è che le piace. E alcuni di questi li considera amici. Gli telefona, e pensa ai regali di Natale da fargli. Tiene enormemente alla loro considerazione, fa di tutto per propiziarsela».

Mi chiedevo perché un uomo come lui vivesse con una donna cosí diversa; perché non se ne stesse piú leggero, come diceva lui. Ma non sapevo quasi niente della sua vita sentimentale; non avevo idea di cosa ci fosse dietro il campo di attriti che aveva reso cosí difficile la cena a casa sua.

Poi di colpo è stato catturato da una bionda vistosa che non aveva nessuna intenzione di mollarlo: mi ha detto «Ci vediamo dopo, Roberto», si è lasciato portare via tra la folla.

Cosí sono andato in giro da solo per le sale dai soffitti affrescati. Senza Polidori ero una specie di uomo invisibile, potevo arrivare a pochi passi da chi volevo senza che mi venisse incontro un solo sguardo; ma il gusto non era lo stesso di prima, mi sentivo perso e sopraffatto nell'estraneità della situazione. Non mi sembrava piú tanto divertente ascoltare il regista Furchiatti che esaltava senza la minima traccia di pudore il suo ultimo film, o guardare il ministro dei trasporti che mangiava budino vicino a una finestra, o assistere agli scambi di auguri di Natale tra ruffiani e puttane e giullari e ladri e criminali di stato.

Alla fine ho deciso di andarmene. Avrei voluto salutare Polidori, ma non riuscivo piú a vederlo tra le centinaia di persone scosse fuori dall'enorme televisore. Ho trovato sua moglie Christine in compenso, le ho chiesto di salutarmelo. Lei ha detto «Certo», distratta dalla sua conversazione, con uno sguardo come se non si ricordasse bene chi ero.

Ho tagliato tra la folla fino all'uscita, sono sceso a saltelli per lo scalone costeggiato di nicchie con i busti in marmo degli antenati forse della proprietaria. Ho attraversato l'androne umido e cupo, e mentre stavo per uscire dal portone è entrato un gruppetto di nuovi invitati, e tra loro c'era Maria Blini.

Questa volta è stata lei a riconoscere me, mentre cercavo di sgusciare fuori a occhi bassi per non dover scambiare saluti. Ho sentito la sua voce che diceva «Ehi, dove vai?», e me la sono vista davanti, con gli occhi castani che le brillavano, i capelli biondi pieni di luce.

Le ho detto «A casa», senza piú la minima voglia di andarmene. Ero sconcertato a trovarmela cosí vicina dopo aver tanto pensato a lei; non sapevo come reagire.

Lei mi guardava, appena al di qua del portone, con addosso il suo solito cappottino nero corto. Ha detto «Mi fa piacere vederti». Sembrava un po' ubriaca, anche: percorsa dal divertimento elettrico di qualche situazione precedente.

Le ho detto «Anche a me, molto»; e riuscivo a convogliare nelle mie parole solo una piccola parte del piacere che mi faceva. Le ho detto «Peccato che arrivi solo adesso».

Lei non mi ha proposto di risalire insieme, come speravo. La ragazza e i due uomini che erano con lei stavano fermi sotto l'androne, ci guardavano per capire quanto sarebbero durati i nostri saluti. Uno di loro mi sembrava Luciano Merzi, ma non avevo tempo né attenzione per guardarlo bene.

Maria gli ha detto «Un secondo, arrivo subito»; percepivo appena i loro occhi impazienti, le teste dai capelli lisci e neri. Lei mi ha spinto fuori dal portone. L'ha fatto con una spontaneità rapida da ragazzina, come se volesse solo riferirmi qualche piccola notizia personale; ma appena fuori mi ha premuto le mani sul petto, mi ha detto di nuovo «Mi fa piacere vederti».

Ero completamente sorpassato dai fatti e dalle mie stesse sensazioni: dalla sua essenza morbida e brillante, piena di vita ancora piú di come mi ero immaginato. Mi stava cosí vicina che sentivo il suo alito tiepido, la sentivo respirare sotto il suo cappotto; le ho appoggiato una mano sul fianco e lei mi ha baciato sulla bocca. E anche se questo bacio è durato solo un secondo ho perso qualunque riferimento di tempo o di spazio, non avevo piú nessuna consapevolezza che non fosse tattile e gustativa. La sua bocca aveva un sapore dolce e amaro, di mandarino cinese o di miele di corbezzolo; la pressione dei nostri due corpi si confondeva con la consistenza dei suoi capelli, del suo collo sotto le mie dita.

È durato davvero un secondo, e subito dopo lei si è staccata e mi ha guardato, ancora mezza sbilanciata e con le labbra dischiuse. Ha detto «Fatti vivo. Chiamami».

«Ma non ho il tuo numero» le ho detto io, pieno di spavento all'idea che di nuovo ci lasciassimo senza avere prima stabilito un collegamento praticabile.

Lei ha tirato fuori di tasca il cartoncino di un ristorante, ci ha grattato sopra il suo numero con una chiave, appoggiata al muro.

Poi uno dei due uomini si è affacciato con la sua testa di capelli lisciati, le ha chiesto «Allora?» Maria ha detto «Arrivo», mi ha dato il cartoncino, le nostre mani si sono sfiorate per un attimo ed è scivolata via, sparita dentro il portone.

Sono rimasto fermo ancora incredulo nella via lastricata del vecchio centro di Roma, sotto la luce gialla di due lampioncini a muro, e non mi ero mai sentito cosí in vita mia, anche se a volte me l'ero immaginato: mi ero svegliato nel mezzo della notte con il cuore rallentato nello stesso modo.

Gli autisti e le guardie del corpo vicino alle grandi macchine blu mi sbirciavano dal loro punto d'ombra e ridacchiavano; gli ho detto «Pensate ai bastardi velenosi che vi scarrozzate in giro, piuttosto».

Parte seconda
Tecniche di conquista

Lunedí sera sono arrivato a Milano. Sotto le volte incrostate della stazione l'aria era ancora piú fredda e sporca di come me la ricordavo, ma non ci ho fatto molto caso. Ero in uno stato febbricitante, non avevo fame, non sentivo la stanchezza, non riuscivo a stare fermo. Avevo ancora sulle labbra la sensazione delle labbra di Maria Blini su tutto il corpo la consistenza del suo corpo che mi si appoggiava contro per un istante, nelle narici il suo odore leggermente speziato. Mi guardavo intorno nella foschia velenosa, e mi sembrava che il mio squilibrio di sentimenti riverberasse sulle facce degli sconosciuti, per tornarmi indietro ancora piú difficile da controllare.

Caterina era lí ad aspettarmi in testa ai binari: una giovane donna milanese ben vestita e graziosa e composta, innervosita dall'aver aspettato a lungo in un luogo cosí squallido. Mi è venuta una fitta al cuore appena l'ho vista; un piccolo schianto di fronte ai suoi lineamenti familiari divenuti distanti in solo pochi giorni, cosí diversi dai lineamenti che avevano occupato i miei pensieri per tutto il viaggio.

Mi ha baciato sulle guance, ha detto «Un'ora e dieci di ritardo e neanche l'annunciano, 'sti farabutti». Anche il suo accento mi sembrava parte di un mondo di cui mi ero quasi dimenticato; era strano ascoltarlo fuori dalla dimensione immateriale delle telefonate che ci facevamo ogni sera.

Lei non credo si rendesse conto di quello che mi pas-

sava per la testa, perché ha preso subito a parlarmi di
persone e luoghi della nostra vita milanese, come se non
avesse dubbio di vedermi tornare da Roma identico a
come ero partito. Scendevamo lo scalone grigio verso
il rumore convulso della città, e il mio cervello registrava solo una piccola parte di quello che diceva.

Ma naturalmente la città mi era familiare quanto lei;
quanto la nostra vecchia macchina scassata appena ci
siamo saliti dentro. Avevo di nuovo intorno quasi tutti gli elementi di quella che era stata la mia vita fino a
dieci giorni prima, eppure la mia vita degli ultimi dieci giorni aveva abbastanza energia per mettercisi in
competizione. Oscillavo tra vecchie e nuove sensazioni: tra la familiarità di quello che conoscevo da sempre
e l'attrazione per quello che avevo appena sfiorato.

Mentre guidava e raccontava Caterina mi ha chiesto
«Ma mi stai ascoltando?» Le ho detto «Sí che ti ascolto. Sono solo un po' stanco».

Casa nostra mi è sembrata buia e troppo stipata di
vecchi oggetti personali; in pochi passi ho esaurito tutte le risorse dei nostri cinquantaquattro metri quadri,
giravo intorno come un gatto nel pollaio. Conoscevo a
memoria ogni dettaglio di quello che io e Caterina avevamo messo insieme, eppure non provavo un vero senso di appartenenza. Mi sembrava di aver contratto
qualche genere di virus di estraneità, che intaccava la
mia dimestichezza con le cose e con le persone che conoscevo meglio, creava un diaframma tra loro e i miei
stati d'animo.

Per reazione rispondevo alle domande di Caterina a
voce fin troppo alta, esageravo il contrasto dei miei racconti fino a farli diventare falsi. Tendevo a darle un
quadro del tutto negativo della mia situazione a Roma,
presentarmi come una vittima delle circostanze. Le ho
descritto il direttore e i redattori di «360°» come una
piccola banda di delinquenti, il residence sulla collina
come una prigione, la città come un'enclave di paras-
siti e delinquenti politici.

Caterina stava a sentire, ogni tanto sorrideva nervosa: con forse una piccola parte di ammirazione per come mi ero avventurato in una storia azzardata. Ci conoscevamo cosí bene, e da cosí tanto tempo, non credo che pensasse piú di essere sorpresa da me in nessun modo.

Ho aperto la valigia, e lei ha visto subito il pacchetto con l'anatra-richiamo di legno dipinto che avevo comprato per Maria Blini. Mi ha guardato senza dire niente, ma era colpita, non mi veniva spesso in mente di farle regali. E ho dovuto darglielo, dire «Ma aspetta domani ad aprirlo». Pensavo a come mi ero pregustato di regalarlo a Maria; mi sono quasi venute le lacrime agli occhi.

Caterina si è tolta la camicetta e la gonna per cambiarsi, dovevamo andare a una cena prenatalizia a casa di nostri amici. Mi passava vicino mezza nuda, con la scusa di frugare in un cassetto alla ricerca di nuova biancheria, e l'ho presa per un braccio e l'ho tirata verso di me, le ho dato un bacio quasi per disperazione.

Lei ha detto «Non abbiamo tempo», ma non cercava davvero di staccarsi, le sentivo l'umido sulle palme delle mani. Mi è venuta dietro appena sono arretrato verso il letto; siamo caduti insieme sulle nostre coperte ben conosciute, ci siamo stretti e frugati sotto i vestiti, toccati con la bramosia di dieci giorni senza vederci. E mentre eravamo cosí bramosi, quasi nudi e percorsi da respiri e vibrazioni preliminari, d'improvviso mi è venuta addosso tutta la familiarità prevedibile dei gesti che stavano per seguire: come un'onda che ha spazzato via i miei desideri e si è ritirata lasciandomi intriso di tristezza.

Ho guardato l'orologio, le ho detto «Hai ragione, non abbiamo tempo. Dobbiamo vestirci e andare».

Lei mi si strusciava ancora contro a occhi chiusi, ha detto «Sí che abbiamo tempo».

«No che non ne abbiamo», ho detto io come un pazzo. Sono saltato in piedi, sono andato a infilarmi sotto la doccia.

Caterina mi ha seguito in bagno, ha detto «Si può sapere cos'hai, Roberto?» Era stupita e offesa e preoc-

cupata; ho tirato la tenda della doccia, mi sentivo cosí
in colpa che non sapevo come risponderle.

Le ho detto «Ho solo che non voglio arrivare in ritardo, Caterina», alzando la voce finto sincero nello
scroscio d'acqua.

Lei è rimasta ferma qualche secondo, e mi sembrava di leggere la sua perplessità attraverso la tenda di
plastica opaca; poi è uscita dal bagno.

Mi sentivo un criminale: un calpestatore senza scrupoli dei suoi sentimenti e dei nostri sentimenti comuni, in nome di altri sentimenti di cui non sapevo ancora niente. Da quando ci eravamo messi insieme non
c'erano mai state molte zone d'ombra o segreti non son-
dati tra noi; l'idea che adesso ci fossero mi provocava
una vera lacerazione di istinti. Metà di me avrebbe voluto correre fuori bagnata com'ero e abbracciare Caterina e chiederle scusa, l'altra metà pensava solo a Maria Blini, era impermeabile a tutto il resto. Ma la seconda metà era piú forte della prima: il ricordo delle
labbra di Maria Blini cosí intenso dentro di me da fare impallidire tutto il resto per contrasto, spingerlo in
secondo piano con la violenza di una sopraffazione.

Piú tardi a casa dei nostri amici Caterina non mi guardava neanche, faceva finta di non ascoltarmi mentre ri-
raccontavo di Roma e di Polidori e del mio non-lavoro
a «360°». I nostri amici erano curiosi, ma c'erano giudizi morali sospesi nei loro sguardi, resi piú duri dalla
prospettiva bloccata da cui mi ascoltavano. Avevo con-
diviso gli stessi giudizi morali e la stessa prospettiva cosí a lungo, ritrovarmeli davanti mi provocava l'irritazione che avrei potuto avere per una versione precedente
di me stesso, ancora priva di informazioni dirette e possibilità di verifica, inchiodata alle sue poche risorse. Mi
faceva rabbia che avessero un'opinione di Polidori senza conoscerlo né avere letto i suoi libri, solo in base alla
sua immagine pubblica di scrittore romanizzato di grande successo. Mi faceva rabbia che senza dirmelo mi con-

siderassero già in parte contaminato solo perché prendevo uno stipendio da una rivista sovvenzionata dal ministero del turismo e dello spettacolo; mi faceva rabbia la direzione prevenuta delle loro domande.

Per reazione tendevo a dare un taglio quasi provocatorio ai miei racconti: ho descritto con compiacimento il vuoto di attività a «360°», l'aspetto da gangster malaticcio di Geroni, il particolare del mio stipendio pagato metà in nero. Non facevo piú la vittima come con Caterina: quasi mi vantavo di essere entrato in una situazione del genere. Parlavo finto disinvolto, ridevo, provavo gusto a vedere la loro indignazione.

Le ragazze erano piú interessate degli uomini a Polidori, malgrado il senso di fastidio che ostentavano verso di lui. Forse neanche loro avevano letto i suoi libri, ma sapevano molto del suo aspetto e della sua reputazione di seduttore e del suo stile generale; c'era una vena morbosa nelle loro voci mentre mi chiedevano conferme. Non ho cercato minimamente di sorvolare: mi sono dilungato a descrivere il suo sguardo e la lucentezza metallica dei suoi capelli, la sua figura da atleta di cinquant'anni, il suo modo di camminare, le stoffe dei suoi vestiti; perfino l'interno della sua automobile senza marca, la maniera fluida e incurante che aveva di guidarla.

Loro bevevano tutti questi particolari, anche se si sentivano in dovere di fare battute, assumere atteggiamenti da presa di distanza mentre ascoltavano. Mi chiedevo cosa esattamente le intrigava di Polidori; e piú della sua fama e delle sue capacità artistiche mi sembrava che fosse il suo interesse senza fine per le donne: la curiosità quasi ossessiva che impregnava i suoi romanzi come i suoi sguardi, arrivava al bersaglio anche attraverso una semplice fotografia.

Ho descritto il doppio terrazzo della sua casa in cima alla collina dall'altra parte del fiume, e i suoi figli e sua moglie Christine, e non mi sembrava affatto di tradire la sua vita privata; mi rendevo conto di quanto doveva sembrare partecipe la mia voce.

Alcuni dei nostri amici conoscevano Roma, ma l'immagine che ne avevano era del tutto esterna, filtrata da un punto di vista di giovani milanesi di sinistra ostili a tutto quello che succedeva nella capitale. I loro viaggi turistici o di lavoro erano serviti solo a confermare quello che pensavano già sull'arroganza e l'indifferenza e l'avidità greve dei romani; tendevano a generalizzare a tappeto queste opinioni, gli sembrava impossibile che qualcuno potesse vivere e lavorare in un ambiente simile e restare immune alla sua influenza.

Mi rendevo conto di essere stato esattamente come loro fino a pochi giorni prima, ma adesso mi sembrava di avere una visione del mondo molto piú aperta. Mi sembrava di essere rimasto per anni chiuso fuori da un giardino pieno di colori e sensazioni e possibilità diverse, trattenuto da cautele e dubbi e semplice mancanza di alternative, e Polidori senza chiedermi niente in cambio mi aveva socchiuso il cancello. Ero solo impaziente di tornarci: di addentrarmi per i vialetti ricchi di vegetazione ancora sconosciuta, seguire la scia profumata di Maria Blini fino al suo cuore.

Morivo dalla voglia di tirare fuori di tasca il cartoncino con il suo numero inciso e chiamarla e risentire la sua voce; dovevo fare uno sforzo per non girare la testa troppo spesso verso il telefono. Avevo provato a telefonarle la mattina dal residence, e piú tardi dalle strade della città, piú tardi ancora tra la confusione e il rumore della stazione, ma lei non c'era. C'era solo la sua voce registrata, con una legatura di imbarazzo all'idea di parlare a una macchina; le avevo lasciato tre messaggi altrettanto poco disinvolti. Continuavo a chiedermi se era possibile che lei si fosse già dimenticata di me durante la notte, o che io avessi equivocato un semplice slancio notturno da bella ragazza ubriaca, simile alle manifestazioni di cordialità fisica che avevo osservato con i suoi colleghi attori la sera della prima a Milano. Toccavo di nascosto il suo cartoncino, intenerito dall'irregolarità dei numeri che avevo letto e riletto in treno fino a ricordarmeli come una cantilena. Avevo una memoria perfettamente vivida dei suoi movimenti mentre li incideva con la chiave, appoggiata al vecchio muro; del suo sguardo ombroso quando se n'era andata verso Luciano Merzi o chi altro era l'uomo che l'aspettava sul portone. Rimandare il momento di sentirla non mi dispiaceva del tutto: tendevo a crogiolarmi in quello stadio intermedio, tra le sensazioni della sera prima e la possibilità che non si ripetessero mai piú. Ma ero nervoso; facevo fatica a dedicarmi ancora alla conversazione.

A un certo punto il padrone di casa, che era mio amico dai tempi del liceo, mi ha detto «Secondo me il tuo Polidori è un gran ruffiano. Nei suoi libri fa tanto l'iconoclasta ma poi nella vita è un artista di stato, e gli va benissimo. È sempre riuscito a destreggiarsi tra un partito e l'altro senza mai mettersi contro nessuno. Non c'è una volta che abbia preso una posizione netta su niente, pur di restare un nome da esportazione».

Sapevo che almeno in parte lo diceva per stuzzicarmi, ma lo stesso gli ho detto «Polidori è uno dei pochi veri scrittori che ci siano in giro nel mondo, e può darsi che i politici gli corrano dietro ma certo lui non sta al loro gioco, li disprezza mille volte piú di te. Solo che non osserva le cose dal di fuori e da lontano pieno di gelosia e di frustrazione, ma cerca di conoscerle per poterne parlare».

Dovevo avere un tono ben teso, perché il padrone di casa mi ha guardato quasi preoccupato e Caterina ha alzato la testa, nell'angolo opposto del piccolo soggiorno dov'era seduta.

Dodici

La mattina di Natale l'abbiamo passata con la mia famiglia, e ho dovuto ripetere per la terza volta i miei racconti su Roma e su Polidori. Le mie sorelle e mia madre erano curiose, mio padre piú scettico nel suo modo non esplicito. Lo preoccupava l'idea che avessi lasciato un lavoro sicuro per andare a Roma in modo cosí impulsivo; ma non gli avevo mai fatto leggere niente del mio romanzo, non aveva idea di che possibilità ci fossero per me in quella direzione. Era Natale, in ogni caso; i pensieri tendevano a perdersi negli scambi di gesti e di regali, nei giochi di ruoli, nelle frasi di famiglia ricorrenti fino all'esasperazione.

Ma non riuscivo a dimenticarmi Maria Blini: l'atmosfera ultraconosciuta in cui mi aggiravo me la faceva venire in mente ogni pochi minuti per contrasto, mi mandava nuovi impulsi irregolari attraverso il cuore. Non sapevo quasi niente di lei, né avevo abbastanza elementi su cui costruire nessuna vera aspettativa, ma era proprio questo a interrompere la mia attenzione a metà discorso, riempirmi di un'ansia improvvisa che mi faceva saltare in piedi e andare a guardare fuori dalla prima finestra. La mia sorella piú grande ha chiesto a quella piú giovane «Non trovi che Roberto ha un'aria strana?»; e l'idea che si potesse intuire qualcosa di quello che avevo in testa mi faceva quasi piacere, invece di preoccuparmi.

Subito prima di mangiare sono sceso in strada, con la scusa di controllare se avevo dimenticato un regalo in macchina. Ho corso come un pazzo fino alla cabina telefonica piú vicina, ma il telefono era rotto, sputava fuori le monete appena infilate. Ho dovuto tornare indietro piú in fretta che potevo, risalire a casa dei miei con il fiato corto a fronteggiare lo sguardo perplesso di Caterina.

Di sera ho ripetuto la stessa scena da casa dei suoi in montagna, dopo aver lasciato apposta un libro impacchettato in macchina come pretesto per uscire. Di nuovo sono andato di corsa fino a un telefono pubblico, con le monete svizzere già pronte in mano e il cuore che mi batteva: questa volta funzionava, ma dall'altra parte della linea c'era solo la voce registrata di Maria. Non ho piú lasciato messaggi, per paura che lei li trovasse tutti insieme e le sembrassero la persecuzione di un maniaco; e non avevo niente di specifico da dirle, né potevo lasciarle un numero dove richiamarmi. Mi chiedevo cosa stava facendo in quel momento, se era a Roma o dove altro, con la sua famiglia o con Luciano Merzi dalla testa di capelli lisciati. Correvo sulla neve ghiacciata, pieno di gelosia e impazienza e disperazione da distanza; per poco non ho dimenticato di prendere in macchina il libro che mi serviva da alibi.

Io e Caterina la mattina sciavamo, sulle piste affollate di gente nel primo inverno nevoso da anni; il pomeriggio e la sera abbiamo cominciato a leggere i libri di Polidori che avevo comprato in blocco a Roma prima di partire. Mi faceva impressione pensare che lui avesse letto con la piú grande attenzione il mio unico romanzo, quando io avevo soltanto vaghe impressioni di seconda mano sui suoi. Mi è venuta una vera smania di rimediare alla mia ignoranza vergognosa; ho sciato sempre meno, letto sempre di piú, dal mattino fino a tardi la notte: quasi un libro al giorno, uno dopo l'altro in ordine cronologico.

E da vero ignorante sono rimasto sorpreso, perché i romanzi di Polidori erano molto piú vivi e interessanti di come mi ero immaginato. I primi del periodo argentino avevano una secchezza quasi sperimentale, e gli ultimi una ricerca di ingegneria letteraria fin troppo consapevole, ma quelli di mezzo erano pieni di colore e di divertimento e di passione. Mi sembrava che fosse qui la vera polpa della sua scrittura: la partecipazione, il gusto dei personaggi e delle storie, i sentimenti che si impadronivano dello stile e lo modellavano sui loro respiri. Pagina dopo pagina mi stupiva quanto era ricca la gamma di stati d'animo e di situazioni pratiche che Polidori aveva trasferito ai suoi libri; mi sentivo ancora piú stupido e rozzo e incolto a non averli conosciuti prima, ad avergli portato il mio tentativo di romanzo non finito senza sapere niente.

Cercavo anche di capire quali delle sue storie erano autobiografiche, o comunque avevano un fondamento nella sua vita vera; quando mi sembrava che fosse cosí leggevo con attenzione doppia, preso nel gioco complicato tra uomini e donne al centro di ogni suo lavoro. I miei pensieri ricorrenti per Maria mi provocavano una strana ipersensibilità mentre decifravo il tessuto di attrazioni e impulsi innati e pensieri razionali e regole sociali su cui Polidori tornava romanzo dopo romanzo, ogni volta con un diverso angolo d'approccio. Dalla prospettiva riparata della casa-chalet di Pontresina i libri del suo periodo di mezzo mi sembravano cannocchiali a infrarossi puntati sulla vita; li leggevo come se potessi ricavarne qualche informazione essenziale.

Anche Caterina leggeva i libri di Polidori, e anche a lei piacevano di piú quelli che aveva scritto tra i trenta e i quarant'anni. Mi ha detto «Lo senti che aveva voglia di scriverli. Aveva delle storie da raccontare, e anche il piacere di farlo. Dopo *L'amplesso mimetico* gli è venuta questa specie di freddezza, o di distacco». Era l'unico che aveva letto prima del mio incontro, pensava che fossero tutti cosí. Ha detto «Sembra che adesso scriva per dovere, per mantenere degli standard e ricordare che c'è. Non ci mette piú nessun cuore».

Aveva ragione, anche se i libri recenti di Polidori

erano comunque pieni di osservazioni acute e non convenzionali, e scritti in una lingua vicina alla perfezione. Ma erano concentrati sulla scrittura molto piú che sui suoi contenuti palpitanti, ed erano costruiti con tanta attenzione razionale da sembrare saggi altamente sofisticati piú che romanzi. Mi chiedevo cosa aveva provocato questo cambiamento, e quando; se era un'evoluzione irreversibile o solo una fase. Mi chiedevo se dipendeva da una delusione, o da un disamoramento. da una distrazione di energie dovuta a ragioni esterne.

Ho provato ancora due o tre volte a telefonare di nascosto a Maria Blini, poi ho smesso. Continuavo a pensare a lei, ma sempre piú come a una specie di miraggio esotico. I miei rapporti con Caterina erano affidabili e ben radicati negli anni: la mancanza di eccitazione mescolata intimamente alla tenerezza, la noia alla conoscenza reciproca. Non stavamo male insieme, nel clima del Natale ovattato e lontano da tutto.

Poi la sera del tre gennaio ero in camera a leggere *Il respiro delle cicale* di Polidori, con *Blonde on Blonde* di Dylan a basso volume sul vecchio giradischi, e la madre di Caterina è venuta con uno sguardo eccitato a dirmi «C'è Marco Polidori al telefono per te».

Sono andato a rispondere, quasi disturbato all'idea che due parti cosí distanti della mia vita venissero a contatto. Ma la voce di Polidori era ancora piú calorosa dell'ultima volta che ci eravamo visti; il piacere di risentirla mi ha rimandato in circolo pensieri e desideri.

Mi ha detto «Buon anno, vecchio bastardo». Gli ho risposto «Buon anno vecchio bastardo a te»; la madre e il padre e il fratello di Caterina hanno girato la testa nel soggiorno, ma ero felice che mi sapessero in termini cosí amichevoli con Marco Polidori.

Mi ha chiesto se avevo lavorato al mio libro; gli ho detto di no. Ha detto che neanche lui era riuscito a fare niente di quello che voleva, era stato travolto dalle celebrazioni e dai figli e da una tremenda festa di Capodanno che Christine aveva voluto organizzare a tutti i costi. Era strano parlargli dopo aver passato dieci giorni a leggere i suoi libri; avevo la testa piena delle sue atmosfere, nelle orecchie il ritmo delle sue frasi scritte, mi sembrava di vedere tutto alla luce delle sue osservazioni.

Polidori ha detto «Perché non vieni qui, invece di stare in quel posto per vecchi svizzeri? Porta anche tua moglie, mi farebbe piacere conoscerla. Ci vuole un altro anno intero, prima che capitino di nuovo giorni come questi».

C'era un'urgenza nella sua voce, come se sapesse che le circostanze a cui si riferiva non si sarebbero mai piú ripresentate nello stesso modo; e un fondo di delusione latente all'idea che io potessi non decidermi a coglierle finché era possibile.

Cosí gli ho detto «Va bene, grazie», anche se pensavo che Caterina avrebbe voluto godersi gli ultimi due giorni in montagna, e che i suoi si sarebbero offesi a vederci andare via prima del previsto. Ma ero completamente contagiato dal suo tono; friggevo all'idea di dover restare lí.

Polidori ha detto «Bravo, Roberto», e sembrava davvero contento; mi ha spiegato come arrivare alla sua casa di campagna.

Tredici

Ci abbiamo messo sette ore a fare la strada da Pontresina a Firenze con la nostra vecchia Volkswagen scassata, e un'altra ora da Firenze al piccolo paese sulle colline che mi aveva detto Polidori. Quando siamo arrivati era buio; siamo entrati in un bar a telefonare, stravolti dalle centinaia di chilometri percorsi con tanta fatica, con la testa e il corpo pieni di vibrazioni meccaniche.

Ha risposto Christine Polidori, nel suo tono di cortesia ufficiale; mi ha passato subito suo marito. Polidori ha detto «Stavamo per iniziare le ricerche nelle campagne, pensavamo che vi foste persi». Ha detto di non allontanarci dal bar, che ci veniva subito a prendere. Ha detto «Sono contento che siete arrivati, Robertastro».

Siamo rimasti nel bar una decina di minuti, poi siamo usciti ad aspettarlo nella piazzetta dove avevamo lasciato la macchina, appena fuori dalle mura. Il paese era un piccolo centro medioevale, con i suoi edifici di pietra perfettamente conservati; sembrava molto bello alla luce dei faretti notturni, ma non ci siamo avventurati a visitarlo per paura di non vedere Polidori. Caterina batteva i piedi per il freddo, si guardava intorno, diceva «Quando arriva?» Le ho spiegato che non era mai molto puntuale; lei ha detto «Lo vedo». Ma era curiosa di conoscerlo, aveva lasciato casa dei suoi in montagna senza il minimo rimpianto.

Mi faceva piacere che fosse con me, come era stato per quasi tutti i viaggi della mia vita adulta, e allo stesso tempo mi sentivo meno libero di come avrei voluto. Con lei vicina mi sembrava piú difficile essere diverso da quello che lei conosceva cosí bene: mi sembrava di avere a fianco una testimone e garante di una forma di me che avrei voluto cambiare, e questo pensiero mi innervosiva. Ma le volevo bene, e averla portata compensava almeno in parte i miei sensi di colpa per Maria Blini e per tutto il territorio in cui Maria Blini abitava: per la varietà di occasioni e voglie e possibilità che Marco Polidori mi aveva aperto davanti e che volevo sperimentare per conto mio. Camminavamo su e giú per la piazzetta, spiando i rari passaggi di fari sulla strada, senza comunicarci quello che avevamo in testa.

Mi chiedevo anche se la mancanza di puntualità di Polidori dipendeva solo dalla sua natura di artista o aveva altre ragioni: se gli serviva a creare uno stato di leggera insicurezza in chi lo aspettava, scoraggiare richieste troppo lineari nei suoi confronti. Mi chiedevo se per caso avevamo sbagliato paese o bar, se avrei dovuto ritelefonargli.

Ma alla fine è arrivato, e appena l'ho visto ho assunto un modo di fare perfettamente disinvolto, come se avessi potuto aspettare anche un'altra ora senza scompormi affatto. Non era un atteggiamento consapevole; era una specie di reazione istintiva a quello che pensavo lui si immaginasse da me.

È arrivato con una vecchia Land Rover coperta di fango, invece che con la sua macchina verde senza marca; aveva addosso un giaccone di cerata imbottita e un paio di stivali da contadino. Gli davano un aspetto molto diverso dal suo solito, ma non sembrava travestito da campagna; aveva la stessa leggera distrazione di sempre rispetto alle cose materiali.

Questa volta si è scusato: ha detto «Mi dispiace, ma mi hanno incastrato al telefono proprio quando stavo uscendo. Un imbecille di sindaco trombone che insiste a volermi dare la cittadinanza onoraria di Bordeaux. Chissà perché, poi, cosa c'entro io con Bordeaux?»

Ha stretto la mano a Caterina, nel modo galante che

avevo già osservato alla festa romana; le ha detto «Sei ancora piú bella e milanese di come ti descrive Roberto nel suo libro».

«Non è lei, nel libro», ho detto io, in modo troppo debole.

Polidori ha detto «Va bene. Ma è molto bella e molto milanese lo stesso». Continuava a guardarla come si può ammirare un oggetto d'arte; come se la sua ammirazione fosse altrettanto nobile di quello che ammirava, priva di pesantezza o di invadenza.

Caterina gli ha detto «Adesso mi metti in imbarazzo»; ma sorrideva ben lusingata da questi complimenti, e la sua voce aveva un tono piú morbido e frivolo di quello da giovane donna-medico che di solito usava in pubblico.

Polidori ha salutato anche me, ha detto «Bravo bastardo che sei venuto». Ci siamo stretti con forza nell'abbraccio da uomo a uomo che avevamo codificato la prima volta quando era venuto a prendermi al residence sulla collina.

Poi lui ha detto «Va be', io vi faccio strada»; ha guardato ancora Caterina, le ha chiesto «Hai voglia di venire con me, e Roberto ci segue?» Mi ha chiesto «Ti secca, Roberto?»

Gli ho detto «No, no»; e comunque Caterina stava già andando verso la Land Rover, si era girata solo un attimo a guardarmi.

Siamo usciti dal paese e abbiamo seguito per qualche chilometro una piccola strada provinciale che curvava e saliva e scendeva secondo le ondulazioni del paesaggio. Tenevo d'occhio i fanalini rossi della Land Rover, mi chiedevo di cosa stavano parlando Caterina e Polidori. C'era neve sui fianchi delle colline e luci qua e là di piccoli borghi e case isolate, ma era troppo buio per vedere di piú.

Dopo forse dieci chilometri Polidori ha lasciato la strada asfaltata per una stradina di terra battuta che saliva tra un doppio filare di cipressi. L'ho seguito a fatica su per la pendenza, con la vecchia Volkswagen che slittava e grattava a vuoto nel fango fradicio di neve. A un certo punto si è bloccata del tutto; mi sono messo a battere sul clacson come un pazzo per paura che Polidori e Caterina se ne andassero e mi lasciassero dov'ero. Polidori è tornato indietro, ha tirato fuori un cavo d'acciaio e l'ha agganciato alla mia macchina. L'ha fatto in pochi secondi, con una praticità manuale che non mi sarei aspettato; ha detto «Capita ogni volta, non ti preoccupare». Caterina mi guardava affacciata al finestrino, con la curiosità che avrebbe potuto avere per uno sconosciuto; e anche se non ero stato quasi mai geloso di lei in sette anni ho provato un lampo di rabbia all'idea che avesse scelto di andare con Polidori invece che con me. Polidori è tornato al volante della sua Land Rover, mi ha trascinato fino in cima alla collina come un carico di rottami.

In cima ci siamo fermati, ma non si vedeva molto della casa tranne le luci su un muro di pietra chiara. Siamo scesi, e subito due enormi cani bianchi sono venuti a fare le feste a Polidori e ringhiare cupo a me e Caterina. Polidori gli ha detto «Sono amici. Amici»; ha toccato un braccio a Caterina e a me per dimostrarglielo, gli ha premuto i grossi musi contro le nostre gambe. I due cani ci hanno annusato; Polidori ha detto «Non vi preoccupate, sbranano solo i nemici», ha aperto il portone.

E appena dentro non c'era una semplice casa ma un intero antico monastero rimesso a posto, con un loggiato e un giardino all'italiana e finestre dagli archi eleganti che si affacciavano sul giardino all'italiana. Dopo il viaggio interminabile lungo l'autostrada e l'ultimo tratto nel buio freddo e fangoso, era una specie di visione: un sogno di linee e proporzioni armoniose, illuminato di luci calde. Io e Caterina ci siamo bloccati nell'ingresso con la stessa espressione quasi sgomenta, né io né lei siamo riusciti a trovare un commento adeguato.

Polidori se ne è reso conto, e come sempre ha sdrammatizzato; ha detto «Quando l'ho preso dodici anni fa mi sembrava di aver fatto un'idiozia incredibile».

«Perché era molto malridotto?», gli ho chiesto io, cercando di riprendere confidenza.

«Abbastanza», ha detto Polidori. «Ma era spento, soprattutto. E un posto che ha bisogno di avere dentro molta vita per essere sereno. Dev'essere pieno di luce e di suoni e di calore umano e animale, allora va bene».

Non era un grande monastero, in ogni caso; dovevano esserci stati pochi monaci o monache in origine, e questo rendeva lo spazio ancora piú amichevole. Polidori l'aveva restaurato senza farsi congelare dal rigore: c'erano tappeti molto colorati sui pavimenti, e grandi quadri moderni alle pareti, un impianto di termosifoni che funzionava bene. Lui ci ha fatto strada per un corridoio, verso un punto da dove arrivavano voci e musica. Caterina ogni pochi passi diceva «Incredibile»; lui le ha chiesto «Davvero ti piace?», come se non ne fosse già sicuro.

La sua famiglia era in un grande soggiorno, pieno di luce e di suoni e di calore umano e animale come aveva detto lui. C'erano i suoi tre figli che correvano in giro e giocavano con un trenino elettrico, e Maggie la bambinaia, e sua moglie Christine vicino a un grande camino acceso, e un ragazzo dai capelli scuri scomposti che leggeva su un divano, e altri tre cani di varie taglie oltre ai due bianchi che ci avevano seguito dentro, e musica che usciva da un magnifico impianto stereo.

Christine Polidori si è alzata a salutarci; Polidori l'ha presentata a Caterina, ha presentato le altre persone nella stanza. Il ragazzo dai capelli scuri era figlio del suo primo matrimonio, si chiamava Roberto come me. Era molto diverso dai tre nuovi figli biondi e quasi nordici, ma i suoi occhi e il taglio del naso erano quelli di Polidori; faceva impressione vederli vicini. Polidori ha notato la mia faccia quando ho sentito che il ragazzo aveva il mio stesso nome, ha sorriso. Il ragazzo mi ha guardato senza fare finta di essere cordiale, non mi ha stretto la mano. Aveva forse diciassette o diciotto anni; con un'aria selvatica e diffidente, vestito con vecchi jeans e scarpe da tennis malconce, quasi per accentuare il contrasto con la rispettabilità firmata dei tre fratelli piú piccoli.

Io e Caterina abbiamo fatto un po' di conversazione semiformale con Christine, poi Polidori ci ha accompagnati alla nostra stanza. Lungo il corridoio ha detto «Che sollievo è avervi qua. C'erano degli ospiti insopportabili fino a ieri mattina, mi veniva voglia di scappare via e lasciarli qui da soli».

Prima di portarci al piano di sopra ci ha guidato in un breve giro della casa-monastero: ci ha fatto vedere la grande cucina, e una sala della musica e una sala da ginnastica, una piccola piscina coperta; una saletta con frammenti di un affresco del Quattrocento sul soffitto. Apriva le porte come se non volesse vantarsi di questi spazi che ci riempivano di ammirazione; a un certo punto ha detto «Non so se si vede, ma dodici anni fa ci credevo molto, quando ho cominciato a sistemarla. Cercavo di mettere insieme una specie di casa ideale, credo. Adesso è Christine che se ne occupa, e lo fa molto bene, è diventata sua».

Ma si capiva che non era affatto indifferente alla casa come avrebbe voluto farci credere: bastava guardarlo mentre ci mostrava un passaggio segreto o una finestrella particolare, o la piccola serra delle erbe aromatiche.

Caterina era completamente conquistata da lui, senza piú traccia della prevenzione che aveva mostrato quando le avevo raccontato del nostro primo incontro a Milano. Sorrideva alle sue parole, chiedeva informazioni sull'architettura dell'ex monastero, lo ascoltava con un'attenzione che non aveva quasi mai nei miei confronti. Polidori da parte sua si rivolgeva piú a lei che a me, trovava infiniti particolari affascinanti da raccontarle; le sfiorava un braccio per indicarle qualcosa. Mentre entravamo nella sala di lettura mi ha detto «Lo sai che hai una moglie deliziosa, brutto bastardo immeritevole?»

Gli ho detto «Lo so»; ma proprio un attimo prima stavo pensando quanto mi sarebbe piaciuto essere lí dentro con Maria Blini invece, aggiungere il fascino senza limiti della sua persona sconosciuta a quello del po-

sto. Mi faceva piacere che Polidori fosse cosí entusiasta di Caterina, e mi innervosiva anche: ero teso, e stanco per il viaggio, confuso da sentimenti in conflitto.

Nella sala di lettura gli scaffali erano occupati da ogni
genere di libri tecnici: dizionari ed enciclopedie e atlan-
ti storici e geografici, libretti di istruzioni di automobili e di macchine fotografiche e di pistole, manuali
sull'allevamento dei conigli e sulla coltivazione delle per-
le, saggi di puericultura e orticultura e apicultura, volumi sulle onde magnetiche e sull'iridologia, sulla storia
delle crociate e sulla storia dei Tartari e sulla storia della parte di Toscana dove eravamo. Polidori ha visto che
guardavo alcuni elenchi del telefono di città straniere,
mi ha detto «Mi servono per i nomi, ogni tanto». C'erano pochi romanzi, e quasi tutti vecchi; pochissimi arrivavano oltre la fine degli anni Cinquanta.

La nostra stanza era molto bella, con due finestre ad
arco che davano sul loggiato dove il giardino all'italiana si collegava a un orto e da lí a un prato esteso fino
all'oscurità di un bosco. Polidori ci ha mostrato tutto
quello che ci poteva servire e ci ha lasciati soli, ha detto di scendere quando eravamo pronti. Appena la porta si è chiusa Caterina mi ha guardato con occhi in-
fiammati, ha detto «È meraviglioso».

«Lui?», le ho chiesto.

Lei ha detto «Il posto, scemo. Ma anche lui, sí. È
molto meglio di come me l'aspettavo».

«Perché, come te l'aspettavi?», le ho chiesto, mentre guardavo il letto di legno antico e di nuovo mi immaginavo di poterci dormire con Maria Blini.

Caterina ha detto «Non so, piú grande scrittore, pieno di sé. E anche piú morboso, piú seduttore professionista. Forse perché mi era rimasto in mente *L'amplesso mimetico* e pensavo che il protagonista fosse una
specie di autoritratto».

Nel mio conflitto di sentimenti ero orgoglioso che
lei mi sapesse suo amico e stimato da lui come scrittore, con accesso alla sua vita privata al punto di essere
invitato in quella casa di campagna.

La cena è stata molto buona, quasi tutta a base di cibi prodotti nella tenuta, preparati da una signora toscana senza traccia del rigore punitivo di quando avevo mangiato a casa loro a Roma, ma l'atmosfera non era molto facile lo stesso. C'era un intreccio di tensioni tra Polidori e sua moglie e la bambinaia inglese e i bambini e Roberto Jr.: sguardi pieni di risentimento, frasi cariche di rabbia appena trattenuta. I bambini continuavano a fare porcate con i loro piatti, la bambinaia li riprendeva di continuo nel suo brutto accento cockney; il giovane Roberto mangiava a testa bassa come un estraneo preso dalla strada; la moglie di Polidori si lamentava dell'incapacità degli italiani di scrivere un orario ferroviario leggibile; suo marito la guardava con odio. Caterina sembrava non rendersi conto di niente, cercava di fare conversazione nel suo modo educato anche quando nessuno la stava piú ascoltando. Questo mi innervosiva al punto che dovevo interromperla di continuo, furioso per la sua mancanza di percettività e per le tensioni intrecciate degli altri; le tagliavo le parole a metà.

Polidori ogni tanto si sforzava di farci sentire a nostro agio, tirava fuori un'osservazione o una battuta o una storia; ma quello era forse l'unico uditorio in Italia insensibile alle sue capacità di raccontatore. Suo figlio Roberto in particolare sembrava ostile verso di lui: stava appoggiato sul gomito in un modo che faceva inorridire Christine, quando Polidori gli parlava non rispondeva. Caterina ha provato a chiedergli che scuola faceva, di nuovo mi ha innervosito con i suoi sforzi di cortesia; Roberto Polidori ha risposto a mezza voce «Liceo», senza guardarla in faccia.

Polidori ha detto «Forse perché da quando ha sei anni gli dico che il liceo non serve a niente e sarebbe mille volte meglio qualunque studio piú indirizzato». Christine Polidori ha detto «Indirizzato a cosa, quando è ancora cosí giovane?» La bambinaia ha squittito ai bambini in inglese «Non alzatevi finché non avete il permesso!» Caterina ha detto «È bellissimo quel mobile contro il muro là in fondo».

Quando la cena è finita Polidori mi ha chiesto se avevo voglia di prendere un po' d'aria; siamo usciti sotto il loggiato senza metterci addosso niente, abbiamo camminato sulla neve verso i margini lontani del giardino. I due cani bianchi sono venuti con noi, correvano avanti e indietro.

Polidori ha detto «Un'altra fregatura di cena, Roberto. Mi dispiace».

«Era squisita», gli ho detto io per non drammatizzare.

«Non parlavo del cibo», ha detto lui secco. Guardava il cielo coperto; ha detto «Facciamo questo bel presepe da cartolina, con tutti gli elementi al posto giusto, e sotto c'è cosí tanta esasperazione che non riusciamo neanche piú a rivolgerci la parola».

Gli ho detto «Ma capita a tutte le famiglie, e con le feste poi. Avresti dovuto vedere casa dei miei il giorno di Natale».

Lui non mi ha risposto; ha detto «Mio figlio grande mi odia, ogni volta che ci rivediamo è peggio. Non mi ha mai perdonato di aver lasciato sua madre, mi considera una specie di assassino».

Gli ho chiesto «Quand'è che ti sei separato dalla tua prima moglie?» Stavamo andando verso il buio del bosco, ed era lui a volerne parlare; non avevo scrupoli a fargli domande dirette.

Lui ha detto «Me ne sono andato che Roberto aveva cinque anni. Dodici anni fa, ormai». Ha tirato fuori uno stecco dalla neve, l'ha lanciato per far correre i cani, ma i cani non l'hanno trovato, sono tornati indietro a guardarci. Ha detto «Non dev'essere tanto semplice venire su con una specie di fantasma di padre, che telefona ogni sera ma si materializza una volta ogni due o tre mesi, e si vede alla televisione e sui giornali ma non c'è quando se ne avrebbe bisogno».

I grandi cani bianchi correvano avanti e indietro, le

loro zampe scrocchiavano sulla neve gelata. Mi immaginavo la vita passata di Polidori in molti modi diversi, sparsi e trasformati nelle storie dei suoi libri che avevo appena letto.

Polidori ha detto «E prima di andarmene probabilmente era peggio, perché passavo il tempo a litigare selvaggiamente con sua madre. Non credo che abbia dei grandi ricordi di quel periodo». Ha riso nel buio, camminava a passi lunghi. Ha detto «Madonna, la rabbia compressa che c'era tra di noi. Mi ricordo una volta che abbiamo litigato in un albergo a Parigi e a un certo punto l'ho presa per il collo e volevo strangolarla, tanto le sue ragioni mi sembravano inamovibili. L'avrei potuto fare. Mi sono reso conto in quel momento di come può succedere, di come non occorre essere dei criminali. E Roberto era lí con noi, piangeva come un pazzo».

«Dici che se ne ricorda?», gli ho chiesto io, cercando di immaginarmelo in una scena cosí violenta.

Polidori ha detto «Forse non di questo episodio in particolare, ma tutti insieme sono entrati a far parte del suo atteggiamento verso di me. Ogni volta che mi guarda sembra che mi voglia rimproverare qualcosa, anche se non parla mai in modo diretto di niente. Ha questo modo di fare, come se mi considerasse direttamente responsabile di tutto quello che non gli piace di sé e della sua vita e del mondo».

«Ma è quasi sempre cosí, no?», gli ho detto io. «Alla sua età, voglio dire».

«Forse», ha detto Polidori. «Ma non è che questo mi faccia sentire meno in colpa. So benissimo che probabilmente avrebbe qualcosa da rinfacciarmi anche se fossi rimasto tutto il tempo sotto il tetto familiare come un marito e padre modello. Ma poi mi basta rivederlo, e mi torna in mente tutto quello che ho fatto passare a sua madre e a lui e a me stesso. Le fughe e le bugie e i continui doppi e tripli pensieri che mi assediavano ogni minuto della giornata quando ero con loro. Il tempo che gli ho tolto per rovesciarlo su altre persone di cui adesso nemmeno mi ricordo piú».

Gli ho detto «Però ci sono molti modi di non esserci. Mio padre per esempio non se n'è mai andato di casa, ma non aveva idea di come comunicare con me, o
non ci ha mai provato davvero. Non abbiamo mai parlato di niente di importante, se ci penso, eppure era
sempre lí, lo vedevo ogni giorno».

«Lo so, lo so», ha detto Polidori. «E tuo padre avrebbe probabilmente un sacco di cose da rimproverare a
suo padre, visto che quasi di sicuro è colpa sua se lui
non è mai riuscito a parlare con te. È una catena infinita di affetti irrisolti e circostanze sbagliate e incapacità di comunicazione, ma non ti toglie di dosso nessun
rimorso».

Gli ho detto «Me l'immagino», e mi chiedevo a quale delle sue storie scritte che parlavano di infanzia corrispondeva la sua infanzia vera.

Lui ha detto «I bambini non hanno un modo lineare di crescere. Vanno avanti a scatti, in un modo che
non riesci a prevedere. Stai via per un mese o due, e
quando torni sono delle persone diverse, con attitudi-
ni e modi di fare completamente diversi da quelli che
conoscevi. Di colpo non sai piú da che parte prender-
li. Vedono cose che prima non gli interessavano affatto, hanno perso interesse in quello che prima li appas-
sionava. Io con Roberto mi perdevo tutto, e me ne rendevo conto. Cercavo di concentrare in due giorni quello
che non avevo fatto in mesi, ma sapevo che era inutile. E lo stesso non ci potevo fare niente, avevo troppo
bisogno di stare in giro e stare libero».

«In compenso segui molto i tuoi figli piccoli», gli ho
detto. Avevo freddo senza giaccone; mi chiedevo quanto avrebbe voluto camminare ancora.

«No», ha detto Polidori. «Forse è il risentimento di
mio figlio grande per loro che mi si attacca come una
malattia contagiosa, ma a volte mi sembra di non amar-
li affatto. Mi fa rabbia che diano tutto cosí per scontato, avere una famiglia e avere case organizzate, e avere
attenzione continua e oggetti e giocattoli e regali e vestiti e cibi e tutto quello che gli serve e non gli serve.

Ogni tanto li guardo, e sono cosí schifosamente vizia-
ti. Mi viene voglia di strappargli tutto di mano, cacciarli
fuori al freddo per qualche ora. Mi sembrano lenti di
riflessi, intontiti dalla facilità della loro vita. Ogni tanto me li vedo già cresciuti, altri tre figli stupidi di una
persona famosa».

Gli ho detto «Non ti sembra presto per dirlo, pove-
retti?» Ma era vero che c'era qualcosa di irritante nel
loro modo di essere, nel loro sembrare appena usciti da
una pubblicità di biscotti al latte.

«Non è presto», ha detto Polidori. «Se avessi visto
Roberto alla loro età, era un altro genere di animale.
Anche adesso che non ti parla nemmeno se gli torci il
braccio, dovresti vedere i suoi disegni. È che sono le
difficoltà a sviluppare l'intelligenza, la facilità produce solo mancanza di motivi e riflessi lenti. I bambini
appartengono a Christine molto piú che a me, in ogni
caso. Io sono solo il finanziatore e motore di tutta la
faccenda, per il resto se ne vanno avanti benissimo per
conto loro. C'è una specie di contratto non scritto tra
noi, un accordo su prestazioni da fornire rispetto al
mondo, ruoli da ricoprire».

Adesso non riuscivo a capire quanto lui esagerava la
situazione; quanto era influenzato dal buio e dal freddo che avevamo intorno.

È stato zitto qualche secondo, poi si è fermato, mi
ha detto in un altro tono «Povero Roberto, non solo la
cena allucinante, ma poi ti perseguito anche con questi discorsi».

Gli ho detto «Non è vero, mi interessava». Stava sa-
lendo anche un vento sottile, mi si era congelato il cibo nello stomaco.

Polidori ha detto «Sei gentile, ma uno scrittore come
te non dovrebbe mai esserlo. Non dovrebbe mai sop-
portare nessun genere di noia da nessuno. Dovrebbe gridare "Basta!" appena si sente assediato, mandare tutti
al diavolo».

Ho riso, con le braccia strette intorno al torace, guardavo la casa-monastero illuminata nella notte.

Polidori ha detto «Facciamo una gara?», e siamo tornati di corsa verso le luci e il caldo e le tensioni della sua famiglia, con i grandi cani bianchi che ci galoppavano di fianco.

Quattordici

La mattina Polidori è venuto nella saletta dove io e Caterina stavamo facendo colazione, con una bella azalea per Caterina presa dalla serra. Sembrava in movimento già da tempo; ci ha chiesto «Vi va di fare un giretto fuori?» Caterina era commossa per il fiore: con le guance arrossate.

L'abbiamo seguito di buon passo intorno alla casa-monastero, nel freddo secco. Era una tenuta di venticinque ettari, con un bosco e un frutteto e un vigneto e campi coltivati a foraggio, pollai e un ovile e un recinto con riparo per tre cavallini avelignesi e due pony delle Shetland, due case poco lontano dove vivevano i contadini che si occupavano di tutto. Il paesaggio di colline era bellissimo; in lontananza si vedeva il borgo medioevale dove ci eravamo incontrati la sera prima.

Polidori ci dava informazioni, metà partecipe e metà distratto: le varietà di alberi spogli, le coltivazioni coperte di neve. Caterina era entusiasta, continuava a dire «È il posto piú bello che ho mai visto».

Polidori le ha detto «Puoi venirci quando vuoi, con Roberto o anche senza. Sai la strada». Suonava quasi come un invito galante, e Caterina lo ha guardato con uno strano piccolo sorriso; ma ero sicuro che fosse solo una dimostrazione di affetto, per me e per chi mi era vicino. Lui non sembrava particolarmente allegro, d'altra parte; non capivo se ci portava in giro per piacere o per dovere d'ospite, o per tenersi lontano dalla famiglia. Suo figlio Roberto dormiva ancora, i tre bambini giocavano con la madre e la bambinaia e i cani sulla neve.

Abbiamo tirato all'arco dietro le vecchie porcilaie dei monaci, convertite a serre per fiori e ortaggi. Polidori era molto allenato, le sue frecce arrivavano quasi sempre vicino al centro del bersaglio di paglia. Spiegava a Caterina la posizione giusta: le toccava la spalla, le toccava il polso, le alzava il mento, diceva «La freccia deve partire da sola, non devi essere tu a lasciarla andare». Caterina faceva di sí con la testa, completamente attenta; ed ero geloso della sua attenzione, piú che del suo sguardo.

Quando siamo tornati nel soggiorno dov'era rientrata anche sua moglie, Polidori mi ha detto «Non è che avresti voglia di venire con me ad Arezzo? Devo ritirare un cavolo di premio da due mesi, non posso piú rimandare».

«Non è stasera, scusa?», gli ha chiesto sua moglie, tesa come una canna.

«Sí, ma prima ci sono le altre menate», ha detto lui nello stesso tono. «Le visite alla città e i discorsi eccetera».

Sua moglie aveva l'aria di voler obiettare ancora qualcosa, ma Polidori ha detto a Caterina «È che sarà una noia da morire, se no avremmo potuto andare tutti. Torniamo stanotte, in ogni caso».

Caterina ci ha guardati, anche lei abbastanza perplessa; io e Polidori siamo andati in fretta verso la porta.

Poi mentre correvamo lungo l'autostrada nella sua macchina senza marca ritirata in un garage del paese, lui mi ha detto «Non ti sembra di sentirti piú leggero?»

Ho riso soltanto, perché la famiglia era la sua, e non avevo avuto abbastanza tempo per sentirmene davvero schiacciato.

Lui ha detto «Roberto, madonna, non ti mettere mai in una situazione come la mia. Tu che sei ancora libero come l'aria».

«Non sono cosí libero», gli ho detto io. Era vero; mi
bastava pensarci per rendermi conto di come ero legato a Caterina da fili di familiarità e fili di abitudini di
anni, fili di sensi di colpa e di lealtà e di dipendenza reciproca.

«Lo sei, lo sei», ha detto Polidori. «Vuoi metterti a
paragonare i carichi di impegni materiali che io e te abbiamo sulle spalle? Le case e le macchine e le persone
di servizio e i vestiti e le scuole e i viaggi e tutto il resto? E Caterina è una ragazza autonoma, o almeno è
ancora in una fase autonoma della sua vita, non ti soffo-
ca certo di richieste».

«Sí», gli ho detto io, pensando allo sguardo di Caterina mentre uscivamo dal soggiorno della casa-monastero. «Ma ho anche molte meno possibilità di ma-
novra. Prima di incontrare te mi sentivo abbastanza inchiodato».

Lui ha scosso la testa, guidava veloce nella corsia di
sorpasso; ha detto «Se io fossi nella tua posizione potrei vivere con niente, come ho fatto per anni. Non
avrei bisogno dei contratti con i giornali né delle sceneggiature né di tutte le altre puttanate. Scriverei libri
solo quando ne ho davvero voglia. O forse non scriverei piú del tutto, me ne andrei in giro per il mondo a
vedere nuovi posti e trovare nuove donne».

Gli ho chiesto «Perché, non guadagni abbastanza
con i libri?»

«Cosa vuol dire abbastanza?», ha detto Polidori.
«Abbastanza per due famiglie e tre o quattro semifami-
glie e per avere ancora un minimo margine di improvvisazione? Uno scrittore non guadagna mai abbastanza, o
almeno non uno del mio genere, per quanti soldi gli diano. Forse ho sbagliato genere, e avrei dovuto mettermi
a costruire intrecci di spie su sfondi internazionali fin
dall'inizio. Oppure ho sbagliato lavoro, avrei dovuto fare il politico o il trafficante di droga o di armi».

Lo guardavo per vedere se parlava sul serio, non capivo; gli ho detto «Ma questo carico di impegni, come
è arrivato?»

«Arriva», ha detto lui. «Basta provare a vivere un po'. Basta fermare un qualunque momento e farsi prendere dalla tentazione di renderlo piú durevole».

Gli ho chiesto «Prima di Christine non era cosí?»

Lui mi ha guardato un attimo; ha detto «Prima di Christine e per tre quarti della mia vita ho continuato a scappare da qualunque situazione stabile. Non volevo stare fisso in nessuna città, non volevo nemmeno sentir parlare di comprare una casa. Affittavo a breve termine, mai piú di qualche mese, o ancora meglio stavo in albergo. Non era un atteggiamento romantico, era solo che qualunque scelta mi sembrava un'esclusione brutale e arbitraria di tutte le altre scelte possibili. Ho fatto impazzire la mia prima moglie, a furia di tenerla sospesa in situazioni provvisorie».

«Me l'immagino», ho detto io. Cercavo di capire se avevo mai avuto un atteggiamento simile con Caterina: certo era stata lei la prima a volere una casa, e a volersi sposare per fare contenti i suoi, ma non mi sembrava che ci fosse mai stata una contrapposizione netta di ruoli tra noi, o uno scontro di desideri opposti.

Polidori ha detto «All'inizio non era neanche una vera scelta, perché non avevamo una lira. Non guadagnavo ancora niente con i miei libri, vivevamo con i soldi che mi davano per le traduzioni e quelli che prendeva lei come dattilografa. Stavamo da amici, o affittavamo appartamenti e ci facevamo cacciare dopo un mese o due, a Trieste e poi a Parigi e poi a Roma e a Milano. Naturalmente adesso va molto bene come biografia d'artista, no? Ma allora per lei non era affatto divertente, avrebbe solo voluto un posto suo».

«E quando sono cambiate le cose?» gli ho chiesto. Volevo sapere della sua vita e della sua strada di scrittore, oltre che del suo matrimonio; continuavo a tornare alle atmosfere e ai luoghi e ai personaggi dei suoi romanzi appena letti.

«Quando è uscito il film di Jacques D'Arnette da *Sassi di fiume*», ha detto Polidori. «Allora la stampa ha preso a venirmi dietro e gli editori anche, si sono mes-

si a darmi buoni anticipi e a tradurmi e a chiedermi sceneggiature e articoli e tutto il resto. E quando le cose
hanno cominciato ad andare bene mia moglie si aspettava che volessi finalmente costruire con lei qualcosa
di piú solido, dopo anni di fatica e di incertezze e di
desolazione ricorrente. Invece le ho fatto passare tre
anni a Roma in albergo, e poi sono sparito».

Gli ho chiesto «In che senso sparito?» Facevo fatica a immaginarmi il suo momento di transizione da
scrittore povero e sconosciuto a gloria letteraria nazionale. Avevo solo in mente un paio di fotografie negli archivi di «Prospettiva», dove lo si vedeva appoggiato alla porta di un bar parigino, magro e con una sigaretta tra le labbra, in un vestito troppo largo.

Lui ha detto «Sono sparito. Sono tornato a Parigi per
lavorare con Reyat a una sceneggiatura da *Il retroterra
dell'attrazione,* e ho preso una casa per conto mio. Mia
moglie è rimasta a Roma con Roberto che era appena
nato. Andavo a trovarli una volta al mese, poi una volta ogni due o tre. Poi non sono piú tornato del tutto».

«Ma non voleva venire a Parigi anche lei?», gli ho
chiesto. Mi facevano impressione le similitudini con la
mia situazione, a parte il bambino appena nato e gli anni di miseria condivisa.

«Sí che avrebbe voluto», ha detto Polidori. «Sono
stato io a creare una specie di barriera stagna, come se
ci fossero delle ragioni esterne a dividerci. Poi la distanza si è allargata sempre di piú, fino a che abbiamo
cominciato a vederci come due estranei. Poi lei se n'è
andata a Torino con il bambino. Fine».

Lo guardavo di profilo, ed ero colpito da come la sua
voce era ancora piena di dispiacere, a distanza di tutto quel tempo.

Lui ha detto «E che gli anni che abbiamo passato insieme da sposati sono stati i peggiori della mia vita. In
Sudamerica avevo ancora meno soldi e meno certezze,
ma ero da solo e non mi pesava affatto. Mi sentivo libero a non avere niente, allora. Mi sembrava di vedere orizzonti aperti tutto intorno, mi sembrava di poter

prendere al volo la piú rapida delle occasioni. Invece in Italia e da sposato era come essere in prigione, come essere in un sogno angoscioso senza uscita. E non era certo colpa di mia moglie, ma ho accumulato un desiderio spaventoso di rivalsa in quegli anni, appena ho potuto sono scappato via come un pazzo».

Gli ho chiesto «E come mai poi ti sei sposato un'altra volta?»

Lui ha detto «Chi lo sa. Forse perché volevo provare a fare tutte le cose che non avevo fatto la prima volta. Ero anche innamorato, all'inizio. Non pensavo piú in termini di peso. Non pensavo che il dispiacere del vecchio matrimonio venisse ad avvelenare quello nuovo».

Andavamo veloci, ma la macchina era stabile e sotto controllo; non mi preoccupavo. Polidori ha detto «A volte adesso vedo Christine fare o dire le stesse cose che faceva la madre di mio figlio Roberto, come se seguisse lo stesso copione, e mi viene voglia di dirle di smetterla, dirle che l'ho già visto una volta, oltretutto in un'interpretazione migliore». Mi ha detto «È che i ruoli sono piú forti delle persone, Roberto. Le persone si adeguano ai ruoli, non viceversa. I poliziotti si comportano da poliziotti, in qualunque parte del mondo, e qualunque sia il loro carattere individuale se non ci sono abbastanza controlli diventano facilmente dei torturatori».

«E gli scrittori sono degli scrittori?»

«Quando sono degli scrittori», ha detto Polidori.

Siamo stati zitti a lungo. Lui guidava fisso nella corsia di sorpasso; arrivava quasi a contatto delle macchine davanti e lampeggiava i fari, le superava una dopo l'altra.

Di punto in bianco mi ha chiesto «Hai mai pensato a come preferiresti ammazzarti, se dovessi farlo?»

«Non lo so», gli ho detto io. «Non sono mai entrato davvero nei dettagli».

Polidori ha detto «Io credo di avere studiato ogni tecnica possibile, a seconda dei periodi della mia vita».

«E qual è il tuo metodo preferito?», gli ho chiesto.

Cercavo di mantenere un tono simile al suo, come se stessimo parlando di tecniche di scrittura, ma non mi piaceva molto fare questi discorsi in una macchina che correva a centottanta all'ora sull'asfalto ghiacciaticcio.

Polidori ha detto «Dipende dall'umore del momento. Dipende anche dalla stagione, e dal luogo. E bisogna distinguere sempre tra un'idea astratta e la sua realizzabilità. Per esempio mi piacerebbe molto annegare in mare, nuotando al largo al tramonto. Però non c'è una vera tecnica per farlo. Piú che altro devi allontanarti dalla riva finché sei completamente sfinito, ma a quel punto è probabile che scatti qualche istinto incontrollabile di sopravvivenza che ti fa annaspare come un pazzo per tenerti a galla. Credo che sia un modo abbastanza affannato, alla fine, senza molta armonia».

«E allora?», gli ho chiesto io, con un occhio all'ago del contachilometri che continuava a tendere a destra.

Lui ha detto «Quando ero ragazzino avrei voluto spararmi con una pistola, mi sembrava molto virile e letterario. Ma se non tiri giusto rischi di sopravvivere per anni come un vegetale».

«Già», ho detto io, senza riuscire davvero a sorridere.

Lui ha indicato lo scomparto del cruscotto davanti a me, ha detto «Aprilo». L'ho aperto, e tra le mappe stradali e qualche compact disc c'era una pistola automatica di metallo brunito. Mi ha fatto impressione, ho ritratto di scatto la mano.

Lui si è messo a ridere, ha detto «Prova a prenderla in mano. C'è la sicura, non ti preoccupare. E ho la licenza, me l'ha data il questore di Roma qualche anno fa quando ricevevo delle lettere minatorie. È abbastanza brutta, ma se la guardi bene ha un suo fascino da meccanismo completo, come un orologio o una serratura».

L'ho presa in mano; il suo peso sinistro e freddo non mi piaceva per niente, non mi piaceva il suo lieve odore di metallo e di grasso per ingranaggi e di polvere da sparo. Ho detto «Sí», l'ho richiusa nello scomparto.

Polidori ha detto «C'è anche il problema del tuo

aspetto dopo. Per esempio se vai dritto con la macchina a una curva, o ti butti dalla finestra o ti dai fuoco, non è che ti ritrovino in un grande stato. E non puoi non tenerne conto. Alla fine lo si fa in buona parte per gli altri, no?»

«Certo», gli ho detto io, con le gambe rigide, attaccato alla maniglia di sostegno.

Lui ha detto «Alla fine se ci penso in modo non impulsivo credo di preferire metodi piú morbidi, come il gas o un sacchetto di plastica in testa o una overdose di eroina. I barbiturici li usano solo quelli che vogliono essere salvati e ritrovarsi in ospedale circondati da amici e parenti».

«Mentre tu non vorresti essere salvato?», gli ho chiesto io. Avrei voluto fargli cambiare argomento, ma non sapevo come; speravo almeno che rallentasse.

Lui ha detto «Sto parlando di modi di chiudere, non di messe in scena. Ma certo è probabile che ti resti anche all'ultimo un margine di curiosità, mi farebbe piacere tornare indietro almeno un attimo a vedere le reazioni».

«Perché dovresti farlo, in ogni caso?», gli ho chiesto, abbastanza secco a questo punto.

Polidori ha detto «Be', prima o poi credo che sia una questione da affrontare, a meno di non volersi consegnare come prigionieri ai disegni incontrollabili della vita. Ma non è che pensi di ammazzarmi in questo momento. Ci sono ancora un paio di cose che vorrei fare, prima».

Abbiamo superato due o tre grosse macchine che già andavano ben veloci; lui sorrideva. Ha detto «Ti immagini se sparissi di colpo, e lasciassi in sospeso tutte le telefonate che devo fare, e gli incontri con gli agenti e gli avvocati e gli editori e le visite in banca e le conversazioni con la segretaria e i tentativi di comunicazione con i miei figli e le litigate con mia moglie e le giustificazioni con le altre donne? Sarebbe come se l'addetto a una centrale elettrica o a una diga se ne scappasse via senza avvertire nessuno. Sarebbe una specie di gesto criminale. Piú che dispiaciuti tutti sarebbero indignati».

Un'ora dopo siamo usciti dall'autostrada; gli ho chiesto dov'era esattamente che dovevamo ritirare il suo premio. Polidori ha detto «Quello me l'hanno già portato a Roma il mese scorso. Adesso andiamo a trovare una mia amica che fa la paracadutista». Non è stato a giustificarsi, o a spiegarmi altro.

L'ho guardato per capire se stava scherzando; lui ha detto «È una ragazza interessante, vedrai. Prima lo faceva solo il sabato e la domenica, ma poco alla volta questa storia l'ha presa come una specie di droga. Credo che i suoi siano disperati, ma è l'unica cosa che le interessa. Non so quante centinaia di lanci ha fatto, ha un brevetto da istruttrice adesso».

Abbiamo preso una strada provinciale, tra colline meno belle di quelle intorno a casa sua. Mi seccava che non mi avesse spiegato prima il vero scopo del viaggio, ma l'idea di essere usato come copertura mi faceva anche piacere: mi sembrava un modo di intensificare la nostra complicità e arricchire la nostra amicizia, darle materiale. Polidori ha infilato nello stereo un disco di vecchio blues per organo Hammond; siamo stati zitti, immersi nelle onde di swing gorgogliato. Eravamo scesi a sud e non c'era piú neve, il paesaggio intorno era denudato e rinsecchito dall'inverno.

Alla fine siamo arrivati a un piccolo campo d'aviazione; Polidori ha passato il cancello e parcheggiato di fianco a una costruzione bassa, mi ha detto di aspettare. È andato a chiedere informazioni a un paio di tecnici in tuta che trafficavano con un carrello portacarichi; mi ha fatto cenno di raggiungerlo. Mi chiedevo quanto mi aveva invitato per avere una copertura con sua moglie e quanto per il piacere di fare il viaggio con me, ma non è che me ne preoccupassi molto: mi lasciavo portare dalla curiosità, gli andavo dietro.

In una saletta una trentina di persone erano sedute a banchi da scuola guida, uomini e donne dai diciotto ai quarant'anni di aspetto sportivo e abbastanza ottuso.

Ascoltavano perfettamente concentrati un tipo che indicava con una canna alcune illustrazioni geometriche su grandi fogli alla parete e scandiva numeri in un accento francese. In piedi di fianco a lui c'era una ragazza con un codino di capelli castani; Polidori si è seduto all'ultimo banco e mi ha fatto cenno di sedermi, me l'ha indicata con un mezzo sorriso.

Non era particolarmente bella, con occhi stretti e zigomi alti e la testa piccola rispetto al corpo, ma aveva un modo denso di stare ferma, muoversi appena sulle gambe per seguire le parole del francese. Quando si è accorta di Polidori non l'ha salutato: gli ha appena dato uno sguardo, ha cambiato espressione per meno di un secondo. Polidori mi ha detto sottovoce «Se la vedi quando si butta ti sembra una pazza incosciente, invece è una forma di follia molto controllata, come tutte le vere follie».

Siamo rimasti venti minuti seduti all'ultimo banco come due scolari ignoranti e distratti, senza capire niente di quello che veniva spiegato. Guardavamo la paracadutista di Polidori, essenzialmente. Lui mi ha detto ancora «Suo padre ha una fabbrica di mountain-bike vicino a Pesaro. Le assembla soltanto, si fa arrivare i pezzi dalla Corea e li mette insieme e ci appiccica qualche decalcomania. Tutto strettamente a gestione familiare, con fratelli e cognati e nipoti nei ruoli chiave. Non paga una lira di tasse, guadagna miliardi. E va a farsi pubblicità da solo alla televisione, sulle piccole reti private. Lo vedi lí per mezz'ora di seguito, si sbraccia a spiegare che affare incredibile sono le sue biciclette, con il numero di telefono che pulsa in sovraimpressione. È la provincia italiana, Roberto».

«E dove l'hai conosciuta lei?», gli ho chiesto.

Polidori ha detto «A una festa per un premio letterario a Pesaro. C'erano tutti questi ricchi sommersi della provincia, ex artigiani ed ex commercianti che riescono a fare un'incredibile quantità di soldi usando tutti gli spazi vuoti che ci sono in questo paese, la mancanza di regole e di controlli e di principi. Scavano negli spazi vuoti, al riparo dagli infiniti vincoli burocratici che in Italia azzoppano qualunque iniziativa allo scoperto, e li fanno diventare delle vere miniere. Sono loro che hanno prodotto il tessuto di capannoni e magazzini e serre e depositi e parcheggi che annega questo paese. E alla fine dell'anno sulla loro dichiarazione dei redditi non c'è niente, figurano come commessi viaggiatori o disoccupati. Accumulano enormi ricchezze, e non hanno nessun obbligo sociale, usano servizi pagati da milioni di vittime delle tasse. E gli resta questo aspetto cosí familiare e semplice e rozzo, sembrano quasi sempre delle brave persone se li conosci. Cecilia è la seconda generazione, già molto piú complicata».

Lo divertiva studiarsela cosí a distanza, e con me vicino, mentre lei non poteva sottrarsi al suo sguardo. Gli altri facevano come se non ci fossimo; erano attenti solo alle spiegazioni del francese, gli chiedevano continui chiarimenti e puntualizzazioni.

Poi il francese ha finito e tutti si sono alzati a discutere tra loro. Cecilia la paracadutista se n'è venuta verso la porta; Polidori le ha detto «Ehi», le ha stretto un braccio. Lei gli ha dato appena un bacio su una guancia, ha detto «Andiamo fuori».

L'abbiamo seguita lungo il corridoio rivestito di linoleum, e fuori sull'asfalto. Mi tenevo a qualche passo per discrezione, ma non ci sono stati molti scambi di affettuosità tra loro, a parte qualche toccamento di mani, parole dette da vicino. Cecilia trattava Polidori con una strana timidezza brusca e almeno in parte sicura di sé; gli diceva «Cos'hai da guardare». Poi lui mi ha chiesto «Perché te ne stai lí?»; ci ha presentati.

Siamo andati nel baretto del piccolo aeroporto a bere acqua minerale non gassata, seduti su sgabelli alti. Cecilia ci ha spiegato che stavano preparandosi per un campionato in Sudafrica alla fine del mese; ha detto «Quello che illustrava le figurazioni è Antoine Berard, è un vero genio». Polidori ha sorriso a sentirglielo dire; la guardava con l'attenzione ammirata che aveva per le donne, chiedeva spiegazioni tecniche credo solo per sentirla parlare.

Lei aveva un accento piuttosto chiuso, ma a vederla da vicino capivo che gli potesse interessare. Aveva una fisicità dormiente non dissimile dalla sua: un modo di girare la testa o alzare un braccio quasi con indolenza ma con i muscoli pronti a scattare; e certo era difficile immaginare una donna piú diversa da sua moglie Christine. In piú non sembrava affatto in soggezione all'idea che il piú famoso scrittore italiano fosse scappato dalla famiglia per venire a trovarla, anche se era intrigata dalla sua curiosità e dal suo modo di fare, dalle sue continue domande mirate.

A un certo punto ha guardato l'orologio, ha detto «Io devo andare. Facciamo un salto prima che se ne vada il sole».

E Polidori mi ha chiesto «Non avresti voglia di provare, Roberto? Andiamo anche noi?»

«Non l'ho mai fatto in vita mia», gli ho detto, spaventato solo all'idea.

«Non ci si può mica buttare cosí», ha detto Cecilia secca. «C'è un corso, cosa credi? E d'inverno qui non ci lanciamo neanche noi, di solito».

Ma Polidori aveva in testa quest'idea, probabilmente già da prima. Le ha detto «Me l'avevi promesso, schifosa. Non dicevi che agganciati all'istruttore si può fare anche senza corso?»

Lei ha detto «Sí, ma comunque ci vuole una preparazione e non abbiamo tempo».

Continuavo a spostare lo sguardo da lei a lui, tra rassicurazione e panico come un coniglio quasi in trappola, ma sapevo già dall'inizio che Polidori l'avrebbe avuta vinta. L'ho guardato stringere Cecilia per un polso, dirle «Dai, smettila, siamo venuti apposta. Ci assumiamo tutte le responsabilità, se vuoi ti firmiamo una carta». L'ha portata piú in là, le parlava da molto vicino, insistente.

Lei alla fine ha detto «Va bene, ma con me ne viene uno, devo chiedere ad Antoine se vuole agganciare l'altro».

Polidori le ha detto «Spiegagli che sto scrivendo un

libro sui paracadutisti e metterò lui come eroe centrale di tutta la storia».

Lei gli ha detto «Scemo», ma è andata ad avvertire Antoine, e speravo con tutta l'intensità possibile che lui si rifiutasse, ma l'abbiamo vista tornare dopo cinque minuti e faceva di sí con la testa. La cosa era decisa, non c'era piú verso di tirarsi indietro.

Siamo usciti nello spiazzo d'asfalto, Polidori mi stringeva per un braccio, diceva «Non hai mica paura, Roberto?»; e mi sembrava di essere già morto e spiaccicato, facevo di sí con la testa senza neanche riuscire a tirar fuori la voce.

Poi ci siamo infilati le tute imbottite e gli scarponi e le imbracature; Cecilia e il francese ci hanno spiegato in modo incredibilmente sbrigativo come dovevamo saltare dall'aereo e che posizione dovevamo tenere durante la caduta, come dovevamo piegare le ginocchia per ammortizzare il contatto con la terra. Passavo attraverso questa procedura come se stessi osservando qualcun altro, mi sembrava che le voci e i gesti mi arrivassero da lontano. E malgrado tutto continuavo a misurare le mie reazioni su Polidori: mi sforzavo di stare al suo gioco, non deluderlo.

Lui mi guardava, diceva «Allora?» Sorrideva, come un mercenario nella sua tuta. Indicava Cecilia intenta alle sue preparazioni, diceva «Non è bella l'idea di affidarsi ciecamente a una donna come lei?»

Gli ho fatto cenno di sí, ancora per stare al gioco, ma quando siamo andati quasi di corsa tra una quindicina di altri paracadutisti verso un vecchio aereo da trasporto truppe con le eliche che già giravano gli ho detto «Io ho paura di volare, anche come passeggero di linea».

«Anch'io», ha detto Polidori. «È per questo che vale la pena provare. Scombiniamo un po' di sensazioni. Facciamo circolare un po' di sangue, Roberto». Mi ha stretto forte un braccio, mi ha spinto avanti.

Presto siamo stati in aria, il vecchio aereo ha cominciato a salire in circoli faticosi tra mille vibrazioni di vecchio metallo. Stavo attanagliato alla panchetta,

guardavo le facce impassibili o addirittura allegre degli altri paracadutisti, e mi facevano paura quanto tutto il resto. Ho sentito Cecilia che gridava a Polidori
«Sei sicuro di volerlo fare?»; lui le ha gridato «Sí che
sono sicuro!» Ha gridato a me «E tu, Roberto?» «Sí»,
ho gridato io, con una voce da agonizzante.

Non lo ero affatto, invece. Piú ci avvicinavamo al
momento cruciale e piú mi sembrava di essere stato un
idiota a lasciarmi coinvolgere. Non avevo nessun interesse per questo genere di sensazioni; non mi divertivano le facce dei paracadutisti, né mi divertivano le vibrazioni furiose di metallo logorato, come un gigantesco grattaformaggio che mi trapanava le orecchie e mi
faceva tremare dai piedi alla testa. Ero pieno di paura,
ma nella paura mi saliva un risentimento sempre piú
forte per Polidori: per come mi aveva trascinato fino a
questa situazione senza dirmi niente in anticipo e per
come aveva giocato sui miei sensi di lealtà e di complicità, sull'ammirazione infantile e patetica che avevo nei
suoi confronti. Mi venivano in mente i suoi discorsi sui
metodi di suicidio, il suo modo di giudicare tutto a una
distanza, e pensavo che ero diverso, non avevo nessuna ragione di sforzarmi di essere come lui. Lo guardavo, pallido e teso nel rumore assordante vicino alla sua
paracadutista, e avrei voluto gridargli qualcosa, accu-
sarlo, dirgli di riportarmi indietro.

Poi siamo stati in quota, vedevo gli altri che facevano ok con le dita come comparse in un film di guerra,
e qualcuno ha fatto scorrere il portellone, e nell'onda
di vento e nuovo rumore ho intravisto uno squarcio di
paesaggio sotto. E senza che avessi tempo per pensarci tutti hanno cominciato a buttarsi fuori come se fosse una cosa normale e necessaria, e Cecilia ha gridato
ancora qualche istruzione a Polidori e si è agganciata a
lui e sono andati verso il vuoto a piccoli passi, sono spa-
riti di sotto da un momento all'altro. E il francese con
la sua aria da criminale nazista mi si è agganciato e ha
urlato qualcosa ma non capivo niente, mi indicava le
ginocchia e l'imbracatura, non gli vedevo neanche piú

gli occhi attraverso gli occhiali, e ha cominciato a spingermi avanti verso il portellone spalancato, e il paesaggio sotto era sovraesposto e indistinguibile come una
spaventosa cartolina gigante mal stampata e l'aria mi
arrivava addosso con una violenza selvaggia, e lui mi
ha dato un colpo sulla schiena e due ginocchiate si-
multanee nelle gambe e sono volato fuori.

Ed ero del tutto sicuro che fosse la fine, senza la minima possibilità di scampo anche perché precipitavo da
solo, senza traccia di istruttore né imbracatura né paracadute, e piú che precipitare mi sembrava di essere
trascinato a una velocità folle in orizzontale, come su
una motocicletta rovesciata su un fianco del tutto fuori controllo, e non riuscivo a prendere fiato né a muo-
vere le braccia o le gambe, sentivo una pressione continua sul petto e in faccia e in gola. Poi la paura mi si
è condensata e cristallizzata dentro come brina in un
surgelatore, mi sembrava di essere immobile e il mio
risentimento per Polidori aveva un'intensità bianca e
lancinante. Era un risentimento allo stato essenziale,
non articolato in nessun modo mentre precipitavo immobile verso una fine cosí totalmente senza motivi; mi
sembrava di esserne intriso in ogni fibra assiderata.

Poi c'è stato uno schianto, e mi sono sentito risucchiare in alto con altrettanta violenza, e subito dopo
ero sospeso in aria ancora altissimo sopra la terra, avevo un freddo terribile e non riuscivo a vedere né il francese né il paracadute, vedevo solo i cavi della mia imbracatura e mi sembrava che potessero cedere da un
momento all'altro e farmi schiantare da quell'altezza
come un sasso.

Invece sono sceso abbastanza lento, e quando sono
stato vicino alla terra di un campo secco e nudo ho sentito il francese dietro di me che mi gridava di piegare
le ginocchia, e anche se le ho piegate ho preso un urto
forte ma ero a terra, mi sono divincolato come un pazzo per sganciarmi l'imbracatura, togliermi gli occhiali
e il casco.

Ma è stato curioso come nello stesso istante in cui

mi sono ritrovato in piedi e sano e libero il risentimento
puro che avevo provato per Polidori mi è rifluito dentro in un senso di riconoscenza altrettanto intensa, alimentata dall'euforia generalizzata che aveva preso il
posto della paura.

Lui era a una cinquantina di metri da me, vicino a
Cecilia che stava districando i fili del suo paracadute;
mi è venuto incontro e ci siamo abbracciati con un vero slancio da sopravvissuti. Mi ha chiesto «Non ne valeva la pena, Roberto?» Gli ho detto «Sí che ne valeva la pena».

Dopo siamo andati in giro lenti per le strade a curve,
con il blues per organo Hammond sullo sfondo e Polidori che parlava e parlava. Da quando lo conoscevo non
l'avevo mai visto cosí allegro e comunicativo, cosí libero dalle ombre che sembravano seguirlo di solito. Era
pieno come me delle sensazioni rimescolate dal lancio:
mi diceva «Non ti sembra di vederci meglio, Roberto?
Di sentire meglio i suoni?» Era anche felice di essere
lontano dal peso della sua famiglia; gli piaceva guidare
attraverso la Toscana del sud insieme a me e a Cecilia.
Ci raccontava di posti che aveva visto, o personaggi che
aveva conosciuto, faceva osservazioni che ogni volta mi
colpivano per la loro precisione da lama di coltello. Anche Cecilia era costretta a uscire dalla sua indifferenza
per tutto quello che non aveva a che fare con il paraca-
dutismo; lo stava a sentire. Polidori sembrava stimola-
to da un'ascoltatrice come lei: giocava con i colori e for-
zava il contrasto, accelerava i tempi, tagliava la prospettiva in modo da colpire la sua attenzione difficile.
Non voleva parlare solo lui: le faceva domande sulla vita privata dei suoi colleghi paracadutisti, sulle attività
della sua famiglia; sondava le sue opinioni sul mondo.
Era anche un gioco di corteggiamento, ma abbastanza
variato e ricco da non farmi sentire escluso o di troppo.

Abbiamo visitato un bel paese antico dove lui voleva
vedere degli affreschi del Cinquecento in una chiesa; piú

avanti quando era già buio abbiamo cercato una rocca di cui si ricordava una descrizione in un libro di Machiavelli, ma non l'abbiamo trovata. C'era un vero spirito da viaggio tra noi, intenso ed esilarante, alimentato dalla minima parola e dal minimo particolare lungo la strada, e passava tutto attraverso il punto di vista di Polidori, attraverso i toni mutevoli della sua voce.

La sera ci siamo fermati a mangiare in una locanda che da fuori sembrava molto piú rustica di com'era dentro. Polidori mi ha fatto vedere la lista, con i ravioli di branzino e il coniglio al kumquat, ha detto «Madonna, sono tutti rovinati anche loro dai luoghi comuni della critica». Il proprietario l'ha riconosciuto e si è esibito in una piccola dissertazione gastronomica; non si rendeva conto dell'ironia nello sguardo di Polidori.

Cecilia era molto rigorosa nel suo non voler toccare alcolici, ma io e Polidori abbiamo bevuto del vino. Polidori ha raccontato che vent'anni prima aveva passato un periodo da quasi alcolizzato, poi aveva smesso di bere tranne in occasioni particolari. Ha detto «Cosí il mio organismo non è piú minimamente abituato, riesce davvero a sentire gli effetti». Ha detto che a volte non mangiava uno o due giorni di seguito per la stessa ragione, o non faceva l'amore magari per un mese di seguito. Ha detto «La cosa peggiore è l'assuefazione, non riuscire piú a stupirti di quello che fai. Dovremmo provare di continuo a togliere dalla nostra vita le cose che diamo per scontate, fare passare qualche tempo prima di rimettercele. Stare una settimana senza luce elettrica o un mese senza telefono, dormire per terra qualche notte ogni tanto».

Cecilia ha detto «Perché dove credi che dorma io, quando sono in trasferta da qualche parte per dei lanci?»

Polidori era divertito e già un po' ubriaco; le ha detto «Anche quello è un modo». Ci ha raccontato che aveva fatto esperimenti con il sonno polifasico, in modo da dormire solo nelle ore che non gli interessavano e stare sveglio nelle altre. Ha detto «Ho continuato a giocarci per qualche anno, e alla fine ero riuscito a trovare il ritmo giusto, dormivo dalle tre di notte alle sei, e dalle due di pomeriggio alle cinque. Tagliavo fuori i momenti inutili, ed ero perfettamente sveglio il resto del tempo. Gli animali liberi fanno cosí, di solito».

Cecilia ha detto «Quando sono in pieno allenamento e tirata fino in fondo anch'io dormo nei ritagli, senza bisogno di fare tanti calcoli».

Lui di nuovo l'ha guardata con la sua curiosità non prevenuta; ha detto «Certo. Ma poi per me è diventato troppo complicato, con i bambini e tutto il resto. O forse la noia si è estesa nella mia vita al punto che avrei preferito dormire la maggior parte del tempo. In ogni caso chi lo dice che il sonno sia poco interessante, o meno interessante dell'essere svegli?»

Cecilia sembrava perplessa dalla complessità irregolare che c'era dietro questi discorsi, dal modo semplice in cui Polidori ne parlava. Io ero affascinato; pensavo che per la prima volta in vita mia avevo a che fare con una persona piú adulta di me e infinitamente piú realizzata e riconosciuta che non si riparava tutto il tempo dietro linguaggi-barriera o dietro la sua posizione o dietro la sua età, dietro le regole del mondo cosí come è. Mi affascinava la tendenza di Polidori a mettere in discussione tutti i punti accettati, e la sua libertà di farlo; l'idea che questo atteggiamento facesse parte del suo lavoro di scrittore. Lo ascoltavo mentre passava da un argomento all'altro, investendo energia nelle sue parole come se tenesse all'attenzione mia e di Cecilia piú che a quella di un nugolo di intellettuali, e mi sembrava di scaldarmi alla luce delle sue opinioni non convenzionali, della sua curiosità senza limiti prestabiliti.

Il vino rosso che ci avevano portato non gli piaceva molto, ma ne beveva a sorsi lunghi e ne faceva bere anche a me per alimentare l'atmosfera, tenerla densa e viva e senza cali. Cecilia era già abbastanza strana di suo, anche se non beveva non sembrava affatto che ci guardasse dal di fuori. Polidori mi ha detto «Non ha bisogno di nessun alteratore chimico, non vedi che occhi ha?»; e lei ha detto «Che occhi ho?»; e ridevamo e ci guardavamo tutti e tre, con la sensazione di esserci impadroniti di un pezzo di tempo e di spazio per nostro uso esclusivo.

Quando siamo usciti lui ha dato le chiavi a Cecilia, le ha detto che era meglio se guidava lei. Le si è seduto di fianco, io dietro. Cecilia guidava in modo molto piú brusco di come faceva lui, la grossa macchina tirava fuori tutti i suoi cavalli.

Polidori ha detto «Aspettate, aspettate, c'è una musica che fa parte di questo momento». Ha infilato nello stereo un dischetto di Mozart, ha schiacciato un tasto per cercare il punto che voleva. Ha detto «Minuetto della Serenata notturna in re maggiore KV 239». Ha alzato il volume; l'abitacolo si è riempito di una musica bellissima, e anche piú commossa e triste dell'atmosfera che c'era stata tra noi fino a quel momento. Polidori si girava a guardare me e Cecilia, cercava di leggere soprattutto le sue reazioni. Lei faceva di sí con la testa, ma era una musica cosí diversa dal suo carattere, mi chiedevo anch'io cosa poteva comunicarle.

Quando è arrivato il rondeau successivo Polidori la fissava da vicino; le ha chiesto «Me lo dici che genere di collegamenti ci sono in quella bella testa da battaglia?» Lei non gli ha risposto, non sapeva cosa dire.

Lui le ha detto «Quello che mi domando davvero è, tuo padre può essere toccato da questa musica? O da questa?» Ha mandato avanti il disco, all'andante del Divertimento in re maggiore KV 136. Le ha chiesto «O si lascia prendere solo dalle canzoni che mette sotto le sue pubblicità alla televisione? O segue dei suoni interiori ancora piú semplici? Metallo su metallo o legno su legno in ritmi primari?»

Cecilia gli ha detto «Cosa c'entra mio padre?»; non aveva piú una voce divertita.

Polidori ha alzato ancora il volume, finché la vibrazione armonica dei violini e dei violoncelli era forte quasi quanto quella disarmonica del vecchio aereo da cui ci eravamo buttati. Polidori ha detto «Quello che mi domando davvero è, un saccheggiatore di paesaggi o un bugiardo di stato o un generale golpista o un omi-

nide imbrillantinato del sabato sera possono essere toccati allo stesso modo da questa musica? Indipendente-
mente da quello che sono? Il messaggio nelle onde so-
nore arriva a destinazione anche se uno non lo vuole?
Anche se uno non se ne accorge? Oppure ci sono dei
codici da decifrare, c'è bisogno di un intero sistema di
ricezione che alcuni semplicemente non hanno?»

Siamo andati avanti per un tratto, nel pieno dell'orchestra che ci faceva vibrare i timpani e il diaframma,
e neanch'io capivo bene cosa gli passasse per la testa,
cosa avesse attivato la violenza nella sua voce. Alla fine Cecilia gli ha detto «Abbassa, dai», e lui ha tolto il
disco del tutto; l'atmosfera tra noi si è sgonfiata come
un paracadute senza piú aria dentro.

Piú tardi, dopo che avevamo lasciato Cecilia alla sua
macchina e ripreso l'autostrada verso nord e verso la
sua casa-monastero, Polidori ha detto «È incredibile
quanto poco durano le cose. Hanno un arco cosí stretto, e piú le conosci piú si restringe, piú vedi la fine già
dall'inizio. Eppure stiamo al gioco ogni volta. Ogni volta ci sforziamo di crederci, no?»

Gli ho detto «Sí, ma cosa dovremmo fare, invece?»

Lui guidava piú lento che all'andata, con i minimi
gesti indispensabili. Ha detto «Forse raggiungere un
vero distacco da illuminato buddista, capire come tutto è effimero, come è patetico attaccarsi con tanto sforzo di muscoli al mondo materiale. Come è patetico im-
medesimarci totalmente in quello che siamo per ora, o
peggio nelle cose che abbiamo. Nelle nostre case o nelle nostre macchine o nei nostri vestiti, nei nostri ruoli
temporanei. Non trovi?»

«Non lo so», gli ho detto io. «Mi sembra di essere
già stato lontano dal mondo materiale abbastanza, e
non per una scelta da illuminato, a vedere il mondo materiale attraverso la televisione o attraverso le pagine
di "Prospettiva"». Quando parlavo di mondo materiale
in realtà avevo davanti agli occhi Maria Blini: il suo respiro mentre mi si appoggiava contro di notte, fuori dal
vecchio palazzo romano.

Polidori ha riso; ha detto «Però ogni tanto si possono fare dei piccoli esercizi di provvisorietà, senza arrivare come i buddisti alla contemplazione dei cadaveri
in disfacimento. Se ne possono fare di infiniti. Prendi
un piccolo tratto di prato, prova a tenerlo perfetto. O
prendi un piccolo acquario con pesci e alghe. O la pu-
lizia di una stanza, i rapporti in una famiglia, la temperatura dei tuoi sentimenti. Prova a considerare gli
sforzi continui che qualunque equilibrio anche minimo
richiede, e con quanta facilità viene sopraffatto dal tempo appena i tuoi sforzi o la tua attenzione si allentano,
cancellato come se non ci fosse mai stato. Ti accanisci
a tagliare l'erba con tutta la cura di cui sei capace, e la
rastrelli e la annaffi e la concimi e la rulli ogni giorno,
poi basta che tu smetta di occupartene per due settimane, e l'immagine mentale che avevi del tuo prato non
corrisponde piú a niente».

«Però l'erba continua a esserci, no?» gli ho detto io.
«Prende solo un'altra forma. Anche se diventa troppo
alta o si dirada o si secca è sempre un prato».

«Ma l'unica cosa tua nel prato era proprio la forma»,
ha detto Polidori. «Ed è quella che se n'è andata. Il
fatto che l'erba continui a esserci è irrilevante. È al di
fuori di te».

Siamo rimasti zitti a lungo; si sentiva solo il fruscio
del vento contro il parabrezza, il fruscio del grosso motore ben insonorizzato che girava a medio regime.

Quando ormai mancavano pochi chilometri alla sua
casa-monastero, lui mi ha chiesto in un tono completamente diverso da prima «Ma tu per esempio riesci a essere completamente sincero con tua moglie Caterina?»

«Mah», gli ho detto io. «Credo di esserlo stato, però
adesso la situazione è abbastanza cambiata. Da quando sono venuto a Roma». Era tardi, e non mi sembrava che ci fossero piú molti filtri tra di noi, dopo che
avevo letto i suoi libri e dopo che ci eravamo buttati
insieme dall'aereo. Non avevo piú il disagio sottile di

quando gli parlavo cercando di comporre le mie frasi come se scrivessi.

Lui ha detto «Perché ho sempre l'idea che le generazioni piú giovani siano meno false della mia, ma non so se è vero».

Gli ho detto «Non lo so neanch'io». Mi è venuto l'impulso di parlargli di Maria Blini, chiedergli un parere su cosa fare; ma non mi sembrava molto nella vena di ascoltare. Aveva questo modo di stare attento a ogni sfumatura di quello che dicevi, dare rilievo alle tue parole e al tuo tono con la sua attenzione, e da un momento all'altro la sua voce ti scavalcava senza piú molta pazienza.

Ha detto «Volevo solo dire che quando siete in una situazione di conflitto tra una persona e un'altra forse la vostra tendenza è scegliere. Non cercate di tenervele tutte e due».

«Non lo so», gli ho detto di nuovo. «Non è che mi sia capitato spesso». Mi chiedevo se riusciva a intuire qualcosa di quello che mi passava per la testa, o invece stava solo pensando a storie sue. Gli ho chiesto «Perché, la tua generazione invece?»

Lui ha detto «Forse siamo piú disposti a cercare compromessi accettabili, investire energie in equilibri che costano fatica. Non lasciare la moglie e non lasciare l'amante, cercare disperatamente di farle contente tutte e due. È un modo molto italiano, anche, non prendere nessuna decisione netta di fronte a un'alternativa, e voi siete meno italiani di noi. Siete polli d'allevamento internazionali, ormai».

«Non ti sembra di generalizzare?» gli ho detto io. Era la prima volta da quando ci conoscevamo che parlava in modo esplicito della nostra differenza di età, e non mi piaceva; era come se mi fermasse di colpo su una distanza.

Lui ha detto «Sí che sto generalizzando, ma credo che in generale sia vero. Non avete piú il senso del pollaio, dove il gallo non vuole rinunciare a nessuna gallina, e ci riesce, se si dà molto da fare. Siete ognuno nel suo scomparto singolo di batteria, mi pare».

«Non so se è un grande modello», gli ho detto io. «Il pollaio».

Polidori ha detto «Però è il modello di quasi tutte le società animali, e anche umane, fino a non molto tempo fa. La famiglia bipolare è un'invenzione recente, cosa credi? Un solo uomo e una sola donna che si assediano dalla mattina alla sera e pretendono di ottenere uno dall'altra tutto quello che il mondo ha da offrire, e quando non ci riescono si riempiono di astio e di risentimento e mandano tutto all'aria per poi ricominciare con qualcuno di nuovo negli stessi identici termini».

«Ma non è un istinto del tutto naturale formare una coppia?» gli ho chiesto io. Ero stanco confuso, mi vedevo davanti Caterina e Maria Blini: passavano attraverso questi discorsi e non riuscivo fermare nessuna delle due.

«Lo è», ha detto Polidori. «Ma per conto suo sarebbe un istinto temporaneo, che quando esaurisce la sua funzione si sposta o comunque si evolve. Invece cerchiamo di congelarlo nel frigorifero del matrimonio o della convivenza, farlo durare per tutta una vita com'era, agli inizi. È socialmente piú semplice, e costa meno energia, meno spazio, meno tempo, meno immaginazione».

Gli ho detto «Non so quante donne sarebbero disposte a fare le galline, come alternativa».

«Forse dipende anche da chi è il gallo, no?» ha detto Polidori, con un sorriso nella voce. Ha detto «Le donne sono diverse dagli uomini. Hanno dei meccanismi interiori totalmente diversi. Una delle idiozie peggiori degli anni Settanta è stata sostenere che uomini e donne sono identici. Le donne sono molto piú complesse e piú intelligenti e piú sensibili degli uomini, ma hanno altri istinti e altri bisogni, cercano altre cose. Il loro istinto è di attaccarsi a un uomo solo, se è un uomo che ha abbastanza energia».

«E se non ha abbastanza energia?» gli ho chiesto.

«Allora niente», ha detto lui. «È semplice». Si è

messo a ridere; ha detto «La poligamia non è mica per tutti, Roberto. Non lo è in nessuna società animale, e in nessuna società umana dove ancora esiste. È solo per chi ha abbastanza energia e abbastanza forza e ingegno da potersela permettere. Se no creerebbe una confusione terribile».

Parte di questi discorsi li avevo già trovati nei suoi romanzi; anche mentre leggevo non ero riuscito a capire quanto fossero paradossali o allegorici e quanto ci credesse davvero. Il suo tono oscillava continuamente tra il distacco e la partecipazione, l'ironia e la violenza. Pensavo a sua moglie Christine, alla pistola nel cruscotto davanti a me, al suo strano modo di trattare Cecilia la paracadutista, all'attenzione galante per Caterina.

Lui ha detto «Vorrei scrivere un altro libro su questo. Dovrebbe essere la storia di un matrimonio, e la storia dovrebbe disintegrarsi insieme al matrimonio, i frammenti andare in mille direzioni diverse. Solo che non ho la distanza necessaria, come era per te a Milano con la tua storia. La differenza è che invece di cambiare città io dovrei cambiare vita».

Ma poi gli è passata la voglia di parlarne; ha infilato un altro dischetto nello stereo: Michael Bloomfield che suonava la chitarra elettrica con un'energia totalmente liquida, entro i contorni elastici di un blues in dodici battute.

Quando finalmente abbiamo lasciato la macchina al paese e siamo arrivati alla casa-monastero con la Land Rover erano le due e mezza, i cani si sono messi tutti ad abbaiare.

Polidori aveva preso dal baule della macchina una scatola rivestita di velluto, con il premio che avremmo dovuto ritirare e invece gli era stato già consegnato a Roma. L'ha aperta alla luce dell'ingresso per farmi vedere la statuetta dorata di un ariete impennato, con il suo nome inciso alla base; sorrideva. Poi ha tirato fuori di tasca due pacchetti di oreficeria, li ha guardati un attimo e me ne ha dato uno, ha detto «Per Caterina. Dille che gliel'hai preso ad Arezzo».

Gli ho detto «Ma come?» Ho cercato di ridarglielo.

Lui ha detto «Piantala, Roberto. Non stare a raccontarle molti particolari. Dille solo che la cerimonia era noiosa e la città era bella, abbiamo mangiato molto».

Gli ho detto «D'accordo», ancora incerto con il pacchetto in mano; ci siamo dati il solito abbraccio forte e asciutto da compagni d'armi.

Mentre salivo le scale Polidori ha detto «Roberto?»

«Cosa?» gli ho chiesto io, sporto alla balaustra di legno antico.

«Grazie», ha detto Polidori.

Quindici

Quando io e Caterina siamo scesi a fare colazione, Christine Polidori era ancora piú nervosa di come l'avevo vista fino a quel momento. La sentivamo sgridare la cameriera toscana e la bambinaia e i bambini in fondo al corridoio; poi è venuta a chiederci se avevamo bisogno qualcosa, e mi è sembrato che avesse uno sguardo ostile anche per noi.

Mi ha fatto qualche domanda sulla premiazione ad Arezzo; ho cercato di rispondere nel modo piú vago possibile, come mi aveva consigliato Polidori. A giudicare dal suo tono non doveva credermi molto, e non era per niente addolcita dal pacchetto di oreficeria che invece aveva tanto sconcertato Caterina.

Glielo avevo appoggiato sul cuscino appena svegli; lei l'aveva preso di mala grazia, ancora offesa perché io e Polidori non l'avevamo portata con noi nella nostra escursione. Poi l'aveva aperto, e sotto la carta c'era una scatolina, e nella scatolina due meravigliosi orecchini antichi di filigrana d'oro. Li aveva lasciati quasi cadere per terra dalla sorpresa; aveva detto «Sei pazzo?» Ma anch'io ero sconcertato, e non sapevo raccontare bugie; le avevo sorriso senza nessuna naturalezza, le avevo detto «Un regalino».

E la cosa non le aveva fatto solo piacere; anche adesso mentre mangiavamo fette biscottate e miele mi guardava leggermente allarmata, con i suoi meravigliosi orecchini alle orecchie.

Christine ci ha detto che Polidori era andato a Firenze

di mattina presto ad accompagnare suo figlio grande alla stazione. Ha detto «Non ho idea di quando torni»; ed era chiaro che queste sparizioni sotto vari pretesti dovevano capitare spesso.

Lui è tornato nel pomeriggio. Ha salutato di sfuggita sua moglie e i bambini, è venuto da me e Caterina vicino al camino. Sembrava di ottimo umore; ha detto «Che bello trovare degli amici al caldo nella propria casa. Non è una bellissima stagione, l'inverno?»

«Bellissima», ha detto Caterina, senza più la minima traccia di offesa per il giorno prima.

Polidori le ha sfiorato un orecchino, come se lo vedesse per la prima volta; ha detto «Roberto ha gusto, ma è quasi tutto merito delle tue orecchie. Anche due pezzetti di stagno ti starebbero bene».

E di nuovo lo sguardo di Caterina mi ha provocato un piccolo guizzo di gelosia, ingiustificata e illegittima.

Polidori ha detto «Non andiamo a fare due passi, finché c'è luce?»

Siamo usciti tutti e tre, ben riparati con giacconi e stivali che erano a disposizione degli ospiti, abbiamo camminato attraverso il bosco insieme ai cani bianchi. Polidori dava l'andatura, come sempre; quando Caterina si è fermata per guardare un tronco d'albero spezzato le ha detto «Forza, non restare indietro. Se vuoi fermarti fai come i cani, che prima corrono avanti». Lei si è mossa subito, rideva; mi sono chiesto come avrebbe reagito se fossi stato io a pungolarla in quel modo.

Polidori ha detto «Christine si infuria quando camminiamo insieme, dice che sono capace solo di fare marce forzate. Ma non sopporto di andare a passeggio, trascinare i piedi. E con i bambini è ancora peggio, come avere un freno inserito in permanenza. Mio figlio grande poi si rifiuta di fare anche dieci metri, per pura ripicca. Io se cammino voglio camminare davvero. Voglio sentire i muscoli delle gambe, voglio sentire il cuore che batte, voglio tornare a casa stanco».

«Anch'io», ha detto Caterina; e gli avrebbe dato ragione su qualunque cosa.

Polidori ha detto «È che tutti ormai mettono cosí poca energia in quello che fanno. Perfino nella voce, o nei gesti. Stanno attenti a non scomporsi e non scoprirsi, non intaccare le loro risorse. Poi magari vanno in palestra a bruciare calorie, o si torturano con qualche dieta, o fanno jogging come gli scemi».

Caterina ha detto «Sono d'accordo. È Roberto che non si muoverebbe mai. Andrebbe in giro solo in macchina».

«Ma non è vero», ho detto io, pieno di rabbia improvvisa all'idea che cercasse di inchiodarmi alla forma di me che conosceva bene. Le ho detto «Cosa cavolo racconti? Forse con te, non cammino. Forse perché mi stufo, a camminare con te».

Polidori ha detto «Ehi, non vi mettete mica a litigare?»

«È che è un po' isterico», ha detto Caterina senza guardarmi. «Basta fargli la minima osservazione che scatta».

Polidori le ha detto «Sí, ma è anche devoto, sotto la scorza da cafone. Ieri mi ha fatto perdere due ore per accompagnarlo a cercarti gli orecchini».

Caterina non ha risposto; ma anche questa storia degli orecchini mi stava innervosendo, avrei voluto dirle che era un regalo di Polidori, chiudere l'equivoco.

Lui ha cambiato discorso; ha detto a Caterina «È strano pensare che sei una oculista. A vederti hai quest'aria da sognatrice, ma con una vena di precisione nei movimenti, o una limpidezza particolare. Si capisce che il tuo lavoro ha a che fare con lo sguardo».

«Sí?» ha detto lei, lusingata.

Polidori ha detto «Due anni fa stavo diventando presbite, un tuo collega famoso mi ha prescritto degli occhiali. Ma non avevo nessuna voglia di metterli, cosí mi sono fatto tornare la vista».

«Come?» gli ha chiesto Caterina, perplessa.

Lui ha detto «Mi sono solo concentrato giorno dopo giorno sul fatto che ci vedevo benissimo. Puoi farti passare qualunque genere di malattia, nello stesso modo. O puoi fartela venire, il che richiede meno forza di volontà».

Caterina ha detto «Certo», anche se sapevo che non la pensava affatto cosí su queste cose.

Poi siamo scesi per un tratto in pendenza, e lei è andata avanti con i cani. Polidori mi ha detto «Tanti saluti da Cecilia».

«L'hai rivista?» gli ho chiesto, senza pensare a quanto poco gli piacevano le domande troppo dirette.

Lui ha indicato il cielo coperto; ha detto con un mezzo sorriso «Oggi niente lanci». Ha raccolto una palla di neve e l'ha pressata bene, l'ha tirata addosso a uno dei due cani bianchi che stava tornando indietro. Mi ha detto «A te Roberto non fa mai impressione pensare a quanto sono semplici i nostri meccanismi di base? Quando ti capita di rendertene conto?»

«Quali meccanismi?» gli ho chiesto io. Mi sorprendeva che avesse rivisto Cecilia; la sera prima ero quasi sicuro che la sua curiosità per lei si fosse esaurita.

Lui ha detto «Per esempio volere quello che non ci dànno, non volere quello che ci dànno. Inseguire chi ci scappa, scappare da chi ci insegue. Se prendi un bambino di tre anni, è già tutto lí. E non c'è nessuna evoluzione, né con l'esperienza né con l'età né con niente. L'unica cosa che riusciamo a fare è complicare la superficie e inventare degli atteggiamenti, ma il meccanismo rimane lo stesso. Questa specie di regola della bilancia, una parte che sale quando l'altra scende, in modo del tutto automatico e inevitabile».

Gli ho detto «Sí», ma cercavo di capire come queste considerazioni si applicavano a me e Caterina; e a Maria Blini. Mi chiedevo dove si erano rivisti lui e Cecilia la paracadutista, cosa avevano fatto.

Polidori camminava un po' avanti, non mi guardava. Poi si è girato, ha detto «I momenti di panico puro che ci sono in un corteggiamento. Sai quando tutte le parole che c'erano da dire sono state dette e la situazione è arrivata a un punto di stallo, e devi fare un gesto per passare a un altro livello di comunicazione?»

«Sí», gli ho detto io, anche se con Maria Blini era stata lei a fare il gesto. Con Caterina piú che un corteggiamento era stato un incontro alla pari, non mi ricordavo che nessuno dei due si fosse mosso per primo.

Polidori ha detto «Quando sei sospeso nell'aria depurata, in bilico tra la parte razionale e quella irrazionale del tuo cervello? E cerchi solo il momento per far precipitare le cose, creare un contatto tra i due campi corporei e lasciarti risucchiare dalla reazione a catena che ne viene? È come un tuffo nel vuoto, e altrettanto rischioso, no?»

«Sí», gli ho detto di nuovo, ma non ero molto a mio agio, Caterina era solo a pochi metri e lui non parlava a bassa voce.

Lui ha detto «Il momento preciso in cui passi dal pensiero di un gesto a un gesto compiuto. Quella frazione di secondo piena di incertezza e di paura. Ma è uno dei piú piacevoli tipi di paura che ci siano».

Caterina si era fermata ad aspettarci, carezzava uno dei grossi cani sulla testa e ci guardava; speravo solo che Polidori cambiasse discorso.

Polidori ha detto «E subito dopo ti fai prendere da questo senso ridicolo di possesso, ti sembra di avere un controllo totale su tutto quello che fino a un secondo prima ti sfuggiva. Ti viene un vero gusto di rivalsa, no? Finché dura».

«Di cosa state parlando?» ha detto Caterina, parte frivola e parte sospettosa, consapevole dello sguardo di Polidori.

«Di donne», ha detto lui, nel tono di un complimento squisito.

La sera abbiamo mangiato in quattro, e l'atmosfera era piú leggera delle altre volte, Polidori era ancora di buon umore. Faceva uno sforzo di comunicazione anche con sua moglie, parlava senza difficoltà, non si distraeva quasi mai. Ha raccontato di un finto Matisse che un suo amico falsario gli aveva regalato, e lui aveva regalato al suo editore giapponese senza dirgli che era falso, cosí che quando l'editore giapponese piú tardi aveva cercato di venderlo era finito in prigione. Aveva un repertorio apparentemente inesauribile di storie di questo genere, storie vere che gli erano successe e sembravano inventate. E sapeva raccontarle, naturalmente: sapeva calibrare i tempi e la quantità di dettagli, tirare fuori i tratti significativi e scartare tutto il resto senza pietà. Anche sua moglie che doveva averle già sentite lo stava ad ascoltare attenta, con solo una piccola traccia di risentimento nello sguardo.

Poi quando ci siamo alzati lui ha detto che voleva tornare a Roma il mattino dopo. Ha detto a me e Caterina «Se voi volete restare, restate»: come se la casa-monastero e l'intera tenuta fossero a nostra completa disposizione. Gli abbiamo detto che dovevamo partire anche noi; ma era già il cinque gennaio e non avevamo fatto nessun programma di rientro fino a quel momento, eravamo rimasti sospesi sulle sue decisioni.

E nel giro di pochi minuti il torpore natalizio che aveva tenuto me e Caterina ancora vicini si è dissolto, ci ha lasciati al freddo nudo dei nostri programmi separati. Caterina mi ha chiesto se volevo portarmi la macchina a Roma o volevo lasciargliela, ed ero cosí sgomento che non sapevo come interpretare la sua domanda, mi sembrava che nascondesse scelte molto piú drammatiche. Di nuovo andavo verso un precipizio, e di nuovo era un precipizio che mi ero sognato; di nuovo cercavo di puntare i piedi e cercavo di andare avanti.

Caterina alla fine ha detto che preferiva tornare in treno; abbiamo controllato gli orari, e il suo modo di scorrere il dito lungo le minuscole cifre stampate mi riempiva di dispiacere e di senso di mancanza, senso di cose già consumate. Pensavo anche ai preparativi di Polidori e la sua famiglia: a quanto dovevano essere diversi anche se paralleli ai nostri.

Ho telefonato a Roma a Bedreghin per sapere se potevo andare da lui, e mentre facevo il numero l'idea non mi attirava affatto. Lui ha risposto con l'accento che mi ricordavo, non amichevole e non diretto; ha detto «Sí, te l'avevo già confermato». Mi ha dato l'indirizzo; l'ho scritto nella mia agendina, sotto la I di Io.

Poi mi sono infilato a letto con Caterina, e non abbiamo parlato piú di niente, nel modo opaco e non drammatico in cui si decidono le cose senza deciderle.

Sedici

Non mi ero mai aspettato molto dalla casa di Bedre-ghin, ma quando sono arrivato a Roma con la vecchia Volkswagen surriscaldata dal viaggio e ho cominciato a chiedere indicazioni mi sono inabissato in una parte ben deprimente della città. Non era lontanissima dal centro e nemmeno vicina, rispettabile in un modo piccolo e sciatto, assediata in ogni angolo da un traffico senza di-rezione e senza scopi apparenti. Le facce che vedevo lungo i marciapiedi erano facce di impiegati di ministe-ro e di mogli e nonne e figli di impiegati di ministero, demotivati e a loro agio intenti a piccole incombenze di approvvigionamento o solo a percorrere con lentezza il loro territorio. La sciatteria rispettabile degli edifici era peggiorata ancora dalla luce che saturava lo spazio sen-za lasciare zone d'ombra, dall'aria tiepida che mi en-trava dal finestrino aperto. Un sottile odore malsano emanava da tutto lo scenario, dolciastro come le esala-zioni dei gas di scarico e pungente come la polvere sot-tile che ricopriva ogni superficie.

La casa di Bedreghin era un vecchio palazzone grigio a tre corpi, affacciato su una piazza a imbuto in cui con-fluivano quattro o cinque lunghe vie in pendenza cari-che di traffico. Ho chiesto a una portinaia sospettosa a che piano era Bedreghin; lei mi ha guardato qualche se-condo prima di dire «Quinto». Già le caselle delle let-tere al pianterreno mi hanno dato una fitta al cuore, le scale e l'ascensore a gabbia hanno finito di danneggiar-mi mentre salivo.

Bedreghin è venuto ad aprire, ha detto «Salve, Bata», con un brillio diffidente negli occhi acquosi; mi ha stretto la mano senza nessuna energia. Poi ha chiesto «Vuoi la visita guidata?» Aveva un paio di ciabattoni di pezza ai piedi, strusciava sulle mattonelle bianche e nere del pavimento.

L'appartamento era due stanze un bagno e una cucina, piccolo e buio, arredato in una specie di stile semigotico: vecchi legni scuri alle pareti e sul soffitto, finestre a esagoni di vetri piombati. C'era polvere dappertutto, e rumore di macchine che saliva dalla piazza alimentata in continuazione dalle vie in pendenza. Ho aperto una finestra e l'ho dovuta subito richiudere, l'odore dolciastro e pungente e il rumore e la luce erano insostenibili.

Bedreghin sembrava abbastanza compiaciuto dell'arredamento semigotico, mi ha detto «Era la casa di un mio zio colonnello nella guardia di finanza, ma è tornato a Treviso e me l'ha lasciata».

La stanza che mi aveva destinato era la piú buia e mal tagliata delle due, con alcune vecchie sedie scompagnate e un tavolo e un armadio, scuri come le soffittature e le ante delle finestre. Mi sono fatto dare uno straccio e una scopa, ho cercato di togliere un po' di polvere prima di aprire la mia valigia.

Piú tardi, dopo che Bedreghin mi aveva informato di quanto dovevo pagargli d'affitto e come dovevamo dividerci il frigorifero, ci siamo seduti nella brutta cucina a fare due chiacchiere. Lui mi ha raccontato che era rimasto in Veneto solo pochi giorni, perché gli avevano accorciato i tempi di consegna di una sceneggiatura a cui stava lavorando, era stato costretto a rimettersi sotto a doppio ritmo. Aveva un'aria stanca, in realtà: la sua faccia da ex ragazzone biondo era segnata e imborsata, la sua grossa figura inelegante mezza piegata sul tavolo incrostato di latte secco e sugo di pomodoro.

Ha insistito per sapere cosa avevo fatto io, e ho dovuto raccontargli che ero stato a casa di Polidori in campagna. Lui è sembrato molto colpito: ha detto «Orca, siete diventati pappa e ciccia ormai».

«Siamo abbastanza amici», gli ho detto io. Lui mi ha guardato senza dire niente, di nuovo con una traccia di sospetto e di ironia non divertita che gli nuotava negli occhi.

Poi mi ha dato una copia delle chiavi di casa ed è uscito per incontrare un produttore a proposito della sceneggiatura, con un cappotto da polizia segreta stretto in vita e mocassini con suola a carrarmato al posto dei ciabattoni di pezza.

Quando sono rimasto solo ho sistemato i miei vestiti nell'armadio, la mia macchinetta da scrivere e la cartella con il mio romanzo non finito sul tavolo. Sono andato in giro per il piccolo appartamento buio, e non mi sembrava un gran passo avanti rispetto al residence sulla collina, o rispetto a casa mia e di Caterina a Milano, eppure mi rendevo conto che era un altro passo lontano da me stesso come mi conoscevo.

La camera di Bedreghin era chiusa a chiave; nel frigorifero c'era solo mezzo pacchetto di sottilette e un cartone di latte a lunga conservazione, una vaschetta da rosticceria con un avanzo assiderato di mozzarella in carrozza. Mi è venuta un'onda di disperazione cosí forte che sono andato a prendere la mia agendina, ho cercato il numero di Maria Blini.

L'avevo trascritto vigliaccamente sotto la voce «Fotocopie», per paura che Caterina me lo scoprisse; avevo nascosto nella patente il cartoncino su cui Maria l'aveva inciso la notte della festa. Giravo il dischetto del telefono con il cuore che mi batteva, ma non mi sembrava di avere molto da sperare, ero sicuro di trovare ancora una volta la segreteria telefonica.

Invece è arrivata lei a rispondere: ha detto «Sí?» in uno strano tono affannato e preoccupato.

Le ho detto «Finalmente», ancora incredulo di esserci riuscito. Le ho detto «Sono Roberto Bata». Le ho detto «Scusami per tutti i messaggi insistenti da maniaco che ti ho lasciato».

«Ma erano solo quattro», ha detto lei, in un tono scherzoso ma anche abituato agli assedi sentimentali.

Ha detto «Pensavo che poi avessi perso subito interesse». Ogni sua parola mi faceva tornare in mente la notte della festa; mi sembrava di sentire le sue labbra a pochi centimetri.

Le ho detto «Non ho perso interesse. Per niente. Sarebbe troppo pensare di riuscire a rivederti? Sarebbe una vera pretesa impossibile?» Cercavo disperatamente di sembrare disinvolto, e mi rendevo conto di non riuscirci, di parlare come un pappagallo.

Maria Blini ha detto «Non so, dipende. Tu quando pretenderesti di vedermi?»

«Subito», le ho detto io, attirato ancora piú allo scoperto dal fondo leggermente crudele che c'era nella sua voce.

Lei ha detto «Adesso devo uscire. Forse questa sera, ma non so ancora».

Aveva un'aria indecisa, e solo quest'idea mi ha fatto accelerare ancora il cuore. Le ho chiesto «E quando lo saprai? Da cosa dipende?»

Lei ha detto «Ho un mezzo appuntamento, però non sono sicura».

«Dimmelo quando vuoi», le ho detto io. «Anche all'ultimo momento»; e sapevo che Polidori aveva ragione a proposito della regola della bilancia, dello scappare da chi insegue e inseguire chi ci scappa, ma non potevo farci niente, avevo solo voglia di vederla. Le ho detto «Io sono qui a casa. Chiamami anche alle otto, se possiamo vederci. Chiamami e ti vengo a prendere».

Lei non sembrava del tutto convinta, ma ha detto «Va bene, ti chiamo»; si è fatta dare il mio numero di telefono, ha messo giú.

Poi non sapevo piú cosa fare. Ho tirato fuori il mio romanzo dalla cartella, ho acceso una lampada per vederci qualcosa. Ho scorso le pagine battute a macchina, e non ci trovavo altro che descrizioni incattivite di Milano e dei rapporti nella redazione di «Prospettiva», dei miei rapporti con Caterina filtrati attraverso un velo di finzione troppo trasparente. Non c'era niente di quello che mi riguardava adesso, nessuno dei senti-

menti che mi riempivano la testa e mi andavano in circolo nel sangue.

Ho provato a lavorarci lo stesso, perché lo avevo promesso a Polidori e perché non avevo altro. Ho corret-
to qualche dialogo sparso, cancellato qua e là aggettivi
che mi imbarazzavano a rileggerli. Ma non riuscivo a
farmi venire nessuna idea per andare avanti, non riuscivo a immaginarmi nessun finale. Mi sembrava una
storia rozza, dopo aver letto i romanzi di Polidori: con
un solo punto di vista e un solo filo da seguire, senza
complicazione né fascino né sottigliezza.

Alla fine avevo troppa fame, sono sceso nella luce e
nel rumore della piazza a imbuto. Ho mangiato quattro tramezzini al tonno in un grande bar squallido pieno di clienti abituali che fumavano e bevevano caffè e
gorgogliavano battute ai baristi, poi sono andato a fare due passi lungo una delle vie in pendenza. L'euforia
turistica del centro e la tranquillità isolata della collina
oltre il ponte erano lontane; qui c'era solo una desolazione logora e ordinaria, fatta di minimarket e copi-
sterie e concessionarie di automobili, scritte neofasci-
ste sui muri, targhe di notai e di otorinolaringoiatri di
fianco ai portoni. Erano le due e non si vedeva nessuno in giro; i vecchi muri traspiravano odori di sugo al
pomodoro e di acidi da lavanderia, gli edifici sembravano contenitori di un'agonia sordida e lunga. L'estraneità che provavo per il posto era cosí forte che mi faceva male ai polmoni, mi costringeva a camminare piú
veloce che potevo.

Quando sono tornato all'appartamentino semigotico di Bedreghin non è stato un conforto, non sembrava che ci fosse nessuna differenza di spirito tra dentro
e fuori. Le tracce di vita di Bedreghin e di suo zio prima di lui erano desolanti quanto quelle fuori per le strade; era inutile cercare angoli dove rifugiarsi.

Da quella prospettiva Polidori apparteneva a una dimensione di gusto e di conforto quasi irreale: pensavo
ai suoi discorsi e alla sua casa-monastero e ai suoi vestiti e ai suoi gesti come a un miraggio. Gli ho telefo-

nato in uno spirito da naufrago, pieno d'ansia di aggrapparmi al suo modo di essere per tirarmi fuori.

C'era il nastro della segreteria, ma appena ho detto il mio nome è venuto lui a rispondere, cordiale come quando ci eravamo salutati il mattino presto. Ha detto «Roberto, dove sei finito? Ti ho cercato al residence, ma non sapevano niente».

Gli ho spiegato che avevo preso una stanza in affitto da Bedreghin, perché il residence costava troppo ed era troppo fuori dalla città.

Lui ha detto «Da Bedreghin?» Sembrava incredulo; ha detto «Ma ti ammazzerai di depressione. Non l'hai visto com'è, Bedreghin? Cosa ti è venuto in mente?»

Gli ho detto «Non è una gran casa, in effetti», sgomento per la delusione che mi sembrava di leggere nel suo tono, come se avessi fatto una mossa al di sotto delle sue aspettative. Ho detto «Mi sembrava un modo di spendere meno, e di stare in un posto meno neutro».

«Ma non bisogna mai spendere meno», ha detto Polidori. «Quello che risparmi se lo mangiano i topi, se lo mangiano le tasse. Semmai bisogna spendere di piú, vivere sempre un po' al di sopra delle proprie possibilità. È l'unico modo per non farsi divorare dallo squallore, e aiuta a trovare qualche stimolo per produrre qualcosa. Sei un artista, Roberto, porca miseria. Devi lavorare al tuo libro. Lo squallore può essere anche interessante, ma non quel genere di squallore. Quello ti deprime soltanto. Se volevi un posto meno neutro bastava che me lo dicessi, ti aiutavo a trovare un appartamento decente».

Gli avevo telefonato in cerca di conforto, non mi aspettavo di essere attaccato in questo modo. Ero scosso dalla durezza nella sua voce, diretta per la prima volta contro di me: dall'intonazione tagliata che sembrava cancellare ogni traccia di cordialità e andare oltre, a mettere in questione le basi stesse della nostra amicizia. Mi sentivo stupido e meschino, incapace di muovermi nel mondo; già divorato dallo squallore visivo e tattile e olfattivo della stanza che avevo intorno. Gli ho detto «Non pensavo di starci molto. È solo una sistemazione provvisoria».

«Qualunque sistemazione è provvisoria, Roberto», ha detto Polidori. «Ma è una ragione in piú per sceglierla bene». Ma poi ha cambiato tono, nel suo modo sconcertante di cambiare tono; ha detto «Va be', è un'esperienza, comunque. Conosci un altro lato di Roma, forse vale anche la pena».

Questo mi ha rinfrancato un poco, ma ero ancora a disagio, non sapevo cosa dirgli. Continuavo a guardare la riproduzione atroce di un quadro di Van Gogh su una parete, volevo alzarmi a toglierla.

Polidori ha detto «Stasera purtroppo ho un impegno, ma se per caso riesco a liberarmi ti chiamo, cosí magari mangiamo insieme».

Adesso sembrava che avesse fretta, piú che altro. Ho fatto per dargli il mio nuovo numero; lui ha detto che ce l'aveva già. Ha detto «Non ti buttare giú, Roberto, è una sistemazione come un'altra, vedrai che va bene, alla fine».

Quando ho messo giú ero perplesso. Non capivo perché Polidori si fosse tanto seccato; perché avesse cambiato idea; quali aspettative avesse su di me. Ho staccato la riproduzione di Van Gogh dal muro e l'ho nascosta in un angolo buio; ho spalancato la finestra, di nuovo ho dovuto subito richiuderla. Maria Blini mi sembrava l'unico punto di conforto in un panorama indecifrabile; speravo con intensità concentrata che mi telefonasse.

Bedreghin è rientrato verso le sei di sera, sfinito e di pessimo umore dopo la sua riunione per la sceneggiatura. L'ho sentito che riapriva la porta della sua stanza, buttava qualcosa per terra e richiudeva a chiave. Poi è venuto da me, dato che l'unico telefono della casa era nella mia stanza. Mi ha detto «Lí da me chiudo perché ho tutto il mio lavoro sparso in giro»: come se questa spiegazione rendesse la cosa meno offensiva nei miei confronti.

Mi ha chiesto anche se potevo lasciarlo solo mentre telefonava; dalla cucina l'ho sentito dire «Cazzo ci pos-

so fare se adesso gli esterni li vogliono spostare a Parigi. Non è mica colpa mia, li mortacci de la sua nonna.
Comincino a darmi la prima rata, intanto». Avevo già
notato alla redazione che soprattutto quando parlava
di lavoro tendeva ad assumere una sembianza di accento romano, che si combinava male con il suo accento
veneto di base.

Poi è venuto in cucina, ancora fremente di ragione;
mi ha detto «'Sti figli di una mignotta, non puoi girare
le spalle nemmeno un attimo. Non è che cerchino di fregarti solo una volta, hai capito? Il principio è di fregarti
due e tre e quattro volte se gli riesce, e tutto il tempo
sono lí che ti sorridono e fanno gli amiconi. Vedrai anche tu, se ti capita di lavorare un po' in giro».

Lo guardavo in piedi vicino al frigorifero, nel suo
completo di lana troppo azzurra per essere blu, con la
camicia strapazzata e i pantaloni troppo lunghi, e mi sono reso conto che c'era una vena di vulnerabilità nei
suoi modi rozzi e arroganti e ansiosi. Sembrava sfibra-
to dal continuo guardarsi alle spalle, da una vita solita-
ria e mal dormita e mal mangiata, male abitata in quel
piccolo appartamento cupo e polveroso.

Non è durato molto, in ogni caso; quasi subito ha ripreso a sorridere con la sua brutta ironia non divertita, mi ha detto «Ho visto il tuo capolavoro di romanzo, lí sul tavolo».

Gli ho detto «Ci sto lavorando, non è finito»; sono
andato a rimetterlo nel cassetto, ho chiuso la porta, mi
sono buttato sul mio divano-letto instabile a una piazza, ad aspettare che Maria Blini mi telefonasse.

Ma lei non mi ha telefonato. Ho aspettato le sette e
mezza e le otto e le otto e mezza; niente. Camminavo
avanti e indietro, socchiudevo la finestra e guardavo
fuori nella piazza a imbuto buia ma ancora piena di rumore. Nemmeno Polidori si è fatto vivo; mi sembrava
di andare incontro a una serata di desolazione pura. Bedreghin è sceso a comprarsi qualcosa in una rosticce-

ria, quando è tornato ha detto «Tu sei a dieta, Bata?», prima di richiudersi a chiave nella stanza con i suoi cartocci unti e le carte segrete di lavoro.

Alle nove ho provato a telefonarle io, senza nessuna vera speranza di trovarla. Invece di nuovo ha risposto lei quasi subito, in un tono ancora piú apprensivo di quando l'avevo trovata nel pomeriggio. Le ho detto «Ero sicuro che fossi uscita».

Lei ha detto «No».

«E stai per uscire?» le ho chiesto io.

Lei ha detto «Non so». Sembrava combattuta, di umore non limpido. Poi di colpo mi ha detto «Vuoi che ci vediamo?»

Le ho chiesto subito dove potevo andarla a prendere, ho scritto l'indirizzo sul primo foglio del mio romanzo tirato fuori dalla cartella senza riguardi. Poi sono corso giú per le scale, mi sembrava di essere diventato del tutto impermeabile allo squallore.

Ho attraversato il traffico della città piú in fretta che potevo, fermandomi ogni cinque minuti a chiedere indicazioni a qualche passante; alla fine ho lasciato la macchina tra i platani che costeggiavano il Tevere, sono andato ad aspettare Maria nella piazzetta che lei mi aveva descritto al telefono. Non era una vera piazzetta ma una specie di piccolo slargo selciato, con un tempietto bianco su un rialzo a gradoni, affacciato sul traffico in continuo scorrimento lungo il fiume; al di là del tempietto c'erano le vecchie case di Trastevere. Guardavo a destra e a sinistra pieno d'ansia; cercavo di immaginarmi da che parte lei sarebbe arrivata. Non capivo perché non mi avesse dato appuntamento sotto casa sua; perché c'era questo margine d'ombra intorno ai suoi movimenti.

Poi l'ho vista arrivare da una stradetta laterale, con il suo passo lungo ben equilibrato, i capelli che le brillavano alla luce dei lampioni, tra gli sguardi appiccicosi di alcuni ragazzotti fermi vicino a una macchina. Le sono andato incontro, ci siamo dati la mano; siamo rimasti in bilico un attimo e mi sono allungato a baciarla su una guancia e sull'altra.

Quasi non riuscivo a credere che fosse venuta davvero: la guardavo senza sapere da dove cominciare. Lei aveva un'aria nervosa e incerta, con le mani nelle tasche del suo cappottino corto. Mi ha chiesto «Dove andiamo?»

«Dove vuoi tu», ho detto io; e mi rendevo conto che avrei dovuto proporle subito un posto senza tergiversare ma non sapevo quale, ero troppo frastornato ad averla davanti.

Lei ha detto «No, decidi tu»: come se non avesse nessuna voglia di assumersi responsabilità che erano mie. Si guardava intorno, annusava l'aria, senza traccia della confidenza amichevole di quando l'avevo incontrata per strada, o del calore fisico della notte fuori dalla festa.

Cosí le ho detto «Andiamo di qua», l'ho guidata del tutto a caso verso un vicolo stretto. Avrei voluto sciogliere a parole la sua tensione e rendere la comunicazione piú facile, ma non riuscivo a trovare il tono né gli argomenti giusti. Mi sentivo rigido e innaturale come un baccalà. Le ho descritto la piazza a imbuto sotto casa di Bedreghin; lei ha detto «Terribile», ma sorrideva appena.

Le ho descritto l'appartamento di Bedreghin, Bedreghin nell'appartamento; lei camminava nervosa senza guardare da nessuna parte, non capivo neanche se mi ascoltava. Avevo sognato per due settimane di poterla rivedere, e adesso che c'ero riuscito la situazione mi stava scivolando tra le mani; continuavo a cercare con gli occhi l'insegna di un ristorante, come se fosse una questione di vita o di morte.

Finalmente ne ho visto uno, ma prima che potessi proporglielo Maria ha detto «È una trappola per turisti». Le ho detto «Lo so, lo so, ne troviamo un altro». Però lei era sempre piú tesa e io vicino al panico; mi sentivo goffo e presuntuoso, privo delle qualità minime per invitare a cena una ragazza cosí. Mi sembrava di dovermi fare avanti, dimostrarle qualcosa di me, e avevo solo parole a disposizione, e un romanzo non ancora finito e lontanissimo dall'essere pubblicato; non riuscivo a trovare nessuno strumento suggestivo da suonare per le sue orecchie. Le camminavo di fianco sul selciato irregolare, bloccato in ogni gesto che facevo e in ogni piccola frase che dicevo, senza il coraggio di prenderla sottobraccio né la disinvoltura di intrattenerla.

Poi siamo arrivati in una piazza con una fontana illuminata e una chiesa dalla facciata dipinta, e un ristorante. L'ho indicato a Maria; lei ha detto «È antipatico, e troppo caro». Ma ero disperato, avevo solo voglia di raggiungere un riparo di qualche genere; e mi sono immaginato Polidori che mi osservava a distanza con una traccia di delusione nello sguardo. Le ho detto «Non importa, dai, va benissimo»; l'ho portata verso l'ingresso.

Non ho quasi visto com'era il ristorante dentro, ma per fortuna c'era posto e le luci erano basse, ci siamo seduti a un tavolo d'angolo. Maria ha detto che non aveva fame, voleva solo una minestra di verdura. Ne ho ordinate due, e una bottiglia del vino che Polidori aveva scelto alla cena con la paracadutista. Quando l'hanno portato lei ha detto «Non bevo», e mi è sembrato un segnale di non disponibilità piú generale nei miei confronti. Se ne stava tutta dritta e composta nelle sue buone proporzioni, guardava di lato o guardava in basso, fuori portata delle mie parole.

Di nuovo ho provato a immaginarmi di essere sotto gli occhi implacabili di Polidori. Le ho detto «Neanch'io bevo, ma non seguiamo regole scritte, no?» Le ho riempito il bicchiere, ho alzato il mio per costringerla a fare altrettanto. Le ho detto «A te».

Lei ha sorriso difficile e ha alzato il suo bicchiere, si è appena bagnata le labbra. Ho cercato di tenermi al suo sorriso come uno può cercare di tenersi a un'onda di mare già passata, e aiutarsi con braccia e gambe fino a riprenderla. Avevo in mente la facilità di movimento di Polidori, l'attenzione densa nei suoi sguardi per Caterina e per Cecilia la paracadutista; l'assenza di fretta e di sforzo nel suo modo di comunicare interesse. Non è che cercassi di imitarlo; lo usavo come riferimento, misuravo il mio tono di voce sul suo.

Ho raccontato a Maria del mio ritorno a Milano, senza parlare di Caterina naturalmente; le ho raccontato di Pontresina; della parte di Roma intorno a casa di Bedreghin. Continuavo a parlare di dati esterni a noi, ma tagliavo le mie osservazioni nel modo meno prevedibile che mi veniva, cercavo di mettere avanti le mie capacità di giudizio e il mio senso dell'umorismo, cercavo di essere naturale. Il mio tono migliorava, e lei si distendeva poco alla volta, il suo sguardo veniva piú facilmente verso il mio. E beveva, senza che quasi me ne fossi accorto, a lunghi sorsi senza cautela. Stavo attento a riempirle il bicchiere, molto prima che fosse vuoto,

Lo spazio tra noi è diventato piú tiepido e piú morbido, le nostre parole hanno cominciato a stemperarsi, perdere contorni. Presto mi è sembrato che avessero valore quasi solo come suoni, ma sondavano la distanza tra le nostre due persone e riuscivano a sfiorare pensieri nascosti, davano ombre e colori aggiuntivi a quello che potevamo vedere e sentire. Né io né lei stavamo ad ascoltare ogni frase fino in fondo; c'era un continuo scavalcamento, un gioco di fughe in avanti e ritirate altrettanto rapide. Ero sempre meno consapevole dei miei gesti, sempre piú assorbito nelle sfumature della sua voce, nei suoi cambiamenti di espressione.

C'era del cibo nei nostri piatti ma non l'abbiamo quasi toccato, i nostri movimenti di posate erano una pura copertura. A intervalli misuravo la distanza che separava la mia mano destra dalla sua sinistra: gli ostacoli dei bicchieri e del cestino del pane. Ho cominciato a far scorrere i polpastrelli sul tessuto di cotone e sulle briciole sparse, pochi millimetri alla volta tra gli sguardi e le parole e i versamenti di vino. Non avevo fretta, non ero preoccupato; avrei potuto impiegare un'intera notte a raggiungerla e sarei stato felice. Mi venivano in mente i discorsi di Polidori sul gesto che a un certo punto bisogna compiere per attraversare il vuoto, ma dovevano riferirsi a situazioni molto piú

fredde di questa; mi sembrava che qui bastasse tenersi all'onda, non perderla.

Alla fine le punte delle mie dita hanno toccato le
punte delle sue, e ho sentito il contatto dei due campi
corporei di cui parlava Polidori: la strana scossa di sensazioni che nasceva molto localizzata e si diffondeva in
un istante per tutto il corpo come un brivido fondo che
faceva accapponare la pelle. La mano di Maria era liscia e calda, leggermente umida quando ho finito di
percorrerla sul dorso e le sono scivolato palmo contro
palmo e le nostre dita si sono intrecciate con piú forza
di come mi aspettassi.

Ci guardavamo negli occhi, continuavamo a parlare
e le parole che pronunciavamo non si erano ancora adeguate alle nostre mani, erano rimaste indietro lungo i
percorsi di prima. Ma avevamo smesso del tutto di
ascoltarci, adesso; avevamo smesso di mangiare e smesso di mantenere atteggiamenti. Ci guardavamo in un
modo quasi primitivo tanto era semplice e diretto, al
di là di qualunque tentativo di filtraggio o di raziona-
lizzazione.

Avevo solo impressioni fluttuanti di quello che stava succedendo: la consistenza dei suoi capelli come me
la immaginavo, e la curva liscia della sua mandibola, la
densità del suo sguardo, il sorriso leggermente obliquo
delle sue belle labbra generose, i piccoli gesti buffi riaf-
fiorati come un miracolo nel tessuto delle sue espressioni.

Poi il vino è finito, e ho fatto segno al cameriere di
portarci un'altra bottiglia, ma lei ha detto «Basta, mi
gira la testa». E nello stato fluido in cui ero ho avuto
paura di vederla tornare lucida, sentire la sua mano che
si ritirava dalla mia.

Invece mi ha guardato un po' persa, pallidina e confusa dal vino; ha detto «Non ce ne andiamo?»

Le ho detto «Sí, certo. Subito», anche se non avevo idea di dove andare e mi ero acclimatato a quell'atmosfera come un pesce all'acquario. Mi sono alzato e
le ho scostato la sedia, e anche a me girava la testa, non

riuscivo a stare ben dritto. Sono andato a pagare alla cassa per non aspettare, senza neanche guardare il conto perché avevo solo voglia di tornare da Maria, non starle lontano piú di qualche secondo. Quando sono tornato verso il tavolo a passi ondeggianti lei non era dove mi aspettavo di vederla; sono passato tra gli altri avventori credo con una espressione disperata, ho visto le facce che si voltavano.

Ma era fuori davanti alla porta che guardava la piazza: una ragazza bionda con le mani nelle tasche del suo cappotto nero. Le ho passato il braccio intorno alla vita e lei mi si è appoggiata alla spalla, abbiamo attraversato con andature instabili il selciato della piazza.

Mi ha detto un paio di volte «Ho bevuto troppo», ma non sembrava scontenta di averlo fatto; aveva quasi lo stesso sguardo della notte che ci eravamo incontrati fuori dalla festa, con una leggera ombra di preoccupazione o malinconia in piú.

Ho fatto di tutto per fargliela passare: la stringevo e le parlavo all'orecchio di tutto quello che mi veniva in mente, e l'idea di averla cosí vicina mi ubriacava molto piú del vino che avevo bevuto. Commentavo gli edifici sotto cui passavamo e le facce della gente che incontravamo con una specie di euforia apprensiva senza limiti; le raccontavo in dettaglio le mie impressioni quando l'avevo vista a Milano; l'ansia che poi avevo avuto di rivederla.

Pensavo anche a dove portarla, ma non riuscivo a farmi venire nessuna idea. Non avevo voglia di stare in mezzo ad altra gente, e non mi sarei mai sognato di invitarla nello squallore della casa di Bedreghin, però faceva freddo e il cielo si era coperto di grosse nuvole scure, era chiaro che non avremmo potuto camminare senza direzione ancora per molto. Le parlavo all'orecchio, assorto nel profumo della sua persona e nei riflessi dei suoi capelli, e ogni pochi passi mi prendeva la paura che tutto potesse finire all'improvviso, come l'unica altra volta che avevamo camminato insieme.

Invece siamo arrivati a un vicolo stretto tra vecchie

case basse, dove gatti semirandagi sgusciavano lungo i muri, e lei ha detto «Se vuoi possiamo salire da me».

Lo ha detto con una tale naturalezza che avrebbe potuto sembrare un semplice invito amichevole, ma la sua voce era molto vicina, mi ha comunicato un brivido come quello che avevo sentito al primo contatto tra le nostre mani. Le ho detto «Se vuoi», ancora senza crederci, attaccato al suo fianco.

Lei ha tirato fuori di tasca un mazzo di chiavi, ha scelto quella giusta alla poca luce del vicolo, ha aperto in uno strano modo affrettato, guardando di lato come se avesse paura di essere sorpresa da qualcuno.

Dentro c'era una scala stretta di pietra grigia, che saliva dal fondo umido e vinoso della piccola casa di Trastevere. Ho seguito Maria su per i gradini, stupito da come si muoveva piú sicura adesso che era a casa sua. Speravo solo che l'atmosfera tra noi non fosse rimasta chiusa fuori dal portoncino, perché andavamo su rapidi per le rampe corte, in pochi secondi siamo arrivati all'ultimo piano e Maria ha aperto.

Siamo entrati in un piccolo soggiorno, senza anticamera né altro che il legno della porta a separarlo dalla scala. Maria ha acceso una lampada e ha scaldato via le scarpe, ha buttato il cappotto su una sedia. Mi ha detto «Arrivo», è sparita su per una scaletta di legno.

Il soffitto era basso, gli spazi ridotti al minimo ma gradevoli, smussati dall'uso; c'erano libri su alcune mensole e per terra e su un divano, cassette di musica sparse in giro fuori dalle loro custodie, riviste, un vecchio golf di lana. C'erano altri libri e quaderni su un tavolino davanti a una finestra, e fascicoli di un metodo d'inglese, un paio di dattiloscritti rilegati a spirale. Due gradini piú in basso del piccolo soggiorno c'era una cucina minuscola, nello stesso stato di disordine. Mi veniva in mente per contrasto il disordine della casa di Bedreghin, nato dall'incuria e dalla meschinità d'animo, e questo mi sembrava il suo opposto: mi sembrava un disordine di sentimenti vivi: curiosità e irrequietezza e allegria leggera in ogni oggetto che Maria

aveva abbandonato dov'era. Mi muovevo nello spazio
misurato con cautela, guardavo le sue cose come avevo guardato i suoi lineamenti. Ero commosso all'idea
di essere lí dentro quando ancora la conoscevo cosí poco, nella tana da dove partiva per il mondo e dove tornava a riparasi dopo che tutti gli altri l'avevano vista.

Poi lei è scesa dalla scaletta di legno, si era pettina-
ta i capelli e tolta le calze, le sue gambe erano bianche
e ben formate come me le ricordavo nello spettacolo di
teatro. Mi sembrava di vederla intera per la prima volta da vicino, senza un tavolo di mezzo o altra gente o
un cappotto a nasconderla, e le sue proporzioni erano
cosí armoniose da confondermi ancora di piú le idee,
farmi seguire i suoi movimenti quasi senza respiro.

Mi ha detto «Vuoi della musica?»; senza aspettare
una risposta ha cercato tra le cassette sparse, ne ha infilata una in un giranastri appoggiato in un angolo. È
rimasta in ginocchio a regolare il volume, e sembrava
stupita anche lei dagli strani suoni pizzicati e percossi
che ne uscivano. Era una musica africana, e una voce
di donna ha cominciato a cantare una specie di nenia
ripetitiva e ipnotica, che corrispondeva perfettamente
al flusso di sensazioni che mi passava nel sangue, come
un ronzio d'api o un tremore sotterraneo.

Mi sono seduto sul divano per non restare in piedi
a guardarla, e lei si è seduta sulla poltrona ma ci è rimasta solo un secondo, si è alzata e ha guardato fuori
dalla finestra, ha raccolto un libro da terra, l'ha posato sul tavolino. Era di nuovo nervosa, libera dalla lentezza tiepida e confusa che ci aveva avvicinati con tanta facilità al ristorante; mi è sembrato che il suo umore fosse cambiato insieme ai suoi movimenti e lo spazio
vuoto tra noi si fosse ricostituito, ancora piú difficile
da attraversare.

Mi ha chiesto «Vuoi un orzo caldo o qualcosa da bere?» Le ho risposto di sí, ma mentre la guardavo in piedi a due passi da me mi sono visto con la tazza d'orzo
in mano già finita e già pronto ad andarmene, e mi è
venuto un tale lampo di panico che senza riflettere ho

tentato la tecnica del tuffo nel vuoto come l'aveva descritta Polidori. Le ho detto «Aspetta», mi sono alzato e l'ho presa per le braccia e l'ho tirata verso di me, a occhi chiusi ho premuto la mia bocca sulla sua.

Lei ha dischiuso le labbra e mi è venuta stretta contro, e le nostre lingue sono scivolate una sull'altra e noi uno sull'altro in modo altrettanto liquido, ci passavamo le mani tra i capelli e sulla schiena e sui fianchi e sulle braccia con una vera ubriachezza di sensazioni.

Ci siamo baciati a lungo nella piccola tana disordinata e confortevole del soggiorno, e cambiavamo di continuo angolazione come due affamati avidi e ricettivi, e intanto fuori ha cominciato a piovere: abbiamo visto i lampi dalla finestra e sentito i tuoni, sentito l'acqua che scrosciava tutt'intorno al nostro riparo. Il rumore del temporale si confondeva con i suoni di corde pizzicate e legni percossi della musica nordafricana, con la ripetitività ipnotica e sorprendente dei nostri gesti.

Poi c'è stato un tuono più violento degli altri, che ha fatto tremare la casa sulle sue vecchie fondamenta, e Maria si è staccata, ha detto «Aspetta che chiudo». Ha chiuso gli scuri della finestra, mi ha detto «Andiamo di sopra».

L'ho seguita su per la scaletta di legno, in una stanza vetrata piccola come il soggiorno, occupata per buona metà da un letto. La pioggia batteva sui vetri bui e sui coppi del tetto sopra le nostre teste, picchiettava e scorreva e sgocciolava fino a sommergere la musica che veniva da sotto, tranne la voce cantilenante della donna.

Maria ha tirato delle tende blu e mi ha guardato, e l'ho abbracciata di nuovo, siamo caduti sul letto e ci siamo rotolati stretti, ci siamo baciati e strusciati come se volessimo mangiarci, impazienti di eliminare le stoffe che ci coprivano e percorrere con le mani ogni avvallamento di pelle nuda. E quando ho finito di toglierle tutto di dosso sono rimasto paralizzato a vedere così da vicino le sue forme molto più dolci di come sembravano sotto i vestiti e di come mi ricordavo a teatro: il bianco morbido del suo collo e dei suoi seni e della sua pancia, delle sue cosce e dei polpacci e delle caviglie sottili e dei piedi. La guardavo inginocchiato su di lei: le passavo lo sguardo lungo la curva di una spalla e nell'incavo dell'ascella, in circoli intorno ai seni come avrei potuto fare con i miei polpastrelli. Poi ho allungato una mano a carezzarle un seno, e mi sono chinato a baciarglielo, e tutto il tempo ero consapevole del suo sguardo, delle sue labbra dischiuse e del ritmo del suo respiro; del suo odore leggero di miele e di pane appena sfornato e di sudore dolce da leccare.

Ma ero ancora incredulo e dubbioso, mentre la baciavo e la toccavo e mi strusciavo contro di lei sul ritmo della cantilena africana e della pioggia. Lei non faceva molto, a parte baciarmi e premermi ogni tanto le mani sulla schiena: stava abbandonata all'indietro quasi senza muoversi, aspettava che mi muovessi io. La baciavo sulle orecchie e sul collo, le leccavo la punta del naso e l'ombelico e le ginocchia, e non capivo cosa non andava: perché la sua energia se n'era andata e la sua espressione era cosí poco partecipe.

Poi è suonato il telefono. Maria ha detto «Scusa», è rotolata di fianco ad accendere la segreteria; prima che azzerasse il volume ho sentito l'inizio del suo messaggio registrato che mi aveva risposto tante volte.

È rotolata di nuovo verso di me quasi subito, ma il suo sguardo era ancora piú strano e distante di prima. La segreteria telefonica di fianco a noi stava registrando un messaggio lungo: sentivamo tutti e due il nastro che girava, anche se la voce dall'altra parte era nascosta nei circuiti interni della macchina. Ho provato a baciarla di nuovo, le ho scorso una mano lungo la curva dell'anca e lungo le gambe, senza soffermarmi troppo a lungo in nessun punto, con una pressione leggera. Ma era sempre piú inutile, ero trascinato lontano dalla sua attenzione qualunque cosa facessi.

Le ho carezzato la pancia, liscia e tesa come un piccolo tamburo setato, sono sceso con le dita verso i peli delicati dell'inguine, e quando ci sono arrivato la segreteria telefonica si è fermata con uno scatto. E Ma-

ria ha serrato le sue cosce forti; ho ritratto la mano quasi spaventato e l'ho vista voltare la testa sul cuscino con
gli occhi pieni di lacrime.

Sono saltato su con il cuore improvvisamente gelato, le ho chiesto «Cosa c'è?» Cercavo di farla guardare verso di me pieno di stupore e apprensione e dispiacere riflesso.

Lei ha detto «Non è niente»; ha anche provato a sorridere, ma non le riusciva molto. Si è alzata a sedere,
ha tirato su il lenzuolo per coprirsi.

Le stavo di fianco come una specie di criminale in-
volontario, senza capire dove esattamente avevo sbagliato. Le ho detto «Mi dispiace».

Maria si è asciugata le lacrime con un angolo di lenzuolo, ha detto «Ma di cosa?»: questa volta con un sorriso vero, anche se fragile. La musica nordafricana da
sotto era finita, la pioggia fuori aveva quasi smesso di
cadere.

Sono rimasto a guardarla e non guardarla da vicino
per qualche minuto, poi ho cominciato a raccogliere i
miei vestiti e rimettermeli. Maria si è infilata solo la
gonna e il golfino nero, è sgusciata nel piccolo bagno
di fianco alla stanza. Mi sono rimesso la camicia e i pantaloni e le calze e le scarpe; zoppicavo in giro, con le
labbra che mi scottavano ancora e il sapore della bocca di Maria sulla lingua e la sua consistenza sui polpastrelli e il suo odore nelle narici, il sangue che mi cir-
colava lento e incerto come vino raddensato.

Lei è tornata fuori dal bagno con la faccia lavata,
pallida e senza trucco come una ragazzina, mi ha guardato senza dire niente.

Stavo finendo di allacciarmi le scarpe, le ho detto
«Io vado, è tardissimo», cercando il tono piú normale
che mi veniva.

Speravo che mi chiedesse di restare, ma non me l'ha
chiesto; ha detto solo «Scusami, Roberto», mi ha seguito mentre andavo senza piú nessuna disinvoltura
verso la scaletta di legno.

Nella stanza di sotto mi ha dato un bacio su una

guancia dopo avere aperto la porta, e anch'io gliene ho dato uno; ma ero già fuori, stavo correndo giú per i gradini verso il fondo della vecchia casa.

Sono andato in fretta verso dove avevo lasciato la macchina, e la pioggia ha preso a cadere molto piú forte. Mi sono messo a correre tra le pozzanghere e gli scrosci delle grondaie rotte, ma presto sono stato cosí fradicio che ho lasciato perdere; ho camminato normale, con l'acqua fredda che mi inzuppava i capelli e mi colava nel colletto e mi allagava le scarpe. Cercavo di capire in che senso Maria mi aveva detto «Scusami»: se per rimediare a un breve crollo di sentimenti o per chiudere ogni possibilità di rivederci.

Diciassette

Il mattino dopo mi sono svegliato con un senso di perplessità raddensata, nostalgia di sensazioni mista a incertezza. Avevo la testa piena di parole e gesti che mi avevano attraversato il sonno, non riuscivo piú a distinguere quelli autentici da quelli solo immaginati. Non sapevo piú cos'era successo con Maria Blini e perché. Avrei voluto parlarle, ma il telefono mi sembrava un modo troppo freddo, e non trovavo il coraggio di andare a cercarla a casa.

Cosí sono sceso con Bedreghin a fare colazione nel grande bar squallido nella piazza a imbuto. Lui mi aveva sentito tornare tardi la notte, e aveva visto i miei vestiti fradici appesi nel bagno: spiava le mie espressioni mentre tranguiava il suo cappuccino senza schiuma e un cornetto alla crema dietro l'altro. Mi ha detto «Facciamo gli stravizi, appena tornati a Roma?» Gli ho risposto «Lasciami stare»: cosí secco che lui ha alzato le mani, ha detto «Va bene, va bene, scusi tanto». Poi siamo partiti verso la redazione di «360°», lui in moto e io in macchina per restare indipendenti, nel traffico incanaglito del mattino.

Alla redazione ho ricambiato le cordialità simulate di Geroni e di Zancanaro e della Dalatri e di Nadia, ancora piú dipinte e pettinate dopo la vacanza. Non c'era ancora nessun lavoro da fare per la rivista; l'atmosfera di traffici collaterali nel vuoto era la stessa di prima di Natale.

Mi sono chiuso nella mia stanza, ho tirato fuori il mio

romanzo dalla cartella e ho ricominciato a sfogliarlo. Ma perplesso com'ero dalla notte con Maria provavo una vera insofferenza per ogni pagina che avevo scritto: per ogni frase a una sola dimensione intessuta di stati d'animo lontani e freddi. Mi intristiva pensare di essere stato bloccato in una gamma cosí limitata di sentimenti tanto a lungo, di averli trasferiti con tanto accanimento ossessivo nella mia storia. Era una testimonianza dettagliata di una parte della mia vita da cui volevo prendere distanza al piú presto; mi imbarazzava e mi riempiva di disagio, non mi faceva nessuna simpatia.

Non si trattava solo di trovare un finale e di aggiustare le cose qua e là; era tutta la storia che mi sembrava congelata, il protagonista dietro cui mi ero nascosto un burattino, pieno di astio e di frustrazione. Continuavo a rivedere i movimenti e gli sguardi di Maria la notte prima, e mi ricordavo le pagine dei romanzi di Polidori: le ombre e i riflessi e le variazioni difficili da prevedere, lo spostarsi continuo della prospettiva. Nel mio libro tutto era troppo semplice, in bianco e nero e tagliato a spigoli; non c'erano sfumature né ambiguità, ogni frase aveva solo il suo stretto significato. Polidori nella sua profonda sofisticazione forse aveva trovato interessante proprio questo; ma il mio libro non mi corrispondeva piú, da quando ci eravamo incontrati e la mia vita aveva cominciato a cambiare.

L'avrei buttato via, se non avessi avuto un vincolo di riconoscenza con lui, e un impegno a non deluderlo. Mi sembrava che a quel punto l'unica cosa da fare fosse riprenderlo da capo e riscriverlo tutto. Ho cominciato a tracciare uno schema, con un senso di fatica mentale e anche fisica che non provavo dai tempi del liceo: ho cominciato a segnarmi appunti su come avrei potuto sviluppare i personaggi e i loro rapporti, e variare i punti di vista, sfalsare i tempi. Avrei preferito mille volte scrivere di Maria Blini invece: mettere su carta ogni suo gesto e parola da quando l'avevo vista la sera dello spettacolo a Milano. Avrei preferito ricostruire la notte prima in ogni minimo dettaglio, risalire alle origini nascoste del suo pianto improvviso. Ma solo pensarci mi riempiva di irrequietezza: avevo voglia di rivederla, non di scrivere di lei.

Ho provato a telefonarle, e mentre componevo il numero cercavo di decidere cosa avrei potuto dire, per non sembrarle pressante, in cerca di spiegazioni. Non era facile, il cuore mi batteva molto rapido mentre ci pensavo; ho dovuto rifare il numero tre volte, e alla fine lei non c'era. Le ho lasciato detto «Ciao sono Roberto, volevo solo salutarti», ma mentre parlavo mi rendevo conto di come la mia voce era instabile venata di ansia di rivederla.

Poi sono andato avanti e indietro per la stanza, e avrei voluto avere il modo di capire cosa rendeva complicata la vita di Maria Blini. Pensavo ai capelli lisciati all'indietro di Luciano Merzi, alla sua faccia da cretino sicuro di sé, alle due biglie lucide dei suoi occhi sempre fissati su un obiettivo. Me lo rivedevo nella casa di Milano dopo lo spettacolo, e a Roma affacciato sul portone della festa, se era lui: il modo da giovane impresario mafioso con cui guardava Maria, sicuro solo fino a un certo punto del suo controllo su di lei. Me lo immaginavo al telefono la notte prima; mi immaginavo la miscela di accenti minacciosi e compassionevoli del messaggio che aveva lasciato nella segreteria. Mi immaginavo Maria che ascoltava il messaggio mentre io scendevo per le scale, e solo l'idea mi faceva martellare il sangue alle tempie; mi faceva venire voglia di andare a snidare Luciano Merzi a casa sua, affrontarlo per la strada.

Il telefono è suonato, e ho sollevato subito la cornetta, ho detto «Pronto?», in una specie di voce strozzata.

Era Polidori: mi ha chiesto «Che tono hai, Roberto?»

Gli ho detto «Non so, stavo lavorando al libro».

Lui ha detto «Mi dispiace interromperti, ma ti va di mangiare insieme? Passo a prenderti tra dieci minuti».

Gli ho detto di sí, non avevo nessuna voglia di restare ancora chiuso lí dentro. Mi sono fatto spiegare dove passava a prendermi; sono uscito subito dalla stanza.

Bedreghin era nell'ingresso a fumare una sigaretta con Zancanaro l'amministratore; mi ha visto con la giacca addosso, ha detto «Ce ne andiamo prestuzzo, eh?»

Gli ho detto «Devo vedere Marco Polidori»; lui ha fatto sparire la luce ammiccante dagli occhi, ha ritirato il brutto sorriso dalle labbra.

Sono arrivato in pochi minuti al ponte sul Tevere che mi aveva detto Polidori, ho aspettato nel gas denso prodotto dal doppio flusso di automobili che scorreva ai lati del fiume. Dopo un quarto d'ora ho visto la grossa macchina verde senza marca, Polidori mi ha sorriso attraverso il parabrezza.

Quasi subito ha detto «Sembri uscito da una centrifuga, Roberto. Cos'hai fatto ieri notte? Ti ho telefonato tardi da Bedreghin, ma non c'eri».

Gli ho detto «Niente di particolare, sono uscito».

«Con chi?», mi ha chiesto lui. Aveva un'aria divertita ma attenta, mi studiava con il suo sguardo da raggio laser.

Gli ho detto «Con una mia amica».

Lui ha detto «Accidenti, non ci hai messo molto a farti un giro».

«Non è un giro», gli ho detto io, «e la conoscevo già da prima».

«E?», ha chiesto lui

«E niente», gli ho detto. «Siamo andati a mangiare fuori».

«Dev'essere stata una cena terribile», ha detto Polidori. Rideva; ha detto «A giudicare dalla tua faccia».

Ero irrigidito sulla difensiva, messo alle strette dalla sua curiosità insistente, e di colpo l'incertezza che avevo dentro mi ha spinto a raccontargli tutto. Gli ho detto «La cena è andata bene, e anche quando siamo usciti eravamo di ottimo umore, anche quando siamo arrivati a casa sua. Ma poi di colpo senza nessuna ragione apparente lei si è messa a piangere».

«Come, si è messa a piangere?», ha detto Polidori. Mi guardava con un'espressione piú calda adesso, forse anche preoccupato dal mio tono.

«Si è messa a piangere», ho detto io. «Eravamo a letto, e di colpo mi sono accorto che aveva gli occhi pieni di lacrime». Mi faceva impressione entrare cosí in dettaglio, ma c'era qualcosa nella sua attenzione che neutralizzava il mio imbarazzo e rendeva naturale parlargli: c'era l'esperienza e la mancanza di pregiudizi e la compassione di anni di storie vissute e storie scritte, storie analizzate e scomposte e ricostruite fino a farle diventare letteratura. Non mi sembrava di espormi troppo, né di esporre Maria; mi sembrava di presentargli solo i fatti com'erano, glieli mettevo davanti per farglieli leggere.

Lui mi ha chiesto «Com'è la sua vita? Sai se c'è un altro uomo o qualcosa?»

«Non lo so», gli ho detto io. Era già un conforto rispondere alle sue domande: come esporre a un medico i sintomi di una malattia ancora non identificata. Gli ho detto «Ma è probabile di sí. L'ho vista con un tipo un paio di volte, e lui aveva un atteggiamento di proprietà».

«Brutto tipo?», ha chiesto Polidori.

«Sí, odioso, gli ho detto. «Una specie di agente o produttorello o cortigiano di qualche genere. Le stava attaccato come se avesse paura di vedersela scappare».

«E ci tieni, a lei?», ha chiesto Polidori. «Anche se le cose sono complicate?»

«Moltissimo», gli ho detto. «Credo di non essere mai stato cosí preso da nessuna. Anche se ieri era solo la quarta volta che ci vedevamo. Non riesco piú a pensare a nient'altro».

Lui ha sorriso, ma non era un sorriso che incrinava la sua partecipazione. Ha detto «Va be', allora non te ne deve importare niente se c'è un altro. Parti dall'idea che tu sei meglio».

«Ma credo che importi a lei», gli ho detto. «Si è messa a piangere dopo che lui l'ha chiamata, credo. È suonato il telefono e quasi subito si è messa a piangere».

Polidori guardava il traffico; ha detto «Intanto non dovevi andare a casa sua. Dovevi portarla da qualsiasi altra parte, ma non a casa sua».

«Mi ci ha invitato lei», gli ho detto. «E non è che avessi calcolato niente prima, è successo tutto in modo imprevisto. Siamo usciti dal ristorante e non sapevo dove portarla, lei mi ha chiesto se volevo salire».

Polidori ha detto «Le donne a volte hanno questa tendenza a intanarsi, l'idea di controllare il terreno le rassicura. Ma poi la loro tana è piena di oggetti ed echi di gesti e di telefonate e di pensieri passati, possono dissolvere in pochi minuti qualunque passione».

Lo guardavo fisso, concentrato sulla sua voce come se stessi ascoltando una diagnosi. Gli ho chiesto «Ma ho rovinato tutto per sempre, secondo te?»

Lui ha sorriso di nuovo; ha detto «Non credo proprio. Se le interessi al punto che ti ha portato nel suo letto, non credo. A meno che tu non ti comporti da idiota».

«E cosa dovrei fare?», gli ho chiesto. «Per non comportarmi da idiota? Stamattina ho provato a telefonarle, ma non c'era. Le ho lasciato un messaggio e mi è venuto abbastanza patetico».

Polidori ha detto «È piú importante quello che non devi fare. Non devi cercarla, e tanto meno lasciarle messaggi patetici. Sparisci, lascia che sia lei a pensare a te. Non darle l'impressione di volerla inseguire, non mostrarti a disposizione. Ricordati la regola della bilancia, Roberto. Lo so che è ridicolo e infantile, ma ci muoviamo tutti in base a questi meccanismi».

Gli ho detto «È che avrei preferito parlarle».

«Per dirle cosa?» ha detto Polidori. «Per mendicare spiegazioni? Cercare di convincerla che sei interessante? Non è quella la tecnica, Roberto».

«E qual è, allora? Esattamente?», gli ho chiesto. Il suo distacco adesso mi faceva paura, nello stesso modo in cui mi rassicurava; non riuscivo a vedere la questione in termini di tecniche e regole generali, riuscivo solo a vedere Maria.

Polidori ha detto «Lasciale una ragione di pensarti e sparisci. Mandale dei fiori, ma poi non fare piú niente. Fai l'artista, concentrati sul tuo libro. E trovati una casa decente, nel frattempo, perché chiunque sia questa ragazza se la porti da Bedreghin non la vedi piú davvero».

Abbiamo smesso di costeggiare il Tevere, siamo saliti per una strada a curve lungo i contorni di un muraglione, fino alla cima di un altro dei colli di Roma. Continuavo a pensare alle considerazioni cliniche di Polidori su me e Maria, ma non ero convinto. Lui ha detto «Andiamo a mangiare con Oscar Sasso. È da quando ha saputo che sei a Roma che vuole conoscerti».

Gli ho detto «Mi fa piacere», anche se non era molto vero. Mi sembrava di essere tornato a zero con il mio libro, non avevo ancora cominciato a riscriverlo; non sapevo come parlarne in pubblico.

Polidori ha girato in una piccola strada laterale, ha lasciato la macchina lungo il marciapiede. Non chiudeva mai a chiave le portiere: premeva un piccolo comando a distanza mentre camminava via come se non gliene importasse niente al mondo, si sentiva lo scatto delle serrature. Mi ha detto «Con Sasso ogni volta che mangiamo insieme è una sofferenza. Ogni volta non vedo l'ora che sia finita. Eppure lui nel suo modo assolutamente distorto mi adora. È uno dei miei piú grandi sostenitori, da vent'anni almeno. Mi ha fatto vincere piú premi lui di chiunque altro, ed è lui insieme a Boulanger e Steltmann che si sta dando da fare per questa storia imbarazzante del Nobel».

«Non lo sapevo», gli ho detto io, mentre attraversavamo via Veneto piena di traffico.

Polidori ha detto «Credo che si renda conto benissimo di come non sono ancora abbastanza vecchio per un candidato che non viene dal Terzo Mondo e non è un perseguitato politico, ma forse gli sembra una grande sfida, diventare il motore di un'impresa del genere. Sostiene che sono l'unico scrittore-artigiano in un paese di scrittori-letterati, e può darsi che abbia anche ragione, ma non basta certo a vincere tutte le pressioni geopolitiche».

Abbiamo attraversato un paio di strade molto rispettabili, senza negozi e quasi senza passanti, poi lui mi ha indicato il ristorante. I suoi lineamenti erano tesi mentre andavamo verso l'ingresso: prima di entrare mi ha detto «Se non fosse stato per te ne avrei fatto volentieri a meno. Ma è importante che tu lo conosca, può essere fondamentale per il tuo libro».

Gli ho detto «Be', grazie», ma certo mi dispiaceva che facesse un sacrificio del genere per me, e anch'io ne avrei fatto volentieri a meno.

Il capocameriere ci ha accolti con la deferenza recitata che avevo già visto in città: ha detto «Dottor Polidori», ha fatto un accenno di inchino, ci ha scortati verso il tavolo dov'era seduto Oscar Sasso.

Oscar Sasso aveva un riporto di capelli color grigio-topo sulla zucca tonda, molto piú elaborato di come sembrava nelle fotografie che mandava ai giornali. Ha lasciato un grissino già mezzo sbriciolato e si è alzato ad abbracciare Polidori, gli ha detto «Mai disperare, con te, eh?»

Polidori ha detto «Scusami, ma ho dovuto passare a prendere Roberto che non conosce ancora Roma». Mi ha strizzato rapido l'occhio; ho sorriso per confermare. Ci ha presentati, ha detto «Roberto Bata, Oscar Sasso».

Oscar Sasso mi ha stretto la mano, mi fissava con due occhi puntuti dietro le lenti degli occhiali. Ha detto «È scandalosamente giovane, questo Bata».

Gli ho detto «Non poi cosí tanto»; ma lui era girato verso Polidori, ha detto «Si mettono a scrivere quando ancora non hanno letto niente». Aveva una voce da vecchio grillo parlante, di testa e di naso, e un piccolo sorriso compiaciuto.

Polidori è intervenuto a confortarmi: ha detto «Oscar è implacabile». Si è seduto e anch'io mi sono seduto; Sasso si è seduto, felice di essere considerato implacabile.

Il ristorante aveva lo stesso tono di rispettabilità un po' soffocata delle strade fuori; non sembrava nemmeno di essere a Roma. Abbiamo studiato la lista, Sasso ha tormentato per cinque minuti il capocameriere prima di scegliere il vino e ordinare tagliolini in brodo e un misto di carni bollite. Polidori ha chiesto solo una fetta di pesce spada e un'insalata verde; io ho chiesto lo stesso, anche se avevo fame, mi sembrava una minima scelta di campo. Quando è arrivato il vino Sasso ha insistito per versarne anche nei nostri bicchieri; ha alzato il suo rivolto a Polidori, ha detto «*Per aspera ad astra*».

Polidori ha detto «A Roberto, allora, è piú giusto». Ha puntato il suo bicchiere verso di me; Sasso lo ha seguito freddo, senza quasi guardarmi.

Poi si sono messi a discutere tra loro di libri che stavano leggendo o che avevano appena finito di leggere. In realtà era Sasso a condurre la conversazione, con la sua voce senza pause che lavorava a velare di ironia o di malizia o di venerazione letteraria un'enorme quantità di nomi e frasi e titoli rovesciati tra le sue parole come nobili detriti. Era un vero ratto da biblioteca, come li chiamava Polidori, rapido e vorace in modo quasi patologico: in apparenza non c'era autore che non avesse mangiucchiato fino alla rilegatura, e non venisse a rigurgitare in pubblico con piccoli lampi di soddisfazione nevrotica negli occhi. Non ha rallentato neanche quando sono arrivati i suoi tagliolini; riusciva a cacciarsi il cucchiaio in bocca nelle pause per respirare, senza perdere un secondo.

Polidori lo assecondava, ma non ci voleva molto a vedere quanto poco era a suo agio; cominciavo a capire quello che aveva detto a proposito degli scrittori-artigiani e gli scrittori-letterati. Lo guardavo parlare con Oscar Sasso, e nonostante tutta la sua brillantezza e la sua cultura e la sua esperienza del mondo era chiaro che si muoveva su un terreno non suo. I giudizi che dava sui libri degli altri venivano dal suo gusto irrequieto piú che da una visione sistematica, le sue conoscenze seguivano il filo della curiosità o dell'interesse istintivo che l'avevano portato a esplorare in modo irregolare golfi e anse di quello che era stato scritto. Sentivo la tensione non del tutto sicura nella sua voce mentre cercava di contrastare le affermazioni categoriche di Sasso su autori o significati o valori assoluti, e mi riem-

piva di simpatia e di senso di solidarietà; avrei voluto
solo che la conversazione degenerasse in una lite per
prendere le sue parti, dare addosso a Sasso e alla sua
presunzione accademica.

Ma Polidori stava al gioco, e Sasso sembrava felice
di poterlo attirare in uno stato di inferiorità: doveva essere una vera rivalsa rispetto alla fama e ai lettori e ai
libri venduti e ai soldi e alle donne e alle case e a tutto
il resto che Polidori aveva anche grazie alle recensioni.
Si rifaceva con un repertorio quasi illimitato di citazioni e accostamenti e salti all'indietro e giudizi di altri ri-
feriti ad altri, con una capacità innaturale ma molto per-
fezionata di muoversi in un universo freddo di nomi e
titoli e date. Mi sembrava che alcuni autori lo interes-
sassero piú per il loro nome che per quello che avevano
scritto: e piú erano duri ed estranei a un orecchio me-
diterraneo, piú compiaciuta suonava la sua piccola voce nel pronunciarli. Giocava a dare per scontato che Polidori avesse con loro la stessa familiarità, e sapeva credo benissimo quando non era cosí; lo stuzzicava e lo
snidava allo scoperto e gli giostrava intorno, con frammenti sempre piú oscuri di pagine tra le sue zannette di
ratto, reso frenetico dal gusto della rivalsa.

Polidori cercava ogni tanto di spostare la conversazione verso argomenti piú vicini: tratteggiava uno dei
suoi ritratti spietati di personaggi, metteva le basi per
uno dei suoi racconti sorprendenti. Ma Sasso era pronto a chiudergli queste vie d'uscita e attirarlo di nuovo
per i corridoi polverosi della sua erudizione; tirava fuori a raffica nuove citazioni in latino e tedesco e greco
antico, faceva allusioni o domande a cui Polidori non
poteva rispondere senza esporsi in modo pericoloso.

Io mangiavo pezzi di pane e li guardavo e li ascoltavo, affascinato da quanto erano diversi i loro capelli e i
loro vestiti e le loro mani e i loro timbri di voce e i loro modi di pensare e di vivere, i loro modi di stare seduti. Eppure Sasso aveva scritto recensioni entusiastiche dei libri di Polidori, e lo sosteneva fino a sperare di
fargli vincere prima o poi il Nobel per la letteratura.

C'era un vincolo di dipendenza a due sensi tra loro, fatto di interessi professionali e ambizioni incrociate e probabilmente anche di curiosità. Lo stesso mi dispiaceva che Polidori dovesse sottoporsi a questa tortura; mi sentivo in colpa all'idea che lo facesse anche solo in parte per me.

Poi un cameriere è arrivato con il pesce spada e l'insalata verde per me e Polidori, un altro ha spinto un carrello con i bolliti misti per Sasso. Polidori ha detto «Scusa Oscar, parliamo un po' di Roberto qui».

«Parliamo di Roberto», ha detto Sasso, distratto dal cameriere che affettava le carni lesse su un tagliere. In realtà già da prima mi aveva lanciato piccole occhiate rapide ogni tanto, forse divertito all'idea che facessi da pubblico alla sua conversazione.

Io avrei preferito sparire; grattavo la tovaglia con la forchetta.

Sasso ha detto «Marco mi ha parlato del suo romanzo con un entusiasmo cosí incondizionato che inevitabilmente quando lo leggerò sarà una delusione atroce». Guardava le fette di pollo e di manzo e di cotechino nel piatto, ma aspettava una reazione, era tutto vibrante di attese.

Gli ho detto «Può darsi». Non avevo mai letto piú di qualche riga delle sue recensioni, e nessuno dei suoi saggi, ma mi sembrava molto probabile che la mia storia non lo avrebbe esaltato.

Polidori ha detto «Roberto è di una modestia quasi offensiva, per uno che crede a quello che fa». Mi guardava con occhi da allenatore, o da fratello maggiore; sentivo il riparo fisico della sua presenza.

«La modestia è la piú noiosa delle virtú», ha detto Sasso. E riuscivo a intravedere il potere dietro il suo sorrisetto a labbra sottili: il potere di pennellare un alone nobile intorno a una persona che scriveva, creare profondità e finti spessori e riflessi dove servivano.

Polidori ha detto «Non sarà una delusione, il suo libro. È la cosa migliore che ho letto da anni. È cosí vivo e intenso e aspro e contemporaneo da far sembrare semolina tutti i compitini dei bravi ragazzi diligenti che avete tirato fuori in questi anni».

«Ce ne sono due o tre che sono male», ha detto Sasso. «La Sormetto, o Nipi per esempio, o Fulcini che uscirà a maggio da Rizzoli con dei bellissimi racconti, gli ho scritto l'introduzione. Gli altri sono state le case editrici a distruggerli, poverini, e i giornali, e gli anticipi che gli hanno dato. Li ha divorati la società dello spettacolo, prima ancora che si fossero formati le ossa».

«Anche voi avete fatto la vostra parte», ha detto Polidori. «A tirare fuori qualche ex primo della classe e qualche ragazzo depresso e farlo sentire un piccolo genio, e al secondo libro ributtarlo nel ripostiglio come un giocattolo vecchio».

Ma Sasso ha sorriso invece di offendersi, e ho capito che tra loro c'era una vera confidenza personale: una specie di amicizia obliqua e incompleta radicata negli anni.

Sasso mi ha detto «E lei quand'è che vuole farmi leggere qualcosa? Preferisce prima arroccarsi nella convinzione di aver scritto un capolavoro indiscutibile?»

Gli ho detto «Non lo so, ci sto ancora lavorando. Ho cominciato oggi a riscriverlo, in realtà».

Polidori mi ha guardato sorpreso, perché non glielo avevo ancora detto; Sasso mi ha chiesto «Perché non viene a trovarmi quando ha una stesura convincente, cosí dò un'occhiata a questo prodigio?»

Gli ho detto «Volentieri», anche se solo l'idea mi riempiva di angoscia.

Subito dopo Sasso ha ritrascinato la conversazione verso Gefängniswärter e Schwerverdaulich e Skotenjarmk e Pruskiencievsky; Polidori ha ripreso a difendersi in terreno avverso; io mi sono dedicato a quello che restava del pesce spada.

Quando siamo usciti e Oscar Sasso è sgusciato via con il suo passo nervoso, Polidori mi ha preso sottobraccio, abbiamo attraversato rapidi la strada. Ha detto «L'hai sentito? E non smette per un istante, il maledetto».

Ci siamo messi a ridere, come due ragazzini scappati da scuola, anche se i nostri rapporti con Sasso non erano certo paragonabili. Gli ho chiesto «Ma è sempre cosí?»

«Sempre», ha detto Polidori, e malgrado tutto c'era una venatura di ammirazione nella sua voce. Ha detto «È da vent'anni che facciamo questi pranzi allucinanti. Ha una gelosia feroce per me, ma mi vuole anche molto bene. È un uomo di grandissima intelligenza, oltre che mostruosamente colto».

Gli ho detto «Quello si vede»; ma era un tipo di cultura per cui non avevo mai provato invidia, non riuscivo a capire quanta ne provasse lui.

Polidori ha detto «In ogni caso può fare la fortuna del tuo libro. Se si mette in testa di averti scoperto lui. Devi capire che sono come dei bambini annoiati in un cimitero, esclusi da qualunque gioco fisico. Hanno un bisogno terribile di gratificazioni palliative, perché l'unico altro diversivo che gli resta è scannarsi tra loro. Gli ho promesso che gli avresti dato il tuo libro da leggere prima che a chiunque altro, ed era eccitatissimo».

Gli ho detto «Grazie», anche se Sasso non mi era sembrato cosí interessato a me.

Lui ha detto «Smettila di ringraziarmi, mi fai sentire come una specie di boy-scout». Mi ha lasciato il braccio, ha detto «Facciamo due passi? Tanto andiamo nella stessa direzione».

L'ho seguito attraverso via Veneto, abbiamo tagliato per vie piú strette. Lui stava ancora pensando alla conversazione con Sasso, perché mi ha detto «Non ti sembra malsano parlare di libri in quel modo? Come se fossero monumenti immobili nella storia della letteratura? Come se fossero stati già scritti prima ancora di essere scritti?»

«Sí che è malsano», gli ho detto io. Pensavo anche che mentre scrivevo il mio romanzo non avevo mai considerato il contesto di cui avrebbe fatto parte. L'avevo scritto come un vero naif, come se fossi la prima persona al mondo a scrivere; come se non sapessi che esisteva una geografia organizzata anche fuori dalla redazione che odiavo.

Polidori ha detto «Anche i loro meccanismi sono cosí semplici, per quanto si sforzino di farli apparire complessi. Giocano a fare quelli che sanno già tutto da sempre, non si stupiscono di fronte a niente. Se li stai a sentire, i libri li rileggono soltanto, non c'è verso di capire
quando li abbiano letti la prima volta. Da bambini, forse, migliaia e migliaia di volumi».

Ho riso, mentre scendevamo per una stradina in pendenza.

Polidori ha detto «Non sto parlando di Oscar. È meglio dei suoi colleghi, anche se non sembra a vederlo
cosí. Questa volta poi c'eri tu, era costretto ancora piú
del solito a stare su di giri, tirare fuori tutto il suo repertorio».

Abbiamo girato a destra a metà discesa, per una via
che risaliva obliqua, con vetrine di pelletterie e di bou-
tiques e turisti ricchi davanti alle vetrine, le bandiere
di un paio di alberghi di lusso in fondo. Polidori ha detto «Il fatto è che in qualunque rapporto tra due maschi
adulti della stessa specie c'è competizione. Lotta per il
predominio, pura e semplice. Tutti i tentativi che facciamo ogni giorno per cancellare un istinto cosí forte
servono solo a produrre terribili tensioni irrisolte. E lo
stesso tra sconosciuti o tra colleghi di lavoro o tra amici. Un'amicizia davvero alla pari tra due uomini è del
tutto innaturale, da un punto di vista di puro comportamento animale».

«Ma non è una cosa che si può superare?», gli ho
chiesto io. Mi sorprendevano queste considerazioni se-
miscientifiche che gli venivano ogni tanto; e mi dispiaceva pensare che implicitamente mi vedesse in un
ruolo subordinato.

Lui ha detto «Non credo, anche se ci proviamo di
continuo. La fatica di un'amicizia di solito è in questo,
no? Nella ricerca di un equilibrio che va continuamente
riaggiustato, nei tentativi di compensare gli istinti di
predominio e gli istinti territoriali e tutti gli altri istinti che scorrono sotto la nostra superficie razionale». E
dev'essersi reso conto di quello che pensavo, perché ha

detto «Ma ci sono anche casi diversi, come tra me e te, dove non c'è competizione perché nessuno dei due vuole rubare terreno all'altro. Abbiamo tante cose in comune, ma siamo due animali diversi, per fortuna. Non mangiamo la stessa erba».

«Spero di no», gli ho detto io; e davvero non mi sembrava che ci fossero tensioni irrisolte tra noi, anche se mi ricordavo la rabbia concentrata di quando mi ero buttato con il paracadute. Ma era solo l'altra faccia della riconoscenza e dell'ammirazione che avevo per lui; me ne vergognavo a pensarci.

Poi lui si è fermato davanti a un portoncino verde, ha tirato fuori un mazzo di chiavi. Sembrava incerto se salutarmi o no; ha detto «Questa storia che dicevi del tuo libro, che ti sei messo a riscriverlo».

Gli ho detto «L'ho riguardato adesso dopo la vacanza, e ci sono un sacco di cose che non vanno».

Lui aveva un'aria perplessa; ha detto «Guarda che non è vero. È come dovrebbe essere».

«Ma è rozzo», gli ho detto io. «Ha un solo punto di vista. Non ha sfumature, è troppo semplice».

Polidori ha detto «Non ti far prendere nella trappola anche tu, Roberto. La complicazione dev'essere dentro, non fuori. Il tuo libro non è affatto semplice».

Ma avevo troppo in mente i suoi libri per credergli, il mio sembrava una specie di diario sgrammaticato di adolescente in confronto. Mi immaginavo Maria che lo leggeva, e non c'era niente che avrebbe potuto stupirla o commuoverla o farla innamorare di me. Ho detto «Ci devo lavorare ancora».

Lui ha detto «Lavoraci, ma non cercare di farlo troppo perfetto. Tanto non c'è verso di riuscirci, Roberto. Non ci sono libri perfetti. Anche se ci stai sopra dieci anni, poi quando lo riprendi in mano lo rifaresti tutto da capo. È meglio dimenticartene e lasciare che vada per la sua strada, e scriverne uno nuovo. È piú sano».

Gli ho detto «Sí, però devo ancora lavorarci. Ho già cominciato».

Polidori ha sorriso; ha detto «Sei tu che devi essere

convinto». E mi chiedevo a che punto era con il suo libro, se aveva scelto tra la politica e il matrimonio; quale forma aveva rispetto agli altri che avevo letto; a quali storie personali attingeva. Sarei stato curioso di sen-
tirgliene parlare, ma la nostra confidenza aveva ancora
dei limiti, anche se si stavano allentando poco alla volta.

Lui ha detto «Lavoraci senza farti frastornare, però.
Taglia fuori tutto quello che ti distrae, fai il vuoto. Non
perdere tempo con Bedreghin o con gli altri alla rivista,
non leggere libri né giornali, non guardare la televisione. Concentrati solo sul tuo romanzo, piú intensamen-
te che puoi».

«Ci provo», gli ho detto io, e mi sembrava che non
sarebbe stato facile.

«No», ha detto Polidori. «Se dici che ci provi hai
già perso l'anima della storia. Fallo, semplicemente.
Devi crearti una specie di involucro protettivo intorno, chiudertici dentro con il tuo libro».

«Va bene», gli ho detto, come se si trattasse di farlo contento.

Ci siamo abbracciati; lui ha detto «E manda dei fiori a quella ragazza, con il biglietto piú breve e malin-
conico e definitivo che ti viene. Ma non telefonarle,
non farti trovare. Lascia che sia lei a inseguirti, se le
interessi».

«Va bene», gli ho detto di nuovo.

Lui mi ha guardato ancora un attimo, con una mano in tasca e l'altra sul pomello del portoncino, poi è
sparito dentro.

Per tutto il pomeriggio ho lavorato al libro, chiuso nella mia stanza alla redazione di «360°». Ho cominciato a
riscrivere la prima pagina, e mi sembrava l'unica cosa da
fare. Non è che avessi in mente di renderlo perfetto; volevo farlo diventare meno semplice e meno diretto, e creare spazio per i sentimenti che mi passavano nel sangue.

Bedreghin e la Dalatri non sono venuti a disturbarmi: erano anche loro chiusi nelle loro stanze, presi dai

loro traffici privati. Stavo abituandomi all'idea della redazione fantasma, non mi sembrava piú un luogo tanto
allucinante dove lavorare.

Ogni tanto un'immagine di Maria si staccava dal retroterra della mia attenzione e veniva a coprirmi i pensieri: un suo sguardo o un gesto, una parola che aveva
detto. Ero immerso nei ricordi della sera prima, e ogni
tanto mi sembrava che avrebbero potuto spingermi attraverso la storia che dovevo riscrivere, ogni tanto la
cancellavano del tutto. Ogni tanto mi veniva l'impulso
di prendere il telefono e chiamarla, ma i consigli di Polidori mi trattenevano. Non sapevo neanche se erano
buoni consigli, e certo non gli avevo raccontato molto
di lei, ma cercavo di seguirli.

Alle cinque quando siamo usciti ho salutato la Dalatri e Bedreghin, sono andato in giro a piedi finché ho
trovato un negozio di fiori. Ho scelto un mazzo di ro-
selline arancioni, dai bocci sodi e freschi che mi ricor-
davano le labbra di Maria. La fioraia mi ha dato il biglietto di accompagnamento con la sua piccola busta, e
ho dovuto pensarci qualche minuto, alla fine ho scritto
Da una distanza irrimediabile, Roberto.

Mentre venivo via mi sono chiesto se era la frase giusta rispetto alle considerazioni di Polidori, o invece Maria l'avrebbe trovata melodrammatica e irritante; se
non sarei riuscito solo a ottenere conseguenze davvero
irrimediabili.

Diciotto

Bedreghin aveva un doppio messaggio in italiano e in inglese sulla segreteria telefonica, compito e burocratico come se si aspettasse di essere chiamato da qualche segretario di ministro o da qualche funzionario della televisione di stato. Per seguire fino in fondo i consigli di Polidori gli avevo detto «Se mi cerca una certa Maria non ci sono». Non credevo affatto che lei potesse chiamare davvero, ma solo l'idea di non risponderle mi faceva male al cuore. Bedreghin mi aveva guardato con i suoi occhi azzurroni pieni di doppi e tripli sentimenti, aveva detto «No problem, mister Bata, risponde sempre la macchina».

Venerdí sera eravamo nel momento peggiore della nostra convivenza, tutti e due nel piccolo appartamento pseudogotico e affamati. Bedreghin mi aveva spiegato il primo giorno che non intendeva organizzare cene comuni, perché sarebbe stato troppo complicato fare la spesa e calcolare i soldi e metterci d'accordo su cosa mangiare. Ma come ci si poteva immaginare avevamo fame piú o meno allo stesso momento: andavamo dal frigorifero alla tavola nella cucina lunga e stretta senza quasi guardarci in faccia, ognuno concentrato sui suoi gesti come un sommergibilista.

La sera Bedreghin si dimenticava tutte le sue tendenze da buongustaio di quando pranzavamo a spese di «360°»; tirava fuori fagioli in scatola e pollo arrosto freddo o un uovo sodo e se li tranguggiava in silenzio, con i due gomiti piantati sul finto marmo nero del tavolo. E

mi dispiaceva per lui, a guardarlo da vicino: l'apprensione che correva sotto la sua apparente sicurezza mi faceva venire voglia di parlargli in tono piú amichevole, senza atteggiamenti di difesa o di attacco. Non era facile,
perché appena gli dicevo qualcosa lui prendeva distanza,
il sorriso di ironia non divertita gli tornava sulle labbra
e agli angoli degli occhi. Mi guardava come se fossi un
ragazzetto sprovveduto e viziato dalle circostanze, evi-
tava di darmi qualunque informazione diretta. Fumava
di continuo, anche, tra un boccone e l'altro: stavo fermo
vicino alla finestra tra i suoi soffi di tabacco bruciato e
l'odore dolciastro di traffico che saliva dalla piazza insieme al rumore; cercavo di respirare al minimo.

Poi lui è uscito a comprarsi altre sigarette, e non l'ho
sentito richiudere la sua stanza a chiave, cosí quando
l'ascensore è sceso sono andato a dare un'occhiata. Il disordine era ancora peggio che nel resto della casa, ancora
piú sciatto e desolato: c'erano calzini e mutande e camicie buttati negli angoli, tazzine sporche di caffè, piatti pieni di mozziconi, una rivista porno, buste semistrappate,
estratticonto di banca di fianco al letto sfatto. Sulla scrivania intorno a un computer portatile e a una stampante
c'erano copie di «360°» e pile di altre riviste e quotidiani, con foglietti inseriti tra le pagine; e fogli raccolti in cartelline di plastica, fogli sparsi e accartocciati per terra.

Ho provato a guardare, e in tutte le pagine segnate
delle riviste e dei giornali c'erano pezzi di Marco Polidori: racconti brevi, rubriche fisse in forma di diario
pubblico, articoli di viaggio. Il suo nome era scritto anche sul primo foglio di ognuna delle cartelline, e in testa
a una sceneggiatura rilegata a spirale dal titolo *Tattiche
di diversione*.

Ero cosí incuriosito che non mi sono accorto del rumore dell'ascensore, e quando ho sentito Bedreghín
trafficare all'ingresso non ho avuto il tempo di uscire
dalla sua stanza.

Mi ha beccato sulla porta; ha detto «Cazzo stavi facendo?», con le pupille dilatate per la sorpresa e la rabbia.

Gli ho detto «Volevo solo dare un'occhiata. Chiudi sempre come se ci fosse chissà quale tesoro nascosto».

Ma lui non era affatto nello spirito di prenderla bene: è andato con le sue gambe pesanti a controllare la scrivania ha detto «Porca di una troia chi cazzo ti ha dato il permesso, non posso neanche uscire un attimo che vai a spiare?»

«Non ho spiato niente», gli ho detto io. «Ho fatto appena in tempo a vedere i tuoi calzini sporchi. Qual è il segreto, in ogni caso?» Cercavo di tenere un tono di scherzo, ma ero scosso dal suo allarme improvviso, incerto sulla natura dei fogli che avevo visto.

Bedreghin ha detto «Non c'è nessun segreto, è roba di lavoro e non voglio che nessuno vada a metterci il naso. Se sei venuto qui per fare lo spione del cazzo puoi riprenderti i soldi dell'affitto e andarti a cercare qualche altro posto, porca di una puttana, Bata».

Gli ho detto «Non avere paura, non lo faccio piú. Calmati».

Lui non si è calmato per niente: continuava a girare intorno alla scrivania e sbattere le cartelline di plastica una sopra l'altra, rimetterle a posto con gesti nevrotici. Poi mi ha spinto fuori e si è chiuso dentro; ha girato due volte la chiave nella serratura.

Sono rimasto nel corridoio, molto perplesso; poi sono andato in cucina a lavare il mio piatto e le mie posate, sono andato in camera mia a telefonare a Caterina a Milano. Stava per uscire, aveva un appuntamento al cinema con gli amici che avevamo visto insieme a Natale. Non mi sembrava che ci fossero sentimenti sbilanciati nella sua voce, ansia di rivedermi o tristezza da solitudine o gelosia; non ha proposto di vederci, adesso che la settimana era finita. Questo invece di preoccuparmi mi tranquillizzava in un modo vago: ero stupito da quanto poco sentivo la sua mancanza, dopo sette anni passati insieme a fare programmi comuni e aiutarci e commentare il mondo e spiegarci tutto quello che ci succedeva. Provavo affetto per la sua voce, e mi mancava la densità facile delle nostre conversazioni, ma non avevo nessuna vera nostalgia fisica; ero contento di essere per conto mio, anche cosí sospeso e incerto.

Nessuno dei due si è deciso a usare un tono piú caldo, dire qualcosa che uscisse dagli scambi di informazioni a cui ci eravamo abituati da quando ero a Roma, come se le nostre telefonate fossero un peso da toglierci, un piccolo rituale obbligato per poterci poi dedicare ad altro. Avrei voluto chiederle cosa pensava della nostra situazione invece: raccontarle di Maria Blini e sapere cosa avremmo dovuto fate secondo lei. Ma i nostri resoconti incrociati su spostamenti e climi e tempi nelle due città andavano avanti per conto loro; siamo stati ad ascoltarli come se fossero altre due persone a parlare, finché abbiamo messo giú.

Poi Bedreghin è venuto a bussarmi alla porta, con la scusa di fare una telefonata. Ha detto «Mi dispiace se prima mi son girate le balle, ma con queste cose di lavoro non si scherza».

Gli ho detto «Non ti preoccupare, non importa».

Lui ha detto «È solo una questione di principio. È una questione di correttezza». Smanuzzava il bordo di una sedia, mi lanciava continue occhiate-sonda, per capire credo cosa c'era dietro il mio modo di fare.

A un certo punto era cosí teso e imbarazzato, con la sua camicia azzurra e i pantaloni da completo e i ciabattoni di pezza marrone, che mi è venuto da ridere.

Lui invece di ridere con me si è irrigidito ancora di piú; sembrava che non riuscisse a cambiare sguardo. Solo dopo qualche secondo mi ha chiesto «Cos'è che sai?»

«Di cosa?», gli ho chiesto io. «Cos'è che dovrei sapere?»

Lui aveva un'aria snervata, ha detto «Dai, Bata, smettila».

«Delle cartelline sulla tua scrivania?» gli ho chiesto, per vedere se riuscivo a tirarlo allo scoperto.

«Eh, no» ha detto lui, e di nuovo mi ha fatto quasi pena. Stava sospeso alle mie espressioni, con le pupille e le narici dilatate come un grosso coniglio in un territorio di volpi; non sapeva se venire fuori del tutto o ri-cacciarsi al piú presto nella tana.

Ma non avevo ancora capito quale fosse il punto, non sapevo in che direzione farlo venire; gli ho detto «Forse se mi spieghi tu è piú semplice».

Lui mi ha fissato ancora molto attento; poi ha detto «Non c'è niente da spiegare. Ogni tanto gli batto dei pezzi, per fare qualche lira in piú. Sulla sceneggiatura sto facendo solo qualche revisione, mi ha dato lui le note».

Continuava a guardarmi negli occhi mentre parlava, cercava credo di capire se ero convinto. Gli ho sorriso per sciogliere la situazione, ho detto «Sono fatti tuoi. Non mi interessa».

Lui ha ripetuto «È solo una questione di correttezza», e sembrava stanco, non c'era piú traccia di ironia non divertita nel suo sguardo. Ha detto «Vabbuò, Bata, ci vediamo», è tornato nella sua stanza senza fare nessuna telefonata.

Ma questa storia ha aggiunto un'altra nota di estraneità all'atmosfera del brutto appartamento; era venerdí sera e non sapevo cosa fare, andavo dal letto alla finestra al tavolo in uno stato di completa incertezza. Continuavo a pensare a Maria, al biglietto melodrammatico che le avevo mandato con le rose, al fatto che lei non aveva risposto in nessun modo; morivo dalla voglia di chiamarla, ma erano passate settimane da quando ero stato a casa sua, e non mi ero piú fatto vivo per dar retta alle teorie di Polidori sulla regola della bilancia. Non avevo niente da fare per distrarmi; Polidori non mi aveva chiamato, il mio romanzo era nella cartella sul tavolo ma dopo averci lavorato tutto il giorno non riuscivo neanche a pensare di toccarlo piú. Mi chiedevo dov'era finita la tensione che mi aveva spinto a scrivere quasi ogni sera per due anni di seguito alla fine di una giornata estenuante a «Prospettiva»: a pensarci adesso mi sembrava un'impresa maniacale, nata da un vuoto di emozioni vere nella mia vita.

Bedreghin è venuto di nuovo a bussare alla mia porta, rivestito nel suo completo quasi blu e con i suoi mocassini-carrarmato ai piedi. Sorrideva, credo per chiudere definitivamente la discussione di prima; ha detto «Scusa ma dovrei fare una telefonata. È venerdí sera, porca vacca. Tu non ti metti in pista?»

«Adesso esco», gli ho detto io, anche se non avevo la minima idea di dove andare.

Bedreghin ha detto «C'ho per le mani una ballerina di "Fantastico" che ha un culo da mandarti fuori di testa, se non mi va proprio storta stasera riesco a farmela».

Gli ho detto «Buona fortuna», mentre mi allacciavo le scarpe.

Lui ha detto «Magari uno di questi giorni le chiedo se ha un'amica per te, cosí usciamo insieme».

«Magari», gli ho detto io, intristito e anche commosso all'idea che adesso cercasse di diventare amichevole in modo cosí rozzo. L'ho salutato prima di sentire la sua telefonata, sono corso giú a piedi per le scale.

Ho preso la macchina e mi sono messo ad attraversare la città, e le strade erano intasate di macchine cariche di persone giovani ansiose di divertirsi. Si pressavano da vicino e si tagliavano la strada, si affiancavano per guardarsi meglio attraverso i finestrini, quattro o cinque ragazzone e ragazzoni per macchina, tutti vestiti in tiro e pieni di aspettative, molto presi da se stessi e anche aggressivi alla minima provocazione. Oscillavano la testa al ritmo della musica disco che faceva vibrare i vetri e le lamiere, buttavano fuori mozziconi accesi, si scambiavano gesti e occhiate, acceleravano di scatto e si lasciavano dietro nuove scie di rumore.

Mi sono fatto trascinare da questo fiume irregolare fino a Trastevere, ho lasciato la macchina quasi nello stesso punto di quando mi ero visto con Maria, sono andato per i vicoli stretti fino a dove abitava lei. Sapevo che Polidori avrebbe disapprovato, e che era un gesto da disperati piombarle sotto casa venerdí notte senza preavviso; ma non avevo voglia di usare nessuna tecnica con lei, volevo parlarle.

Già essere davanti al suo portoncino mi faceva battere il cuore in modo irregolare, anche se non speravo davvero di trovarla. Mi guardavo intorno e assorbivo i particolari che mi ricordavo dall'altra volta: i gatti semidomestici che sgusciavano sotto le macchine ferme, i vecchi motorini legati con catene pesanti, le lenzuola appese sui fili tra muro e muro, i bidoni della spazzatura strapieni; l'odore mezzo gradevole e mezzo no di vecchio borgo. Ho cercato alla poca luce il tasto del citofono con scritto «Blini», l'ho schiacciato a lungo; non ha risposto nessuno. Mi chiedevo se Maria era in casa ma con Luciano Merzi dai capelli umidi di gel; se era fuori con lui.

Il citofono sembrava anche molto malridotto, e ho sperato per un attimo che non funzionasse. Ho provato a gridare «Maria!» Ma già alla seconda volta una signora grassa si è affacciata a una finestra della casa di fianco, mi ha gridato «E che stai a strillà, testa de carciofo?»

«Chiamo una mia amica», le ho detto io. «E sono solo le undici».

«Le undisci o le due, dove te credi de esse?», mi ha gridato la signora; e un'altra finestra si è aperta al piano di sopra, un vecchietto mi ha gridato «A scemo! L'hai finita?»

Ho gridato di nuovo «Maria!», a questo punto come un pazzo, piú per disperazione che per arrivare con la voce fino alla sua mansardina vuota.

Si sono aperte altre due o tre finestre, e da ognuna si è sporto qualcuno a gridarmi «A scemo!», e «Che tte gridi?», e «Li mortacci tua!», e molte altre espressioni simili che riverberavano nell'aria ferma tra i muri vicini. La prima signora ha rovesciato fuori una pentola d'acqua, e sono appena riuscito a evitare lo scroscio con un salto; i gatti semirandagi sono schizzati via da tutte le parti.

Sono schizzato via anch'io, per paura che la situazione degenerasse ancora, ma ero invaso dalla desolazione. Continuavo a vedermi la mansardina vuota di Maria, e lei che ci rientrava piú tardi con Luciano Merzi come era rientrata con me: avevo la testa piena di fotografie mentali di tutti gli oggetti sparsi per le piccole stanze, ognuna nitida in modo doloroso.

Sono andato in giro senza direzione, con la speranza molto vaga di incontrarla per caso. E mi veniva in mente quanto ero già lontano da Caterina, e questa idea rendeva ancora piú acuta la mia desolazione, le dava un sapore drammatico che forse non avrebbe avuto da sola. Provavo a immaginarmi come sarebbe stato tornare a Milano e dimenticarmi di Maria, o addirittura tornare a prima di conoscere lei e conoscere Polidori. Mi sembrava che sarebbe stato come togliere tutta la luce e il colore e l'aria dalla mia vita, chiudere una porta pesante e chiudere le finestre. Avrei usato una delle tecniche di suicidio di cui parlava Polidori piuttosto, o sarei scappato in qualche parte sconosciuta del mondo. Camminavo raso ai muri per i vicoli di Trastevere con questi pensieri, e ogni volta che intravedevo alla poca luce una figura di donna bionda speravo che fosse Maria. Ma erano ragazzotte dalle facce bistrate e dai capelli tinti e dalle spalline imbottite, zoppicavano oltre sui tacchi al braccio dei loro uomini senza rendersi minimamente conto della delusione che mi avevano provocato.

Nella piazza dove io e Maria avevamo mangiato c'erano ragazzi e turisti e ubriachi e alcuni musicisti sudamericani seduti sui gradini della fontana. Suonavano e cantavano e battevano le mani, facevano movimenti di ballo sul selciato dove branchetti ormai radi di passeggiatori si fermavano ad ascoltare. Mi sono fermato anch'io, forse mezz'ora anche se avevo freddo e la musica era confusa e ripetitiva battuta sui tamburelli e sulle corde di chitarra.

Poi di colpo è arrivata una macchina dei carabinieri con un rombo violento, i carabinieri sono saltati giú con dei piccoli mitra imbracciati e si sono messi a gridare «Via, via!», hanno spintonato le persone sedute e in piedi. E quasi tutti si sono fatti cacciare senza reagire o lamentarsi molto, anche se c'è voluto qualche minuto prima che i gradini della fontana fossero liberi e la piazza quasi vuota.

Quando sono tornato a casa era l'una, ma il traffico continuava su e giú per le vie in pendenza e intorno alla piazza a imbuto, solo piú veloce e pericoloso di quando ero uscito. Sono andato verso il portone con la testa confusa, e nel semibuio tra il muro e le macchine parcheggiate c'era Maria Blini che aspettava.

Avevo pensato a lei con tanta intensità nelle ultime ore che quando me la sono trovata davanti mi è parso di avere le visioni: ho sentito le ginocchia che mi si piegavano, ho detto «Ehi?» La luce dei lampioni era alonata, anche; i fari delle macchine creavano scie di abbagliamenti.

Ma era lei, innervosita dalla notte e dal traffico; ha detto «Si sono fermati almeno cinque a chiedermi quanto volevo».

L'idea che mi avesse aspettato cosí tardi in un posto cosí squallido mi ha comunicato una terribile apprensione retrospettiva; l'ho presa per le braccia, le ho chiesto «Da quanto sei qua?»

Lei ha detto «Da mezz'ora, non so. Stavo per rinunciarci».

«E come hai fatto a trovare questo posto?», le ho chiesto, con la sensazione di uno spreco irrimediabile di tempo e di sentimenti.

Maria ha detto «C'è solo un Bedreghin sulla guida, non è che ci volesse un investigatore». Ma non aveva piú voglia di stare lí fuori; ha detto «Non potremmo entrare?»

Le ho aperto come se ci fosse un modo di recuperare la sua mezz'ora di attesa; l'ho portata attraverso l'atrio desolante e sull'ascensore a gabbia e riuscivo solo a vedere lei. Ero completamente assorbito dalla sua persona. Le ho detto «Ti ho cercata per tutta la notte, sono venuto sotto casa tua», ancora non mi sembrava possibile averla trovata.

«Ero fuori», ha detto lei, senza guardarmi negli occhi. La tenevo stretta, le ho dato un paio di baci sui capelli profumati; avevo la sensazione di non riuscire ad arrivarle abbastanza vicino.

Una volta in casa si è guardata intorno, ma non sembrava divertita o interessata dai particolari dell'arredamento pseudogotico che le facevo notare. Sembrava che avesse freddo, cercasse un riparo di qualche genere. Le ho chiesto se voleva qualcosa da bere; lei ha detto «Una tisana», mentre camminava con il suo passo leggero dalla cucina alla mia stanza.

Ma negli armadietti non c'era nessuna tisana e Bedreghin per fortuna era ancora fuori, non sono riuscito a trovare niente. Cosí l'ho raggiunta nella mia stanza, dov'era affacciata a guardare dalla finestra nella piazza a imbuto, le ho messo una mano su una spalla e lei si è girata, ci siamo baciati nel rumore che saliva a ondate. Le ho detto «Mi dispiace, mi dispiace che hai aspettato lí sotto da sola cosí a lungo».

Poi, ci siamo seduti sul letto, ed era un letto piccolo e malfermo anche per una persona sola, ma non sembrava ci fossero problemi di spazio o di stabilità tra noi. La guardavo troppo da vicino per vederla come avrei voluto; il suo respiro e la consistenza del suo corpo sotto le mie mani e il suo odore mielato mi si confondevano dentro a ogni piccolo movimento circolare e scorso e ansimato. Non mi era mai capitato di fare l'amore in un modo cosí lento e pieno d'ansia e con il cuore che mi batteva cosí veloce, cosí perso nei gesti e nelle vibrazioni corporee e nella sovrapposizione di ritmi; eppure c'era una strana distanza difficile da colmare tra me e lei, una specie di tristezza ombrosa nel suo sguardo che mi riempiva di sgomento e di nostalgia, di parole senza forma.

Ma non ci siamo fermati; abbiamo continuato come se nuotassimo contro una corrente, e sentivo le ginocchia sul ruvido della sovracoperta, sentivo il morbido tenero delle ascelle di Maria e dell'interno delle sue cosce, sentivo le sue orecchie piccole e i suoi capelli lisci e le sue labbra contro le mie e le sue mani sulla mia schiena, e il chiaro della sua pelle e lo scuro dei suoi occhi, il suo respiro sempre piú fondo come il mio, sempre piú caldo e umido e vicino fino a fermarsi e dilatarsi quasi all'infinito, e scendere poi per i gradini di una scala interiore che presto sparisce.

Siamo rimasti sdraiati, sul letto che sembrava di nuovo stretto e traballante. Le ho guardato gli occhi per paura di vederglieli ancora pieni di lacrime, ma per fortuna non lo erano. Lei mi ha detto «Cosa guardi?», ha arricciato per un attimo il naso nel suo modo buffo.

Come uno stupido le ho chiesto «Perché piangevi, l'altra notte?»; il suo sguardo si è subito riempito di nuova ombra. L'ho scossa per una spalla, le ho detto «Mi spieghi cosa c'è? Maria?»

Maria ha detto «Ho sonno, lasciami dormire un po'». Si è girata di lato, e sapevo benissimo che c'era un altro uomo nei suoi pensieri, con la faccia e il corpo odiosi di Luciano Merzi.

Lei aveva davvero sonno: in due minuti ha smesso di muoversi, l'ho sentita respirare leggera e lenta, con le gambe raccolte e le mani strette al cuscino. Mi sembrava una meraviglia che dormisse nel mio letto, e mi sarebbe piaciuto moltissimo dormirle di fianco, ma non ci riuscivo. Ero troppo agitato e confuso, e avevo paura di disturbarla con il minimo movimento, lo spazio era troppo poco. Mi sforzavo di restare immobile sulla schiena, attraversato da immagini di quello che era appena successo e quello che forse avrei dovuto far succedere, immagini di chiarimenti e di scelte e di inseguimenti al buio.

Quando ho sentito Bedreghin che rientrava mi sono alzato e mi sono messo i calzoni, sono uscito nel corridoio per avvisarlo di non venire a disturbarmi per il telefono la mattina.

Lui era solo, con una faccia stropicciata e per niente contenta. Mi ha detto «Sei ancora su?» Gli ho fatto «Shhh», con un dito davanti al naso. Lui mi ha guardato; ha detto «E bravo, sono rimasto io l'unico coglione in tutta Roma che non riesce a beccare un tocco di figa neanche a pagarla».

È andato nel bagno, è tornato fuori dopo qualche minuto e sembrava ancora più sfatto e stravolto, incerto sulle gambe. L'ho seguito in cucina, dove si è attaccato a bere dal rubinetto: l'acqua gli colava sul collo e sulla camicia, gocciolava sul pavimento.

Lo guardavo con una specie di curiosità distante, attraverso il velo delle mie sensazioni fin troppo provate; lui ha detto «Cazzo c'hai da guardare?»

Non gli ho risposto, mi sembrava che fossimo tutti e due al di là dei discorsi articolati o divisibili in parti. Lui ha dato un colpo di piatto su un armadio, ha detto «Mignotta di una città mignotta e tutte le sue abitanti». Si è seduto di schianto su una delle vecchie sedie, con la testa tra le mani; ha detto «Mona io che in otto anni ancora non c'ho fatto l'occhio, ma adesso non me ne frega piú niente perché a maggio mi porto qui la mia fidanzata da Treviso e possono andare tutte affanculo». Il suo accento veneto veniva fuori tra i tentativi di copertura semiromana: ogni parola trascinata in una specie di lamento furioso da vittima alle corde.

Gli ho detto «Se vai dietro alle ballerine di "Fantastico" solo con l'intenzione di fartele, come dicevi tu. Parlavi solo del suo culo, sembrava che non ci fosse altro». Non riuscivo a ricordarmi quando me ne aveva parlato; mi sembrava una quantità incredibile di tempo prima.

Bedreghin ha detto «Cazzo ne sai tu?»; c'era solo rancore universale che gli galleggiava negli occhi. Ha fatto un verso indistinto di gola, ha detto «Che poi è stata lei a smucinarmi e fare gli occhi dolci da quando l'ho vista la prima volta, mi toccava i piedi con i piedi al bar, sta mignotta, mi metteva le mani sul collo. Finché pensava che potessi fare chissà cosa con la sceneggiatura. Mi avrà telefonato dieci volte per chiedermi se le allargavo la parte e aggiungevo del dialogo, con quella voce tutta zuccherata e finta, e appena le dico che non posso certo imporla al regista e al produttore viene fuori che c'ha il fidanzato assistente coreografo e deve tornare a casa. Alle tre di notte di venerdí, dopo che mi ha fatto bere un litro di whisky che non ci vedo piú, sta mignotta di una città di mignotte».

Ho chiuso la porta della cucina, non volevo che questo fiume di volgarità arrivasse a Maria neanche nel sonno. Gli ho detto «Ma non ti sembra di generalizzare?»

«Generalizzata sarà tua nonna, Bata», ha detto lui, in un tono ancora piú esasperato che gli faceva venire stridula la voce. Ha detto «Tu non sai un cazzo di come vanno le cose qui a Roma. Non sai un cazzo di come tutti stanno a sorriderti e darti pacche sulle spalle e fare gli amiconi finché pensano di poterti usare, e poi appena non gli servi piú ti cacciano il coltello nella schiena».

Gli ho detto «Perché secondo te a Treviso o a Milano o a New York o a Tokio è molto meglio?»

Bedreghin ha avuto uno scatto da ubriaco quasi violento: si è alzato e mi ha preso per un braccio, ha detto «Vieni un attimo a vedere, Bata, vieni a vedere che poi mi dici».

Mi ha trascinato verso la sua stanza, e gli sentivo l'alito di sugo all'aglio e di alcol, la traspirazione della sua grossa persona incattivita. Ha aperto la porta ed è andato alla scrivania, ha cominciato a frugare tra le cartelline trasparenti e le pile di giornali e riviste. Ha letto *«Breve diario praghese. Le luci di Addis Abeba. Il bosco dei sentimenti. Alcune notti»;* me li metteva davanti, troppo in fretta e con troppa rabbia disordinata perché io riuscissi a leggerli. Diceva «Tanto te l'ha già detto, no? Perché l'ultimo mona di Roma sono io». Frugava furioso tra i cumuli di carte con le sue mani a spatola, diceva «E i titoli? Non sono male, eh? Senti: *La luna rapida*. Oppure: *Collusione di stati. Tattiche di diversione*. O questo: *Il ruolo della mia infanzia nello sfacelo morale italiano*. Eh?»

«Me l'ha già detto chi? Cosa?», gli ho chiesto, anche se stavo cominciando a capire e in realtà l'avevo già intuito nel pomeriggio ma non volevo crederci.

Bedreghin ha detto «Polidori, cazzo, finiscila di pigliarmi per il culo. Che gli ho scritto io tutta 'sta roba, il bravo coglione che si prende tanti complimenti se fa bene il suo lavoro e sta zitto, tanto di soldi non gliene servono molti perché è ancora giovane e fa pratica e deve già ringraziare dell'opportunità».

Guardavo gli articoli di viaggio e i racconti brevi e le rubriche sparsi sul tavolo mentre Bedreghin continuava a frugare con sempre meno energia, e non ero sicuro se la confusione veniva piú dall'incredulità o dai miei sentimenti estenuati o dall'ora, dal fatto che avevo voglia di tornare da Maria nella mia stanza nel mio letto. Ho detto a Bedreghin «Cosa dici? Cosa gli hai scritto?»

Lui ha lasciato cadere per terra l'ultimo fascio di riviste, ha detto «Tutto. Tranne quello che gli scrive la Dalatri. Perché il signor Polidori ha il disgusto della scrittura, poverino, ma ha bisogno di guadagnarsi i suoi due miliardi all'anno, se no come fa a mandare avanti la famiglia e le donne e le case e tutto il resto?»

Ma ancora non riuscivo a crederci, non riuscivo a fare gli aggiustamenti mentali necessari. Gli ho detto «Cosa cavolo racconti, Bedreghin? Oggi dicevi che i pezzi glieli hai solo copiati, e che sulla sceneggiatura facevi solo una piccola revisione».

«Glieli ho scritti e copiati», ha detto Bedreghin. «E se il signor Polidori sa che mi sono tenuto una copia gli viene una crisi epilettica, ma ho una copia di tutto quello che gli scrivo da quattro anni, le sceneggiature e gli articoli e le pubblicità e tutto il resto».

«Quali pubblicità?», gli ho chiesto io. Adesso mi sembrava che stesse straparlando, ma certo la sua esasperazione era autentica: il rancore aggravato nella sua voce e nel suo sguardo.

Bedreghin ha detto «Quella della Fiat, e quella dell'amaro, e quella dei biscotti, con il vincolo di segretezza nel contratto per non rovinargli l'immagine di grande scrittore. Vorrei vedere la faccia di quei figli di puttana pubblicitari di Milano, se sapessero che hanno pagato tutti quei soldi per le idee di Bedreghin Giulio, porca di una troia. O i direttori delle riviste, cazzo».

Si è messo a ridere, ma era una specie di riso da fine binario; faceva pena mentre andava avanti e indietro per la stanza piena di polvere e di disordine. Gli ho chiesto «Ma, e lui non fa niente?», picno di cautela e di riserve mentali.

«Lui sceglie», ha detto Bedreghin. «Quello che va e che non va, e ti fa sentire un povero coglione se qualcosa non gli piace, e nemmeno ti lascia libero di fare quello che vuoi perché devi seguire le idee che ha in testa lui anche se non riesce nemmeno a tirarle fuori né a scrivere una riga, devi battere intorno come un cazzo di cane da caccia finché trovi quello che voleva anche se fino a un attimo prima non sapeva neanche lui cos'era».

«E basta?», gli ho chiesto io.

Bedreghin ha detto «Sí. Tranne le rare volte che gli viene l'ispirazione per una pagina o due, e allora devi solo fare lo scrivano per telefono, prima che lui si stufi e gli passi la voglia».

«Però scrive i libri», gli ho detto, cercando di allontanare anche solo l'idea. «Quelli li scrive lui».

«I libri chiedilo alla Dalatri», ha detto Bedreghin. «Perché io non sono abbastanza intelligente o bravo. Vado bene per la roba piú da sbarco, anche se magari è uno slogan che gli pagano una fortuna, mignotta di una città di mignotte».

Mi sono appoggiato al muro; erano le tre e mezza di notte e i pensieri mi giravano nella testa come non mi era mai capitato, mescolati a sensazioni, rallentati da dubbi.

Pensavo ai discorsi di Polidori sulla scrittura, ai consigli che mi aveva dato; alla sua irritazione improvvisa quando gli avevo detto che andavo a stare da Bedreghin.

Ho chiesto a Bedreghin «E perché lo fai?» Cercavo di vedere la bugia nei suoi occhi, la vanteria distorta da mitomane ubriaco, ma non ci riuscivo: c'era solo rancore ed esasperazione, e stanchezza.

Bedreghin ha detto «Cazzo dovrei fare, secondo te? Andare a vendere i pezzi a nome mio? Quanto credi che me li pagherebbero, ammesso che li vogliano?» Sembrava sfinito, a questo punto, la sua ondata di furia esaurita in una risacca di depressione; si è schiantato sul letto, mezzo piegato in avanti, respirava come se fosse sul punto di vomitare.

La cosa strana è che appena lui ha finito di parlare ho rimosso il significato delle sue parole: l'ho fatto sparire tra i miei pensieri come se non l'avessi mai raccolto. Guardavo Bedreghín sul letto, e mi sembrava solo un collaboratore frustrato pieno di astio e desideri di rivalsa, com'ero stato io fino a tre mesi prima. Ero troppo stanco e confuso per formulare giudizi precisi su niente, però sapevo che non mi sarei offerto di testimoniare per lui se me l'avesse chiesto.

Gli ho detto «Non te la prendere, Bedreghin». Mi sono allungato a dargli un colpetto su una spalla; ma non eravamo in rapporti cosí amichevoli, e il gesto mi è venuto male perché lui era seduto piú in basso di come mi sembrava.

Bedreghin ha detto «Eh, sí. Parli bene tu che ti va tutto dritto perché Polidori si è messo in testa che sei un vero scrittore e gli sembra di rivedere se stesso venticinque anni prima e l'idea gli piace da morire».

Era possibile che avesse almeno in parte ragione, ma non ero disposto a credergli comunque; e la sua voce non era piú sostenuta da abbastanza energia, il suo sguardo era solo acquoso. Gli ho detto «Cerca di dormire, Bedreghin. Vedrai che domani va meglio»; sono uscito e ho chiuso la porta.

Nella mia stanza ho preso una poltronaccia e l'ho tirata vicino al letto dove dormiva Maria, mi sono seduto a guardarla alla luce debole della lampada da tavolo. Dormiva con le coperte tirate fin sopra la testa: vedevo solo qualche ciocca dei suoi capelli biondo-grano e la sentivo respirare, ed era abbastanza per comunicarmi un senso acuto di irrealtà raggiunta e catturata. Mi sembrava di essere lontanissimo dai problemi di Bedreghin: mi sembrava di avere una condensa di immaginazioni pure, che mi dormiva davanti e si muoveva appena forse infastidita dalla luce. Mi sembrava di essere arrivato a una dimensione della vita che avrei continuato solo a sognarmi se non fosse stato per Polidori; avrei fatto qualsiasi cosa pur di non tornare indietro.

Parte terza
Tecniche di possesso

Diciannove

Maria si è svegliata presto, quando mi sembrava di essere appena riuscito ad addormentarmi sul bordo estremo del letto: ho percepito in modo vago il suo corpo tiepido che scivolava fuori dalle lenzuola e da un momento all'altro non c'era piú. Poi attraverso la parete ho sentito l'acqua che scorreva nel bagno, e mi sono costretto ad alzarmi; mi sono vestito come una specie di sonnambulo, incespicando nella stanza polverosa, tra i fili di luce che filtravano dalle fessure nella finestra.

Quando Maria è rientrata ero seduto mezzo stravolto dietro il tavolo, stavo cercando di recuperare lucidità. Lei invece sembrava già perfettamente sveglia, i suoi movimenti di nuovo nervosi come quando l'avevo trovata vicino al portone la notte prima. Mi sono alzato ad abbracciarla; lei mi ha dato appena un bacio su una guancia e mi è scivolata tra le mani, ha detto «Io devo andare, ma tu perché non torni a dormire? Sono solo le otto».

«Non ho piú sonno», le ho detto io, anche se non ero nemmeno sicuro di essere sveglio. Le ho detto «Ti accompagno. Ma non facciamo colazione, prima?»

Lei ha detto «Se vuoi», ma parlava a mezza voce, e continuava a sfuggirmi nella penombra, e sapevo che nel frigorifero non c'era niente; mi sono infilato le scarpe.

Appena siamo usciti dal portone la luce ci ha bloccati tutti e due per un attimo sui nostri passi; Maria ha tirato fuori di tasca un paio di occhiali scuri e se li è messi. Aveva un'aria quasi fragile a vederla in pieno giorno, fin troppo leggera e delicata rispetto ai volumi del quartiere che avevamo intorno. Le ho aperto la porta della mia macchina con uno strano imbarazzo, come se quello che c'era stato tra noi la notte non bastasse a una confidenza duratura.

C'era ancora poco traffico lungo la strada; guidavo al centro della carreggiata senza pensare ai miei gesti, continuavo a girarmi per guardare Maria. Ma il suo silenzio mi paralizzava: ho lasciato passare dieci minuti prima di dirle «Com'è la faccenda? Stai con qualcun altro, no? Forse puoi anche dirmelo, a questo punto».

Lei si è girata verso di me, nascosta dai suoi occhiali scuri; non riusciva a parlare, vedevo le belle labbra che le tremavano.

Mi è sembrato quasi un delitto metterla cosí alle strette, ma non sopportavo l'idea di riaccompagnarla a casa in questo stato indefinito; le ho detto «Puoi dirmelo, Maria. Tanto so già chi è».

Lei è rimasta sospesa un attimo sulle mie parole, poi ha guardato fuori, si è passata una mano tra i capelli; ha detto «Non sai niente di come sono le cose. Ci stiamo lasciando. O è lui che lascia me in ogni caso».

«Cosa vuol dire, è lui che lascia te?» le ho chiesto. «Perché tu non lo lasceresti, se no?» La gelosia mi mordeva al cuore e allo stomaco, non riuscivo a controllare il mio tono di voce. Avevo sperato di sentirle dire che non stava con nessuno, anche se sapevo che non era cosí; avevo sperato di essermi sbagliato su Luciano Merzi o chiunque fosse. Le ho chiesto «E cosa vuol dire, vi state lasciando? È una cosa già successa, o sta per succedere, o soltanto potrebbe succedere chissà quando?»

«È già successa, credo», ha detto lei. «Se sono venuta da te».

«E allora?», le ho detto io, sbattuto in un'onda mista di sollievo e incertezza. «Allora perché sei cosí tesa? Perché vuoi già andartene a casa? Se lui è cosí scemo da lasciare una donna preziosa come te?» Le ho messo una mano su una spalla, ma lei stava rigida, l'ho tolta quasi subito.

Ha detto «È che ci devo pensare. Non ho voglia di lasciar succedere le cose come succedono. È stato una parte troppo importante della mia vita, non posso dimenticarmi tutto in mezz'ora». C'era rimpianto nella sua voce, rimpianto nel suo modo di stare seduta a guardare fuori, con i suoi bei lineamenti tesi in pensieri per un altro. Mi ha sfiorato un ginocchio con la mano, in una specie di gesto caritatevole che mi ha fatto gelare il sangue, ha detto «Mi dispiace, Roberto».

E ancora una volta ho cercato di immaginarmi che Polidori fosse lí a guardare; le ho detto «Non ti preoccupare», nel tono piú adulto e non apprensivo che sono riuscito a trovare. Ho detto «Non è ancora morto nessuno. C'è tempo». Mi costava una fatica terribile, ma me lo sono imposto: e ho cercato di sorridere, parlare d'altro. Avrei voluto fermare la macchina e abbracciarla e chiederle conferme e rassicurazioni, e invece mi sono messo a raccontarle finto sereno e finto ispirato del romanzo che stavo cercando di riscrivere. Mi concentravo sulla mia voce e sui miei gesti come una specie di attore, avvelenato com'ero di gelosia all'idea che Luciano Merzi fosse stato una parte importante della sua vita e lei ne avesse tanto rimpianto.

Poi siamo stati sotto casa sua; lei si è allungata a darmi un bacio di superficie ed è entrata rapida nel portoncino, il vicolo è tornato deserto tranne per i gatti semirandagi. Sono venuto via, e la nostalgia fisica era molto piú forte di come mi ero immaginato anche solo fino a un minuto prima.

A casa Bedreghin dormiva ancora, lo sentivo russare attraverso la porta della sua stanza. Ho telefonato a Caterina per paura che mi chiamasse lei, e l'ho svegliata, e non avevo niente di nuovo da dirle rispetto alla sera prima, in compenso mi sembrava di tradirmi a ogni parola.

Poi avevo davanti un intero sabato romano a forse dieci chilometri dall'unica persona con cui avrei voluto passarlo, cosí ho tirato fuori il mio libro e ho ripreso a lavorarci. Cercavo di convertire il mio desiderio di essere con Maria e la mia gelosia e la mia irrequietezza in ragioni per scrivere, ma mi rendevo conto che non era facile, mentre passavo sulla mia vecchia storia e la trasformavo pagina dopo pagina. Scrivevo con uno spirito molto diverso dal desiderio compresso di rivalsa che aveva alimentato la prima versione. Non era piú un rapporto chiuso tra me e la mia storia; era un'operazione molto piú consapevole e rivolta all'esterno, rivolta a un pubblico che aveva le facce di Maria e di Polidori e di altri che non conoscevo neanche. Ero molto piú attento alla forma e alle sue possibili variazioni; lavoravo lento e cauto; concentrato sui tempi e sui piani del racconto; cambiavo punto di vista e voce narrante a ogni capitolo. Volevo dimostrare al mondo di essere uno scrittore, guadagnarmi Maria in modo duraturo con la forza di un ruolo riconosciuto. Facevo fatica, ma sapevo di essere molto meno sprovveduto e fuori dal mondo di com'ero stato; sapevo che non mi sarei vergognato a far leggere la nuova versione.

Verso la una Bedreghin è venuto a bussare alla mia porta; gli ho detto «Vieni, vieni».

È entrato, nel suo pigiamone a righe, si guardava intorno tutto cauto; mi ha chiesto «Già buttata fuori?»

«Aveva da fare», gli ho detto io, con una mano sui fogli con cui stavo cercando di farla tornare indietro.

Lui ha sciabattato qualche passo in giro, si è grattato la testa; ha detto «Senti, quei discorsi che ti ho fatto stanotte. Non è che vai a raccontarli a nessuno?» Aveva un'aria malridotta, anche dopo la dormita; mi sembrava che le mani gli tremassero leggermente.

Gli ho detto «No che non racconto niente». Mentre lo dicevo mi rendevo conto di avere acquistato un piccolo potere su di lui: si trasferiva dal suo sguardo alla mia voce, mi dava un timbro piú sicuro.

Bedreghin ha detto «No, perché ti sembra uno cosí

alla mano, ma non c'è mica tanto da scherzare con lui. Se solo gli prende male ti può rovinare, figurati se viene fuori questa storia. Posso andare al Polo Nord, se viene fuori».

«Stai tranquillo», gli ho detto io, in un timbro ancora rassicurato dalla sua preoccupazione, dall'idea di essere amico di Polidori mentre lui che lo conosceva da quattro anni lo vedeva ancora in modo cosí timoroso e distorto.

Ci siamo fatti una pastasciutta comune, condita con solo un pezzetto di burro e una grattata di crosta di parmigiano. Bedreghin mi ha raccontato di come aveva conosciuto Polidori quando era venuto a Roma da Treviso. Gli aveva portato una riduzione teatrale di un suo racconto, e Polidori l'aveva richiamato pochi giorni dopo per dirgli che gli sembrava brutta ma voleva proporgli di lavorare a una sceneggiatura.

Ha detto «Mi ha spiegato che la riduzione era da buttare via, e anche se ci avevo lavorato due mesi lo stesso mi sembrava quasi un complimento, cazzo, l'idea che Marco Polidori si scomodasse a chiamarmi al telefono per essere cosí sincero con me. Poi mi ha dato questa sceneggiatura già scritta da qualcun altro che non gli andava bene, e mi ha spiegato come dovevo rifarla, con l'aria di volermi solo mettere alla prova. Ma dopo una settimana ha visto che sapevo lavorare e mi ha detto che potevo andare avanti. Ho fatto dei salti, avresti dovuto vedermi porca puttana. E riusciva a farti sentire come se il vero lavoro lo facesse lui, anche se tutto quello che faceva era leggere quanto avevo scritto io e cancellare le cose che non gli andavano e darmi decine di nuove istruzioni, e appena era stufo dirmi che non aveva piú tempo per pensarci. E anche questo mi sembrava un onore, scrivere una sceneggiatura che firmava lui, e prendere dei soldi per di piú. Mi sembrava un sogno, porca troia, come se dovessi arrivare chissà dove con una partenza come quella. Invece sono ancora qui, cazzo, e non mi posso neanche lamentare perché comunque quattro o cinque milioni al mese li porto a casa, metà attraverso la rivista e metà diretti da lui».

Quasi tutta l'esasperazione della notte prima gli era rientrata ormai, aveva lasciato posto a una strana miscela di risentimento e ammirazione per Polidori, che, irrigidiva ogni sua parola e la rendeva difficile da pronunciare. Ha detto «È un vampiro, cazzo, non ce ne sono in giro tanti come lui. Ha questa tecnica, no, come quando fa la corte a una donna e la fa sentire una regina e la fa sentire al centro dell'universo e poi se la scopa. Solo che lo fa con tutti, e sempre in un modo leggermente diverso, a seconda di cosa gli interessa. Non riesce ad avere rapporti normali con nessuno, non riesce ad avere dei rapporti di lavoro o di amicizia e basta. Ha bisogno di conquistarti, cazzo, e dopo che ti ha conquistato ti succhia il sangue e ti fa diventare una specie di sua proprietà. È gentile, anche, quando gli va, non è che solo ti prenda delle cose. E anche se sai benissimo che figlio di puttana è, ti frega ogni volta. Puoi corazzarti finché vuoi e giurare che non ci caschi piú, e poi appena ti rivolge la parola e ti guarda in quel suo modo sei fregato da capo».

«Ma sei sicuro di conoscerlo cosí bene?», gli ho chiesto, pensando a quanto i miei rapporti con Polidori erano diversi da quelli che descriveva lui; a quanto il suo punto di vista mi sembrava deformato dalla frustrazione.

«Chi è che lo conosce bene», ha detto Bedreghin. «Certo non sono mai stato culo e camicia come te, non mi ha mai invitato a casa sua in campagna o roba del genere. Però ci siamo visti un sacco. Per quasi un anno gli ho fatto da autista, anche, quando aveva deciso di non guidare piú. Mi diceva vieni a prendermi che cosí parliamo di lavoro, e andavo a prenderlo e magari non mi rivolgeva neanche la parola e dovevo scarrozzarlo da un punto all'altro di Roma, da qualche sua donna o per qualche altro traffico».

Ma non avevo nessuna voglia di sentir parlare di Polidori in modo cosí meschino e invelenito; e anche se era vero che Polidori l'aveva trattato da autista e da scrivano mi sembrava che Bedreghin potesse già ringraziare. Non credevo a nessuna delle sue rivelazioni da mitomane della notte prima; non avevo voglia di sentire oltre la sua cantilena lamentosa. Gli ho detto «Senti, non mi interessano queste storie».

Lui mi ha guardato con i suoi occhi ipocriti, ha detto «Ochei, ochei. Che paladino».

Ho finito gli ultimi spaghetti collosi e ho lavato il mio piatto e la mia forchetta, sono tornato in camera a lavorare.

Alle dieci ho provato a telefonare a Maria. Avevo il sangue avvelenato all'idea che lei fosse in qualche punto di Roma con Luciano Merzi, a dargli o chiedergli spiegazioni e cercare di riconciliarsi con lui, rimettergli a disposizione la sua vita. Non era in casa.

Poi ho richiamato ancora, a intervalli di mezz'ora. Facevo il numero e aspettavo di raggiungere la linea attraverso gli scrocchi e scatti di linee estranee, quando finalmente sentivo il segnale mi si rallentava il cuore. Aveva un suono diverso dagli altri: una piccola voce individuale di vecchio telefono, l'avrei riconosciuto tra mille altri. Ma lei continuava a non esserci; continuavo a mettere giú dopo le sue prime parole registrate, tornavo al mio libro.

A mezzanotte ho deciso di provare un'ultima volta, sfinito com'ero dall'ansia e dai tentativi a vuoto e dalla fatica di riscrivere la mia storia.

È venuta a rispondere lei: ha detto «Sí?», nel suo solito modo quasi allarmato.

Le ho detto «Volevo solo salutarti». Cercavo di avere un tono amichevole e sereno, mi rendevo conto di quanto fosse patetico a quell'ora.

Maria ha detto «Sono appena rientrata. Me ne vado a letto». Aveva una voce nitida di autonomia, non mi ha per niente rasserenato che almeno fosse a casa.

Le ho chiesto «Non potrei fare un salto a trovarti? Solo cinque minuti».

«Sono troppo stanca» ha detto lei. Mi è sembrato di sentirla sbadigliare, e la sua voce era cosí autonoma da farmi venire una paura improvvisa che fosse appena tornata da casa di Luciano Merzi o che lo stesse aspettando, o che lui fosse già lí ad ascoltare la telefonata.

Ho insistito senza nessuna dignità, senza tenere minimamente conto dei consigli di Polidori: le ho detto «Solo cinque minuti. Poi vado via subito».

Ma il mio tono di disperazione insistente l'ha solo fatta indurire ha detto «No guarda, ho un sonno da morire».

«E domani?», le ho chiesto io.

«Domani non posso» ha detto lei. «Devo andare a Terni a parlare con un regista».

Le ho chiesto «Ma quando torni a Roma?»

«Credo tardissimo», ha detto lei. «È un brutto periodo, guarda, ci sono due o tre lavori in ballo e sono presa da morire». Parlava come se fossimo due conoscenti o vicini di casa: solo poco piú veloce e nervosa che in una conversazione del tutto neutra.

Ero spiazzato dal suo modo di fare, non sapevo come prenderla; le ho detto «Allora magari ti chiamo lunedí?»

«Se hai voglia prova», ha detto Maria.

E avrei voluto chiederle se ne aveva voglia lei, ma dalla sua voce non mi sembrava molto. L'ho salutata, sono rimasto sdraiato piatto sul letto, a guardare il soffitto pseudogotico e cercare di capire.

Venti

Domenica alle otto di sera avevo riscritto altre sei pagine del mio romanzo, ma molto a fatica. Andavo avanti in modo discontinuo, interrotto dalle immagini e dai ricordi tattili di Maria che mi erano rimasti dentro, dal suo odore di pane e miele che mi sembrava di sentire ancora tra le lenzuola del mio letto; dal freddo del suo tono quando le avevo telefonato la notte prima. Dovevo fare uno sforzo per staccarmi da queste sensazioni e tornare all'atmosfera ricostruita e filtrata della mia seconda versione; e avrei rinunciato all'atmosfera e a scrivere senza neanche pensarci, se solo Maria si fosse fatta viva. Adesso che fuori era buio la nostalgia fisica mi sembrava quasi insopportabile; continuavo a chiedermi cosa stava facendo in quel momento, e dove, con chi. Ma non mi ero piú azzardato a cercarla; speravo solo che mi telefonasse lei.

Mi ha telefonato Polidori, invece: ha detto «Che programmi hai stasera? Mangiamo qualcosa insieme?»

Gli ho detto «Volentieri», anche se avrei voluto restare vicino al telefono. Gli ho chiesto dove dovevo andare; lui ha detto che passava a prendermi.

L'ho aspettato un quarto d'ora nella piazza a imbuto. Appena è arrivato rideva; ha detto «Roberto, non puoi restare qui. Già lo squallore personale di Bedreghin sarebbe abbastanza, ma questo posto è spaventoso».

«Non è poi cosí terribile», gli ho detto io. «Ha un suo fascino desolato, dopo un po' che ci stai». Dopo che Maria era salita da me, in realtà: come se la sua presenza avesse modificato il rapporto tra quei volumi deprimenti, li avesse riscaldati con una traccia di luce e di colore.

Polidori ha sorriso; ha detto «Lo so, soprattutto se hai un tarlo di attenzione morbosa nella testa. Ma è pericoloso, Roberto».

Lo guardavo guidare, affascinato ancora una volta da come i suoi gesti sembravano al riparo dal disordine e dalla fatica meccanica del mondo, e mi chiedevo se il pericolo principale era che Bedreghin mi raccontasse quello che mi aveva già raccontato.

Lui ha detto «Quando sono venuto a Roma la prima volta e non avevo una lira sono andato a stare a casa di una mia ex compagna di scuola di Trieste. Voleva fare l'attrice, si era sposata con un conte romano decaduto, alto e secco come un merluzzo, e lei era una triestina tonda di ventidue anni, vivevano in un palazzaccio cupo vicino al Vaticano. Avevano sempre bisogno di soldi, perché nessuno dei due lavorava, quando mi sono fatto vivo e gli ho detto che non sapevo dove dormire mi hanno affittato una camera. Così sono andato a stare in uno stambugio perso in un corridoio lungo e buio come una galleria di talpa, con una sola lampadina da trenta watt perché i padroni di casa non volevano spendere in elettricità. All'inizio pensavo di rimanerci qualche settimana e invece ci sono rimasto un anno, e la desolazione del posto mi ha inghiottito completamente, come una droga. Scatta una specie di incantamento, non riesci piú a tirartene fuori. Ti sembra di entrare in un'altra vita, e piú è squallida e distante dalla tua, piú ti attira».

«È vero», gli ho detto, pensando all'attrazione morbosa che provavo per le ciabattone di pezza di Bedreghin e per il suo modo di star seduto a tavola, per lo squallore delle sue attività sentimentali.

Polidori ha detto «Ero entrato in questa sindrome da pensionante, come se fossi Kafka a casa dei suoi genitori, o Dostoevskij in affitto da qualche affittacamere. È tutto materiale che alla fine ho usato per *Il passo del topo*, solo trasferito a Venezia».

«Ah, certo», ho detto io, ed ero contento di aver letto i suoi libri, anche se lui non dava affatto per scontato che io li conoscessi tutti.

Polidori ha detto «Ma ho fatto una vita da cani per un anno, e non era un genere pittoresco di vita da cani, come Miller a Parigi negli anni Trenta o io a Buenos Aires negli anni Sessanta. Era una vita da cani triste e ordinaria, una specie di sospensione di vita in attesa di un'occasione per venirne fuori. Era il Cinquantanove, l'Italia era un paese meschino e moralista, grigio come un marciapiede. E non avevo una lira né avevo ancora pubblicato niente, non hai idea di quanto fosse un'impresa disperata riuscire a conquistare una donna in quelle condizioni. Facevo il correttore di bozze al "Tempo", il mio stipendio bastava appena a pagare l'affitto e mangiare una volta al giorno. La sera me ne restavo chiuso in camera a scrivere, mezzo morto di fame, sentivo attraverso i muri i padroni di casa che banchettavano in cucina con i miei soldi».

Mi rendevo conto di quanto piú difficile doveva essere stata la sua strada, senza punti d'appoggio né reti di protezione, senza nessuno ad aiutarlo come lui stava aiutando me.

Lui ha detto «Non era divertente, te lo giuro. Era una di quelle situazioni su cui riesci a lavorare anni dopo, perché le trasformi e le concentri e ti ricordi di quanto eri giovane, ma mentre le vivi sono solo tristi, e lente. Nemmeno il piú insopportabile dei libri riuscirebbe a dipingere la lentezza di quell'anno a Roma. Anche adesso mi basta passare in quella parte della città, e mi torna in mente la traspirazione di noia e di avarizia e di polvere sui brutti quadri bui che c'erano alle pareti. L'unica cosa che potevo fare era scrivere, ma era una scrittura senza contrasto e senza luce, stavo diventando una specie di Cesare Pavese romano».

«E poi?», gli ho chiesto.

Lui ha detto «Poi ho conosciuto una ballerina argentina in un locale, e ho scoperto per la prima volta in vita mia cosa voleva dire essere vivi. È stata una storia di vera follia, ho smesso di scrivere e ho perso il lavoro di correttore, mi sono preso una coltellata da una specie di impresario farabutto che le stava dietro». Mi ha fatto vedere una cicatrice che aveva sul mento, rideva. Ha detto «Puntava alla gola, il bastardo».

«E poi?», gli ho chiesto ancora, colpito da come le nostre due storie sembravano simili, a parte le differenze di epoche e di difficoltà e di talento.

«Mi ha pagato lei il viaggio», ha detto Polidori. «Siamo andati a Buenos Aires, e dopo due mesi lei se n'è andata ma io sono rimasto lí otto anni; da allora ho cercato di non farmi piú risucchiare in una situazione morta a nessun costo».

Intanto eravamo arrivati in una parte esterna della città, fatta di vie larghe come autostrade ed enormi edifici bianchi posati nel vuoto come scenografie di De Chirico. Polidori ha fermato in un parcheggio vicino a un laghetto artificiale; siamo entrati in un ristorante che avrebbe potuto essere in America se non fosse stato per le facce degli avventori.

Abbiamo mangiato pesce alla griglia e insalata, come ogni volta tranne quando lui decideva di lasciarsi andare. Mi ha chiesto «Il tuo libro?»

«Eh, vado avanti», ho detto io. «Sono abbastanza contento. Sto cambiando un po' di cose, mi sembra che diventi piú interessante».

Lui ha detto «Ma non cambiarlo troppo, Roberto. Guarda che andava già molto bene com'era. Tutto quello che devi fare è togliere gli aggettivi o gli avverbi di troppo, se senti che appesantiscono le frasi e soffocano il ritmo d'insieme. Cerca di sentire il suono. La scrittura, è una musica mentale, è fatta di colori e durate e cadenze e sottocadenze che giocano su un orecchio interno, anche se metà degli scrittori pensano di essere al di sopra del senso dell'udito e scrivono come sordi».

Lo ascoltavo parlare nella sua voce precisa, e mi sentivo stupido e meschino ad avere soltanto preso in considerazione le malignità invelenite di Bedreghin. Mi dispiaceva non avergli risposto subito in modo piú netto, non avere difeso Polidori come avrei dovuto. Pensavo che non è facile essere davvero amici di qualcuno; che avevo ancora da imparare se volevo riuscirci.

Polidori mi ha chiesto «E la tua ragazza misteriosa?»

«Ho seguito i tuoi consigli», gli ho detto, anche se non era del tutto vero. «Ci ha messo due settimane, ma alla fine si è fatta viva lei, è venuta a casa mia l'altro ieri notte».

«Hai visto?», ha detto lui, con una luce rapida negli occhi. «E non si è piú messa a piangere, questa volta?»

«No», ho detto io. Non ero sicuro di volergli raccontare tutto, ma avevo bisogno di parlarne, e le sue previsioni erano state giuste. Ho detto «Però ieri mattina presto ha voluto andarsene, e non sembrava molto contenta». Adesso che ne parlavo mi tornava una voglia disperata di rivederla: l'ansia mi si versava nella voce, facevo fatica a stare fermo.

Lui ha detto «Forse era la casa, poverina. Prova a metterti al suo posto, svegliarti dopo una notte d'amore in casa di Bedreghin».

Ho cercato di sorridere, ma non ci riuscivo; gli ho detto «Non è la casa. Si sta lasciando o si è appena lasciata con il suo uomo, ma dice che è stato troppo importante nella sua vita e ci deve pensare. Non so cosa fare. Non riesco a non chiamarla e non farmi vivo di nuovo, ho voglia di rivederla».

Polidori mi guardava con una strana partecipazione; ha detto «Allora rivedila, ma cerca di non fare quello che lei si aspetta, e che chissà quanti altri hanno fatto con lei. Non starle addosso, non dirle tutto quello che ti passa per la testa, non darle l'idea che muori dalla voglia di riportartela a letto. Tieniti leggero, pensa ad altro quando sei con lei.

Prova a immaginarti cosa deve essere per una ragazza carina vivere in un paese di voltatori di testa e toccacciatori e pizzicatori e fischiatori osceni dagli occhi appiccicosi. Ogni giorno dell'anno, ovunque vada. Prova a immaginarti».

« Ma io non sono mai stato cosí», gli ho detto, scosso e ingelosito dalle sue frasi. Mi tornavano in mente gli sguardi che seguivano Maria quando avevamo camminato insieme, l'attenzione insopportabile.

«Sei sicuro?», ha detto Polidori. «Almeno in parte lo sarai stato, vedrai. Tanto piú se si è appena lasciata con un altro, o sta per lasciarlo. Non vorrà nessun gesto che cerchi di sovrapporsi a quelli che si ricorda. Devi giocare su un altro piano, stare lontano dalle orme. E devi lavorare al tuo libro e finirlo, perché a meno che lei sia una cretina non bastano la tua bella faccetta e i tuoi capelli dritti sulla testa per tenertela. Devi anche essere qualcosa, e sei solo quello che fai, caro Roberto. Diventa uno scrittore, e vedrai che forse riuscirai a farle passare la nostalgia. Perché la gente naviga tutto il tempo in base al giudizio degli altri, non fa che guardarsi intorno tutto il tempo per capire cosa deve pensare».

Mi guardava, e gli ho fatto di sí con la testa, non sapevo bene cosa dire.

Lui mi ha chiesto «Perché credi che io abbia cominciato a scrivere, quando ho cominciato?»

Gli ho detto «Non so. Per comunicare», come uno scolaro attento ma un po' tardo.

«Per le donne», ha detto Polidori. «E per avere qualche punto di leva contro la forza di gravità che mi schiacciava a terra. Da ragazzo ero pieno di risentimento, avresti dovuto vedermi. Non ero simpatico, ero una giovane iena incattivita. Mio padre faceva il professore di liceo a Trieste, odiavo ogni singolo particolare della vita che si era scelto. Odiavo lui e mia madre, chiusi in casa come due prigionieri del mondo. Odiavo la sobrietà mesta e secca e decorosa che avevo intorno, senza slanci e senza divertimento e senza eccessi di nessun genere, come l'anticamera di uno stato incorporeo. Ho accumulato tanti di quei desideri frustrati allora, mi hanno mandato avanti per un pezzo».

Pensavo alla mia infanzia e adolescenza a Milano; a come non sembrava poi tanto diversa dalla sua.

Polidori ha detto «L'unica cosa che sapevo era che non avrei mai accettato una vita ordinaria, sottoposta alle leggi ordinarie della noia e dell'adattamento ai propri limiti. Ero disposto a qualunque cosa pur di venirne fuori. Avrei fatto il delinquente, se non fossi riuscito a scrivere».

«E quando sei riuscito a scrivere?», gli ho chiesto, e cercavo di capire se tutto in realtà succede per reazioni, come in un processo chimico a catena.

Lui ha detto «Da quando sono andato in Argentina, piú o meno. Sono entrato nel ruolo, ci giocavo tutto il tempo. Giocavo a inventarmi un personaggio e inventarmi una vita, e ci investivo cosí tanta energia da compensare il fatto che non avevo ancora pubblicato niente. Pensavo solo a scrivere e alle donne, non mi importava se non avevo da mangiare o non avevo vestiti o una casa decente. Mi bastava tenermi fuori dagli orari e fuori dagli obblighi, fuori dalla ragionevolezza che ammazza».

«E poi?», gli ho chiesto.

«Poi è arrivato il resto», ha detto Polidori. «Anche se fin troppo per gradi, perché non mi ero scelto certo il lavoro giusto per avere tutto subito».

«E quando sei tornato in Italia?», gli ho chiesto.

Lui ha detto «È stato abbastanza difficile. Perché anche se i miei primi tre romanzi erano già usciti in Argentina nessuno di questi rivoltatori di cadaveri si degnava di prendermi in considerazione. Erano tutti incantati dei giochetti miserabili dello sperimentalismo, o ancora in ginocchio davanti a Manzoni. Non è che io cercassi molto di andargli dietro, d'altra parte. Non cercavo di entrare nei salotti letterari né di mettermi alla corte di nessuno, non passavo i giorni a citare libri. Cercavo di vivere, piú che altro».

«Doveva essere difficile», gli ho detto io. Non ne sapevo niente, riuscivo appena a immaginarmelo.

Polidori ha detto «Sí, ma ero abbastanza incosciente, e abbastanza giovane, e abbastanza pieno di rabbia. E avevo questo fatalismo, questa visione lineare della vita e del tempo. Poi scopri che è tutta una sovrapposizione di onde circolari che vanno e tornano, ma allora ero l'ultimo a rendermene conto, non mi giravo mai indietro. Scrivere mi sembrava una questione di vita o di morte. Mi sembrava di avere qualcosa di fonda- mentale da dimostrare, ogni volta, qualche genere di verità da buttare nello stagno pieno di rane che avevo intorno».

Gli ho chiesto «Ti ci è voluto molto a essere rico- nosciuto?»

«Un po'», ha detto lui. «All'inizio i vecchi bastardi mi chiamavano "l'argentino", per chiudermi in un ghet- to e non doversi occupare di me. La mafia letteraria era molto piú forte allora, se non passavi attraverso di loro non c'era nessun'altra strada per arrivare a farti legge- re. C'era questa cappa uniforme, era come vivere in uno stato di polizia».

«In che senso, una cappa?», gli ho chiesto.

Polidori ha detto «C'era questo fronte uniforme di giudizi anticipati e doppie verità, silenzi artificiali e omertà ed entusiasmi a comando. E cori. Cori unanimi. Non c'era nessun cavolo di voce singola. Lo stalinismo caro Roberto. È durato un bel po' d'anni, anche se poi si è dissolto cosí in fretta da farti pensare che non ci sia mai stato».

Gli ho detto «Terribile».

Lui mi ha guardato, e dovevo avere un'aria cosí par- tecipe che si è messo a ridere. Ha detto «Ma alla fine mi è andata abbastanza bene, no? Non mi sembra di essere proprio una vittima».

«Ma come sono cambiate le cose?», gli ho chiesto.

Polidori ha detto «Quando hanno cominciato a par- lare molto bene di me in Francia e in America, e quan- do Oscar Sasso e un paio di altri hanno acquistato pe- so. Poi il consenso si moltiplica da solo, una volta che qualcuno ha avviato il meccanismo. Ti si chiude intor- no, fino a formare una specie di guscio impenetrabile. Diventi una tartaruga letteraria marmorizzata, nessu- no si azzarda piú a provare i denti su di te. E a quel punto certo non ti puoi lamentare, no?»

«Però?», gli ho chiesto io. Anche se non volevo pensarci mi tornava in mente quello che aveva detto Bedreghin sul suo disgusto di scrivere; e le impressioni mie e di Caterina sui libri piú recenti. Avrei voluto chiedergli se era vero, se era stato il consenso a fargli smettere di vedere il suo lavoro come una questione di vita o di morte.

Lui mi ha guardato in un modo strano, come se riuscisse a leggermi in testa. Ha detto «Però cosa? L'unico problema di un guscio di consenso è che i segnali da fuori ti arrivano attutiti. È come diventare un po' sordi, per gradi. Perdi un po' di riflessi, perché sai di essere al sicuro e non hai nessun bisogno di stare all'erta tutto il tempo e tenerti pronto a scattare. Sei leggermente anestetizzato, ogni complimento è come una piccola iniezione di morfina».

Poi di nuovo ha visto che lo guardavo preoccupato, e di nuovo si è messo a ridere; ha detto «Non è cosí terribile, ti assicuro. C'è anche qualche vantaggio, sai? Essere famosi e avere soldi non risolve tutto, ma aiuta. Soprattutto in un paese come questo, dove se ti affidi a mezzi ordinari non riesci nemmeno a trovare una casa in affitto, e sei costretto a mandare a scuola i tuoi figli in scuole che crollano, e puoi solo sperare di non ammalarti mai o di morire subito. Ti aiuta a muoverti e dare un'occhiata intorno, non farti chiudere in una sola vita. Ti mette a disposizione qualche piccolo rimedio contro la noia e la tristezza e la delusione. Ti fa risparmiare tempo, anche se il tempo continua ad accorciarsi. Ti permette di scivolare via con un pochino piú di incuranza, o di stile, magari solo perché sai che c'è qualcuno che ti guarda».

Gli ho chiesto «Invece non ti aiuta a scrivere?»

Polidori di nuovo mi ha guardato a lungo prima di rispondere; ha detto «No». Si è girato a guardare la gente agli altri tavoli. Ha detto «Perché scrivere romanzi non è un'attività molto sana. È una forma di dissociazione, anche se controllata e legittimata e con molti riferimenti nobili e illustri. Certo se vuoi puoi farlo diventare un mestiere come un altro, da svolgere in orari fissi con una cadenza regolare, ma non è il genere di scrittura di cui parliamo. I veri libri vengono tutti fuori da uno stato di carenza acuta, da un'incapacità di trattare in termini concreti con il mondo. Da un desiderio di rivalsa abbastanza intenso da spingerti a costruire versioni parallele della tua vita vera».

«E se la tua vita vera invece è felice e completa?», gli ho chiesto io.

«Allora non hai bisogno di inventartene un'altra», ha detto Polidori. «Oppure lo fai come semplice diversivo nei ritagli di tempo, come potresti coltivare una collezione di francobolli».

«Ma è sempre cosí?» gli ho chiesto. «Inevitabilmente?»

Lui ha detto «Piú o meno. Se vai a leggerti la storia degli scrittori è piú o meno cosí, al di là del folclore e di tutto il resto. E non sto parlando necessariamente di infelicità, ma di mancanza, e può essere mancanza di una persona o mancanza di riconoscimento da parte degli altri o mancanza di soldi o mancanza di un equilibrio d'insieme. È il pieno che tende a saturare tutto, ti toglie ragioni. Ti permette di scrivere solo libri di testa, o esercizi di grande artigianato o di giornalismo letterario, o ripetizioni sempre piú fioche di quello che hai già fatto».

«Ma non ci si può far niente?», gli ho chiesto io. «Una volta che si sa come funzionano le cose?»

«Polidori ha detto «Puoi provare a crearti di proposito delle mancanze. Mandare all'aria l'equilibrio che ti sei creato, o rompere il consenso intorno a quello che fai, o provocare un conflitto di sentimenti. Ma è sempre piú difficile man mano che vai avanti, e ti costa sempre piú fatica, finché ti sembra una specie di impulso autodistruttivo e non hai neanche piú voglia di provarci».

Come altre volte non riuscivo a capire il confine preciso tra quello che credeva davvero e quello che diceva per provocarmi. Come altre volte facevo di sí con la testa senza parlare, concentrato sulle sfumature della sua voce.

Ventuno

Alla redazione la Dalatri è venuta a chiedermi se potevo rivedere il testo e le didascalie di un pezzo sulla torre di Pisa. Dal sorriso con cui mi ha porto i fogli e le fotografie ho capito che era un modo di dividere gli alibi, una specie di piccolo rito di spartizione.

Ci ho messo un'ora a districare un significato dalle frasi contorte di qualche dipendente o cliente analfabeta del ministero del turismo e dello spettacolo, e un'ora a riscrivere tutto. Ed era curioso come mi sentivo già meno in colpa all'idea di ricevere lo stipendio da una macchina mangiasoldi pubblici.

Ho riportato tutto alla Dalatri; lei mi guardava dal basso in alto, appoggiata sul gomito in una delle sue pose. Le ho chiesto «Non c'è altro?»

Lei ha detto «Perché, cos'altro vorresti?»

«Non lo so», le ho detto. «Mi farebbe anche piacere fare qualcosa per la rivista, ogni tanto. Non venire qui solo a scrivere per conto mio».

La Dalatri mi passava addosso lo sguardo nel suo modo torpido e senza traccia di pudore: si soffermava sui miei capelli e sulle orecchie e sull'inguine. Ha detto «Lo sai che non ho ancora capito niente di come sei, Bata? Giuro».

«Ma perché?», le ho chiesto. Le sue occhiate mi imbarazzavano, non capivo le ragioni del suo interesse dopo che mi aveva ignorato per un mese e mezzo.

Lei si è alzata, ha detto «C'hai questo modo di fare, come se non sapessi niente di niente. Nato ieri, poverino». Mi è venuta vicino, continuava a guardarmi.

Le ho detto «Non mi sembra di avere nessun modo di fare, – arretrando verso la finestra. Ho detto – Oppure chiunque ha un modo di fare. Anche tu, o Bedreghin».

«Lascia perdere Bedreghin. È uno che si sogna le cose», ha detto la Dalatri. Si è messa a ridere; ha detto «Che c'hai, paura?»

Le guardavo la camicetta sbottonata ai primi due bottoni, ma solo perché eravamo quasi a contatto; le guardavo le labbra inrossettate e delineate con la piú gran cura, sentivo l'odore dolciastro del suo profumo.

La Dalatri ha detto «E com'è questo libro che scrivi? Di che parla?»

«È una storia, – le ho detto. – Te lo faccio leggere quando l'ho finito»; sono sgusciato di lato per evitare che mi venisse addosso.

Ma in realtà doveva aspettarsi che fossi io a prendere qualche iniziativa, perché non ha forzato oltre la distanza minima: è rimasta a respirarmi e palpitare a forse mezzo metro, mi guardava. Cercavo di sorridere per sostenere la situazione; guardavo il computer acceso e i fogli sul suo tavolo, mi chiedevo a cosa stava lavorando. Poi di colpo lei ha detto «Scusa ma devo fare una telefonata».

Sono tornato nella mia stanza a lavorare al libro, abbastanza confuso.

Alle cinque quando stavo per uscire mi ha telefonato Polidori. Ha detto «Sei libero alle nove? Ti voglio far conoscere il mio editore spagnolo». Era di fretta, mi ha dato l'indirizzo e ha messo giú.

L'appuntamento con l'editore spagnolo era in un grande albergo del centro, sopra la scalinata di piazza di Spagna.

Questa volta non ho dovuto aspettare, perché ho sbagliato strada e sono arrivato con venti minuti di ritardo; quando sono entrato Polidori era seduto con altre due persone in una saletta dai tappeti spessi, mi ha fatto un gesto.

L'editore era piccolo e tondo, con i capelli radi raccolti a codino e una giacca dal colletto strano. Polidori ci ha presentati; l'editore si chiamava Rocas, mi ha detto «Molto molto piacere». Con lui c'era una ragazza dalla faccia lunga: ha detto *«Encantada»* con lo stesso entusiasmo. Rocas ha spiegato che era la sua assistente. Polidori stava a guardare, sembrava contento di aver combinato questo incontro.

Poi siamo saliti a mangiare in una sala da dove si vedeva tutta la città illuminata, cupole e campanili e case e strade e ponti. Rocas era felice di essere a Roma: girava la sua piccola persona sulla sedia e guardava attraverso la vetrata, respirava come se potesse inalare il panorama. Si è messo a chiedere l'opinione di Polidori su alcuni scrittori che voleva incontrare con l'idea di pubblicare i loro ultimi libri.

Polidori glieli ha stroncati tutti in pochissime parole: diceva «È una vecchia talpa stalinista», o «Un pederasta furbetto», «Una gattamorta», «Un ricattatore», «Un asino imbottito di psicanalisi», «Un funzionario», «Una maestra di provincia». Era impaziente e crudele, tagliava giudizi in uno spagnolo che gli veniva netto come l'italiano.

Rocas sembrava eccitato dal suo tono; gli ha detto «Ma non si salva nessuno, allora?» Si girava verso la sua assistente ogni tanto, e probabilmente stavano insieme perché c'era un gioco di sguardi muti tra loro.

Polidori ha detto «Si salva Roberto, qui è l'unico scrittore che ci sia in Italia in questo momento, a parte me».

Rocas ha fatto di sí con la testa, mi guardava come se fossi un prodigio o un animale strano. Era chiaro che aveva una fiducia incondizionata in Polidori, e un'ammirazione senza limiti; non ha neanche sorriso a sentire parlare di me in questi termini.

Polidori gli ha detto «Ma ti converrebbe fargli un contratto subito, prima che il libro esca in Italia e si scatenino le aste».

Rocas ha fatto ancora di sí con la testa, ha detto «Certo. Non si può leggere qualcosa?» Ha dato un'altra occhiata rapida alla sua assistente, gli si stava smuovendo dentro una vera fretta.

Polidori ha detto «Deve ancora finire di aggiustarlo. Ma non hai bisogno di leggerlo, è un libro da prendere a scatola chiusa. Se lo perdi ti garantisco che poi ti mangi le mani».

Rocas l'ha guardato e ha guardato la sua assistente e ha guardato me, ha detto «Lo sai che la tua parola è vangelo, Marco. Facciamo il contratto subito».

«Ma subito», ha detto Polidori.

«Subito, subito», ha detto Rocas, completamente contagiato di fretta e di eccitazione. Si è asciugato le labbra con il tovagliolo e si è alzato, ha detto «Andiamo da me. Firmiamo adesso. Sono cose da fare al volo. Sull'onda del momento».

Non riuscivo a credere a quello che stava succedendo, non avevo neanche detto una parola da quando eravamo saliti; guardavo Polidori ma lui mi ha solo strizzato l'occhio. Il cameriere si è avvicinato perplesso, Rocas gli ha detto «Tornamo tra sinque minuti, tenga en caldo».

Siamo scesi tutti e quattro di un piano, in una suite enorme che odorava di sapone e di profumo francese, e Rocas è andato ad aprire una valigetta su un tavolino basso e ha tirato fuori un foglio prestampato, si è infilato un paio di occhiali a mezze lenti, mi ha chiesto «Quale il titulo?»

«Non ce l'ho ancora», ho detto io.

Polidori gli ha detto «Non importa, c'è tempo. Dagli una buona percentuale, piuttosto. E un anticipo decente. Tanto te lo riprendi tutto, farai un sacco di soldi con questo libro».

Rocas l'ha guardato, con già una penna in mano, gli ha chiesto «Diritti mondiali?»

«Diritti mondiali», gli ha detto Polidori. «Lo vendi dappertutto, ti riprendi subito l'anticipo».

«E tu scrivi l'introduzione?», gli ha chiesto Rocas;

e ho visto che anche sotto la fretta e l'eccitazione contagiata non era affatto uno sprovveduto, c'era un luccichio attento nei suoi occhi.

«Sí», ha detto Polidori. «Tu pensa all'anticipo». Mi ha fatto cenno di andare vicino a Rocas, non stare fermo a osservare la scena come se riguardasse qualcun altro.

Cosí mi sono seduto vicino a Rocas, e Rocas mi ha guardato tra le mezze lenti, ha detto in tono interrogativo una cifra in pesetas, mezzo rivolto a me e mezzo a Polidori. Polidori mi ha fatto cenno di sí; ho detto «Va benissimo», e non sapevo neanche quanto valeva una peseta, ma sarei stato d'accordo anche gratis, l'idea di firmare un contratto per il mio libro mi paralizzava completamente.

Rocas ha scritto rapido la cifra con la sua penna di radica dal pennino d'oro molto elaborato; ha chiesto «Consegna?»

«Luglio», ha detto Polidori. Mi ha detto «Cosí hai tutto il tempo di finirlo e rivederlo».

Rocas ha scritto anche la data, ha aggiunto rapido piccoli numeri di percentuali ai vari paragrafi prestampati; ha messo la sua firma in fondo e mi ha porto la penna. E ho firmato anch'io, con le dita che mi tremavano e il cuore che batteva a intermittenza; mi sono alzato. Polidori mi ha abbracciato, e ha abbracciato Rocas e la sua assistente, e Rocas e la sua assistente hanno abbracciato me: c'era un clima di follia sovreccitata mentre ci spostavamo in brevi circoli sulla moquette grigio-chinchilla della suite.

Siamo risaliti al ristorante; Rocas ha detto al cameriere di portare dello champagne. Abbiamo brindato, la gente agli altri tavoli ci guardava. Polidori mi ha dato una stretta al braccio, ha detto «Allora, Roberto?», sembrava felice per me. E non ero mai stato cosí riconoscente a nessuno in vita mia: non c'erano parole per dirglielo.

Finita la cena Rocas e la sua assistente e Polidori dovevano discutere di questioni loro, cosí li ho salutati e sono uscito, sono andato giú per la scalinata di Spagna come se volassi. Mi sembrava impossibile che il mio romanzo fosse davvero destinato a diventare un libro, e io ne avessi già in tasca la certezza firmata. Non avevo mai osato pensarci in termini concreti fino a quel momento, e scoprivo che c'era una differenza enorme. L'idea mi spaventava, anche, ma era uno spavento vivo, che mandava in circolo molte altre sensazioni e mi faceva camminare veloce.

Sono andato a piedi fino a Trastevere e fin sotto casa di Maria, ci ho messo meno di un quarto d'ora. Mi sembrava di non essere piú particolarmente apprensivo; mi sembrava che se l'avessi trovata con Luciano Merzi o con chiunque avrei potuto salutarla definitivamente senza soffrirci molto. Mi sembrava di avere una piccola corazza anch'io, e per fortuna non una corazza da tartaruga ma da lepre, mi dava un senso di quasi invulnerabilità senza rallentare i miei riflessi.

Maria ci ha messo qualche secondo a venire a rispondere; la sua voce assonnata e preoccupata ha chiesto «Chi è?» dal vecchio citofono.

Le ho detto «Sono Roberto. Passavo di qua e volevo solo dirti buonanotte. Ho appena firmato un contratto per il mio libro».

La voce di Maria ha detto «Che ore sono? Stavo dormendo».

«Scusami», le ho detto io. «Non volevo svegliarti. Volevo solo dirti buonanotte. Me ne vado».

Ma lei ha detto «No», ho sentito lo scatto del vecchio portoncino.

Cosí sono andato su per le scale ripide e mi sarei fermato a baciare ogni gradino ma volavo, sono arrivato in cima senza neanche accorgermene.

Maria è venuta ad aprirmi, con la faccia confusa dal sonno e addosso solo un golf bianco da uomo. Sono entrato e lei ha richiuso la porta, sembrava ancora piú bella delle altre volte che l'avevo vista. Però ero determinato a tenermi leggero, non mettere i piedi sulle orme come aveva detto Polidori. Mi sembrava di poterlo fare; di essere abbastanza sicuro di me da non precipitarle addosso pieno d'ansia di contatto.

Le ho detto «Niente. Buonanotte». Mi sono allungato a darle un bacio; e ci siamo abbracciati nel piccolo soggiorno come in una scena immaginata, perfettamente silenziosa e simultanea, i miei propositi dissolti
in un secondo.

Siamo saliti al piano di sopra senza che nessuno dicesse niente, siamo affondati nel flusso torbido che ci
aveva già trascinati altre due volte. L'apprensione che
avevo avuto nel cuore e nello stomaco per tre giorni si
mescolava all'euforia per il mio libro e alla gioia inspe-
rata di essere dov'ero, alla gelosia per Luciano Merzi e
ai sensi di colpa per Caterina; e questi sentimenti com-
binati insieme non facevano che aumentare la mia ansia
di contatto, mi strappavano via da qualunque riferimento razionale. Eravamo persi tutti e due in impressioni fisiche e impressioni mentali ugualmente ravvici-
nate, continuavamo a guardarci da pochi centimetri.

Maria aveva un modo morbido e istintivo di fare
l'amore, non era facile immaginarselo a vederla vestita in una situazione pubblica. Era come quando l'avevo guardata mangiare alla festa dopo lo spettacolo di
teatro; o durante lo spettacolo quando si muoveva come una danzatrice primitiva con il suo sorriso leggermente obliquo. Veniva fuori una parte di lei che era di-
sciplinata durante il giorno sotto un'educazione quasi
formale, e distendeva i suoi lineamenti e li faceva diventare ancora piú belli, ancora piú essenziali e lontani dalle parole.

Eppure c'era ancora un fondo d'ombra mentre eravamo cosí vicini: un fondo amaro e non spiegato che
non mi lasciava capire del tutto il suo sguardo. Avrei
voluto farle delle domande ma non ci riuscivo; le domande si perdevano nel tessuto dei nostri gesti, altrettanto lente e ripetute, viaggiavano sotto le nostre superfici. Entravano nel mio respiro, e raggiungevano la
punta delle mie dita, andavano in giro per il mio sistema circolatorio e si riflettevano negli occhi di Maria a
pochi centimetri dai miei, nelle sue labbra dischiuse
che quasi sfioravano le mie.

Ventidue

Sono tornato da Maria la notte dopo, e la notte dopo ancora. Dovevo essere sempre io a telefonarle perché lei non si faceva mai viva, e non era facile perché lei usciva e rientrava alle ore piú diverse. Dovevo interrompere di continuo il mio lavoro per cercarla; quando provavo a chiederle un appuntamento in anticipo sembrava che avesse una quantità cosí variegata di impegni da renderlo del tutto impossibile. Quasi ogni volta poi finiva per dirmi di raggiungerla a casa sua, diceva «Se vuoi», come se l'idea le fosse piú o meno indifferente. Ogni tanto mi chiedevo cosa sarebbe successo se non l'avessi cercata con tanto accanimento, ed ero quasi sicuro che lei non avrebbe fatto niente di suo per vedermi. Questo aumentava ancora la mia ansia, intrideva di disperazione le mie ricerche finché non riuscivo a trovarla.

Era sempre tardissimo quando finalmente potevo scappare via da casa di Bedreghin e attraversare la città e salire di corsa le scale di Maria. Poi andavamo avanti per ore a far l'amore, rintronati dalla stanchezza e dal desiderio e da quello che rifluiva in noi dal resto delle nostre vite. Non avevo mai fatto l'amore con degli istinti cosí fondi, che mi spingevano ad afferrarla con una bramosia infinitamente piú intensa ed esilarante e anche dolorosa di quella che avevo mai avuto per Caterina in tanti anni. Visti dal letto di Maria, i piccoli giochi sessuali che io e mia moglie avevamo imparato a memoria a furia di ripeterli mi sembravano incredibilmente consapevoli e arginati e divisi in ruoli, del tutto privi di passione. Non mi era mai capitato di provare sentimenti cosí scoperti in vita mia; ne avevo solo letto in qualche romanzo, o li avevo visti rappresentati al cinema, senza mai capire che fondamento reale potessero avere. Non mi era mai capitato di sudare come sudavo con Maria, o di sentirmi battere il cuore come me lo sentivo battere; o di perdere cosí il senso del tempo; di avvertire cosí precaria la mia contentezza, minacciata com'era dai pensieri sommersi di Luciano Merzi e di Caterina e di tutto quello che continuavamo a non dirci né chiederci.

La segreteria telefonica era accesa tutto il tempo di fianco al letto, come una memoria meccanica di quello che non potevo controllare di Maria. Il telefono suonava, quando eravamo appena saliti o mentre facevamo l'amore o mentre stavamo per addormentarci, e ci immobilizzavamo tutti e due: ascoltavamo il doppio trillo e lo scatto e il fruscio dei messaggio in uscita, il *biip* lungo e lo scatto e il fruscio del messaggio in entrata. Chiedevo a Maria «Non rispondi?», anche quando sarebbe stato molto difficile lasciarla andare. Lei sospirava «No», ma sentivo benissimo che ci pensava; cercavo di travolgere questi pensieri e mi rendevo conto di non riuscirci.

A volte mi veniva l'impulso di afferrare io la cornetta e gridare «Chi è?» nel tono da difesa territoriale piú aggressivo che mi veniva, mi frenavo solo per paura di come Maria avrebbe reagito. A volte era quasi come fare l'amore in tre, io e lei e la scatola giapponese di plastica posata sul tavolino basso di fianco al letto. A volte mi sembrava di avere in camera un vero nemico elettronico; a volte ero contento che ci fosse almeno un filtro a tenere a distanza l'altra vita di Maria. Ho provato a staccare di nascosto la spina del telefono; ma lei se n'è accorta quasi subito, perché controllava ogni poco la spia rossa dei messaggi. Mi ha detto «Non farlo mai piú»: il suo tono e il suo sguardo abbastanza fermi e concordanti da convincermi a darle retta.

Poi ci addormentavamo sudati fradici, nel letto a una piazza e mezza dalla cornice di vecchio legno che sembrava grande unicamente per la piccolezza della stanza, e ancora non avevo avuto nessuna garanzia di niente, nemmeno una vaga promessa. Maria era abituata a dormire con una pila di coperte; diceva di farlo per desiderio di protezione e bisogno di peso addosso piú che per il freddo. Le chiedevo, «Ma non ti basto io?» Lei diceva «Smettila»; e la sua passione si era già ritirata, mi sembrava che mi tenesse nel suo letto giusto per carità di non buttarmi fuori alle quattro di notte. Stavo immobile sulla schiena, percorso da scie di quello che avevamo fatto e dalla preoccupazione che Caterina mi telefonasse a casa di Bedreghin senza trovarmi; da pensieri passionali e pensieri realistici su come avrei potuto risolvere la situazione. Cercavo di non scoprire Maria; di non rotolarmi o schiacciarla contro il muro o darle qualunque ragione aggiuntiva di non volermi piú lí.

Non dormivamo mai abbastanza, in ogni caso: alle sette e mezza la sveglia si metteva a trillare e Maria sgusciava fuori dalle coperte, poco dopo era già vestita e pronta per la giornata. Dovevo fare uno sforzo terribile per strapparmi dal sonno e andare a lavarmi la faccia, per non cercare altri segni d'affetto nella sua irrequietezza mattutina. Ma quando ero vestito e scendevo al piano di sotto lei mi aveva preparato una colazione sul tavolo della minuscola cucina: biscotti in un cestino e una tazza di orzo caldo e una spremuta di arance. A volte invece dei biscotti c'era qualche altro dolce, cannoncini o sfogliette alla crema o una fetta di pandoro posata su un piattino. Maria non diceva mai di averli presi per me: diceva «Li ho comprati ieri per una mia amica», o «Li ha portati mia cugina»; metteva una vena di incertezza nella mia gratitudine. Lei non ne mangiava mai, beveva solo la spremuta d'arance; quando le porgevo qualcosa reagiva come se stessi cercando di rovinarla, diceva «Vuoi farmi diventare grassa come una balena?» La guardavo, e mi ricordavo come l'avevo guardata nuda la notte, e mi sembrava una preoccupazione assurda per la sua figura cosí leggera ed equilibrata. A volte i dolci che mi faceva trovare avevano lo stesso sapore dei baci che mi aveva dato, e non capivo se era la

memoria della mia lingua a confondermi o il fatto che
lei ne aveva mangiati di nascosto la sera prima.

Alle otto e un quarto ero in strada, attraversavo Trastevere ancora mezza addormentata come me, anima-
ta solo di camion della spazzatura e camioncini delle
consegne e cani, e la gelosia ricominciava a fluirmi dentro man mano che mi allontanavo da casa di Maria. Me
la immaginavo che finalmente ascoltava i messaggi nella segreteria telefonica, e richiamava Luciano Merzi o
chiunque glieli aveva lasciati, sovrapponeva altri sentimenti a quelli della notte prima.

Facevo un giro molto piú lungo del necessario per
non essere alla redazione troppo presto, ma quando arrivavo c'era solo Zancanaro l'amministratore, rintana-
to a guatare l'ingresso della sua stanza. Solo dopo un
quarto d'ora sentivo la voce indolente di Nadia la segretaria, e ci voleva un altro quarto d'ora o mezz'ora
prima che arrivassero anche la Dalatri e Bedreghin. Bedreghin veniva a bussarmi alla porta socchiusa, diceva.
«Bata, non ti sei ancora consumato?»: con un misto di
ammirazione tra maschi e invidia e curiosità, perché non
gli dicevo niente di Maria malgrado le sue insistenze.

La Dalatri non mi ha proposto altri lavori, anche se
ogni volta che ci incrociavamo mi guardava con una strana attenzione lenta che prima non aveva mai avuto.

Riscrivevo il mio romanzo, per tutto il giorno a
«360°» e la sera a casa di Bedreghin finché non potevo
andare da Maria. Non era un lavoro facile; non si trattava semplicemente di seguire un istinto o catturare delle sensazioni come avevo fatto per la prima versione a
Milano. Era un'operazione completamente proiettata
all'esterno ormai, molto piú razionale e lucida. Costrui-
vo ogni frase in modo che potesse reggere l'attenzione
di completi sconosciuti o addirittura di lettori ostili; cercavo di distillare nei dialoghi tutto quello che sapevo,
dare alla struttura un'articolazione in grado di sorpren-
dere anche Oscar Sasso. Ogni tanto mi immaginavo di

avere già in mano il libro finito, mentre andavo avanti pagina dopo pagina: un oggetto solido con il suo peso e la sua copertina e sovracoperta lucida, esposto in una vetrina sotto gli occhi dei passanti. A volte mi fermavo davanti alla vetrina di una libreria mentre andavo alla redazione, e mi immaginavo il mio libro tra gli altri; tenevo piú stretta la cartella con il dattiloscritto per paura di perderla. A volte mi immaginavo di correre su per le scale di Maria con la prima copia stampata, mettergliela in mano e guardare la sua faccia mentre leggeva la dedica.

Polidori è andato a Edimburgo per seguire l'allestimento di uno spettacolo da *Il respiro delle cicale* con due famosi attori scozzesi. Mi ha telefonato una volta alla redazione, ha chiesto «Come va il libro? E la tua ragazza?»

«Abbastanza bene tutti e due», gli ho detto.

Lui ha detto «Cerca di non distrarti. Cerca di non vivere troppo, in questo momento. Cerca di concentrare tutto nel tuo romanzo, anche se ti fa soffrire. Avrai il tempo che vuoi quando l'hai finito».

Gli ho detto «D'accordo»; ma non avevo nessuna voglia di soffrire, né di aspettare. In ogni caso, mi sembrava di vivere solo una parte della notte, e di avere molto meno tempo di quello che mi sarebbe servito.

Caterina ha reagito in un modo strano quando le ho detto del contratto con l'editore spagnolo: sembrava piú stupita che contenta. Ha detto «Ma se non l'hai ancora finito?»

«E allora?», le ho detto io, aggressivo per tutti i sensi di colpa che avevo dentro. «È bastata la parola di Polidori. Per fortuna lui ci crede».

Le telefonavo sempre alle otto di sera, con la piú grande puntualità per stabilire un'abitudine interamente affidabile ed evitare che mi cercasse lei piú tardi. Le nostre conversazioni erano cosí povere, mi sembrava difficile che avesse voglia di parlarmi una seconda volta in

un giorno. Ma non ero mai del tutto sicuro; dicevo a Bedreghin «Se mi cerca mia moglie sono uscito». Lui diceva «E se ti cerca alle quattro di notte?» Non sapevo
cosa rispondergli; ogni volta che ero da Maria avevo paura che Caterina mi telefonasse senza trovarmi. Era una
specie di fantasma di pensiero, mi seguiva anche quando ero convinto che se ne fosse andato.

Continuavo a pensare che avrei dovuto chiarire le cose, ma non riuscivo a pensare a un modo né a un'occasione; e la mia storia con Maria era del tutto indefini-
ta, non avevo nessuna sicurezza a cui appoggiarmi. Alle otto in punto facevo il numero di Milano, come un
esorcismo. Davo a Caterina sempre gli stessi frammenti di informazioni non sostanziali, nello stesso tono parte stanco e parte distratto, parte in cerca di una comprensione che lei non aveva nessuna ragione di darmi.

Ogni tanto Caterina mi chiedeva «Quand'è che vieni a Milano?» Le dicevo «È difficile, sto lavorando come un pazzo». Ogni tanto lei diceva «Allora ti vengo a
trovare io»; le dicevo «Ma c'è solo un letto singolo, ed
è una casa orribile e sporca e rumorosa, in una delle parti piú brutte di Roma. Va bene solo per lavorare».

Non è che lei insistesse molto: si limitava a suggeri-
re delle possibilità che un istante dopo perdevano con-
torno in una nebbia di finte considerazioni pratiche, diventavano vaghe come il rapporto che ormai ci legava.
D'altra parte finché non le parlavo mi sentivo una strana inquietudine, che non dipendeva dal desiderio vile
di giustificarmi ma sembrava un vero senso di mancanza. Poi mi bastava parlarle tre minuti perché il senso di
mancanza si dissolvesse, cacciato via da un desiderio di
rivedere Maria ancora piú forte della sera prima.

Quando finalmente riuscivo a trovarla al telefono,
Maria spesso mi elencava in tono agitato gli incontri che
aveva avuto durante il giorno con agenti e colleghi e registi e produttori e funzionari televisivi e insegnanti di
recitazione o di danza o di lingue. Da quasi nessuno di

questi contatti venivano risultati concreti, ma promesse e intenzioni e nuovi appuntamenti, nuovi nomi che in buona parte conoscevo dai tempi di «Prospettiva». Maria si innervosiva moltissimo per il continuo rinviare e dissolversi di progetti nel nulla, ma era chiaro che il suo lavoro era fatto in gran parte di attese: i suoi spostamenti attraverso la città servivano a moltiplicarle.

A volte provavo un odio generalizzato per tutti quelli con cui aveva a che fare. Mi veniva in mente la voce di qualcuno in una mia vecchia intervista telefonica, o una faccia sulle pagine di «Prospettiva»; le dicevo «Quel cialtrone?», o «Quell'imbecille tronfio?», o «Quel mafioso democristiano?», in un tono che avrebbe potuto usare Polidori. Lei aveva una specie di rispetto timoroso da attrice per questi personaggi; mi diceva «Ma come ti permetti? Cosa ne sai?» Ho capito che mi vedeva come un nemico in quei casi, come uno che da fuori cercava di minare la sua sicurezza professionale; ho smesso di farle osservazioni.

Lei non mi spiegava mai nessun progetto molto in dettaglio, del resto: piú che altro mi metteva davanti un reticolo di impegni per farmi capire quanto erano complicate le sue giornate, quanto era difficile farci entrare anche me.

Oppure diceva: «Mi ha chiamato un mio amico», o «Stasera devo sentire dei miei amici», oppure «Un mio amico mi ha invitata a teatro». Le chiedevo «Chi sono questi amici? Sono funzionari della televisione, o compagni di scuola, o conoscenti, o amanti? Sono sempre la stessa persona?» Lei non rispondeva; guardava da un'altra parte. E c'erano sempre dei vuoti nei suoi resoconti; riuscivo a pensare solo a quelli.

Mi è arrivato alla redazione un assegno internazionale dalla Spagna con la prima rata dell'anticipo per il mio libro. Mi ha stupito quanto l'idea di avere già firmato un contratto, e ha spostato ancora un poco verso l'esterno il mio modo di lavorare. Mentre scrivevo mi rendevo conto che le mie frasi avevano un peso e anche una leggera rigidezza che prima non c'era, procedevano come piccoli treni carichi di responsabilità verso il mondo esterno.

Ho aperto un conto in una banca del centro; era ancora un altro passo che mi allontanava da Caterina.

Ventitre

Polidori è tornato dalla Scozia, mi ha telefonato alla redazione di mattina. Ha detto «Forse ti ho trovato una casa in un posto meno desolato». Ho cercato di dirgli «Ma come?»; lui ha tagliato corto, mi ha dato il numero di telefono di una certa signora Zanardini.

La Zanardini mi ha risposto in un tono cortese, mi ha dato appuntamento all'una sotto casa sua.

All'una sono andato a prenderla vicino a piazza Campo dei Fiori: un'ex bella donna dagli occhi azzurri, con i lineamenti appena tirati da un lifting discreto. Mi ha detto «Marco dice che lei è bravissimo, cosí giovane». Angolava la testa come un uccello mentre parlava, sembrava che si aspettasse di trovare una ragione evidente della stima di Polidori.

Si è messa a camminare molto veloce e nervosa; l'ho seguita attraverso le vie del quartiere e attraverso un ponte sul Tevere, sempre piú teso man mano che ci avvicinavamo a casa di Maria. A ogni angolo speravo di incontrarla, e anche ne avevo paura; mi chiedevo cosa avrei fatto se l'avessi vista con Luciano Merzi o con un altro dei suoi cosiddetti amici.

Ci siamo fermati davanti a un vecchio palazzo giallo, a solo due isolati da quello di Maria, affacciato su una piazzetta formata da un incrocio di tre vicoli. Dentro, gli appartamenti erano svuotati e in via di ristrutturazione, c'erano pile di piastrelle e sanitari incartonati sui pavimenti, polvere di intonaco sulle scale. Solo al primo piano resisteva una coppia di abitanti originari: si sono affacciati a guardarci da dietro la loro porta malridotta, per niente amichevoli.

La Zanardini mi ha trascinato al terzo piano, lasciandosi dietro una scia di profumo che si mescolava all'odore di polvere. Era agitata per il suo appartamento, mezza sentimentale e mezza attenta amministratrice; mi ha spiegato che di solito affittava solo a stranieri perché con gli italiani c'era poco da fidarsi, ma se glielo chiedeva Marco naturalmente era diverso. Doveva esserci stato qualcosa tra loro, a sentire il modo in cui lei pronunciava il suo nome.

L'appartamento era piacevole e luminoso, della misura giusta per una persona sola o anche due, vuoto di mobili tranne per un divano e un tavolo con il piano di vetro nel soggiorno, un letto nella camera da letto. Sono andato a guardare la vista dalle finestre, pensavo quasi incredulo a quanto sarei stato vicino a Maria; la Zanardini mi osservava da vicino alla porta. Ero spaventato, anche, perché questo mi sembrava l'ultimo passo, e arrivava cosí presto dopo gli altri, avrei voluto rifletterci qualche giorno. Ma non mi sembrava di poterle dire che non lo volevo, dopo che aveva fatto un'eccezione arrischiata in nome di Polidori e aveva attraversato un pezzo di città a passo veloce nell'ora di pranzo.

Le ho detto «È molto bello»; continuavo a guardarmi intorno, come uno che deve saltare da un trampolino altissimo.

«Allora va bene?» ha detto lei, in un tono venato di tristezza, forse anche per Marco Polidori.

Le ho detto «Non so, dipende da quant'è l'affitto»; cercando ancora di puntare i piedi quando sapevo che era troppo tardi.

Invece lei ha sorriso nervosa, ha detto «A quello ci pensa Marco. Pensavo che lo sapesse».

Le ho detto «No, questo non posso accettarlo»; ma lei mi aveva già messo in mano le chiavi, mi stava spiegando dov'era il contatore della luce e come funzionava lo scaldabagno e cosa c'era in cucina.

Poi siamo scesi e ci siamo salutati sotto casa, e mentre la vedevo andare via mi è venuto uno strano senso di sconnessione. Mi sembrava di percepire in modo netto il piano delle mie immaginazioni che si staccava da quello della mia vita legittima e lo lasciava indietro. E mi è venuta una vera vertigine, come se di colpo vedessi tutto da una prospettiva rovesciata, dove tutti i miei riferimenti piú familiari erano lontanissimi e intorno a me c'erano solo dati di fatto quasi incomprensibili.

Sono rimasto fermo vicino al portone: cercavo di respirare regolare, non lasciarmi travolgere dal panico. Ho pensato che dovevo anche essere molto stanco, a furia di non dormire la notte e lavorare al mio libro tutto il giorno; poco alla volta sono riuscito a calmarmi.

Ho fatto un giro lento intorno all'isolato, sono tornato sotto le mie finestre per rendermi conto meglio della situazione. Provavo a immaginarmi di abitare lí; di invitarci Maria; di dire a Polidori che non potevo assolutamente accettare.

Sono salito a telefonargli dalla camera da letto vuota, ma non c'era; gli ho lasciato detto solo «Roberto, ciao».

Ho chiamato Maria, e naturalmente non c'era neanche lei; le ho lasciato detto «Ho preso un appartamento a due passi da te. Magari qualche volta riusciamo a vederci anche con la luce del giorno».

Ho provato a chiamare anche Caterina a Milano: era appena rientrata dallo studio, stava mangiando qualcosa. È rimasta sorpresa a sapere che avevo un appartamento per conto mio, ma non mi è sembrato che si rendesse conto di quanto questo ci allontanava ancora. Ha detto «Va a finire che ci trasferiamo a Roma per sempre».

Le ho detto «Non credo»; intristito all'idea che lei continuasse a pensare per due.

Nel pomeriggio ho avvertito Bedreghin che me ne andavo da casa sua ma naturalmente gli avrei pagato tutto marzo. Lui mi ha guardato, ha detto «Sei una freccia, Bata»: parte offeso e parte sconcertato, parte lasciato indietro.

E mi è venuto quasi dispiacere all'idea di andarmene

dallo squallore rassicurante del suo appartamento semigotico, per scivolare in una situazione molto meno provvisoria.

Quando sono uscito dalla redazione sono andato direttamente a Trastevere, a comprare lenzuola e asciugamani per il mio nuovo appartamento. Ho cominciato a girare in cerca di un negozio, con la cartella del
mio romanzo in mano. Non avevo mai comprato lenzuola o asciugamani per conto mio, né avevo mai avuto una casa per conto mio dove metterli. Mi venivano
in mente tutte le volte che l'avevo fatto insieme a Caterina: come battevo il piede vicino alla cassa mentre
lei sceglieva e parlava con i commessi. Mi veniva in
mente la naturalezza del suo ruolo; come il suo ruolo si
appoggiava al mio.

Sono entrato in un grande magazzino, parte di una
catena sparsa per tutta Italia ma sopravvissuto a Trastevere in apparente abbandono. C'era una vecchietta
dalle gambe gonfie su una seggiola davanti all'ingresso, con un campionario di sigarette e accendini di con-
trabbando come in un paese del Terzo Mondo; dentro
tutto sembrava avanzato da vecchi campionari, sparso
sui banconi lambiti da gente troppo anonima e priva di
energia per andare in uno qualunque dei mille nego-
zietti che c'erano nelle vie tutt'intorno.

Ho preso due lenzuola e una coperta e un paio di
asciugamani quasi senza sceglierli, li ho pagati alla cassa
e me ne sono venuto via. Sono stato assalito dai rumori
della strada: il traffico disordinato di macchine e motorini, i gesti e le grida e gli sguardi. Mi sentivo come un
naufrago peggio di quando ero sceso con la Zanardini,
abbandonato nella confusione indistinta del mondo mentre la mia vita legittima si allontanava sempre piú all'orizzonte. Sarei tornato indietro, in quel momento preciso;
ma forse solo perché mi rendevo conto che era troppo
tardi per tornare indietro.

Ho chiamato Maria, ed era in casa; sentivo la sua

voce come in un citofono tanto eravamo vicini. Mi ha
chiesto «Hai già traslocato?»; non sembrava particolarmente contenta di avermi a due passi.

Le ho detto «Piú o meno. Mi sento come un foglio
di carta appallottolato che non sa neanche cos'ha scritto dentro».

«Sí?», ha detto lei, per niente colpita da questa frase stupida. Era distratta, come sempre tranne quando
facevamo l'amore; non aveva voglia di farsi schiacciare al muro da confessioni o richieste di sentimenti.

Le ho chiesto «Perché non fai un salto a vedere la
mia nuova casa?», senza riuscire in un tentativo di tono disinvolto.

Lei ha detto «Ho un sacco di cose da fare».

E ho insistito; le ho detto «Solo un attimo, dài. Potrebbe essere l'ultima nostra occasione di vederci. È
probabile che mi suicidi prima di mezzanotte, se non
mi cambia l'umore».

Lei ha riso. Piú nervosa che divertita. Ha detto «Va
be', passo tra cinque minuti».

Cosí ho aspettato, camminando avanti e indietro sul
pavimento tamburato che risuonava a ogni passo, e continuavo a guardare dalle finestre nella piazzetta-incro-
cio di vicoli per vedere i suoi capelli. I cinque minuti si
sono allungati e allargati come capita a pochi cinque minuti, sono diventati uno spazio senza suoni né immagini da attraversare e riattraversare come un deserto.

Ma alla fine ho sentito la sua voce che mi chiamava
dalla strada, sono sceso di corsa ad aprirle.

Lei sembrava quasi insospettita dal fatto che avessi
trovato una casa cosí vicina alla sua: mi ha detto «Cos'è,
una pura coincidenza?»

«Ho setacciato le agenzie immobiliari di tutta Roma», le ho detto io.

Lei ha detto «Bravo»; e non credevo di avere mai
visto uno sguardo cosí spiritoso, o delle labbra cosí belle, nemmeno al cinema o sui giornali. Mi sembrava di
non essere ancora riuscito a vederla bene; di averla solo sentita tutte le notti che ero andato da lei, averla so-

lo annusata e toccata e assaporata come un animale quasi cieco. Era sempre cosí tardi quando stavamo insieme, e parlavamo sempre cosí poco.

Le ho detto «No, me l'ha trovata Marco Polidori».
Non c'era nessuna carta che non avrei giocato per averla in modo piú duraturo: ero disposto a fare il gettano-
mi e lo snob e il giovane scrittore, battere tutta la gamma degli atteggiamenti dalla sincerità alla simulazione.

Maria si è girata a guardarmi; mi ha chiesto «Siete
cosí amici, ormai?»

«Sí», le ho detto io, cercando di capire se questo mi
migliorava ai suoi occhi oppure no.

Lei si è seduta sul divano, con la testa all'indietro e
gli occhi socchiusi, stanca oppure annoiata dalle mie insistenze. Mi ha detto «Ti devo dire una cosa, Roberto».

Ma questa frase e il suo tono mi hanno spaventato;
non avevo voglia di sentire. Sono andato a inginoc-
chiarmi di fianco a lei, ho detto «Anch'io ti devo dire
una cosa»; mi sono allungato a darle un bacio sui capelli, su un orecchio, le ho stretto le braccia intorno.
Lei ha cercato di fare resistenza e spingermi via, ma ho
sentito la tensione nei suoi muscoli che si allentava; ci
siamo baciati sulla bocca, siamo rotolati sul divano.

E dal divano siamo rotolati a terra, sulla moquette
di lana color sabbia e ci siamo strappati via i vestiti. La
cosa curiosa è che avrei voluto parlarle invece, spiegarle
di Caterina e farmi spiegare di Merzi o chiunque fosse; ma fare l'amore era l'unico linguaggio con cui riu-
scivamo a comunicare, non eravamo riusciti a svilup-
parne un altro. Ci veniva naturale; cancellava tutto il
resto, o almeno lo faceva scivolare in secondo piano.

Lei mi ha detto in un orecchio «Perché non andiamo
di là?», e siamo andati nella camera da letto, ed ero incantato a vederla camminare nuda davanti a me. Fuori
stava diventando primavera, anche, dalla finestra entrava un'aria già dolce. Siamo precipitati sulla superficie cedevole del materasso, abbiamo ripreso a strusciarci
e leccarci e mordicchiarci in una specie di isteria da contatto, come se volessimo confondere un gesto nell'altro

e una sensazione nell'altra senza un inizio e una fine, senza nessun prima o dopo collegati da uno spazio intermedio che si consumava secondo dopo secondo.

Ha suonato il telefono, la prima volta che lo sentivo suonare; Maria ha smesso quasi di respirare.

Ho allungato un braccio a cercare sotto il letto senza staccarmi da lei, ho detto «Sí?» con la voce piú normale che mi veniva.

Polidori ha detto «Scusa Roberto, non volevo disturbarti. Ti richiamo in un altro momento».

«No, figurati», gli ho detto io, sforzandomi di controllare il respiro.

Polidori ha detto «Volevo sapere se avevi voglia che ci vediamo piú tardi. Ma se hai programmi piú eccitanti non mi offendo, Roberto».

«No, no, va bene», gli ho detto io. Ho guardato Maria, ma lei guardava il muro. Ho detto a Polidori «Perché non vieni qua?»

Lui ha detto «Sei sicuro che non preferisci fare altro?»

«Sí che sono sicuro» ho detto io, anche se non lo ero. Ma avevo voglia di fargli rivedere Maria, mi sembrava che questo potesse rinforzare in qualche modo la mia posizione con lei.

Polidori ha detto «Verso le dieci, allora».

Quando ho messo giú ho detto a Maria «Viene Marco Polidori piú tardi. È simpatico, vedrai». Cercavo di farla guardare verso di me, le ho dato un bacio sui capelli.

Maria alla fine mi ha guardato, ma sembrava già molto piú lontana di prima. Ha detto «Non ne ho voglia. Devo andare a casa».

E tutta la mia contentezza di un attimo prima si è dissolta. Le ho detto «Ma cosa c'è? Mi vuoi spiegare cosa c'è?»

Lei ha detto «Niente», si è seduta sul bordo del letto. Ha detto «Adesso vado».

L'ho presa per le spalle, lisce com'erano, le ho detto «Aspetta. Parliamo, scusa. Mangiamo qualcosa insieme. Chiamo Polidori e gli dico che non posso vederlo».

Lei si è liberata dalla mia presa, ha detto «No grazie. Devo fare i bagagli, domattina presto parto per la Sicilia». Si è alzata, nuda e chiara, mi ha guardato solo di sfuggita, è andata verso il corridoio.

«Come in Sicilia?», le ho chiesto senza capire; mi sono infilato i calzoni e le sono andato dietro nel soggiorno.

«Per il film», ha detto lei. Raccoglieva i suoi vestiti sparsi sui pavimento, se li rimetteva senza preoccuparsi delle finestre.

Ho chiuso gli scuri perché nessuno la vedesse; le ho detto «Ma quanto ci devi stare?»

«Due mesi», ha detto lei, mentre si allacciava la gonna.

«Due mesi?», le ho detto, e mi sembrava una vita intera; mi sembrava che tutto stesse perdendo forma e significato con una rapidità incontrollabile. Le ho detto «E perché non me l'hai detto prima? Perché non mi hai detto niente?»

«L'ho saputo stamattina», ha detto lei. «Fino all'ultimo erano quasi sicuri che slittasse di un altro mese», si è infilata il golf sopra la camicetta.

Le ho detto «Ma c'è un posto dove ti posso telefonare?»

«Non lo so ancora», ha detto lei. Il primo mese siamo in campagna non so dove». Si stava già mettendo le scarpe, era già vestita.

«Accampati?», le ho chiesto. «Senza neanche un indirizzo preciso o un numero di telefono?»

«Non lo so», ha detto Maria, irritata dalla mia insistenza. Ha detto «Non so se hai idea di come funzionano le produzioni». Ha finito di allacciarsi anche la seconda scarpa, non mi guardava.

Le ho chiesto «Cosa vuol dire, che non riusciremo a sentirci per due mesi interi?»

Lei ha detto «Forse dopo, quando andiamo a Palermo. Non ho idea di quando, non sono mai precisi con i piani di lavorazione». Aveva un tono duro adesso, da professionista; mi ha tolto la speranza che le sue lacrime di prima fossero per il dispiacere di non vedermi.

L'ho seguita fuori sul pianerottolo e giú per le scale, le ho detto «Questa città diventerà una specie di enorme cimitero appena te ne vai. Non avrò piú la minima ragione al mondo di essere qui».

Lei senza girarsi ha detto «Ma non hai un libro da scrivere?»

«Sí», ho detto io, in uno sforzo estremo per frenare la mia ansia e apparirle maturo e apparirle un artista. Ma ero concentrato solo su di lei che scendeva veloce, le andavo dietro come una mosca.

E siamo stati subito sotto, sulla soglia del portoncino. Le ho detto «Se riesci magari telefonami, una volta».

«Se riesco», ha detto lei, con una mano tra i capelli biondi corti.

Ho cercato di darle almeno un bacio, ma lei si è staccata appena le nostre labbra sono arrivate a contatto, ha detto «Ciao». È andata via attraverso la piccola piazza-incrocio di vicoli, dove due ragazzotti si stavano azzuffando e un cane abbaiava e alcune vecchiette commentavano. Sono rimasto a guardarla camminare via, stupito da come la sua andatura non tradiva niente di quello che c'era stato tra noi, geloso di ogni suo passo.

Sono tornato su, e il mio nuovo appartamento era vuoto, sembrava che Maria si fosse portata via anche l'aria da respirare. Mi sono rivestito, e non riuscivo a guardare in nessun punto, fermarmi in nessun punto senza sentire la sua mancanza che mi passava attraverso come una lama sottile. Cercavo di immaginarmela che saliva le scale di casa sua, che entrava nel minuscolo soggiorno pieno di tracce e telefonate di un altro uomo. Me la vedevo in Sicilia mentre girava il film: gli sguardi per lei del regista, dei tecnici della troupe. Mi chiedevo se il mio dispiacere di poco prima le avrebbe dato un motivo di nostalgia o l'avrebbe solo fatta sparire; se aveva ragione Polidori quando parlava della legge della bilancia o invece i sentimenti rispondevano a ragioni piú complesse e meno prevedibili, diverse ogni volta a seconda di chi li provava. Camminavo avanti e indietro, respiravo male.

Poi ho sentito chiamare «Roberto!», ed era la voce di Polidori, mi sono affacciato alla finestra. Guardava in su nella piazzetta, ha detto «Niente citofono né niente?»

Sono sceso ad aprire, almeno in parte rincuorato all'idea di potergli parlare, trovare riparo nella sua intelligenza non convenzionale.

Mi ha seguito su per le scale con il suo solito passo da scalata, sembrava di buon umore. Ha detto «Certo è un quartiere piú allegro della mia collina-cimitero, se non ti dà fastidio il rumore e la confusione e non ti importa dei ristoranti fasulli e dei turisti».

«Si, è molto allegro», ho detto io, anche se mi sembrava piú desolato del quartiere di Bedreghin, adesso che Maria se n'era andata.

Polidori si è guardato intorno nell'appartamento vuoto, aveva un'aria divertita. Ha detto «Be', non è male, no?»

«È magnifico», gli ho detto io. «Ma non posso accettare».

«E perché?», mi ha chiesto lui, saggiando con una mano il divano dove avevo abbracciato Maria.

«Perché hai già fatto fin troppo per me», ho detto.

Lui è andato verso la stanza da letto, ha detto «Non fare lo scemo, Roberto. Non è un regalo, è un investimento per farti lavorare meglio. Ormai mi sono talmente compromesso come tuo sponsor, non posso piú permettermi che tu tiri fuori un bidone».

«Sí, ma non posso accettare lo stesso», ho detto io. Avrei voluto dirgli di non entrare nella stanza da letto, mi sembrava una specie di profanazione.

Lui ha detto «Piantala, Roberto. Non lo capisci che mi fa piacere? Che è come fare qualcosa per interposta persona?»

Per fortuna ha dato solo un'occhiata ed è tornato verso il soggiorno, con le mani nelle tasche del suo completo scuro. Ha detto «Starei anch'io in un posto cosí, se potessi. Con solo lo stretto indispensabile, una vecchia macchinetta portatile per scrivere e un divano per sedersi e un tavolo per mangiare e un letto per fare l'amore».

Mi è venuto l'impulso di trattenerlo ancora lí dentro, fare esorcizzare dalla sua presenza le ombre che mi dividevano da Maria. Gli ho detto «Ti posso offrire solo dell'acqua».

«Va bene l'acqua», ha detto Polidori. «Ma adesso andiamo».

Ho portato due bicchieri e mi sono seduto per terra con le spalle al muro, lui si è seduto sul divano. Mi ha chiesto «Il libro?»

«Vado avanti», ho detto io.

«E quando pensi di finirlo?», mi ha chiesto. Sentivo la pressione impaziente delle sue aspettative mentre mi guardava.

Gli ho detto «Presto. Ci sto lavorando molto» senza riuscire davvero a pensarci, come uno studente lazzarone con il suo professore.

Polidori ascoltava le voci dei passeggiatori notturni dalle finestre socchiuse, ha detto «È primavera, quasi». Poi di punto in bianco mi ha chiesto «E Caterina?»

«Caterina sta bene», gli ho detto io, ma la voce mi si è incrinata mentre lo dicevo, ho dovuto distogliere lo sguardo.

Polidori ha detto «È una ragazza preziosa, non credere che se ne trovino tante come lei. È intelligente, e carina, e ha un cosí buon equilibrio interiore. Mi ha colpito molto quando siete venuti in campagna».

Non mi ero reso conto che lui l'avesse osservata tanto bene; avevo pensato che le sue attenzioni per lei fossero quasi solo una cortesia nei miei confronti. Mi colpiva il fondo di rimprovero amichevole nella sua voce, o di rammarico non dichiarato.

«Lo so», gli ho detto. «Le sono enormemente affezionato». Facevo sempre piú fatica a sostenere questa conversazione; non sapevo se cercare di cambiare argomento o chiedergli ancora una volta consiglio.

«Però?», ha chiesto lui.

«Niente», gli ho detto. «C'è quest'altra ragazza e non sono mai stato preso in questo modo. Credo che farei qualunque cosa per lei».

Polidori ha sorriso; ha detto «Non capisco perché tu debba mettere in conflitto le due cose».

«Perché lo sono», gli ho detto io. «Lo sono».

Polidori ha detto «E saresti disposto a lasciare Caterina per lei?»

«Credo di sí», gli ho detto. «Sarebbe come tagliarmi un braccio, ma credo di sí». Ho finito di un sorso il mio bicchiere d'acqua, senza avere nessuna sete. Ho detto «Perché è come se Maria avesse tutto quello che mi ero sognato di una donna fino a questo momento».

«Si chiama Maria, la ragazza misteriosa?», ha chiesto Polidori.

«Sí», ho detto io. «Però neanche quando stiamo facendo l'amore mi sembra di riuscire ad arrivarle abbastanza vicino. C'è questa specie di ombra tra di noi, una specie di distanza insuperabile di cose non dette. Credo che non si sia ancora lasciata con il suo uomo, ma di notte non lo vede mai, e non riesco a chiederle niente».

Lui mi guardava pensieroso, con il bicchiere d'acqua in mano. Alla fine ha detto «Non credo che tu debba fare niente, Roberto. Lascia perdere le braccia tagliate e le scelte drammatiche. Goditi questa Maria finché c'è, non hai nessun motivo di perdere una donna come Caterina».

«Ma non posso», gli ho detto. «Non sono capace di tenere equilibri complicati, come dici tu. Non so se è una questione di generazioni o cosa, ma non ci riesco. Vorrei chiarire tutto, avere solo lei». Mi sono alzato, ho spalancato del tutto una delle due finestre per fare entrare aria.

Polidori ha detto «Le passioni si esauriscono tutte, Roberto. È nella loro natura. Del resto sarebbe ridicolo se durassero per sempre. Prova a immaginarti, due persone che dopo aver passato dieci o venti anni insieme continuano ad avere la stessa ansia reciproca di quando si sono conosciute? Sarebbe una specie di farsa, o un caso clinico».

Il suo modo di vedere le cose dal di fuori adesso mi esasperava; mi sono alzato, gli ho detto «Parli sempre come se ci fossero delle regole a cui non ci si può sottrarre».

«Ma ci sono», ha detto lui «Vorremmo tutti che non ci fossero, ma ci sono. E anche se siamo degli animali piuttosto complessi basta un minimo di osservazione per capire come funzioniamo. Una passione si alimenta di quello che non sai di un'altra persona, molto piú che di quello che sai. Se non la conosci e hai qualche buon elemento di partenza ti puoi immaginare qualsiasi cosa. Sovrapponi le tue fantasie alle zone d'ombra, e se ci sono tante zone d'ombra hai ancora piú spazio, puoi farci stare dei sogni interi. Ma il guaio di una passione è che produce molta luce concentrata, è solo questione di tempo prima che rischiari ogni piccolo angolo. E di solito non ci trovi piú molto, quando l'ombra si è dissolta».

Camminavo avanti e indietro vicino alle finestre come una specie di maniaco; gli ho detto «Non mi importa niente di cosa succede tra dieci o vent'anni. Mi interessa solo di adesso».

Polidori si è alzato, ha detto «Perché non usciamo, Roberto? Devo essere in un posto tra mezz'ora».

Cosí siamo scesi in strada, abbiamo camminato contro la corrente dei visitatori che affluivano a Trastevere per la notte.

Polidori ha detto «È che abbiamo queste immagini dentro, e sono abbastanza astratte da adattarsi a donne molto diverse. In certi casi coincidono cosí bene, e la passione acceca talmente la nostra capacità critica e il nostro senso dell'umorismo, non ci rendiamo affatto conto di cosa stiamo facendo. E naturalmente alle donne succede lo stesso con gli uomini, forse anche peggio. Credono di aver incontrato un capitano di lungo corso o un principe azzurro che le sorprenderà e le riempirà di entusiasmo per tutta la vita, e si ritrovano con un bambinastro molle e sciatto ed egoista che sa solo chiedere attenzione e cercare di farsi servire».

Guardavo le facce delle ragazze che ci venivano incontro nel fiume di persone, ma non mi sembrava certo di poter sovrapporre a nessuna di loro neanche una piccola parte di quello che mi piaceva di Maria, per quanto in ombra fossero ai miei occhi.

Polidori ha detto «E quando una passione si ritira, ogni volta ci sentiamo imbrogliati e presi in giro, ci sembra che la colpa sia tutta dell'altra persona che si è presentata come non era. Cosí investiamo una quantità enorme di energia a cercare di trasformarla con la forza e con la ragione in quello che ci eravamo immaginati, e quando vediamo che è inutile ci consumiamo in accuse e rimproveri e rinfacciamenti senza fine. Ma sono stati i nostri meccanismi interiori a imbrogliarci, non è colpa di nessuno».

«Allora cosa dovremmo fare, secondo te?», gli ho chiesto. «Non innamorarci mai? Starcene scettici e freddi a cercare di leggere tutto il tempo le ragioni biologiche e comportamentali dietro i nostri impulsi?»

Lui guardava come me il campionario di facce e corpi e modi di fare che ci venivano incontro vocianti nella poca luce; ha detto «Ma no. Basta solo conservare un minimo di prospettiva. Non appiattirsi del tutto in quello che succede, non sentirsi costretti a scelte drammatiche di fronte alla minima attrazione. Tanto poi vedrai che ce ne saranno altre, di Marie».

Ma questi discorsi non mi piacevano per niente: erano lontani anni luce dai miei sentimenti, e mi sembravano cinici e offensivi nei confronti di Maria. Gli ho detto «Non sono per niente d'accordo».

Lui mi ha guardato e si è messo a ridere; ha detto «È anche vero che i consigli non servono a niente, in questi casi, quando non ottengono l'effetto opposto. Al massimo servono a rovinare delle amicizie». Mi ha scrollato per la spalla, ha detto «Roberto, porca miseria. Lo so com'è. Cosa credi, che io non continui a innamorarmi, anche se ho cinquantatré anni? Mi capita due o tre volte al giorno, certi giorni, mentre cammino per la strada o entro in un cinema o in una sala da concerti. Vedo una donna di cui non so niente di niente, e solo dal suo modo di muoversi o dalla luce nei suoi occhi penso che sia la donna della mia vita, la seguirei in qualunque parte del mondo».

L'ho guardato, però mi sembrava che parlassimo di due generi ben lontani di innamoramenti.

Polidori ha detto «E ci sono talmente tante ragioni diverse di attrazione, cerchiamo sempre di inglobarle tutte in un unico sentimento, che corrisponda a un'unica persona ideale. Ma prova a prendere una matita e fare un ritratto di donna in base a tutto quello che tu cerchi nelle donne. Provaci. Una che crede a qualsiasi cosa dici ma ha anche una grandissima capacità di giudizio, una che ti sta attaccata ma è anche perfettamente autonoma, una che è dolce e affettuosa ma anche impossibile da prevedere, una che ti conosce in ogni sfumatura ma prende per buona qualunque parte tu voglia recitare. Una che c'è nei momenti piú difficili ma anche ti sfugge tutto il tempo, comprensibile come se fosse di vetro ma anche piena di zone d'ombra, che fa le stesse cose che fai tu ma anche riesce a sorprenderti in continuazione, che non ti costa il minimo sforzo ma è anche un meraviglioso oggetto da esibire. Una che sia piú matura di te ma anche una bambina, che ti assomiglia ed è diversissima da te, che parla con il tuo identico accento e viene dall'altra parte del mondo. Riesci a vedertela?»

Mi sono messo a ridere anch'io, disperato com'ero; ho detto «Sí, forse sarebbe una povera schizofrenica».

Polidori ha detto «Una specie di giraffa con le ali da farfalla e le zampe di bassotto».

«E allora?», gli ho chiesto.

Lui ha detto «Allora se sei fortunato trovi una donna che ha alcune delle cose che cerchi, e vivi comunque pieno di rimpianti per le altre vite che avresti voluto. Oppure puoi provare a mettere insieme donne diverse, senza piú pretendere minimamente che ognuna di loro sia perfetta. Abbiamo anche il vantaggio di vivere in un paese dove è accettato che un matrimonio non sia del tutto esclusivo, non siamo costretti a risposarci dieci volte di seguito come fanno gli americani».

«E come mai allora ti sei divorziato dalla tua prima moglie?», gli ho chiesto. Mi faceva orrore quello che mi suggeriva, di tenere Maria ai margini ritagliati della mia vita e continuare a fare finta di niente con Caterina; mi sembrava una proposta ipocrita e intollerabile.

«Perché l'ha voluto lei», ha detto Polidori. «Credo che non me ne sarei mai andato se fosse stato per me, anche se non c'ero, e anche se correvo dietro ad altre donne. Avrei continuato a mantenere un legame con lei. È che ho una specie di rifiuto profondo all'idea di chiudere definitivamente. Per quanto male possa andare, e per quanto io possa avere contribuito a rovinare le cose. Mi sembra terribilmente innaturale rinunciare a una persona per averne un'altra. E come se mi dicessero "Se vuoi un piatto di riso allora devi chiudere per tutta la vita con la pasta". È una specie di ricatto inaccettabile, dovuto a una cultura rozza e schematica, che tende a proporre modelli troppo semplici».

«E allora?», gli ho chiesto. Non volevo che divagasse, volevo sentire come aveva risolto le cose con la sua prima moglie.

«Allora niente», ha detto lui. «Magari avrei continuato a esserci solo ogni tanto, e ricomparire una volta al mese, ma certo avrei continuato a considerare mia moglie parte del mio equilibrio. Lei forse non se ne rendeva conto, e in ogni caso non le bastava, per fortuna non è mai stata il tipo di donna che resta a casa ad aspettare. È una donna intelligente e ambiziosa quanto me, la pazienza le si è esaurita presto. Cosí mi ha cacciato di casa, una volta che sono tornato a Roma da Parigi con il mio spirito da Babbo Natale pieno di affetto e di regali ma che purtroppo ha la slitta che lo aspetta davanti a casa e deve andarsene quasi subito. Lei ha preso le mie cose e le ha ficcate in un paio di valigie e mi

ha buttato in strada, letteralmente. Ho dovuto trovarmi un albergo. Ed è stata anche brava e coraggiosa, dal
suo punto di vista, perché poi si è rimessa insieme una
vita, è riuscita a occuparsi di se stessa e del bambino e
lo ha fatto bene, con stile. Ma aveva torto. O per lo meno avevamo ragione tutti e due, che è peggio».

«E tu cos'hai fatto?», gli ho chiesto. Cercavo di immaginarmi quanto ci avrebbe messo Caterina a rifarsi
una vita; e che genere di vita, e con chi.

«Io sono stato devastato», ha detto Polidori. «Anche se per un breve periodo mi sembrava di essere una
specie di eroe, perché avevo fatto la scelta meno facile e meno ipocrita, avevo rinunciato a mio figlio e alla
mia casa e a tutto il resto in nome dei sentimenti vivi
e della non rassegnazione alla noia».

«Ma l'altra donna?», gli ho chiesto. «La donna per
cui ti sei fatto cacciare?» Attraversavamo un ponte pe-
donale sul Tevere, tagliato per il lungo da lavori in corso; i discorsi di Polidori invece di rincuorarmi stavano
aggravando ancora le mie preoccupazioni.

Lui ha detto «È durata poco, poverina. Credo che
nessuno avrebbe potuto resistere al peso del dispiacere,
agli sguardi per capire se ne era valsa la pena. È questo
che cercavo di dirti, non è uno scherzo lasciare qualcuno che fa parte della tua vita. È una specie di omicidio
interiore, senza sangue in apparenza. Te lo porti dentro, e può tornare fuori in qualsiasi momento, sull'esca
solo di un gesto o di una parola. Basta niente, e ti arriva addosso un'intera valanga di frasi e pensieri e abitudini e tempi e umori e luoghi, ti seppellisce nel giro di
un secondo. E piú omicidi interiori hai, piú sei perseguitato, finché è quasi impossibile girarti da qualsiasi
parte senza pericolo».

«Tu come ne sei uscito?», gli ho chiesto.

«Non è una cosa da cui esci», ha detto lui. «Anche
se ci provi, naturalmente. Per un periodo ho deciso di
non avere piú legami di nessun genere. Questo subito
dopo il divorzio. Scrivevo soltanto. Poi ho avuto un pe-

riodo di storie puramente fisiche. Avevo una mansarda a Montmartre, ed era come uno studio di ginecologo. Ci portavo anche due o tre ragazze diverse al giorno, turiste e impiegate e redattrici e cantanti e chiunque mi capitasse. Poi una sera mi è venuto in mente che era diventato un lavoro, fare gesti di avvicinamento e gesti di seduzione e di conquista, sfilare mutande e aprire cosce, con le parole e gli sguardi e i gesti giusti tutto il tempo, senza che mi importasse niente di nessuna, senza neanche pensare davvero a nessuna o riuscire a conoscerne davvero nessuna. Cosí ho deciso di smettere, e mi sono sposato con Christine».

«A freddo?», gli ho chiesto io. Non ero abituato a questo genere di confidenze tra uomini; non sapevo che tono di voce o che sguardo assumere. Ero cresciuto in una famiglia quasi solo di donne, con mia madre e due sorelle maggiori molto piú presenti di mio padre, e a diciott'anni mi ero messo con Caterina ed ero riuscito a evitare il servizio militare per i miei problemi alla vista; non avevo mai fatto né ricevuto molte rivelazioni cameratesche. Non avevo familiarità con il tono tra la vanteria e il resoconto distaccato e la partecipazione di memoria che usava Polidori; non avevo nessuna mia esperienza significativa da aggiungere.

Lui mi ha guardato per capire cosa intendevo; ha detto «No, perché? Ero innamorato. Questa ragazza canadese che studiava arte in Francia ed era leggermente fuori luogo come lo ero io. E assomigliava alla mia prima moglie, anche quello ha contato. Poi ho fatto con lei tutto quello che non avevo fatto nel mio primo matrimonio, e naturalmente ci sono venuti dietro tanti piccoli fantasmi, e il tempo ci ha messo la sua, e a vedere tutto da adesso mi sembra assurdo esserci ricaduto cosí. Ma è anche assurdo leggere le cose dalla fine verso l'inizio. È una cosa che puoi fare con i libri, però i libri sono sempre finti, per quanta verità ci ficchi dentro».

Siamo stati zitti, camminavamo al suo passo veloce. Eravamo dall'altra parte del fiume, in una via antica

senza bar e senza ristoranti, percorsa da poche macchine e quasi nessuno a piedi.

Polidori ha detto «Comunque sei contento della casa?»

«Sí», gli ho detto. «Ma non posso accettare che me
la paghi tu. Mi mette troppo a disagio. Ho i soldi del
libro, mi hanno già mandato mezzo anticipo».

Lui ha detto «Va be', testa di legno. Anch'io non ho
mai voluto avere troppi debiti con nessuno. Pagatela
tu dal mese prossimo, se ci tieni tanto».

«Ci tengo», gli ho detto io. «E sono in debito comunque».

Lui non mi ha risposto, guardava i vecchi palazzi no-
biliari tra cui passavamo.

Ha detto «Lo sai che metà dei politici di Roma sono
in affitto in queste case, e non pagano quasi niente? Non
si fanno i tuoi scrupoli, di sicuro. Il sindaco ha un palazzo con parco vicino a casa tua, e gli costa come un mo-
nolocale, il presidente della democrazia cristiana paga
un milione al mese per un appartamento di quattrocento metri quadri piú quattrocento di terrazzo. Ma sono
tutti sistemati cosí, nei posti piú belli di Roma, segretari di partito e sottosegretari e ministri e portaborse, senza il minimo scrupolo al mondo».

Abbiamo girato in una viuzza quasi buia tra due muri stretti; al suo passo non ci si metteva molto ad attraversare un isolato.

Lui ha detto «Mi faceva molta impressione, le prime
volte che me ne sono reso conto. La naturalezza con cui
lo fanno, anche. Come se si trattasse di distribuire fette di torta a una festa di campagna. Del tutto al di sopra dell'intrico spaventoso di procedure e cavilli e in-
toppi studiati per tenere fuori dalla festa la gente normale che deve dare metà di quello che guadagna senza
la minima idea di dove finisca».

«E adesso non ti fa piú impressione?», gli ho chiesto. Ero sconcertato dal tono con cui diceva queste cose: da come non c'era traccia evidente dell'indignazione che le sue parole implicavano.

«Quando ci penso, sí», ha detto lui, come se si riferisse a un puro fenomeno naturale. «Anche se non credo che ci siano molti governi non corrotti al mondo, Roberto, se vai a vedere dietro la superficie. Certo questo
lo è piú della media, o almeno in modo piú scoperto. Sono piú sfacciati, come gangster che vanno in giro a spendere subito dopo il colpo. Non hanno voglia di tenere
un basso profilo, non si fanno scrupoli a comprare ville
e barche e intestare società appaltatrici a mogli e figli e
cognati. Ma perché non dovrebbe essere cosí, quando è
una festa che va avanti con gli stessi invitati da quarantacinque anni? Quando non c'è nessun pericolo che qualcuno venga a interromperla?»

«Ma qualcuno arriverà prima o poi», ho detto io.
«Non possono andare avanti per sempre. La gente è stufa marcia». Il disgusto che provavo per la situazione che
descriveva si mescolava ai miei sentimenti danneggiati
per Maria e ai suoi discorsi sugli omicidi interiori, mi
faceva venire una vera nausea da vicolo cieco.

Polidori ha detto «Sí, ma non ci può fare molto. Ce
li teniamo finché non muoiono di morte naturale. Perché il fatto è che tutti i partiti sono al governo, caro Roberto. Sono d'accordo su tutto quello che fanno. La gente ha ben poco da scegliere. Ognuno ha la sua fetta di
torta, sempre meglio una fettina sottile che niente. Meglio un canale di televisione di stato con solo qualche
milione di spettatori che niente. Meglio la vicepresidenza di qualche commissione che niente, o qualche decina di miliardi di finanziamento pubblico che niente.
È un unico enorme partito diviso in correnti con nomi
diversi, come un'industria alimentare che vende paté e
wurstel e cibo per cani fatti con gli stessi ingredienti ma
sotto tre etichette distinte. Cosí i vecchi capibastone
democristiani ormai fanno la danza degli scheletri, ma
andranno avanti e avanti a ballare finché avranno un
minimo di fiato nei polmoni. E quando non ne avranno piú ci sono già pronti i loro figli e nipoti, ancora piú
avidi e privi di scrupoli».

Eravamo usciti in una piazza illuminata dai faretti

puntati sulla facciata di un grande edificio barocco. Guardavo Polidori, e mi sembrava impossibile che potesse dire queste cose con questo distacco, o addirittura con un fondo di divertimento. Gli ho detto «Ma cavolo, qualcosa deve cambiare. Tutto il mondo sta cambiando».

«Siamo un caso speciale», ha detto lui. «Lo diçono tutti. E non si sta male, in questo paese, Roberto. È un paese libero, alla fine, e tollerante. Forte con i deboli e debole con i forti, potrebbe essere il nostro motto nazionale. Basta essere sempre dalla parte giusta. Basta non farsi tagliare fuori dalla festa».

L'ho seguito molto perplesso verso il palazzo barocco, di fronte a cui erano parcheggiate tre grandi macchine blu con autisti e uomini di scorta e una jeep azzurra e bianca della polizia.

Davanti al portone mi ha detto «Va be'. Ci sentiamo domani, Roberto. Non ti buttare giú, ricordati che ci sono milioni di Marie, sparse per il mondo».

Non gli ho risposto niente, gli ho stretto la mano e sono venuto via, sotto gli sguardi arroganti della piccola truppa pubblica a guardia della festa di palazzo.

Ventiquattro

Ho messo apposta la sveglia alle sette, ma quando ho telefonato a Maria c'era la solita segreteria maledetta. Sono sceso in strada ancora mezzo addormentato, sono andato a citofonare sotto casa sua. Ma anche al citofono non rispondeva nessuno. Mi chiedevo se era già partita, o aveva passato l'ultima notte prima della partenza a casa del suo uomo. Ho camminato avanti e indietro per i vicoli che separavano le nostre due case, con le gambe infiacchite dal dispiacere e dalla gelosia.

Alla redazione ho aggiustato un pezzo sulla Guardia Svizzera del Vaticano che era arrivato in una versione troppo difettosa perfino agli occhi di Geroni. La Dalatri me l'ha portato, continuava a guardarmi; ha detto «Visto che ci tieni tanto». Poi mi sono messo a lavorare al mio libro. Ne avevo già riscritti completamente quasi due terzi: andavo avanti piú spedito che agli inizi, anche se non potevo dire di essere entusiasta del risultato. Mi sembrava di lavorare in modo meccanico, con brevi slanci intensi alternati a lunghi periodi faticosi di pura costruzione artigianale, in cui il mio cuore e il mio stomaco erano da tutt'altra parte, dietro Maria e dietro Caterina e dietro Polidori, perfino dietro Bedreghin o la Dalatri o Zancanaro l'amministratore. A volte mi veniva una voglia furiosa di trasferire queste sensazioni nel mio romanzo; ma erano ancora troppo in movimento, non c'era verso di forzarle in una struttura pensata prima di loro. In compenso mi concentravo sempre di piú sullo stile e sulla forma; sbalzavo verbi e aggettivi, complicavo di ramificazioni ogni frase.

Verso mezzogiorno mi ha telefonato Polidori: ha detto «Roberto, ci vediamo all'una al ristorante dove abbiamo mangiato con Oscar Sasso. Ieri sera ti ho fatto un altro po' di promozione, mi dovresti dare una percentuale». Sembrava preso da altre cose; non gli ho chiesto niente.

Mezz'ora dopo sono uscito dalla redazione, ho attraversato un pezzo di centro a piedi. Camminavo di buon passo, ma ho sbagliato strada quasi alla fine e ho dovuto mettermi a correre, sono arrivato al ristorante trafelato con cinque minuti di ritardo.

Polidori in ogni caso non c'era ancora: mi sono fatto indicare il suo tavolo dal capocameriere diffidente; ho preferito aspettare in piedi vicino all'ingresso. Verso l'una e un quarto ho visto una grossa macchina blu che accostava al marciapiede, e due minuti piú tardi un'altra macchina blu e Polidori a piedi. Dalle due macchine sono scesi un piccoletto dalla faccia lunga e uno secco e grigio: ho visto i saluti e gli abbracci attraverso il vetro del ristorante.

Subito dopo sono entrati; il capocameriere e due camerieri semplici li hanno accolti con finta sollecitudine, piegavano la schiena e ammiccavano, dicevano «Presidente», «Onorevole». Ho provato un forte istinto di lasciarli passare e scappare fuori, ma Polidori mi ha visto e mi ha preso per un braccio, ha detto «Roberto Bata, Flaminio Foni, Pierluciano Susti». Naturalmente sapevo chi erano, il direttore generale della televisione di stato e il presidente dell'Erti, l'ente radiotelevisivo italiano.

Loro mi hanno stretto la mano, benevoli e distratti come se salutassero un bambino. Non mi hanno guardato a lungo: sembrava che camminassero staccati da terra, anche se non a una grande altezza; si guardavano intorno come in cerca di situazioni già pronte, percorsi predisposti in anticipo.

Polidori ci ha fatti sedere al tavolo prenotato, tra i cenni e i sorrisi e le mezze alzate della gente ai tavoli vicini. Ho visto anche due autisti e un uomo di scorta che parlavano al capocameriere e indicavano verso di noi, si facevano sistemare a un tavolo vicino all'ingresso.

Flaminio Foni e Pierluciano Susti dovevano conoscere bene il ristorante, perché hanno subito avanzato una serie di richieste molto precise al capocameriere, con agio da padroni di casa. Hanno ordinato culatello di Parma, e tortellini di una varietà particolare, Foni con raccomandazioni ferme di non portarne troppi, e bolliti misti come quelli che Oscar Sasso aveva mangiato con tanta avidità. Polidori ha chiesto solo petto di pollo alla griglia e insalata verde non condita, tra i sorrisi degli altri due; io ho fatto lo stesso ancora una volta.

Poi Foni e Susti e Polidori sono scivolati in una conversazione su possibili elezioni anticipate e su chi sarebbe stato meglio alla presidenza della Rai e alla presidenza della repubblica e alla presidenza del consiglio; su uno sceneggiato in cinque puntate da *L'amplesso mimetico* che avrebbe potuto essere diretto da un regista francese o da un tedesco o da un italiano, ognuno dei tre con i suoi meriti indiscutibili.

Flaminio Foni aveva un modo cardinalizio di parlare. che corrispondeva alla sua figura secca, ai suoi capelli folti come una spazzola di martora. Parlava senza la minima fretta, come se gli interessasse solo sottolineare gli aspetti migliori di persone e situazioni. Pierluciano Susti era molto piú compresso: a tratti si impuntava in un rapido giudizio velenoso, con gli occhietti azzurri che brillavano di eccitazione, le piccole narici dilatate. Polidori sembrava a suo agio con loro, non cercava di adattare il suo tono o di sfumare il suo punto di vista. Diceva quello che pensava quasi negli stessi termini di quando parlava con me, compresa buona parte dei suoi giudizi politici e dei suoi giudizi su quello che veniva prodotto dalla televisione. Foni e Susti d'altra parte non si offendevano: sembrava che gli riconoscessero una specie di impunità d'artista, e un'al-

tezza pari alla loro nella scala del potere. Si divertivano alle sue osservazioni piú dure: Susti come una palla di gomma dura che rimbalza, Foni con un sorriso di
tolleranza distante.

I camerieri hanno portato il cibo, e Foni e Susti ci si
sono dedicati con grande impegno; la conversazione si
è spostata su argomenti gastronomici prima di tornate
agli intrecci di governo e paragoverno. Io stavo zitto e
guardavo: avevo sentito parlare di loro in modo ossessivo alla redazione di «Prospettiva», li avevo visti in fotografie dov'erano vestiti negli stessi completi blu mi-
nisteriali di adesso. Da un punto di osservazione cosí
lontano mi erano sembrati delle entità quasi astratte,
parte della strategia dei partiti per il controllo dell'informazione, ma a vederli seduti a tavola con Polidori avevano un'aria affabile e anche disinvolta, senza tracce
evidenti di protervia. Lo stesso ero completamente tagliato fuori dalla conversazione; non riuscivo a capire
come mai Polidori mi avesse telefonato con tanta urgenza per farmi partecipare a questo pranzo.

Invece quando siamo arrivati al caffè e Foni aveva
già guardato una volta l'orologio, Polidori ha detto
«Non abbiamo parlato di Roberto».

«Certo, parliamone», ha detto Susti, e quando sorrideva il suo naso aguzzo sembrava un piccolo becco.

Flaminio Foni ha detto «Be', non c'è molto da parlare. In queste cose ho una fiducia quasi cieca nel tuo giudizio, lo sai». Beveva il caffè a piccolissimi sorsi: ci si ba-
gnava appena le labbra, come in un piccolo rito sublime.

«Allora?», ha chiesto Polidori, e mi ha strizzato l'occhio.

Foni ha detto «Allora quando il libro esce cerchere-
mo di non farlo passare inosservato». Mi ha sorriso
quasi paterno, ha detto «Eh?» Poi si è alzato, mi ha
dato la mano, senza quasi mettere forza nelle dita cosí che mi è sembrato di stringere una seppia bollita, tiepida e morbida. Ha salutato Polidori appoggiandogli
anche una mano su una spalla, e Susti con poco piú di
un gesto; è uscito con il suo autista e la sua guardia.

Pierluciano Susti è rimasto seduto a finire il caffè; mi ha detto «Venga a trovarmi uno di questi giorni, cosí parliamo un po'. Si faccia dare l'indirizzo da Marco».

Gli ho detto «Grazie», anche se non capivo di cosa avremmo dovuto parlare.

Poi anche Polidori si è alzato, e Susti è saltato in piedi nel suo modo da palla di gomma, mi ha dato la mano ed è andato verso l'uscita sottobraccio a Polidori tra i saluti finti solleciti dei camerieri. Il suo autista ha trangugiato il digestivo che aveva davanti, è corso fuori.

E il capocameriere ha portato a me il conto. Ero rimasto da solo vicino al tavolo: è venuto e mi ha messo il piattino con il foglietto in mano. Ho guardato fuori attraverso la vetrina, ma Polidori ha salutato Susti che si infilava in macchina e poi ha attraversato la strada, con le mani in tasca senza nessuna intenzione evidente di tornare dentro.

Cosí ho tirato fuori il mio libretto degli assegni quasi nuovo e ho pagato il pranzo, compreso quello dei due autisti e della guardia e una mancia per i camerieri, cinquecentosessantamila lire in tutto per un petto di pollo alla griglia con insalata nemmeno molto buoni.

Quando sono uscito e ho raggiunto Polidori dall'altra parte della strada, lui aveva un sorriso divertito; ha detto «Hai visto con che naturalezza si alzano e camminano fuori? Le prime volte che lo vedevo fare ero affascinato, tanti anni fa».

«Me l'immagino» ho detto io, senza molto gusto.

Lui ha detto «D'altra parte avrebbero anche pagato senza scomporsi, se avessero dovuto, tanto non sono mica soldi loro, quelli che spendono».

Continuava a guardarmi con il suo sorriso; gli ho chiesto «Cosa c'è?»

«Rito di passaggio», ha detto lui, indicando il ristorante.

«Grazie tante», gli ho detto io.

Lui si è messo a ridere, mi ha strapazzato per un braccio. Aveva sempre questo bisogno di giocare sui contatti fisici; ha detto «Vecchio bastardo diffidente».

Gli ho detto «Non sono bei tipi».

«No», ha detto Polidori. «Ma come vorresti che fossero?»

Siamo andati per lo stesso percorso che avevamo fatto dopo il pranzo con Sasso. Polidori ha detto «Susti e Foni, sono loro che governano l'Italia. Sono la televisione, e la televisione è il governo. È tutto quello che c'è. È la televisione che dà l'idea che qualcuno in questo paese si occupi delle cose. Hai mai visto un telegiornale? Con le interviste ai ministri e le immagini dei ministri che salgono e scendono dalle loro macchine blindate, e i resoconti dettagliati di tutto quello che i politici hanno detto a proposito di tutto? Poi in realtà nessun problema viene mai affrontato, le uniche decisioni vengono prese nell'ombra delle segreterie dei partiti e riguardano solo le tecniche di spartizione della torta. Ma la televisione dà una bella immagine dinamica, sembra che anche noi abbiamo un vero governo. Ed è dalla televisione che vengono la politica e la lingua e la cultura e il gusto e le immaginazioni di questo paese. Esce tutto da lí, e torna lí dentro. Qualunque cosa resti fuori è come se non esistesse neanche, non ha la minima rilevanza».

«Tu non resti fuori», gli ho detto io; non in tono d'accusa ma quasi.

Lui ha detto «Ti sembrerebbe una posizione tanto piú coerente? Sai la soddisfazione di non esserci. Fare il fantasma coerente che nessuno vede, per essere poi forse riscoperto cento o duecento anni dopo morto, ammesso che ci sia ancora qualcuno che legge qualcosa? Io ho bisogno di esserci, Roberto. Di accendere la televisione e scoprire che esisto».

Mi guardava ogni tanto mentre parlava, per registrare le mie reazioni; ma non riuscivo mai ad avere reazioni nette a questi discorsi, ero sempre incerto sul suo vero spirito. Gli ho detto «Però non ti fa impressione avere a che fare con questa gente? Non dici che sono dei mafiosi e dei farabutti?»

«Lo sono», ha detto lui «Ma è solo una questione di

ruoli. Quando li conosci da vicino lo vedi che non sono
cattive persone. Prova a immaginarteli da ragazzi, senza nessuna dote né qualità particolare, persi nella piccola provincia e nella piccola borghesia degli anni Qua-
ranta, con il latino e la filosofia della scuola e il parroco
e la mamma come unici punti di riferimento. Poi arriva
la politica e gli offre il mondo. Gli offre Roma, le case,
le macchine, i ristoranti gratis, la gente che si inchina
quando li vede, i modi per sistemare anche i parenti piú
lontani. Se non avessero avuto la politica cosa avrebbero potuto fare?»

Gli ho detto. «Non mi commuovono molto. Sono
stati loro a ridurre questo paese come è».

Lui mi ha guardato, di nuovo con il suo sorriso; ha
detto «Ti rendi conto che tendiamo sempre a parlare
dei politici come se fossero un'armata di occupazione
in un territorio innocente? Ma non è cosí, Roberto, sono stati eletti».

Mi faceva rabbia come riusciva a parlare in completa contraddizione con quello che aveva detto il giorno
prima, con la stessa violenza polemica e la stessa ironia
cattiva nella voce. Gli ho detto «Non lo dicevi anche
tu che la gente non ha nessuna vera alternativa? Che
questi bastardi hanno approfittato selvaggiamente di
una situazione di monopolio?»

«Sí, d'accordo», ha detto lui. «Ma di fatto sono sempre i peggiori che continuano a prendere piú voti, anche quando una scelta c'è. Anche adesso che non c'è
piú il terrore dei comunisti a paralizzare tutto».

«E perché, secondo te?», gli ho chiesto, senza essere minimamente convinto.

Lui ha detto «Perché noi italiani siamo anche un po-
polo di farabutti, oltre che di persone generose e in-
ventive e passionali. Guarda che non lo dico dal di fuori, mi ci metto dentro anch'io. C'è questo fondo diso-
nesto nella nostra mentalità, molto piú di quanto siamo
disposti ad ammettere. Forse viene da una memoria ge-
netica di secoli di lotte di una famiglia contro l'altra e
un borgo contro l'altro, o da secoli di cattivi governi, o

dalla mancanza di veri principî che fa parte dell'ipocrisia cattolica. Sta di fatto che tutti praticano il furto e il
raggiro in questo paese, a tutti i livelli della vita quoti-
diana e in tutte le categorie, dal meccanico al dentista
al negoziante al vigile al ministro. I politici non sono
una razza a sé rispetto a chi li elegge. Hanno solo piú
occasioni e piú mezzi per mettere in pratica la loro fa-
rabuttaggine, e certo piú impunità».

«Non è vero che siamo tutti cosí», ho detto io. «Ci
sono anche milioni di italiani onesti, che fanno il loro
lavoro meglio che possono e pagano le tasse e si riempiono di disgusto ogni volta che accendono la televisione o aprono un giornale». Ero furioso per il suo cinismo ostentato, per come sembrava quasi compiaciuto del fatto che il nostro paese e la vita in generale non
avessero la minima possibilità di scampo.

Polidori ha detto «Non è che ti lasci incantare dalle
lamentele, Roberto? Sono un nostro vezzo cosí tipico,
i ministri che si lamentano del governo come se non ne
facessero parte, le mogli che si lamentano dei mariti come se non dormissero nello stesso letto ogni sera».

«Cosa c'entra?», gli ho detto io. Furioso com'ero non
capivo ancora se il suo era un gioco freddo di provocazione o cosa; ogni suo sguardo mi metteva dei dubbi.

Eravamo arrivati davanti al portoncino verde nella
via inclinata dove l'avevo lasciato l'altra volta. Lui ha
tirato fuori di tasca le chiavi, mi ha chiesto «Vuoi salire a bere qualcosa, Mr Idealist?»

Siccome mi fissava e sorrideva ho finito per sorridere anch'io; l'ho seguito dentro, in un piccolo atrio elegante senza portineria. Abbiamo preso un ascensore di
legno lucido e siamo saliti all'ultimo piano, in un appartamento non molto grande ma pieno di luce, arredato
nello stesso stile della sua casa sulla collina al di là del
ponte. Anche qui il soggiorno aveva una parete vetrata,
e anche qui c'era un terrazzo, piú stretto e lungo dell'altro, con una vista molto piú ravvicinata della città. Anche qui c'erano dei pesi da ginnastica in un angolo, e una
macchina da scrivere e penne e un computer e una stam-

pante laser su un tavolo, dischi e libri ordinati su scaffali di legno chiaro. Polidori mi ha lasciato guardare in giro senza commentare. Ha dato un'occhiata ai numeri luminosi di una segreteria telefonica, non ha ascoltato i messaggi.

Gli ho chiesto «È il tuo studio?»

Lui si è girato, teso come ogni volta che gli facevo una vera domanda; ha detto «Più o meno». E andato in cucina ed è tornato con un cartone di succo d'arancia e due bicchieri. Ha fatto scorrere la vetrata, siamo usciti sul terrazzo, a bere il succo d'arancia e guardare Roma.

Polidori aveva già cambiato umore, il suo sguardo era impaziente. Mi ha chiesto «A che punto sei con il libro?»

Gli ho detto «A tre quarti, più o meno». La sua pressione mi metteva a disagio, e forse non ero così sicuro del mio lavoro.

«Ma quando pensi di finirlo?», ha chiesto lui. «Sono mesi che ci stai sopra, e secondo me andava già bene prima».

Gli ho detto «Tra un mese, credo». Mi faceva impressione pensare che ne fossero passati già quattro da quando ci eravamo visti la prima volta; che la mia vita fosse cambiata tanto in quello spazio.

Polidori ha detto «Allora il quindici aprile me lo dai da leggere. Promesso. E c'è anche Oscar Sasso che scalpita, dovresti andare a trovarlo. Meglio preparare il terreno in anticipo».

Ma non sembrava così concentrato sul mio libro: era percorso da un'impazienza più generale, che gli faceva guardare la distesa della città come se sperasse di trovarci qualcosa.

È tornato dentro, e l'ho seguito, incerto su come dirgli che ormai era ora di tornare in ufficio. D'improvviso mi ha detto «Sai quello che ti dicevo ieri su come è difficile lasciare qualcuno che ha fatto parte della tua vita?»

«Eh», gli ho detto io, senza capire dove voleva arrivare.

«Non ci riesco», ha detto lui. «Anche quando mi sembra che la barca rischi davvero di andare a fondo con tutti quelli che ci sono sopra, e che l'unica via possibile sia alleggerirla. Non riesco a decidermi. Spingo questa donna sul bordo della fiancata, e le dico salta giú, appena lei accenna di farlo davvero la ritrascino al sicuro. È patetico, ed è uno strazio per tutti».

«Me l'immagino», gli ho detto io.

Lui ha detto «Lo sai qual è l'unica tecnica di abbandono che riesco a usare? Sparire. Tagliare i contatti, non farmi piú trovare. Non chiarire niente, non spiegare niente, perché appena ci provo mi si dissolve qualunque determinazione. Bella vigliaccheria, eh?»

«Non lo so», ho detto io. «Non mi è capitato spesso di affrontare una situazione del genere».

Lui mi guardava in modo sospeso, come se volesse chiedermi qualcos'altro; ma non l'ha fatto. Poi ha cambiato sguardo e tono di voce: mi ha detto «Se devi andare vai, Roberto. Hai un libro da finire, invece di ascoltare queste menate».

Ho provato quasi un senso di sollievo ad andarmene, per la prima volta da quando lo conoscevo. Lui mi ha accompagnato alla porta; quando ero già sul terzo gradino ha detto «Guarda che mi hai promesso che il quindici aprile mi dai il tuo libro da leggere».

«Lo so», gli ho detto; sono corso rapido giú per le scale.

Venticinque

Ai primi di aprile un'impresa ha montato delle impalcature tutto intorno alla mia casa per sistemarla anche da fuori: tubi e ponteggi e teloni di protezione che toglievano quasi tutta la luce e buona parte dell'aria ma lasciavano passare i rumori.

Lavoravo all'ultima parte del mio libro in modo sempre piú convulso: tagliavo e spostavo e scalpellavo e cesellavo, in certi momenti con una specie di esaltazione astratta e in altri con odio. Facevo solo quello da mesi, a parte scrivere qualche didascalia o aggiustare qualche traduzione o trovare un titolo insieme alla Dalatri o a Bedreghin.

Maria non si è fatta viva dalla Sicilia. Ogni giorno guardavo la pagina degli spettacoli sui giornali sperando di incontrare qualche notizia su di lei e il suo film, ma l'unico articolo che ho trovato parlava solo del regista e dei due protagonisti stranieri. Il mio appartamento mi sembrava pieno di sue tracce, anche se c'era venuta soltanto una volta. Cercavo di starci solo per dormire, lavoravo nella mia stanza alla redazione di «360°» finché Zancanaro se ne andava a casa, poi mangiavo una fetta di pizza fuori e andavo a vedere un film o camminavo a vuoto per Trastevere, tra la folla di visitatori sempre piú fitta e vociante per il caldo.

Polidori è andato negli Stati Uniti a discutere di una questione di contratti con il suo agente americano e da lí in Guatemala e Honduras per conto di un giornale. Prima di partire mi ha ripetuto che voleva vedere il mio libro finito il quindici aprile; mi ha raccomandato di non lasciarmi distrarre da nient'altro.

Ma in realtà ero disperato per Maria, e non sapevo con chi parlarne adesso che anche lui non c'era. Ero talmente disperato che ne ho parlato con Bedreghin. Lui appena ha saputo che faceva l'attrice mi ha detto «Lasciala perdere, Bata, le attrici sono tutte delle mignotte isteriche».

Ogni sera alle otto continuavo a telefonare a Caterina: l'idea di essere legato a lei mi dava qualche conforto nei peggiori momenti di vuoto, e mi faceva sentire ancora piú in svantaggio nelle mie prospettive con Maria. Mi sembrava di essere una specie di marito traditore in una commedia all'italiana, vile e doppio in ogni suo piccolo gesto. Caterina forse si è resa conto che avevo un tono strano al telefono, perché ha cominciato a insistere che era ora di vederci. Le rispondevo sempre che avevo troppo da fare con il mio libro, e a questo punto era anche vero. Un giovedí lei di nuovo ha proposto di venire a trovarmi a Roma le ho detto che andavo io a Milano, come se fosse uno slancio tardivo. Le ho detto che avevo voglia di tornare alla mia vera casa almeno per due giorni, cambiare aria.

Sono partito pieno di intenzioni, anche: dissolvere l'indeterminatezza lattiginosa delle nostre conversazioni telefoniche e raccontare di Maria, chiarire tutto in modo definitivo. Ma a Milano non sono riuscito a chiarire niente, anche se ci giravo intorno gran parte del tempo. Abbiamo passato due giorni di reciproche offese fuori misura per piccole cose mal dette o gesti mal compiuti, e silenzi lunghi, insofferenze per tutto quello che conoscevamo troppo bene uno dell'altro ma anche conforto della propria specie, sicurezza che veniva dal conoscere il territorio nelle sue sfumature. Quando sono stato sul treno che tornava a Roma ero pieno di nostalgie incrociate e impulsi contraddittori, dispiaceri che si sdoppiavano.

A Roma mi sono rituffato a lavorare al mio libro, a questo punto con la smania di finirlo.

Ho trovato nella casella delle lettere una cartolina da Agrigento, con la vista della Valle dei Templi al tramonto e solo *Baci, Maria* scritto dietro. L'ho infilata nella cartella del mio libro, sulla prima pagina. Ogni tanto la guardavo, da un lato e dall'altro, ma non era un gran conforto.

Ventisei

Il pomeriggio del quindici aprile ho finito di dare gli ultimi ritocchi alla nuova versione del mio romanzo. Avrei potuto andare avanti ancora per anni, perché ogni pagina era come la gamba di un tavolino a molte gambe, appena aggiustata quella sembrava che tutte le altre avessero bisogno dello stesso lavoro. Ma dopo mesi passati a scrivere il senso di liberazione era piú forte dei dubbi; e avevo promesso a Polidori di farglielo leggere quel giorno, volevo essere di parola.

Gli ho telefonato subito per avvertirlo. Erano tre settimane che non ci sentivamo, dopo una sua telefonata da New York per chiedermi come andava il libro e dirmi che la città era diventata ancora piú un bivacco di barbari. Al numero della sua casa-studio in centro rispondeva la segreteria telefonica; gli ho lasciato detto «Niente, sono Roberto, è il quindici aprile e il libro è finito».

Però ero troppo impaziente di sapere cosa ne pensava: ho telefonato alla sua casa-casa al di là del ponte. Polidori mi aveva dato il numero una delle ultime volte che ci eravamo visti, come segno definitivo di amicizia; aveva detto «Mi raccomando, non dire a Christine mai niente che non sappia già».

Mi ha risposto lei, nervosa e formale come sempre; ha detto «Marco doveva tornare questa mattina, ma non l'abbiamo ancora visto». C'era un fondo ostile nella sua voce, come se sospettasse di essere meno informata di me sulle mosse di suo marito.

Cosí sono andato a fotocopiare il mio dattiloscritto vicino alla redazione. Passavo i fogli uno a uno sulla macchina, coperti di cancellature e correzioni com'erano, e pensavo che sembravano quasi puliti rispetto a quelli di Polidori. Ma erano già molto piú lavorati dei fogli della mia prima versione scritta senza quasi rivederla; già molto piú professionali.

Ho fatto mettere una rilegatura a spirale alle fotocopie, ho infilato il malloppo pesante in una busta e mi sono imbarcato in un viaggio di quasi un'ora fino alla casa di Polidori. Gli ho lasciato la busta in portineria, con un foglietto che diceva *Fammi sapere qualcosa*.

Poi sono tornato a Trastevere e sono andato in giro a piedi, con uno strano senso di sollievo e di incertezza. Ero contento di avere finito il libro, di poter spaziare intorno con lo sguardo invece di fissare altre righe nere su fogli bianchi; ma sapevo che tutto in realtà dipendeva da Polidori, il mio lavoro era sospeso nel vuoto finché lui non mi avesse detto che gli piaceva. E adesso che non c'era piú il romanzo a occuparmi, la mia ansia di rivedere Maria era diventata piú forte. Era un mese e mezzo ormai che non la vedevo né sentivo piú, a parte la sua unica cartolina cosí poco compromettente. Non capivo come poteva essersi dimenticata di me dopo tutta la comunicazione fisica che c'era stata tra noi; non capivo cosa avrei potuto fare.

Ho comprato una fetta di pizza al solito forno e sono salito in casa; ho chiamato Caterina, ma era sempre occupato. Non sapevo se dirle o no che avevo finito il libro, per paura che volesse vedermi tornare subito a Milano. Mi faceva impressione pensare a quanto era stata importante nella prima versione del mio romanzo, come unica lettrice e consulente e in fondo coprotagonista, e quanto l'avevo tenuta fuori da questa seconda. Avevo anche cambiato il suo personaggio, l'avevo ibridato con Maria al punto che non si sarebbe piú riconosciuta di certo.

Aspettavo di richiamarla sdraiato immobile sul letto, ad ascoltare le voci e i rumori che venivano dalla finestra aperta sul vicolo.

È suonato il telefono e mi ha dato una scossa violenta, sono saltato su. Ero sicuro che fosse Polidori, mi chiedevo se poteva avere già letto qualcosa del mio libro.

Invece era Maria. Ha detto «Roberto?», in uno strano tono incerto e lontano, disturbato dalla linea.

«Dove sei?», le ho quasi gridato io, con il cuore che mi batteva molto rapido. «Da dove chiami?»

«Palermo», ha detto lei. Non le avevo mai sentito la voce cosí fragile, anche se la distanza e l'agitazione mi confondevano.

Le ho detto «Cosa c'è? Perché hai questa voce?» Cercavo di vedermela: vedere lei e il posto da dove chiamava, ma non ci riuscivo bene; era tanto che se n'era andata, e non ero mai stato in Sicilia in vita mia.

Maria ha detto «Perché sono stufa di questa schifezza di film, non ne posso piú». Ma subito dopo si è messa a piangere: la sentivo singhiozzare attraverso gli scrocchi e i ronzii della linea.

Le ho detto «Maria? Parlami un attimo. Non piangere. È un mese e mezzo che non ci sentiamo e ti metti a piangere? Non fare la carogna».

Lei ha detto «Me ne andrei via, guarda. Se sapessi che bastardi sono».

«Chi?», le ho chiesto, già pieno di paura e di gelosia indiscriminata.

Maria ha detto «La produzione, il regista, tutti. Fanno schifo, sono dei ladri di polli che non ci crederesti, rubano su tutto quello che possono e ti trattano come un verme per di piú. E la protagonista la ammazzerei, quell'oca rifatta che non le è rimasto piú niente che non sia silicone».

Non aveva mai parlato in questo modo quando ci vedevamo quasi ogni notte, attenta com'era tutto il tempo a difendere il suo lavoro e il suo ambiente dalle mie critiche continue; non l'avevo mai sentita cosí esasperata e furiosa. Le ho detto «Perché non li pianti e te ne vieni via? Ce ne andiamo via insieme dove vuoi. Ho finito il mio libro oggi».

Ma lei era già tornata mezza ragionevole; ha detto

«Sí, cosí mi fanno causa per rottura del contratto, ho bell'e che smesso di lavorare»

« E quando finisci?», le ho chiesto.

«Boh», ha detto Maria. «È già saltato tutto il piano di lavorazione. Capace che vanno avanti ancora un mese intero».

Ma adesso che l'avevo sentita dopo tanto tempo non sopportavo piú l'idea di non vederla per un altro mese; non riuscivo a star fermo con il telefono in mano. Le ho detto «E non potrei venirti a trovare io? Prendo l'aereo e vengo».

Lei è rimasta zitta un attimo; poi ha detto «Ma non ho neanche una camera mia, sto con la costumista».

«Prenotane una nel migliore albergo di Palermo», le ho detto. «Telefona subito a mio nome. Io arrivo».

Maria ha detto «Non ho voglia di andare in un grande albergo. Mi stufa».

«Allora scegli quello che vuoi», le ho detto io. «Ne hai in mente uno? Dammi il nome, lo chiamo io».

Lei è stata zitta di nuovo, avevo paura che cambiasse umore e mettesse giú da un momento all'altro. Ha detto «Ne ho visto uno che non è male».

«Dimmi come si chiama», le ho detto io. Mi era salita dentro una fretta terribile, avevo paura di non riuscire a trovare piú nessun aereo a quell'ora. Facevo calcoli mentali sulla distanza tra Trastevere e l'aeroporto, i tempi d'imbarco, la possibilità di trovare un posto all'ultimo momento, la velocità della mia macchina. Maria mi ha detto come si chiamava l'albergo; le ho chiesto due volte se era sicura. Le ho detto «Stai bene a sentire. Io prenoto subito, tu vai lí e chiedi della stanza a mio nome e mi aspetti. Va bene?»

«Sí, non sono mica scema», ha detto Maria.

Ma ero pieno di fretta e di apprensione; le ho detto «Mi raccomando».

Poi ho messo giú e ho chiesto alla Sip il numero dell'albergo di Palermo, e il centralino era sempre occupato, c'era un nastro che diceva «Vi preghiamo di restare in attesa», e intanto mi è venuto in mente che non mi ero fatto dare da Maria il suo numero, se non riuscivo a trovare l'albergo o non riuscivo a partire non avrei neanche piú saputo come trovarla. Giravo intorno al telefono come un pazzo, pieno di odio per la brutta voce da impiegata indifferente che continuava a ripetere la stessa frase sul nastro registrato; mi sembrava di dissanguarmi con ogni secondo che se ne andava. Poi per fortuna un operatore ha risposto, e mi ha dato il numero dell'albergo, e l'albergo aveva una camera matrimoniale libera, e gli ho dato il mio nome e ho messo giú e sono corso fuori di casa senza prendere altro che il portafogli e le chiavi della macchina.

Ho tirato e strappato la povera Volkswagen fino all'autostrada, e sull'autostrada ho cominciato a schiacciare sull'acceleratore come non avevo mai fatto. La macchina vibrava come un aereo al decollo, e ondeggiava in modo da far paura, ma volevo solo arrivare in tempo, bastava che non mi lasciasse a metà strada. Continuavo a guardare l'orologio ogni pochi minuti, e ogni volta rischiavo di perdere il controllo, e c'era cosí poca luce che non ero mai sicuro di quanto tempo era passato.

Sono arrivato all'aeroporto alle dieci meno un quarto, non avevo la minima idea se c'era ancora un aereo a quell'ora e se c'era posto, ma sarei stato capace di dirottarne uno pur di arrivare a Palermo quella notte. Ho lasciato la macchina nel primo spazio che ho visto, sono corso dentro come un pazzo oltre i poliziotti armati di mitra, mi sono precipitato al bancone dell'Alitalia.

C'era un aereo che partiva alle dieci e mezza, ma la signorina in divisa mi ha detto che era completo. Le ho chiesto «In che senso completo?», mi sembrava una parola talmente sbagliata per una cosí terribile mancanza. Lei ha detto «Nel senso di completo»: con un'espressione perfettamente impermeabile, non mi vedeva neanche.

Le ho chiesto «Ma c'è qualche possibilità?» Lei ha alzato appena gli occhi; ho visto che c'erano già quattro o cinque persone in lista d'attesa di fianco al bancone, in diverse sfumature di agitazione a seconda della loro posizione nella lista.

Cosí ho aspettato un quarto d'ora senza smettere per un istante di camminare avanti e indietro, guardavo gli altri in attesa e avrei voluto strangolarli uno a uno per avere qualche possibilità in piú. Continuavo a immaginarmi Maria che aspettava da sola nella stanza d'albergo di Palermo e alla fine si addormentava; io che arrivavo il mattino dopo e non la trovavo piú.

Ma alla fine il posto c'era, ci hanno caricati su un pulmino e portati all'aereo. C'era un vento tiepido di mare sulla pista; ero cosí impaziente da non ricordarmi quasi di aver paura di volare.

Poi però le dieci e mezza sono passate ed eravamo tutti seduti con le cinture allacciate e i motori accesi e l'aereo non si muoveva. Gli altri passeggeri guardavano fuori dai finestrini bui, facevano commenti mezzi rassegnati e mezzi esasperati su come in Italia tutto è allo sfascio e niente funziona. Alcuni sostenevano che c'era uno sciopero dei controllori di volo a Palermo, altri che c'erano delle esercitazioni militari sul mare; altri facevano solo sorrisi o gesti allusivi. Ascoltavo ogni parola e guardavo l'orologio e guardavo fuori, stavo diventando matto per la tensione.

Dopo quasi venti minuti c'è stato del movimento in testa all'aereo, e si sono sentite delle voci concitate, alla fine un signore furibondo è venuto verso la coda scortato da una hostess, si è seduto nell'ultimo posto libero. Gli altri passeggeri gli hanno chiesto cosa succedeva; lui ha detto «Niente, il ministro del mezzogiorno che arriva con calma».

Durante il volo alcuni passeggeri dal corpo grosso ridacchiavano e fumavano anche nella zona per non fumatori; vedevo i loro orologi d'oro lampeggiare ogni volta che alzavano i polsi, i loro occhiali da sole firmati anche adesso che era notte e volavamo sopra il nero del mare. Mi immaginavo il ministro del mezzogiorno davanti ma non riuscivo a vederlo; mi immaginavo la mollezza arrogante con cui doveva essere seduto.

Quando siamo atterrati ci hanno fatto aspettare a bordo mentre il ministro scendeva, e di nuovo non l'ho visto perché la pista era buia e la sua scorta aveva scelto un percorso protetto. Quando finalmente siamo scesi l'aeroporto era vuoto, a parte un paio di parenti o guardaspalle che aspettavano qualcuno con sigarette accese in bocca.

Sono riuscito a correre fuori tra i primi, ho preso uno dei pochi taxi che c'erano e ho detto all'autista di portarmi in città. Mi sembrava impossibile che il mio appuntamento con Maria potesse funzionare, lei fosse davvero ad aspettarmi in albergo. La strada per la città era lunga, correva lungo il mare, il taxista non parlava, fumava e soffiava fuori il fumo dal finestrino socchiuso.

Alla fine ha fermato davanti all'albergo; sono entrato senza quasi vedere niente.

La hall era grande e vecchia e deserta, con uno strano aspetto coloniale decaduto. Ho dato la mia carta d'identità al portiere, lo guardavo con il fiato molto corto. Lui ha detto a mezza voce «La signorina è sopra in camera», e naturalmente c'era un margine di ambiguità nel suo tono; ho seguito un vecchio fattorino verso l'ascensore.

Al terzo piano mi ha fatto strada lungo un corridoio, e la stanza era lontanissima, continuavamo a camminare e camminare e c'erano scalette e angoli bruschi, ero cosí frastornato dall'idea di rivedere Maria dopo un mese e mezzo e dalla stranezza di essere in Sicilia che mi sembrava di girare per un labirinto senza fine. Ma poi siamo arrivati, ho dato una mancia al fattorino e lui per fortuna se n'è andato subito, con appena un accenno di sorriso malizioso, l'ho guardato finché è scomparso nel corridoio.

Poi ho bussato, come avrei potuto bussare in un sogno dalla natura non ancora definita, e dopo qualche secondo la porta si è aperta e c'era Maria, mi è sembrato un vero miracolo.

Ci siamo abbracciati a ridosso della porta richiusa e

anche l'interno della stanza faceva parte di un sogno: la luce che veniva da un unico abat-jour di fianco al grande letto e stemperava tutto in toni gialli pallidi, come all'interno di una tenda o dentro il guscio di un uovo. Maria aveva addosso solo una camicetta da notte di lino, ereditata da sua nonna o comprata in un negozio di vestiti usati; le ho infilato le mani sotto e me la sono stretta contro, sentivo la sua pancia nuda e soda contro la mia mentre lei mi sbottonava la camicia e a piccoli strattoni me la sfilava di dosso. L'ho tirata verso il letto senza smettere di baciarla, siamo rotolati insieme tra le lenzuola. Ho pensato per un attimo a quello che diceva Polidori, di come sovrapponiamo a una persona le nostre immaginazioni fino a farle coincidere e prenderle per vere, ma in questo caso mi sembrava che fosse viceversa: che dentro di lei ci fossero qualità e motivi di attrazione che non mi ero nemmeno mai immaginato. Poi le ho sfilato la camicetta di lino e mi sono tolto i calzoni, sono scivolato verso di lei come un pesce in un torrente.

Lei era piú torbida e appassionata che a casa sua a Roma: in questo Polidori doveva avere ragione, essere fuori dalla tana la lasciava piú libera. Socchiudeva le labbra e respirava forte, sussurrava parole difficili da distinguere, mi graffiava fino a farmi male, inarcava la schiena per attirarmi ancora piú vicino. E aveva un modo di allungare all'indietro le mani con i polsi vicini come se volesse farseli legare, cosí glieli ho stretti con la sinistra, mentre con la destra le percorrevo i seni e i fianchi e il sedere e le gambe, con la lingua le perlustravo le labbra e le gengive e la lingua. Teneva gli occhi chiusi, anche, e mi è venuto in mente di coprirglieli con il cuscino, e a ognuno di questi gesti sentivo una specie di sospiro tremante e umido che le saliva dentro, una nuova eccitazione fonda per un desiderio non confessato che era riuscita a comunicarmi. Era un gioco affannato, venato di gelosia dolciastra e amara perché sapevo che c'era un altro uomo dietro queste fantasie che mi trascinavano e ritrascinavano avanti e indietro come onde sempre meno lunghe e sempre piú incalzanti.

Poi siamo rimasti completamente sfiniti sul grande letto, e la guardavo da vicino nella luce gialla, sudata e ansimante com'era. Le ho detto «È vero che non c'è piú nessuno tra di noi?»

Lei ha detto «Smettila»; si è tirata sopra il lenzuolo.

Le ho detto «Promettimi che quando torni a Roma vieni a vivere da me».

«Forse», ha detto lei: troppo stanca e confusa per poterla prendere minimamente in parola.

Ventisette

Il mattino dopo Maria si è svegliata prestissimo, è scivolata fuori dal letto. In un attimo si era già lavata e vestita: la guardavo nel dormiveglia e non capivo dove trovasse tanta energia. Mi ha detto «Tu dormi. Io torno nel pomeriggio dovrei avere solo una scena breve».

«Ma dove?», le ho chiesto, senza la forza di alzarmi come avrei voluto. «Ti vengo a prendere io sul set».

Maria ha detto «No, vengo io. Alle cinque al massimo sono qui». Sono crollato di nuovo nel sonno; ho appena sentito il suo bacio mentre se ne andava.

Verso le undici sono uscito a camminare per la città. L'albergo era meno suggestivo di come mi era sembrato di notte, grande e polveroso, e malconcio visto dalla strada. Ma era tra le due vie principali di Palermo; appena girato l'angolo sono stato travolto da un fiume di traffico che rintronava tra le facciate degli edifici.

Andavo lungo il marciapiede e mi guardavo intorno e pensavo a Maria, confuso dalla notte e dalla luce forte, dall'aria dolce saturata di rumore e di gas di scarico. Pensavo che ancora una volta non avevamo parlato di niente, lei non mi aveva dato nessuna garanzia né io ero riuscito a farle nessuna domanda precisa, ci eravamo lasciati portare dalle nostre pure sensazioni. Ma adesso che avevo finito il mio libro mi era venuta una vera urgenza di chiarire tutto, smettere di vivere nello stato indefinito degli ultimi mesi.

Poi mi è venuto in mente che la sera prima nella con-
vulsione della telefonata e della partenza improvvisa
mi ero dimenticato di chiamare Caterina; questo ha accelerato ancora i miei pensieri, mi ha fatto camminare
ancora piú veloce nel frastuono generale. Cercavo di
pensare a una giustificazione plausibile, e allo stesso
tempo mi sembrava troppo meschino continuare con le
bugie; non sapevo come venirne fuori.

Vicino a un vecchio teatro barocco c'era un baracchino che faceva spremute di arance e limoni, mi sono
fermato a berne una. Il ragazzo nel baracchino aveva un
modo rapido di tagliare i frutti a metà e schiacciarli con
forza in una piccola pressa per fare uscire tutto il sugo e
gli umori delle bucce, passare mezzo limone lungo il bordo di un bicchiere di vetro spesso e versare. Ne ho presi due bicchieri di seguito, in costa al traffico selvaggio.
Mi chiedevo anche dov'era Maria con la sua troupe; perché non voleva nemmeno che andassi a trovarla sul set.

Sono andato ancora in giro, tra i ricordi della notte
e pensieri di quello che avrei dovuto fare. La città aveva una sua vitalità quasi violenta, fatta di movimento
continuo e grida e sguardi tagliati, ma non sembrava pe-
ricolosa come mi ero immaginato. C'erano bar ogni pochi metri, e negozi anche lussuosi di vestiti e di scarpe,
pasticcerie con le vetrine piene di marzapani e sfogliette e dolci colorati. C'era gente lungo i marciapiedi e autobus carichi, e camion e macchine che grattavano l'aria
sotto gli occhi di vigili urbani indifferenti. E quasi dappertutto c'erano cartelli con la pubblicità di laboratori
di analisi mediche, appesi ai pali della luce e ai semafori e attaccati alle finestre dei piani terreni: centri per i
raggi X e per gli elettrocardiogrammi e gli esami del sangue e delle urine, con i nomi dei medici o nomi di fan-
tasia medica a grandi caratteri, e sotto la scritta «coperti dalla mutua». Ogni volta che vedevo un bar o un
telefono pubblico mi chiedevo se chiamare Caterina a
Milano; ma non sapevo cosa dirle e c'era troppo rumore, non mi veniva in mente nessuna frase.

Maria ha bussato alla porta, quando le ho aperto era trafelata come dopo una corsa. Ho cercato di stringerla, ma lei non voleva farsi trattenere da nessun abbraccio, ha detto «Dai». Aveva un'aria spavalda e irrequieta, senza piú traccia dell'esasperazione di quando mi aveva telefonato la sera prima: si è messa a descrivermi in termini tecnici complicati la scena che aveva appena girato, parlava del suo ruolo come se fosse la padrona del film. Le giravo intorno, ammirato e anche preoccupato, geloso di lei piú di com'ero stato fino a quel momento. Mi sembrava di fare un lavoro troppo fermo e lento rispetto al suo; di non avere molte possibilità di tenere dietro alla sua eccitazione, al suo modo di spostarsi da un punto all'altro della stanza con gli occhi che le brillavano.

Mi aveva portato un pacchettino di pasticceria con datteri ripieni di pasta di mandorle: ha detto «Senti che buoni». Me ne sono mangiati due; lei mi guardava con un'aria golosa, ma ha scosso la testa quando le ho allungato il pacchetto.

Poi mi è venuta una vera disperazione di non riuscire a fermarla; l'ho inseguita attraverso la stanza, lei si sottraeva veloce. Alla fine sono riuscito a prenderla; lei ha detto «Lasciami che puzzo, sono stata in strada fino adesso».

Ma non la lasciavo andare: l'ho baciata, e la sua bocca aveva lo stesso sapore dei datteri alla pasta di mandorle, era probabile che se ne fosse mangiati prima di salire, ma non l'avrebbe mai ammesso. La stringevo per le braccia e l'annusavo nella scollatura e sotto le ascelle, le dicevo «Fammi sentire se puzzi davvero».

Lei diceva «Lasciami» e cercava di svincolarsi, ma non puzzava affatto, aveva odore di agrumi e di fumo di traffico e muschio e miele. Avrei potuto andare avanti ore ad agguantarla e lasciarmela sfuggire tra le mani e inseguirla per la stanza e sentire la sua consistenza, toccarle i capelli o il seno o il sedere e baciarla sulle orecchie o sulla punta del naso, sulle dita dei piedi una per una quando l'ho fatta cadere sul letto e l'ho trascinata all'indietro.

Era la prima volta che facevamo l'amore di giorno, con una luce di tardo pomeriggio africano che entrava dalla finestra; la prima volta che non cercavamo di chiudere gli occhi e perderci completamente, e invece di rasserenarmi questo mi inquietava ancora di piú, mi dava un senso di cose che sfuggono, totale mancanza di controllo sul tempo e sui sentimenti.

Sono rimasto su un fianco a guardarla; la luce se n'era quasi andata, dalla finestra entravano solo ruggiti lontani di camion e di motociclette. Ho acceso la lampada per vederla meglio, e ho visto che aveva dei lividi sulle gambe e sui fianchi e sulle braccia: piccole macchie bluastre sul bianco della sua pelle. Ci ho passato sopra le dita, mentre mi allungavo a darle un bacio di nostalgia sull'ombelico. Le ho chiesto «Come te li sei fatti?»

«Non lo so», ha detto lei; e si è alzata, è andata dritta verso il bagno. Ha detto «Mi faccio una doccia».

Ma il suo tono non mi ha convinto per niente, le inquietudini di prima si sono condensate. Sono saltato giú dal letto; sono andato a battere sulla porta del bagno, dire «Maria?»

Lei da dentro ha detto «Non ti sento»; ma non aveva chiuso a chiave, ho aperto ed era sotto la doccia, nuda e chiara e quasi commovente da vedere.

Le ho detto «Chi è il bastardo che ti ha fatto quei lividi?»

Lei mi ha guardato, da sotto l'acqua che le scorreva sui capelli e in faccia e sul corpo, e sembrava stupita di sentirmi parlare in quel tono, dopo che fino a quel momento mi ero tenuto alla mia recita di distacco e non interferenza. Ha detto «Che ne so. Magari me li hai fatti tu prima. Ho la pelle delicata».

Però sapevo che non era cosí, e del resto non mi sembrava nemmeno che lei cercasse davvero di convincermi: c'era una specie di fondo crudele nel suo sguardo, nel suo modo di rivolgersi contro il getto d'acqua senza preoccuparsi di come spruzzava tutto intorno. L'ho presa per un braccio, le ho detto «È stato Luciano Merzi, con quella sua faccia da disc-jockey imbecille? Gli piacciono i giochi sadici e ti lega le mani e ti picchia?»

Lei mi sgusciava tra le mani, bagnata com'era; ha detto «Cosa c'entra Luciano Merzi? È solo il mio agente. E a te non piaceva legarmi le mani, ieri notte?»

«Lascia perdere ieri notte», le ho detto io, ormai bagnato quanto lei, e non sapevo neanche se stavo cercando di scrollarla o di stringermela contro di nuovo. Le ho detto «La vuoi smettere di fare tutti questi misteri? Di vedermi alle quattro di notte e buttarmi fuori alle sette e mezza di mattina? Di non farti mai viva per conto tuo, come se non ti importasse niente di me?»

Maria ha detto «Lasciami stare». Aveva quasi un'aria di sfida, ostinata e dura; ha detto «Ieri mi sono fatta viva».

«Sí, dopo un mese e mezzo che non sapevo neanche dov'eri», le ho detto io. «Con quella voce da agnellino perso nella foresta, e poi quando vengo non mi dici piú niente».

«Cosa dovevo dirti?», ha detto lei. È uscita dalla doccia senza chiuderla, ha detto «Non mi hai dato neanche molto tempo, no?» Ha preso due asciugamani, se ne è avvolto uno intorno e si è strofinata la testa con l'altro; camminava a piedi piatti sulla moquette della stanza.

L'ho seguita gocciolando acqua lungo il percorso, e non mi sentivo in un gran ruolo: mi sentivo come un cane che corre dietro a un'automobile e abbaia. Le ho detto «Potresti dirmi con chi stai, se non è Luciano Merzi».

Lei stava zitta, continuava ad asciugarsi i capelli come se il torto fosse tutto dalla mia parte.

Le sono andato vicino già piú vile, ho chiesto «Ti sembra cosí strano che io mi stufi di fare quello che resta a disposizione?»

«Io non ti ho mica chiesto niente», ha detto lei. Si è seduta sul bordo del letto sfatto, senza guardarmi; ha detto «Sei tu che hai continuato a telefonarmi dieci volte al giorno e insistere per vedermi».

Questo mi ha danneggiato ancora il cuore; le ho detto «Perché, per te era lo stesso? Vederci o non vederci? Passare le notti a fare l'amore o no?»

«Lasciami stare», ha detto lei di nuovo. I suoi capelli erano quasi asciutti; ha lasciato cadere i due asciugamani sul letto ed è rimasta nuda.

L'ho abbracciata di nuovo, anche se cercava di sfuggirmi; le ho detto «Come puoi essere così implacabile, Maria? Come puoi essere così lontana?» Me la tiravo vicina, e sapevo che non c'era verso comunque: lo vedevo nel suo sguardo e l'avevo visto prima, quando era rientrata piena di eccitazione dal set.

Lei ha detto «Sei infantile, madonna», faceva apposta a non guardarmi.

«Perché tu come credi di essere?», le ho detto io. «E il tuo uomo invece com'è? Una specie di vecchio zio saggio che ti dà consigli? O è un produttore con la pancia e il naso porcino, di quelli che vai a trovare ogni settimana? O è un critico cinematografico che prende i soldi dal produttore e ti spiega il significato della vita?» Volevo tenerla ferma e baciarla sulla bocca, lei si dibatteva furiosa. Le ho detto «O è un attore con la voce impostata e un trapianto di capelli, tutto innamorato di se stesso?»

Lei ha detto «Smettila. Non sei spiritoso per niente». Ma c'era una nota appena avvertibile di compiacimento nella sua voce, come se fosse orgogliosa di avere un segreto e di saperlo tenere, e questo mi tirava pazzo.

Le ho chiesto «Che tipo di amante è?» Le mani mi scottavano, il cuore mi faceva male.

«Perché lo vuoi sapere?» ha detto lei, come se avesse a che fare con una specie di bambino irresponsabile.

Cercavo di schiacciarmela sotto; la gelosia inespressa di mesi interi mi si condensava nel tatto e nello sguardo come un veleno dolciastro. Le ho chiesto «Cos'è, una specie di amante perfetto? Ha un repertorio infinito di tecniche e di combinazioni, conosce diecimila modi diversi di provocare un orgasmo in qualunque donna?»

«Smettila», ha detto lei, e cercava di svincolarsi, distoglieva la faccia per non guardarmi negli occhi.

Ma le tenevo stretti i polsi con una mano, cercavo di girarle la testa con l'altra, non le davo tregua. Le ho chiesto «Cosa fa il bastardo, ti lega al letto? Ti lega e ti batte con un battipanni?»

Lei ha detto «Lasciami andare, bastardo tu!», ha cercato di mordermi un polso, mi dava calci e colpi di ginocchio.

Io continuavo a starle sopra come in un rodeo, tiravo fuori tutta la forza che avevo e bastava appena a vincere la sua. Le ho chiesto «Cos'è che ti piace di lui che io non ho? È famoso o ricco? È un campione di calcio? È un ministro ladro e farabutto?»

Lei ha detto «Ti rendi conto di quanto sei morboso?», ma i suoi tentativi di liberarsi erano già molto piú deboli, teneva gli occhi chiusi e le labbra appena aperte. L'ho baciata sulla bocca senza mollarle le braccia, le ho forzato la lingua tra le labbra e le ho rovistato il palato e ogni angolo accessibile. Lei si muoveva sotto di me, ma adesso per accompagnare i miei movimenti, respirava lento e vischiato nel suo modo.

Poi siamo usciti a piedi per andare a un ristorante dove Maria era stata con il suo regista, e anche se erano solo le otto e mezza le strade erano deserte. Perfino la via di grande traffico dove avevo camminato di mattina era vuota, come un lungo corridoio grigio scuro: la confusione e il rumore e i movimenti si erano dissolti senza lasciare la minima traccia. Non c'era piú nessuno lungo i marciapiedi, nessun suono nell'aria, nessuna luce alle finestre. Era diventato un fossile livido e sinistro di città, con il semplice calare del sole.

Maria era spaventata; la tenevo alla mia destra raso al muro, ma non mi piaceva comunque esporla a una situazione del genere. Ogni tanto una grossa macchina arrivava a grande velocità, sentivamo il rumore fin da molto lontano, ci stringevamo verso il muro nello spostamento d'aria. Abbiamo impiegato dieci minuti a raggiungere il ristorante, ma è sembrato molto di piú; parlavamo d'altro, senza riuscire a concentrarci davvero.

La piazza del ristorante era deserta come tutto il resto del percorso, con al centro strani alberi dalle radici enormi. Ho bussato alla porta di vetro blindato, una ragazza è venuta ad aprire dopo averci studiati a distanza.

Abbiamo mangiato pasta con le sarde e involtini di pesce spada. Ho raccontato a Maria della nuova versione del mio libro, le ho spiegato come avevo trasferito alcuni suoi tratti alla protagonista. Lei mi ascoltava attenta solo a metà, poi mi ha raccontato qualcosa della lavorazione del suo film.

Ventotto

Maria si è alzata alle sei e mezza. Non faceva nessuna fatica a svegliarsi cosí presto, spinta com'era dall'eccitazione per il suo lavoro e dalla sua irrequietezza naturale. Ma si preoccupava di avere la faccia troppo sbattuta: mi ha chiesto «Ho le occhiaie? Sembro una specie di rana che fa gli stravizi?»

«No,» le ho detto io, instupidito dal sonno. «Sei incredibilmente bella».

Lei non era affatto convinta, l'ho sentita che in bagno si spruzzava altra acqua fredda in faccia. Poi ha preso borsa e giacchetta, ha detto «Se non ti telefono per un contrordine ci vediamo all'una al giardino botanico. Però vieni puntuale perché ho solo un'ora di pausa».

Le ho detto «Va bene».

Piú tardi ho comprato i giornali e sono andato a fare colazione in una piazzetta poco lontano dall'albergo, nell'intreccio di vicoli tra le due vie principali. Con il giorno erano tornati i rumori e il traffico continuo e la luce che spazzava gli angoli, anche se non era certo una città molto serena.

Mi sono seduto a un tavolino al sole, ho ordinato delle sfogliarelle alla crema e un cappuccino. Erano solo le dieci e non avevo niente da fare fino all'una; mi sembrava una piccola vacanza meritata dopo la fatica degli ultimi tempi con il libro. Avevo telefonato a Bedreghin dall'albergo per dirgli che sarei stato via ancora due o tre giorni; lui aveva detto «Non c'è problema, Bata. Lo sai quanto sei indispensabile qua dentro». Caterina non l'avevo chiamata, perché mi ero alzato troppo tardi; non volevo neanche immaginarmi cosa poteva pensare, dopo due sere consecutive di vuoto. Non avevo cercato Polidori; volevo lasciargli il tempo di leggere con calma.

Ho sfogliato uno dei due giornali, tra un sorso di cappuccino e un morso di sfogliarella: le ultime minacce cariche di allusioni dal presidente della repubblica a un giovane giudice che avrebbe voluto sentirlo come testimone, gli ultimi dati sull'inflazione oltre i tetti previsti e sul debito pubblico completamente fuori controllo, gli ultimi cinque o sei ammazzati quotidiani in Calabria e Campania e Sicilia, due proprio a Palermo nel pomeriggio. Erano un paio di settimane che non leggevo i giornali, ma ogni volta mi colpiva come le notizie interne erano sempre le stesse, giorno dopo giorno; solo quelle dall'estero cambiavano. A volte mi capitava di trovare una copia di un anno prima da qualche parte e di leggerla come se fosse nuova: c'erano sempre le stesse facce e gli stessi nomi, sempre gli stessi discorsi a vuoto.

Poi ho preso il «Corriere della sera», e in un riquadro di prima pagina era annunciato un racconto di Polidori. Ho aperto subito alla terza pagina: si chiamava *Una scala*.

Era scritto nello stile secco e rapido delle rare cose che a sentire Bedreghin lui gli dettava quasi parola per parola. Come si poteva capire dal titolo parlava di una scala, e dei vari modi in cui un personaggio chiamato solo L. l'aveva salita e discesa nel corso di quattro anni per andare a trovare una donna che amava. Era una storia sul declino della passione: sulla forza accecante che ha agli inizi, e su come per gradi si attenua fino a spegnersi in una ripetizione di gesti e parole, tracce di sentimenti dissolti. Polidori me ne aveva parlato quasi con le stesse frasi quando gli avevo chiesto consiglio su Maria e Caterina; mi colpiva l'idea di avere avuto una specie di anteprima del suo racconto in forma di conversazione.

Ma la cosa curiosa è che mentre leggevo le sue descrizioni dell'altezza e del numero dei gradini, e di come gli stati d'animo del protagonista sembravano trasformarli ogni volta sotto i suoi piedi, ho cominciato a pensare che parlasse della scala che portava a casa di Maria. Non riuscivo a capire se era una mia sovrapposizione automatica, o dipendeva dal fatto che tutte le scale sono molto simili tra loro; però piú andavo avanti e piú i dettagli del racconto corrispondevano a quelli che avevo perfettamente vivi in testa e nel cuore.

Ho continuato a leggere, con le tempie che mi battevano mano mano che le mie impressioni si definivano e acquistavano un rilievo di fatti; quando sono arrivato in fondo non avevo piú nessun dubbio su qual era la scala, e qual era la donna in cima alla scala. Mi sembrava impossibile essere stato tanto sprovveduto da non capirlo prima: non aver collegato il nostro doppio incontro a Milano e le reticenze di Maria e i discorsi di Polidori, i loro spostamenti, le ombre nei loro modi di fare.

Poi i pensieri hanno preso a passarmi per la testa come macchine da corsa. Cercavo di risalire a tutte le coincidenze degli ultimi mesi, e non riuscivo piú a distinguere cosa era successo davvero per caso e cosa era stato pensato da Polidori, con il gusto perverso di uno che si è stancato di scrivere e preferisce costruire storie vere con personaggi veri, per rompere la noia e crearsi motivi di interesse, studiare comportamenti a breve distanza.

Forse i suoi discorsi e anche il racconto sul giornale che avevo davanti avrebbero potuto attenuare la mia gelosia, ma non era affatto cosí. L'idea che lui stesse con Maria nel suo modo da alchimista sentimentale distratto da chissà quante altre donne mi faceva impazzire peggio che se avessi scoperto un amante mille volte piú passionale e univoco. Mi faceva impazzire pensare al cinismo e al disincanto con cui doveva averla trattata, alle tecniche di seduzione che doveva aver calcolato su misura per lei; allo spirito parascientifico con cui doveva avere registrato e misurato le reazioni di Maria per poi metterle da parte e usarle in qualche altro racconto da dettare per telefono a Bedreghin e alla Dalatri.

Mi sono alzato dal tavolino, sono andato in giro a caso per il centro. Ero cosí confuso che mi sembrava di non avere piú un margine di separazione tra le diverse origini dei miei pensieri: tra quello che ricordavo e quello che immaginavo soltanto. Avevo nelle orecchie i discorsi di Polidori sul pollaio come modello sentimentale, i suoi racconti sulla sua mansarda a Parigi diventata uno studio di ginecologo; avevo negli occhi il suo modo infinitamente attento di guardare e ascoltare le donne, la morbidezza studiata dei suoi movimenti. Mi sembrava di avere letto i suoi romanzi solo il giorno prima, tanto avevo in mente le trame complicate di sentimenti, le descrizioni meticolose di ogni possibile loro evoluzione o involuzione.

Mi sembrava una concorrenza sleale, anche; ero imbarazzato e furioso all'idea di avere mai pensato di poter competere con lui per il cuore di Maria, quando non sapevo ancora che era lui. Mi tornavano in mente le mie insistenze della notte prima, e gli attraversamenti notturni di Roma quando stavo da Bedreghin, le attese di ore nella brutta stanza pseudogotica prima che Maria si decidesse a chiamarmi. Potevo vedermi lei nella casa-studio di Polidori come se l'avessi vista davvero, ingenua e adorante come una pastorella rapita, succube di qualunque sua nuova invenzione.

Mi ero inoltrato nel vecchio centro nobile della città, che la mafia da decenni stava mandando in malora mentre costruiva quartieri nuovi alle periferie. Le facciate dei palazzi barocchi erano crepate e annerite, graffettate o puntellate in qualche modo, con le finestre orbe, i balconi mutilati e corrosi, le decorazioni scheggiate. Nelle viuzze secondarie c'erano pali di legno per impedire ai muri di crollare uno contro l'altro, e cumuli di detriti negli angoli, tubi rotti, rifiuti, porte sfasciate e vecchi mobili abbandonati. Camminavo e annusavo il puzzo di pesce marcio e di benzina e di calcinacci e di fogne a cielo aperto, e mi sembrava che il deterioramento terribile e intenzionale che avevo intorno corrispondesse bene allo stato dei miei sentimenti e delle mie percezioni; ne ero quasi compiaciuto.

All'una e qualche minuto sono arrivato al muro giallastro del giardino botanico. Maria era già vicina all'ingresso, con i suoi occhiali molto scuri, si guardava intorno nervosa mentre due ragazzotti in motorino la osservavano dall'altra parte della strada. Ho sentito una fitta quando l'ho vista; veleno dolciastro che mi andava in circolo per il sangue.

Mi è venuto anche un lampo di furia contro i due ragazzotti: ho attraversato la strada, gli ho gridato «Cosa cavolo state a guardare?» Loro mi hanno fissato con occhi neri, lucidi e aggressivi; ma dovevo avere un'aria abbastanza feroce anch'io, perché hanno fatto grattare i motori, sono andati via di scatto.

Maria mi ha detto «Sei scemo? Vuoi pigliarti una coltellata? Non lo sai che città è?»

Non le ho neanche risposto, sono andato verso l'ingresso ma era chiuso; ho continuato lungo il muro. Avrei voluto poter affrontare Polidori nello stesso modo, se si fosse trattato solo di aver paura di una coltellata.

Maria mi è venuta dietro; ha detto «Poi è colpa tua che mi hai fatto aspettare mezz'ora». Ma si rendeva conto che c'era dell'altro: continuava a guardarmi, mi ha chiesto «Si può sapere cos'hai?»

Le ho detto «Come sta Marco Polidori?»

Lei non ha risposto niente, ma ha lasciato cadere le braccia; continuavamo a camminare.

Le ho detto «Cosa facevate quand'era qui a Palermo e solo io e sua moglie pensavamo che fosse in Guatemala o in Honduras? Ti portava a cena sul mare da qualche mafioso suo amico, per poi spiegarti meglio com'è ridotto male questo paese? Ti veniva a prendere sul set e il regista gli baciava la mano? Riscriveva i tuoi dialoghi ogni mattina e te li faceva provare la sera in albergo?» Non mi sfogava affatto dirle queste cose; aveva solo un effetto autodistruttivo, ogni frase mi intaccava dentro peggio che stare zitto.

Maria ha detto «Cosa ne sai tu?» Forse si sentiva in colpa, ma non lo lasciava capire, le veniva un tono duro invece.

«Mi posso immaginare», ho detto io. «Non è che mi abbiate dato molte informazioni dirette, tra tutti e due». C'era una luce accecante, e non riuscivo a vederle gli occhi attraverso le lenti nere. Le ho detto «Aveva ragione Bedreghin, porca miseria, a dire di lasciarti perdere. Sei un'altra attricetta opportunista del cavolo che va solo con chi le può servire, anche se è un porco falso e bastardo che la usa come giocattolo nei ritagli di tempo».

Anche mentre lo dicevo sapevo che non era cosí, ma dalla sua faccia piena di rabbia ne sono stato sicuro. Mi ha detto «Ma come ti permetti? Come ti permetti?» Le tremavano le labbra, si è fermata. Ha detto «Opportunista sarai tu, e porco falso e bastardo, che ti metti alla corte di uno scrittore piú grosso per farti pubblicare il libro, e poi sei anche capace di parlare male di lui!»

Aveva ragione, ma l'ho presa per una manica, le ho detto «Io non mi sono mai messo alla corte di nessuno in vita mia! Tu pensi che tutti siano come la gente che conosci!»

Lei ha detto «Lasciami!»; si è svincolata con forza, ha detto «Non ti voglio vedere mai piú», è andata via veloce lungo il muro.

Tutta la rabbia di un attimo prima mi era già rifluita in disperazione; l'ho inseguita, le ho detto «Cerchiamo almeno di dirci qualcosa».

Lei continuava a camminare, non voleva fermarsi né guardarmi; ha detto «Non abbiamo piú niente da dirci».

«Ma sí, invece», le ho detto io. «Per piacere».

Cosí lei si è fermata, e si è tolta gli occhiali, si è asciugata con la mano lacrime di rabbia e di offesa e forse anche di dispiacere; e riuscivo solo a vedere il suo aspetto da animale raro, la sua sensibilità nervosa facile da danneggiare.

Abbiamo ripreso nella direzione di prima; in lontananza si vedeva il mare nella luce bianca. Non parlavamo e non ci toccavamo, abbiamo girato a destra lungo la recinzione di un giardino che confinava con quello botanico. Era aperto e siamo entrati: intorno c'erano palme, siepi rade e discontinue di bosso, erba secca. C'era una coppia forse illegittima su una panchina, perché continuavano a guardarsi intorno; c'erano un paio di vecchi e una madre con carrozzina.

Le ho chiesto «È stato lui a dirti di venire a letto con me? Per farsi raccontare tutto quello che succedeva, osservare le cose come una specie di entomologo?»

«Sei scemo?», ha detto Maria, di nuovo con una voce indignata. «Come fai anche solo a dire una cosa del genere? Per chi mi prendi? E chi credi che sia lui?»

«Calmati», ho detto io, con un'altra fitta dentro a sentire com'era pronta a difenderlo. Le ho chiesto «Ma lo sapeva di noi due, no?»

«Sí», ha detto lei.

«Gliel'hai raccontato tu?», le ho chiesto. Mi avrebbe fatto piacere almeno questo: che mi considerasse abbastanza importante da dirglielo.

Lei ha detto «L'aveva capito da solo. Non è uno che non si accorge delle cose, lo sai».

«E come ha reagito?», le ho chiesto.

«Niente, gli dispiaceva», ha detto Maria.

«Gli dispiaceva?», le ho chiesto.

Lei ha detto «Sí. Anche per te, non voleva che ci rimanessi male».

Ho provato a sorridere, ma non ci sono riuscito per niente. Le ho chiesto «Ha cercato di convincerti a smettere? Di non farci vedere piú?»

«Sí», ha detto lei. «Ma diceva che se era una cosa importante dovevo lasciarlo e mettermi con te definitivamente. Diceva che non voleva fermarmi, e che in realtà sarebbe stato contento per me, e anche per te. Ha cercato di convincermi a lasciarlo, se lo vuoi sapere».

«E invece non era una cosa importante?», le ho chiesto.

«Non abbastanza», ha detto Maria. Si è tolta gli oc-

chiali di nuovo, aveva gli occhi pieni di lacrime. Ha
detto «Roberto, io ti voglio bene, ma senza Marco non
c'è niente al mondo che mi interessa».

Aveva una luce di sincerità perfettamente nuda nello sguardo, mi è venuta addosso e singhiozzava; l'ho
abbracciata, sommerso dalla disperazione allo stato piú
puro che avessi mai provato in vita mia.

Siamo andati verso una panchina e ci siamo seduti,
come due vittime di una sciagura naturale contro cui non
si può fare niente. Cercavo di confortarla, anche; le ca-
rezzavo i capelli e le dicevo «Non fare cosí»: ogni minima sensazione di contatto già cosí intrisa di nostalgia da
farmi male.

Non abbiamo detto niente a lungo, e poco alla volta la disperazione mi si è stemperata per il corpo, il sole violento ci ha asciugato le lacrime; Maria ha cercato
di darmi un bacio ma la tenevo indietro, ci siamo appena toccati le labbra.

Poi mi è venuta una strana specie di curiosità di-
staccata, come capita dopo uno shock fisico. Mi sembrava di essere quasi sereno e di vedere le cose da lontano, da molto piú tardi. Le ho chiesto «Da quant'è che
state insieme?»

«Quattro anni e mezzo», ha detto lei. «È venuto a
uno spettacolo che facevo a Venezia».

Ma non ero cosí distaccato da voler conoscere questo genere di particolari: mi muovevo su un crinale sottile, con abissi sui due lati. Le ho chiesto «E com'è con
te?»

Lei mi ha guardato come se non capisse bene la mia
domanda; ha detto «Non ha mai un umore stabile, lo
sai. Certe volte è depresso e scettico rispetto a qualunque cosa, certe volte è entusiasta in quel suo modo quasi violento. E vuole sempre coinvolgerti, e lo sai quanto riesce a essere contagioso. Riesce a togliere significato a qualsiasi cosa stai facendo, te la fa vedere da un
milione di chilometri di distanza, per quanta energia o
speranza puoi averci investito,».

«Questo anche con voi?», le ho chiesto. «Con la vo-

stra storia?» Mi costava un'attenzione enorme parlarle cosí: una cautela misurata da camminatore sul filo.
Lei ha detto «Di continuo. Appena lo prende quello spirito stufo di tutto, riesce a farti sentire una povera scema senza speranza. Riesce a farti sentire come
se stessi partecipando a una specie di recita scolastica
di sentimenti». Si è alzata dalla panchina, ha detto «Lo
odio quando fa cosí».
«E quando invece si entusiasma?», le ho chiesto, an-
dandole dietro.
«Lo sai», ha detto lei. «Lo sai come riesce a riem-
pirsi di fuoco per la piú piccola cosa, magari per un gesto di cui non ti sei neanche accorta, e di colpo si mette ad amplificarlo e staccarlo dallo sfondo, lo fa diventare una specie di poesia di dati di fatto invece che di
parole, finché ti guardi intorno come se avessi paura di
calpestare un'ombra o di danneggiarla».

La stavo ad ascoltare, concentrato sulla sua voce, sui
gesti che produceva mentre camminava. Faceva caldo, anche, l'aria era umida e pesante; avrei voluto sedermi
all'ombra di un albero. Ma lei non riusciva a stare ferma,
camminava e scalciava la ghiaia con le sue scarpe di tela.
Le guardavo il trucco di scena colato dalle lacrime, e le caviglie nude, le belle gambe chiare nella gonna corta di cotone leggero. Pensavo all'attenzione che doveva avere dedicato a cercare di decifrare gli stati d'animo di Polidori;
al tempo dedicato ad aspettarlo mentre io aspettavo lei.
Ha detto «È sempre cosí perseguitato dalla noia.
Noia delle persone e noia delle situazioni e noia dei posti, noia del suo lavoro. Ha un modo tale di spremere
a fondo tutto quello che ha, per forza che poi deve sempre cercare materiale nuovo».
«In che senso spremere a fondo?», le ho chiesto io.
Ero sudato, avevo la camicia appicciata alla schiena.
facevo fatica a respirare; mi sembrava che tutto co-
stasse una fatica enorme.
Lei ha detto «Lo hai mai visto leggere dei giornali?»
«No», le ho detto io. Avrei solo voluto raggiungere

l'ombra di alcuni lecci a forse cento metri da noi e sedermi.

Lei ha detto «Ne compra quattro o cinque alla volta,
e tutte le riviste tecniche che trova, ma poi non riesce a
sfogliarli soltanto. Deve leggere ogni piccola riga e tra-
filetto, e ha questo modo meticoloso, si sofferma sui minimi dettagli per non perdere una sola sfumatura. E fa
lo stesso con la gente. Se qualcuno gli interessa lo asse-
dia e gli fa tirare fuori tutto quello che ha dentro e anche quello che non si rende conto di avere, e quando alla fine non gli resta piú nessun margine di sorpresa si stufa. E tutto quello che ha imparato gli sembra un peso,
ogni volta che uno gli rivolge la parola o fa un gesto. È
una specie di malattia, non credo che possa cambiare».

«Ma questo te l'ha detto lui?», le ho chiesto. Mi faceva impressione il suo modo di descrivere questi comportamenti; il modo in cui li aveva registrati e spiegati,
come un giovane animale percettivo e appassionato.

«Non ha bisogno di dirmelo», ha detto Maria. «Ma
ogni tanto me lo dice anche, non è che si sia mai fatto
molti scrupoli con me, a parte agli inizi».

«Perché, agli inizi com'era?», le ho chiesto. Mi sembrava che l'ombra dei lecci fosse sempre alla stessa distanza, irraggiungibile.

Lei ha detto «Agli inizi mi trattava come una specie
di oggetto prezioso. Certe volte non capivo neanche se
mi prendeva in giro o cosa. Mi mettevo un vecchio golf
che avevo in casa, e lui diceva che era il golf piú bello
che avesse visto o anche solo immaginato in vita sua, e
cominciava a descrivermi il colore e la consistenza della lana e l'intreccio dei fili, con una concentrazione cosí precisa e cosí convinta e cosí piena di entusiasmo che
avevo quasi paura a muovermi. Oppure dicevo una frase e lui diceva che la mia voce valeva piú di qualsiasi pagina avesse potuto scrivere. Diceva che il suo lavoro era
insignificante rispetto a me, avrebbe buttato via un romanzo finito pur di sentirmi parlare dieci minuti».

«E tu ci credevi?», le ho chiesto.

Maria ha detto «Era lui che ci credeva. Non erano dei

modi di dire, o una recita. Bastava guardarlo o sentire
la sua voce per capirlo. Sai quando dice che la gente oggi non crede mai davvero a niente e non ha energia, e
tutti vivono a basso voltaggio senza mettere forza in
niente di quello che fanno?»

«Sí» le ho detto; la guardavo con una nostalgia in-
sostenibile.

Maria ha detto «Lui ci crede, quando crede a qualcosa, e ha energia, e certo non risparmia nessuna forza.
Riusciva a farmi arrivare quello che aveva dentro cosí
forte che mi sembrava di essere stata addormentata fino a quel momento. Mi sembrava di avere solo avuto a
che fare con dei poveri mollaccini egoisti e ciechi e sordi». Mi ha guardato, e i suoi occhi erano pieni di dispiacere per me. Ha detto «Ci riesce ancora, quando
vuole. Magari solo per qualche minuto al mese, ma è
l'unica cosa che mi interessa davvero al mondo».

Eravamo arrivati ai lecci finalmente, ma l'ombra che
facevano era del tutto inconsistente, e io non avevo piú
caldo, mi sentivo gelato dentro e perso nel vuoto molto peggio di quando mi ero buttato con il paracadute.

Parte quarta
Tecniche di abbandono

Alla redazione Bedreghin si è accorto che non avevo una faccia normale, mi ha chiesto «Ti sei fatto due giorni di follia o cosa!» In fondo non era una cattiva persona: riuscivo a leggere la traccia di partecipazione sotto la sua finta ironia. Ma certo non avevo intenzione di sceglierlo come mio confidente in un momento come quello; gli ho detto «Abbastanza grazie», sono andato a chiudermi nella mia stanza.

Piú tardi è venuta la Dalatri, mentre io stavo guardando fuori dalla finestra senza pensare a niente. Ha detto «Mi avevi chiesto di dirti quando c'era del lavoro. Se hai tempo lunedí cominciamo con il prossimo numero».

Ci ho pensato un attimo, perché era la rivista di un ministro parte di un governo di farabutti, e i pezzi da riscrivere erano ridicoli o indecenti; ma non avevo niente di meglio da fare e per il momento continuavo a prendere uno stipendio in soldi pubblici. Le ho detto «Ho tempo, ho tempo».

Polidori non si è fatto vivo per dire niente del mio libro, né alla redazione né a casa. Mi chiedevo se era perché aveva trovato brutta la nuova versione, o perché non l'aveva ancora letta, o perché sapeva che io sapevo tutto da Maria e temeva che lo odiassi.

Però non ce l'avevo particolarmente con lui: anche a ripensarci non mi sembrava colpa sua se mi ero innamorato di una sua donna. E Maria aveva detto la verità a raccontarmi che l'aveva incoraggiata a mettersi con me, ne ero sicuro. Forse avrebbe potuto affrontarmi direttamente quando gli avevo chiesto consigli su di lei; ma sapevo quanto era difficile parlare di queste cose, io stesso ci avevo messo mesi.

Gli ho lasciato un messaggio al numero della casa-studio, nel tono piú amichevole che mi veniva, e un messaggio attraverso la vecchia cameriera alla casa-casa.

La mia vecchia Volkswagen era stata portata via dall'aeroporto con il carro attrezzi, perché l'avevo lasciata in uno spazio riservato alle macchine della polizia. Sono andato a riprenderla in un pomeriggio di grande traffico, al deposito di un ricettatore in combutta con i vigili urbani, ma non partiva piú. Il motore si doveva essere fuso nella corsa per arrivare in tempo all'aereo per Palermo, o l'avevano rotto piú tardi nel trascinarla via. In ogni caso mi sembrava un simbolo della mia vita come la conoscevo, non ero stupito che non avesse piú la forza di tirare avanti da sola. L'ho lasciata al ricettatore dagli occhi di marpione, gli ho detto che poteva tenersela.

Trenta

Sabato mattina mi ha telefonato Caterina, aveva una voce lontana. Ha detto «Non credi che forse dovremmo parlare, Roberto?»

«Va bene, parliamo», ho detto io. «Ti ascolto». Non mi stupiva che non mi chiedesse dov'ero stato fino a quel momento, né che il suo tono fosse piú triste che seccato.

«Non al telefono», ha detto Caterina. «Sono mesi che ci parliamo al telefono, Roberto, e non riusciamo mai a dirci niente. Vengo lí».

«A Roma?», le ho chiesto, senza capire bene.

«Sí, a Roma», ha detto lei. «Ho un aereo che arriva alle due».

Ho messo giú e sono andato in soggiorno, mi sono buttato sul divano. Dalle finestre aperte venivano i soliti suoni di Trastevere: le grida e le conversazioni di passaggio, il rumore di motorini. Non mi pareva di essere piú molto sensibile a niente: ero anestetizzato alla radice.

Verso le tre mi è sembrato di sentire la sua voce che mi chiamava da sotto. Sono andato ad affacciarmi tra i teloni di protezione e l'ho vista nella piazzetta: tesa ed elegante di fianco al taxi, guardava in alto e non riusciva a distinguere la mia finestra tra le impalcature. Non le piaceva mai gridare, per temperamento e per educazione; riusciva ad alzare il tono appena di poco.

Mi è sembrato di essere in un sogno del genere paralizzato, dove ti succede qualcosa di terribile e non riesci a muoverti: guardavo Caterina dalla torre telata dei
miei sentimenti, e mi rendevo conto di non poter reagire come avrei voluto. Ma sono riuscito a muovermi;
le ho gridato «Arrivo!», cosí forte che tutte le persone
nella piazzetta hanno girato la testa.

Sono sceso per le scale, ho aperto la porta e lei è venuta dentro. Ci siamo abbracciati con una strana cautela formale da conoscenti, come se non fossimo piú
del tutto sicuri di chi eravamo.

Sopra lei si è guardata intorno, ed era cosí piú familiare di Maria in ogni suo tratto, eppure mi sembrava
una sconosciuta. Ha detto «Carina», mentre passava
lungo le pareti nude.

Poi ci siamo seduti ai due lati del tavolo di vetro che
non avevo mai usato, siamo stati zitti. Respiravamo
lenti, sentivo il mio cuore che batteva lontanissimo.

Alla fine Caterina mi ha chiesto «Stai bene con lei!»
Era pacata, ma non disinvolta come voleva farmi credere.

«Non sto piú con lei», le ho detto.

Lei mi guardava, sapeva che questo non cambiava le
cose tra noi. Ha detto «Ma sei contento di stare qui,
almeno!»

«Non particolarmente», le ho detto io. Avrei voluto alzarmi e abbracciarla e chiederle comprensione, ma
continuavo a vedermi davanti Maria che camminava
nel parco invaso di luce; avevo tracce di sensazioni sui
polpastrelli, echi di respiri nelle orecchie.

Caterina ha detto «E il tuo libro?»

Le ho detto «Non lo so. L'ho finito la settimana scor-
sa e l'ho dato a Polidori, ma non si è ancora fatto vivo».

«Ma a te piace, adesso?», ha chiesto lei.

Di nuovo le ho detto «Non lo so». Mi vergognavo
di non averglielo fatto leggere, non averle chiesto nessun consiglio dopo che era stata cosí importante per la
prima versione.

Lei ha preso fiato; mi ha chiesto «E avresti voglia di

tornare con me a Milano?» Parlava con la sua voce lim-
pida; soltanto non riusciva a fissarmi a lungo.

Ho pensato che con molta decisione e molta energia
avrei forse potuto chiederle di aiutarmi a ricostruire la
mia vita come era prima di conoscere Polidori. Ma non
ero molto deciso e non avevo molta energia, e sapevo
che era troppo tardi per tornare indietro. Le ho detto
«Non credo di riuscirci. Tu avresti voglia?»

Lei ha guardato via, con il suo profilo intelligente.
Ha detto «Non credo. Mi sembra che siamo stati insieme per anni come due rifugiati, solo per mancanza
di alternative. Era tutto una specie di dovere. Forse è
che non sei mai stato innamorato di me. Forse eravamo
troppo simili».

Mi faceva impressione sentirla parlare di noi al passato, cosí triste e serena in fondo; le ho preso una mano, ho detto «Non eri tu. Era la vita che facevamo. Era
la mancanza continua di sorprese. Era come stare sempre seduti davanti alla televisione, sembrava tutto fil-
trato e attutito e fuori portata».

«Grazie tante», ha detto lei, con un piccolo sorriso
soffiato. «Grazie tante».

«Ma non era colpa tua», le ho detto. «Semmai era
colpa mia. Ero io che riuscivo solo a immaginarmi le cose o guardarle da troppo lontano. Avevo questa specie
di cautela da idiota. Sarei ancora lí a scrivere scemenze
di terza mano a "Prospettiva" e lamentarmi, se non fosse stato per Polidori».

Caterina ha sorriso di nuovo; ha detto «Possiamo
ringraziare lui». Ma non volevo certo dare la colpa di
tutto a Polidori, anche se chiunque tende a spostare
all'esterno la responsabilità di quello che gli capita; ho
detto «Sarebbe successo comunque, prima o poi».

«Lo so», ha detto Caterina.

Abbiamo parlato ancora, attenti a essere piú accura-
ti e sinceri che potevamo; non era affatto una conversazione melodrammatica come mi sarei immaginato anche
solo una settimana prima. Era un dialogo tra adulti, ma
non per questo faceva meno male.

Trentuno

Il primo sabato di giugno a Roma faceva un caldo da morire, nella mia casa dalle finestre tappate non entrava un filo d'aria. I lavori non erano andati avanti e nessuno si sognava di togliere le impalcature, oltre a me c'era solo la coppia di vecchi inquilini sfrattati a lamentarsi.

Verso le undici sono uscito a fare due passi intorno a piazza Santa Maria di Trastevere, dove i turisti poveri erano seduti a bruciarsi sui gradini della fontana e i turisti meno poveri stavano al riparo degli ombrelloni dei bar. Sono passato davanti alle vetrine di una libreria nella piazza, e ho visto che in gran rilievo era esposto un libro di Marco Polidori. Il titolo era *Il principio della trappola concentrica;* non l'avevo mai sentito prima.

Dentro ce n'era un'intera pila sul bancone piú vicino alla cassa. Ne ho preso uno in mano; non capivo se era una riedizione sotto nuovo titolo di qualche suo vecchio lavoro, o lui era riuscito miracolosamente a finire una delle due storie su cui era bloccato da anni. Erano passati due mesi da quando mi aveva telefonato da New York, e un mese e mezzo da quando gli avevo lasciato il mio manoscritto. Non si era ancora fatto vivo, continuavo ad aspettare una risposta.

Per qualche ragione ho cercato subito la dedica: diceva *A Maria*. Mi ha colpito che lui la considerasse cosí importante da dedicarle un romanzo e uscire allo scoperto rispetto a sua moglie e a tutti gli altri; in un modo rapido e amaro mi ha fatto quasi piacere. Potevo

immaginarmi quanto lei ne sarebbe stata felice: mi ricordavo bene la sua voce mentre mi parlava di lui.

Poi ho letto la prima pagina per vedere come cominciava, e cominciava con le stesse identiche parole del
mio romanzo nella sua prima versione.

Ci ho messo qualche secondo a rendermene conto,
perché avevo passato mesi a riscriverlo in un altro modo, ritrovarlo sotto la copertina di Polidori com'era in
origine mi faceva un effetto ben strano. Ho pensato anche che fosse una coincidenza, o una specie di gioco che
lui aveva voluto fare nelle prime righe. Ma anche le righe che seguivano erano identiche a quelle che mi ricordavo bene: avevano la stessa familiarità di una mia
fotografia leggermente datata.

Il libraio dev'essersi reso conto che sfogliavo il libro
con un'attenzione anomala, perché mi ha chiesto «Le piace?» Non gli ho risposto; gliel'ho pagato e sono uscito
nella piazza, sono tornato a casa in uno stato di trance.

A casa ho continuato a leggerlo. Polidori aveva fatto
qualche piccola modifica: aveva tagliato qualche aggettivo e snellito qualche frase, spostato qualche virgola,
aggiunto qualche punto e virgola. Ma erano interventi
minori, che rispettavano completamente il mio stile; non
si era impadronito della mia storia per trasformarla alla
sua maniera. Aveva lavorato sul manoscritto con una
cautela da curatore, conservando quasi tutti i semidifetti
e le goffaggini e le crudezze che io avevo scalpellato via
senza il minimo riguardo nella nuova versione.

Leggevo con un senso di incredulità cosí forte da cancellare gli altri miei sentimenti: pagina dopo pagina piú
stupito all'idea che Polidori avesse potuto fare una cosa
del genere, con un'impudenza cosí assoluta da rasentare
la naturalezza. Mi venivano in mente i suoi discorsi com-
mossi a Milano, e i suoi appunti in margine alle fotocopie nello studio sopra la casa, e come mi aveva presentato a Oscar Sasso e al suo editore spagnolo; tutto il gioco
di lusinghe e incoraggiamenti e consigli e sollecitazioni
che aveva condotto fino al mese prima. Mi venivano in
mente le sue considerazioni sui politici italiani e sulla lo-

ro sfrontatezza, sul loro dare per scontato di potersi prendere tutto quello su cui riuscivano a mettere le mani.

Ma ho continuato a leggerlo, perché era comunque
il mio romanzo e mi faceva effetto poterlo sfogliare in
una forma cosí definitiva, ogni pagina ben composta,
stampata netta e regolare nero su bianco. Era la sensazione che avevo cercato di immaginarmi molte volte da
quando avevo cominciato a riscriverlo, e ancora piú da
quando avevo firmato il contratto con Rocas; e naturalmente era diversa da come mi ero immaginato, perché il nome sulla copertina non era affatto il mio.

Man mano che andavo avanti ero anche curioso di vedere come Polidori aveva risolto il finale che mi aveva
lasciato incerto cosí a lungo, ma quando sono arrivato in
fondo non lo aveva risolto affatto. Aveva chiuso la storia esattamente dove l'avevo interrotta io; non si era
preoccupato di concludere né spiegare o giustificare o
riassumere, niente. Era stato molto piú spregiudicato di
me: il libro finiva netto e secco sull'ultimo dialogo che
avevo scritto. La cosa curiosa era che a leggerlo cosí andava bene, non mi sembrava che ci fosse nessun bisogno
del meccanismo complicato che avevo inventato nella
mia seconda versione per far tornare tutti i conti.

Poi l'ho messo giú, e i sentimenti che erano rimasti
abbagliati dall'incredulità hanno cominciato a venire
fuori: rabbia e delusione e senso di tradimento e sde-
gno e desiderio di vendetta, e almeno una minuscola
parte di orgoglio all'idea che Marco Polidori avesse trovato il mio libro abbastanza buono da pubblicarlo a suo
nome. Ma l'avrei ammazzato, adesso che stavo tornando lucido poco alla volta.

Gli ho telefonato subito, alla sua casa-studio: ho detto al nastro della segreteria: «Sono Roberto, devo par-
larti subito».

Lui ha preso la linea, ha detto «Roberto».

Sono rimasto spiazzato, perché non mi aspettavo che
rispondesse; gli ho detto «Senti, è meglio se ci vediamo». Facevo fatica a controllarmi; il mio istinto era di
gridargli subito qualcosa.

Lui ha detto «Va bene, quando vuoi tu». Non aveva il tono cordiale delle altre nostre telefonate, ma non sembrava nemmeno a disagio: sembrava fermo, sicuro.

«Subito», gli ho detto, e la voce mi tremava dalla rabbia.

Lui ha detto «Ti aspetto qua».

Ha fatto scattare la serratura del portoncino da sopra, e sono salito nell'ascensore ben curato, con la testa piena di frasi contro di lui. Mi giravano dentro come il traffico nella piazza a imbuto di Bedreghin: camion e motociclette e macchine smarmittate di pensieri cosí rumorosi da assordarmi.

Polidori è venuto ad aprirmi subito; aveva la faccia abbronzata, i capelli grigi tagliati cortissimi. Mi ha stretto la mano, di nuovo senza disagio avvertibile, ha detto «Entra».

Siamo andati nel soggiorno. La temperatura era almeno dieci gradi piú bassa di fuori, c'era un condizionatore sofisticato da qualche parte che raffreddava l'aria e la deumidificava con solo un leggero fruscio.

Ci siamo guardati a forse tre metri di distanza. Avevo il cuore che mi batteva irregolare per la rabbia e l'odio appena repressi, mi sentivo formicolare le mani. Non mi ricordavo di essere mai stato in una situazione simile, se non forse da bambino quando mi era capitato di affrontare un ladro di giochi o un prevaricatore piú grande di qualche anno; non avevo un filo da seguire, solo frammenti assordanti di frasi nelle orecchie. In piú c'era il freddo artificiale dell'appartamento, sembrava che insieme al sudore congelasse lo spazio tra me e lui.

Polidori mi ha chiesto «Vuoi bere qualcosa?» Non cercava di evitare il mio sguardo, ma anzi mi fissava con una curiosità intenta, come se volesse sfidarmi o vedere fino a che punto potevo arrivare.

«No grazie», gli ho detto io, e la frase si è spenta subito nell'aria deumidificata.

Lui ha indicato una poltrona, ha detto «Non ti siedi?»

I capelli corti gli davano un'aria ancora piú da assassino, i suoi movimenti sembravano ancora piú pericolosi.

Mi sono seduto, ma lui restava in piedi; subito mi sono rialzato anch'io, sono andato a battere una mano sulla vetrata.

Lui ha detto «Hai visto il libro?» Non cercava di farla passare come una conversazione amichevole: nel suo sguardo c'era una luce di sfida che non gli avevo mai visto fino a quel momento.

«Sí, l'ho visto», gli ho detto io. «Sei un ladro. Sei uno schifo di bastardo ladro e farabutto figlio di puttana». Sono andato verso di lui, e avrei voluto prenderlo a pugni, ci vedevo bianco dalla rabbia; lui ha incrociato i due avambracci per proteggersi, con una mossa rapida da arti marziali. Ho cercato di scostarglieli, con il fiato corto e veri istinti di omicidio nel cuore; abbiamo fatto una specie di doppio braccio di ferro ridicolo, guardandoci dritti negli occhi. Ma non riuscivo a spostarlo di un millimetro nemmeno a farlo ondeggiare; e mi sono sentito ancora piú stupido, ho lasciato la presa, sono venuto via. Gli ho detto di nuovo «Bastardo lurido, mafioso»; ho dato un calcio a un divano, sono tornato contro la vetrata. Ho detto «E scemo io che mi sono fidato come un pollo. Come un imbecille sprovveduto che non sa neanche dove vive».

Polidori non si è mosso, ha solo abbassato le mani, respirava lento. Ha detto «Allora? Vuoi farmi causa? Indire una conferenza stampa e raccontare tutto? Basta che tu faccia vedere il tuo dattiloscritto originale».

Non gli ho risposto, lo guardavo soltanto, con i muscoli delle braccia che mi tremavano per lo sforzo.

Lui ha detto «Pensa che bello, finalmente. Almeno uno di questi infami altarini scoperchiato. Pensa ai miei lettori, che sono cosí convinti di avere una piccola isola felice dove rifugiarsi appena tornano a casa. Pensa ai miei editori. Pensa al povero Oscar, con il suo Nobel». Avrebbe voluto davvero che lo facessi: cercava di aizzarmi. Ha detto «Certo non è molto, in un paese governato da ministri affiliati a Cosa Nostra, ma smuoverebbe le acque lo stesso. Forse per due o tre giorni, ma è già qualcosa, no?»

Ancora non riuscivo a crederci: non riuscivo a credere al suo sguardo e al suo tono, al suo modo di pungolarmi. Gli ho chiesto «Perché l'hai fatto?»

«Perché era una bellissima storia», ha detto Polidori. «E perché sei riuscito a rovinarla completamente. La tua seconda versione è uno schifo, Roberto. È il lavoro di un piccolo pappagallo letterario ambizioso e sorvegliato, con un occhio alla critica e un occhio ai miei libri e un occhio ai possibili lettori. Non c'è piú niente dei sentimenti scoperti che c'erano. Hai piallato via tutta la ruvidezza e smussato tutti gli angoli e doppiato tutti i dialoghi, sei stato un idiota».

«E questo ti dà il diritto di rubarmi la prima versione?», gli ho chiesto. Ero allibito dalla violenza nella sua voce, da come mi dava addosso invece di cercare di giustificarsi.

«Non era piú tua», ha detto lui. «L'hai buttata via senza neanche pensarci, sei andato a ficcarti in tutte le trappole che potevi trovare». Ha fatto scorrere la vetrata: un'onda di aria umida e rovente mi è venuta addosso, mi ha fatto quasi indietreggiare. È uscito, e l'ho seguito fuori, nella luce spietata. Ha detto «I libri sono di chi li legge, Roberto. Non li puoi chiudere in una cassetta di sicurezza».

«Dunque non occorre neanche scriverseli da soli?», gli ho detto, sopraffatto dal caldo. «Tanto vale farli scrivere da Bedreghin o dalla Dalatri o da qualunque povera vittima idiota capita a tiro!»

Polidori guardava la città battuta dal sole; ha detto «Bedreghin e la Dalatri sono degli scrivani. Non fanno niente di piú. Mi evitano solo di usare una penna».

«Perché, è troppa fatica?», gli ho detto.

«Sí», ha detto Polidori. «È una vera fatica». Mi ha guardato, adesso eravamo sudati tutti e due; ci dovevano essere trentaquattro gradi almeno, novanta per cento di umidità. Ha detto «Cosa pensi? O non pensi niente?»

«Penso che sei un bastardo», gli ho detto. «E che sei ambiguo. Che sei intriso di ambiguità come tutti i bastardi che in ogni campo si mangiano questo paese. Dici un sacco di cose e poi fai il contrario di quello che dici, e tanto peggio per chi ci ha creduto».

Lui ha sorriso, ha detto «Ma è la vita che è ambigua, Roberto. Ti gira intorno e si insinua in ogni piega e scivola via. Non è come avere a che fare con un interlocutore di cartone piantato di fronte a te. Se vuoi puoi crearti delle semplificazioni, ma diventa una specie di balletto stilizzato. E naturalmente ci sono casi in cui la ragione o il torto sono quasi inequivocabilmente da una parte, ma sono rari. I motivi si confondono, i torti e le ragioni si incrociano di continuo.

Gli ho detto «È una visione del mondo che mi fa schifo. È il modo migliore per lasciare tutto com'è, giustificare le vigliaccate peggiori. È una visione da ladri e da assassini».

Poi sono tornato dentro, nell'aria fredda e rarefatta, sono andato lungo il corridoio e fuori dalla porta, e non mi sembrava di avergli detto nemmeno un centesimo di quello che avrei dovuto dirgli; non mi sembrava di aver avuto nessuna soddisfazione, o recuperato niente di quello che avevo perso.

Trentadue

Sono rimasto a Roma, nello stomaco gonfio e avido dell'Italia come diceva Polidori. Trastevere mi piaceva, sembrava un piccolo paese dentro una città; conoscevo già quasi tutti i negozianti, mi salutavano quando passavo. A volte inventavo percorsi strani per evitare di incontrare Maria, ma non sempre; a volte non ci pensavo, o mi sembrava di non pensarci.

Il venti di giugno *Il principio della trappola concentrica* era già in testa a tutte le classifiche di vendita dei giornali principali. Oscar Sasso aveva scritto una recensione entusiastica, dove diceva che Polidori era riuscito a rinnovarsi in modo sorprendente e aveva aperto una nuova stagione nella sua opera. I suoi colleghi gli sono andati dietro a gregge, con belati di «sorprendente» e «straordinario». Polidori si è esposto con molta misura, come al solito: ha fatto poche apparizioni alla televisione, rilasciato poche interviste.

Il trenta giugno mi sono licenziato da «360°», appena chiuso l'ultimo numero.

Il cinque luglio mi ha telefonato dalla Spagna l'assistente di Rocas, ha chiesto a che punto ero con il mio libro. Le ho detto che stavo parlando con qualcuno alla porta, se poteva richiamarmi nel giro di un quarto d'ora. Sono andato avanti e indietro per il soggiorno dalle finestre telate, e mi chiedevo se la mia nuova vita era finita, o avevo ancora qualche possibilità di scampo. Mi chiedevo se ero diventato per sempre un piccolo pappagallo letterario ambizioso e sorvegliato, o la mia

era una trasformazione reversibile. Poi ho pensato che
Polidori mi aveva fatto perdere una moglie e una inna-
morata e il mio primo romanzo, ma in cambio mi aveva lasciato abbastanza sentimenti scoperti da scriverne
un altro, questo.

Indice

Tecniche di seduzione

Parte prima Tecniche di avvicinamento

Parte seconda Tecniche di conquista

Parte terza   Tecniche di possesso

Parte quarta   Tecniche di abbandono

Stampato per conto della Casa editrice Einaudi
presso Mondadori Printing S.p.A., Stabilimento N.S.M., Cles (Trento)

C.L. 15924

Edizione							Anno			
2	3	4	5	6	7	8	2002	2003	2004	2005